W0397743

Ce livre est une fiction. Toute référence à des évènements historiques, des personnages ou des lieux réels serait utilisée de façon fictive. Les autres noms, personnages, lieux et évènements sont issus de l'imagination de l'auteur, et toute ressemblance avec des personnages vivants ou ayant existé serait totalement fortuite.

Tous droits réservés, y compris le droit de reproduction de ce livre ou de quelque citation que ce soit, sous n'importe quelle forme.

© Morgane Moncomble

Collection créee par Hugues de Saint Vincent
Ouvrage dirigé par Sylvie Gand

Photo de couverture : © AleksandarNakic/GettyImages
Couverture : Ariane Galateau

Pour la présente édition,
© 2018 , New Romance, Département de Hugo Publishing
34-36 rue La Pérouse
75116 PARIS
www.hugoetcie.fr

ISBN : 9782755638462
Dépôt légal : octobre 2018
Imprimé en France (Corlet)
N° d'imprimeur : 193956

NEW ROMANCE®

MORGANE MONCOMBLE

AIME-MOI JE TE FUIS

ROMAN

Hugo Roman

Pour les femmes les plus fortes, les plus belles
et les plus intelligentes que je connaisse :
Agathe, Marie, Doriane, Clara, Lucie,
Lydia, Roxanne, Andréa, Audrey.

PLAYLIST
« AIME-MOI, JE TE FUIS »

NEIKED, ft. Dyo – *Sexual*
The Spencer Lee Band – *The Wolf*
Brigitte – *Ma Benz*
Dua Lipa – *Bad Together*
Hailee Steinfeld – *Capital Letters*
G-Eazy, Halsey – *Him & I*
Selena Gomez – *Only You*
Hayley Kiyoko – *Girls Like Girls*
Shawn Mendes – *Mercy*
OneRepublic – *I Lived*
DNCE – *Body Moves*
Meghan Trainor – *All About That Bass*
Ed Sheeran – *Perfect*
Nick Jonas, ft. Tove Lo – *Close*
Ariana Grande, ft. Future – *Everyday*
Olivia O'Brien – *Fuck Feelings*
Neon Trees – *Everybody Talks*
DNCE – *Be Mean*
Demi Lovato – *Wildfire*
Ariana Grande – *Into You*
Alessia Cara – *Scars To Your Beautiful*
DNCE, ft. Nicki Minaj – *Kissing Strangers*
Carly Rae Jepsen – *Run Away With Me*
Beyoncé – *Pretty Hurts*
Taylor Swift – *Shake It Off*
ZAYN – *TiO*
Shawn Mendes – *Mutual*

« Ton âme sœur n'arrive jamais dans ta vie paisiblement. Elle débarque en te remettant en question, en changeant ta vision des choses : il y a un avant et un après elle. Ce n'est pas la personne qu'on a imaginée, mais quelqu'un d'ordinaire qui parvient à bouleverser ta vie en une seconde... »

— *Anonyme.*

PROLOGUE

Quatre ans plus tôt

ZOÉ

Vous voulez savoir un truc complètement fou ?

Il y a entre deux cents et quatre cents milliards d'étoiles dans la Voie lactée. Dingue, n'est-ce pas ? Ne me regardez pas comme ça, je ne le savais pas non plus, c'est Sarah qui me l'a appris.

Je ne suis pas sûre qu'elle s'y connaisse vraiment, elle aime juste se la péter un peu. Sur le plafond de sa chambre, il doit y en avoir une trentaine. Elles sont en plastique et brillent dans le noir. J'adore ça, même si je préfère lui répéter que c'est une enfant incapable de s'endormir dans le noir.

Sarah et moi nous connaissons depuis cinq mois seulement, et pourtant, j'ai l'impression que cela fait une éternité.

Une petite éternité.

Notre rencontre n'a rien de romantique, ce qui est plutôt décevant. Tiago, mon ami d'enfance, organisait une fête pour son anniversaire. Sarah ne connaissait absolument pas Tiago, elle s'est juste incrustée avec Lise, sa petite amie du moment. On a tout de suite accroché ;

elle m'a tenu les cheveux pendant que je vomissais dans le jardin. Forcément, ça crée des liens.

Cinq mois après, nous sommes devenues inséparables. Sarah est une véritable bouffée d'air frais : elle jure, fume comme un pompier et brise toutes les règles existantes. Une vraie rebelle. Parfois, j'aimerais être aussi indifférente au monde.

Elle ne connaît pas encore tout ce qui se passe chez moi, mais elle sait que la situation est délicate. C'est pour cette raison qu'elle m'a proposé de venir me poser sous les étoiles chaque fois que j'en ai besoin.

Comme aujourd'hui.

— Est-ce que les étoiles sont immortelles ? demandé-je dans l'obscurité.

Sarah ne bouge pas à côté de moi, réfléchissant à ma question. Nous sommes toutes les deux allongées sur son lit en bazar, moi sur le dos, elle sur le ventre. J'ai les yeux rivés sur le plafond tandis qu'elle m'observe.

Et sentir ses yeux sur moi me donne envie de passer la main dans ses cheveux... de frôler ses lèvres du bout des doigts... de sentir sa peau odeur noix de coco.

J'ai peur d'avoir mal interprété les signes, de l'embrasser et qu'elle me jette dehors. Ce n'est pas vraiment son genre, mais on ne sait jamais.

Contrairement à elle, qui sait être gay depuis ses sept ans, j'ai connu une longue période de doute. Au collège, j'avais le béguin pour des acteurs, mais aussi pour des actrices – Emma Watson est et restera la femme de ma vie. Pourtant, je n'ai jamais rencontré une fille qui me plaise assez pour que je sois sûre. Jusqu'à Sarah.

Et bordel, je ne sais pas comment m'y prendre. C'est pathétique, je vous jure.

— Non. Elles meurent au bout d'un certain temps, comme nous, souffle-t-elle, en tendant la main vers moi.

Avec ma mère, on a l'habitude de se dire qu'on s'aime jusqu'aux étoiles. Ça craint, hein ?

— Je ne trouve pas, dis-je, en y réfléchissant. Si c'est ta mère, ça va encore. Mais si c'est ta copine, oui, ça craint. Aimer jusqu'à l'infini, c'est bien une connerie que les gens inventent pour oublier que l'Homme oublie très vite.

Elle se tait un moment, puis pince les lèvres.

— Quand tu seras une styliste célèbre et que je te détesterai pour être devenue une vraie garce, tu m'oublieras ?

Je manque de sourire. C'est méchant, mais je suis heureuse qu'elle ait rompu avec Lise, qui ne la méritait pas, pas après l'avoir trompée.

Je ne dis pas que je vaux mieux, hein. Avec la famille merdique que je me traîne, j'ai aussi mes problèmes. Mais je suis égoïste et j'ai envie qu'elle me choisisse moi.

— Je suppose que ça dépendra de la marque que tu laisseras, murmuré-je.

Je sens la caresse électrique de ses doigts contre ma tempe tandis qu'elle repousse mes cheveux. Une envolée de frissons me parcourt les bras jusqu'à mes jambes. Mon cœur bat vite dans ma poitrine, c'en est trop pour moi.

Je pivote le regard vers elle et la trouve en train de me sourire. Ce n'est pas un sourire comme les autres, pas son fameux rictus qui crie : « J'emmerde tout le monde ». Celui-ci est plus réservé et plus doux. Plus intime.

Elle est belle, Sarah. Ses cheveux noir corbeau sont longs, beaucoup trop longs, et tombent dans son dos en boucles soyeuses. Sa bouche est naturellement rouge et ses yeux, d'un bleu profond, noient le feu qui l'habite.

— Je ferai de mon mieux, dit-elle, avec un sourire qui fait chavirer mon cœur.

Je craque.

Ma bouche se pose doucement sur la sienne et je crois mourir. D'abord surpris, son corps ne tarde pas à se détendre contre le mien. Très vite, je sens le bout de sa langue contre mes lèvres, que j'entrouvre alors pour la laisser entrer, ma main agrippant sa nuque.

Je suis en train d'embrasser une fille.

Non. Je suis en train d'embrasser Sarah.

Mes bras se recouvrent de chair de poule tandis qu'elle ricane en reprenant son souffle.

— OK, ça, c'est fait.

— Désolée, souris-je, mon nez effleurant le sien.

— Ah non, ne t'excuse surtout pas ! J'aime ce genre d'initiative. À l'avenir, n'hésite pas.

Alors je n'hésite plus. Nous passons l'après-midi entier à nous embrasser sur son lit jusqu'à ce que je sois obligée de rentrer chez moi. J'ai beau retrouver mon enfer personnel, j'y vais presque avec le cœur léger.

Parce que cette fois, je sais que tout ira bien.

Je ne suis plus seule.

PREMIÈRE PARTIE
SUIS-MOI, JE TE FUIS

1

Décembre 2015

ZOÉ

— J'ai besoin de m'envoyer en l'air.

Tiago ne m'écoute qu'à moitié, trop occupé à scruter le serveur derrière le bar. Je fronce les sourcils en suivant son regard de braise. Il est mignon, il n'y a pas de doute. Sauf que...

— Il est hétéro, dis-je, en sirotant mon cocktail.

Mon meilleur ami m'accorde enfin son attention, rougissant. En vérité, je n'en sais absolument rien et je m'en fous. Je veux simplement qu'il arrête de le mater et qu'il se concentre sur mon problème. Je suis en crise, merde.

— N'importe quoi ! Qu'est-ce qui te fait dire ça ?

Je hausse les épaules, désinvolte.

— Ça se voit, c'est tout.

— Oui, parce que c'est connu que tous les gays portent du rose et parlent comme ça, se renfrogne-t-il, en prenant un air maniéré qui me fait sourire. Tu ne peux pas le deviner d'un seul coup d'œil, alors tais-toi. Et puis ce n'est même pas lui que j'observais.

Je lui attrape le menton et l'oblige à regarder dans la direction du serveur beau gosse. Celui-ci est en train de servir une bande de jeunes filles en jupe courte et talons hauts. Son regard louche sur le décolleté de l'une d'elles, ce qui fait grimacer Tiago.

— OK, mais ça ne veut rien dire. Il peut être bi.

— Peut-être. Bref, revenons-en à *moi*.

— Toi, toi, toi. T'as besoin de t'envoyer en l'air, j'ai compris, répète-t-il doucement, le regard sur son verre. Tu me le répètes depuis deux semaines. Si tu veux coucher avec quelqu'un, fais-le. Ou alors... attends... tu veux coucher avec moi, c'est ça ?

Je lui coule un regard blasé. En surface, Tiago peut vite paraître réservé, voire asocial, mais une fois qu'on le connaît, on découvre un homme drôle et très intelligent.

Il a ce genre de charme sombre et adorable qui fait tout de suite craquer. Grand, mince, avec des yeux charbon et des cheveux chocolatés plus soyeux que les miens. En classe de terminale, j'ai rencontré une fille en cours de sport, et quand elle a compris que j'aimais les femmes mais aussi les hommes, elle m'a répondu : « Ah, donc, t'es bi ! Mais alors, pourquoi t'as toujours pas couché avec Tiago ? »

J'ai passé la demi-heure suivante à lui expliquer qu'être bisexuel ne voulait pas dire « être attiré par tout le monde ».

— Je ne veux pas coucher avec toi, calme tes ardeurs. C'est juste... C'est juste plus dur pendant la période de Noël.

Voilà, c'est dit. Bordel, quelle pleurnicheuse je fais. Comprenant enfin de quoi il s'agit, Tiago pose une main chaleureuse sur la mienne. Le bruit assourdissant du bar parisien un soir de vingt-quatre décembre s'évanouit, et l'espace d'un instant, il ne reste plus que mon meilleur ami et moi dans la salle. Je m'interdis toutefois de pleurer sur mon sort ; il est temps de passer à autre chose, comme tout le monde.

Au moins pour ce soir.

— Je suis désolé... Mais il faut que tu penses à toi, Zoé. Ça fait deux ans, déjà.

Je lui fais comprendre que ce n'est pas important. Après tout, je ne suis pas venue dans ce bar pour parler de Sarah.

Autrefois, on aimait s'attifer de pulls de Noël ridicules pour aller boire des Magners dans un bar irlandais, le Galway, situé à Saint-Michel. C'était notre QG. Après ça, on s'allongeait devant la cathédrale Notre-Dame pour contempler les étoiles – les vraies – avant de nous balader sur le pont des Arts puis de marcher jusqu'au musée du Louvre.

En dépit de ce qui s'est passé, il est hors de question d'arrêter les bonnes habitudes.

— Tu sais quoi ? Tu vas t'envoyer en l'air, ce soir, me promet Tiago, en finissant son verre cul sec. Tu en as plus besoin que moi.

Je lui offre un sourire reconnaissant et engloutis la fin de mon cocktail.

J'ai voulu inviter Violette, ce soir, que j'ai rencontrée à l'ESMOD et avec qui je partage désormais un appartement, mais elle passe les fêtes avec son père, dans le Jura. J'adore cette fille, même si notre amitié a commencé avec sa moussaka renversée sur mon pull Burberry.

Je m'étais promis de la détester pour toujours, mais quand ses excuses ont – sans que je sache pourquoi – viré sur son amour pour Colin Firth, je le lui ai pardonné.

— Je vais commander deux autres shots et je reviens, dit Tiago, avant de partir.

Je lève les yeux au ciel en le suivant du regard. Ce salaud m'abandonne pour aller voir le serveur de plus près et il croit que je suis trop idiote pour ne pas piger le truc. J'attends de longues minutes, il ne revient pas.

Ma foi, peut-être que le serveur est bel et bien bisexuel.

Me tortillant sur place, je décide d'aller attendre Tiago près des toilettes. Quatre filles patientent déjà et je me pose contre le mur, les bras croisés sur la poitrine. C'était une mauvaise idée, de venir ici. J'aurais dû m'en douter.

J'écoute la musique en chantant dans ma tête, jusqu'à ce qu'un semblant de conversation atteigne mes oreilles.

— ... la rappeler le lendemain. Je veux dire : OK, j'avais promis. Mais tout le monde sait que quand on dit ça, c'est du baratin. C'est pas ma faute si elle n'a pas pigé le truc. *Pardon ?* Je suis tellement blasée que je fronce les sourcils en tournant la tête. Deux types sont là, à ma droite, la hanche adossée au bar. Celui qui parle – appelons-le Blondie – me tourne le dos tandis que l'autre lui fait face et l'écoute en hochant vaguement la tête. Il donne l'impression de s'ennuyer ferme.

— Mmh-mmh, répond-il, en faisant tourner son verre. En effet, quelle idiote de ne pas avoir compris.

Je crois entendre une pointe d'ironie dans sa voix, mais je n'en suis pas certaine.

— J'avais envie de lui répondre : « Meuf, si je t'ai dit que je t'appellerais mais que j'ai pas pris ton numéro, tu t'es pas dit qu'il y avait un problème ? » Puis je comprends pas ce qu'elles ont toutes à vouloir approfondir ; si je te ramène chez moi deux heures après t'avoir rencontrée, c'est que je ne veux que ton cul. Réfléchis.

Je me retiens d'éclater de rire ; c'est nerveux. Tellement, en fait, que je me décolle du mur et me poste derrière Blondie, une main posée sur ma hanche. J'espère bêtement qu'il sentira ma présence et se retournera. C'est toutefois son interlocuteur qui remarque mon regard noir et mes lèvres pincées. Ses yeux dévient de son interlocuteur et se posent sur les miens. Je hausse un sourcil provocateur, mais une fois la surprise passée, c'est un sourire qui naît et grandit sur son visage.

— Oui, c'est clair, dit-il. Continue, je t'en prie.

Le fumier.

— C'est pour ça que les femmes viennent de Mars et nous de Vénus. Elles veulent de l'amour alors qu'on veut du cul.

— Je crois que c'est l'inverse, mec, répond le brun. Les femmes viennent de Vénus.

— Ouais, peu importe. Tout ce que tu dois retenir de cette histoire, c'est : ne couche jamais avec une féministe. Mauvais coup assuré. Elle n'a même pas voulu que je la prenne par-derrière.

L'autre grimace et se retient difficilement de rire, le poing devant la bouche.

— Je tâcherai de suivre le conseil, mec.

Ce crétin se régale, c'est clair. Alors que Blondie-grand-gourou-de-l'amour lui répond que ce sont les féministes qui mènent le monde à sa fin, j'en profite pour mettre un terme à la mascarade :

— Waouh. Merci, Einstein. On voit que tu y as grandement réfléchi, à ta théorie.

Il fait volte-face, l'air surpris. Il est bien plus grand que moi, mais je campe sur mes positions et le fusille du regard. J'étais déjà de mauvaise humeur, ce soir, ça tombe très bien.

— Pardon, mais c'est une conversation entre hommes.

— Une conversation entre crétins sexistes, oui, j'ai entendu, rectifié-je, ce qui ne fait qu'élargir le sourire du brun. Si tu ne veux pas qu'une femme avec qui tu as couché te harcèle alors que tu ne l'as pas rappelée, tu devrais peut-être commencer par arrêter de dire que tu vas le faire. Tu verras, c'est magique.

Blondie ouvre la bouche avant de la refermer, puis l'ouvre à nouveau, mais je le devance :

— Les femmes n'aspirent pas toutes qu'à l'amour, comme les hommes n'aspirent pas tous qu'au cul ; t'es juste un abruti obsédé par sa bite.

Il a l'air pris au dépourvu le temps d'une seconde. Comme je m'en étais doutée, il finit par se braquer et prend un air agressif qui ne me fait absolument pas peur. S'il savait le genre d'homme avec qui j'ai grandi, il n'essayerait pas de m'intimider avec son air de gangster.

— Ma bite ne te regarde pas, alors va te faire foutre.

Je prends un air dépité.

— C'est dur, hein, d'entendre la vérité ? Surtout quand ça sort de la bouche d'une femme.

— Putain, mais c'est quoi ton problème ?

L'autre a toujours les yeux rivés sur moi quand il s'approche et pose une main sur l'épaule de son acolyte. Il sourit comme un idiot avant de lui dire de laisser tomber. Alors que l'abruti s'en va en titubant, le brun reste. Nous nous défions du regard assez longtemps pour que cela devienne gênant. S'il s'attend à ce que je batte en retraite parce qu'il me transperce du regard comme s'il me déshabillait par la seule force de ses pensées, il se plante. Ça me plairait, même, s'il n'était pas con.

— Tu devrais suivre ton pote.

— Lui ? m'interrompt-il, en pointant le point par-dessus son épaule. Je connais pas ce type.

— Pardon ?

Il s'adosse au bar, totalement décontracté, et se rapproche pour que je puisse l'entendre davantage.

— Je commandais un whisky coca quand il s'est mis à me raconter les détails sordides de son dernier plan cul. Je ne vais pas mentir, j'adore ce genre de détails, d'habitude ; mais seulement ceux qui concernent *mes* plans cul.

J'écoute à peine ce qu'il est en train de dire. Je suis beaucoup trop secouée pour lui répondre. En effet, s'il s'était trouvé dans la semi-obscurité du bar tout au long de mon échange avec l'autre type, il est désormais dans la lumière des spots.

C'est plus fort que moi, j'éclate de rire. *Alors ça, c'est épique.* L'homme m'adresse un regard interrogateur.

— Tu es Colin Firth, expliqué-je pour toute réponse, pointant le doigt vers son torse.

Un sourire commence à naître sur sa bouche pulpeuse. La situation a l'air de grandement l'amuser.

— Je ne sais pas quel cocktail tu as pris, mais je veux le même.

Colin Firth est-il le dieu des rencontres foireuses ? Parce que ce type porte le pull de Noël le plus atroce que j'aie jamais vu. Bleu marine, avec un col rouge et des manches vertes à rayures ; il m'aveugle littéralement. Ce n'est pas le pire. Sur le devant se trouve un sapin de Noël avec des yeux – rien de plus normal – qui dit joyeusement : « *I don't want your BALLS on me !* [1]».

Je n'ai jamais rien vu de plus kitsch. Évidemment, j'adore.

— Oh, comprend-il enfin. Ouais, c'était soit celui-là, soit celui avec le père Noël en string.

— Très classe.

— Le choix était difficile. Puis j'en suis venu à la conclusion que je serais incroyablement attirant dans l'un comme dans l'autre, alors...

Je croise les bras sur ma poitrine en arquant un sourcil. Je ne sais pas s'il plaisante ou s'il est très sérieux, mais je décide de ne pas lui donner raison. Son ego n'a visiblement pas besoin de ça.

— « Incroyablement attirant » est un mot codé pour dire « incroyablement con » ?

Il rit et son sourire prend la moitié de son visage. C'est le genre de sourire contagieux qui vous donne

1. « Je ne veux pas tes BOULES sur moi », en anglais. *Balls* pouvant aussi signifier « testicules ».

chaud au ventre. Je laisse traîner un léger coup d'œil sur lui tandis qu'un type lui tape sur l'épaule en lui disant quelque chose que la musique forte ne me permet pas d'entendre.

La première chose que je remarque est sa pomme d'Adam. Elle roule et se déroule chaque fois qu'il parle, à un point tel que c'en est hypnotisant. Le bar est plongé dans une lumière tamisée, mais je peux facilement distinguer la couleur brune et sans défaut de sa peau, la ligne saillante de sa mâchoire, ainsi que ses lèvres charnues. Je ne vais pas tenter de nier parce que j'échouerais lamentablement : c'est un physique qui donne envie de s'offrir au diable.

C'est simple, cet homme est l'indécence même.

Ses yeux mordorés sont en amande et je m'imagine passer la main dans ses cheveux noirs, courts sur les côtés, bouclés sur le dessus. Je ne sais pas de quelle origine il est, mais une envolée de frissons parcourt soudain mon échine dorsale.

Oh, je n'aime pas ça du tout.

Il fait signe à son ami qu'il arrive et se retourne vers moi. Son sourire n'a pas quitté son visage, même face à mon regard noir. Je n'aime pas les gens qui sourient tout le temps, j'ai toujours l'impression qu'ils sont faux.

— Désolé, c'était une connaissance. Moi c'est Jason, au passage. Et tu es... ?

— Pas ton genre.

Sur ce, je tourne les talons et lui fausse compagnie. Bien sûr, je ne manque pas de déhancher mon magnifique cul en le faisant, heureuse de mon jean ultra moulant.

Il a beau se trouver dans notre QG un vingt-quatre décembre vêtu d'un pull de Noël, je ne coucherai jamais avec ce type.

∞

Je vais coucher avec ce type.

Oh, ça va, pas la peine de me juger !

Je hais l'alcool. Je hais son sourire, aussi. Il est bien trop grand pour son visage, et puis combien a-t-il de dents, au juste ? Ce n'est pas humain, ça.

Je jette un coup d'œil à Tiago, qui danse avec un autre mec à nos côtés. Il est entre de bonnes mains. Tout comme moi. Des mains électriques qui glissent partout le long de mon corps en flammes, des mains qui redessinent chacune de mes courbes à la manière de Botticelli peignant Vénus dénudée.

Ledit Jason ondule sensuellement du bassin contre moi, le nez effleurant ma joue. Je sens son souffle sur mes lèvres et je me demande comment j'en suis arrivée à espérer qu'il m'embrasse. Pire : qu'il me prenne sur le siège avant de sa voiture.

Il y a encore trois heures, je détestais ce type !

Quand j'ai mis fin à notre conversation, un peu plus tôt, il ne s'est pas démonté, bien au contraire. Il m'a fixée à distance d'un rictus amusé, et en retour je lui ai adressé un doigt d'honneur.

Normal.

Je n'avais pas anticipé que ça ne ferait que renforcer sa détermination – ce type doit avoir un sérieux problème psychologique. Sans grande surprise, c'est exactement mon genre de mec.

C'est pourquoi j'ai accepté qu'il m'offre un verre. Puis deux. Puis huit. D'un instant à l'autre, j'étais sur ses genoux à parler du plus sexy des Avengers (Iron Man, selon moi, et Thor, selon lui : « Pourquoi je peux pas être un beau blond d'un mètre quatre-vingt-dix, moi aussi ? »), de notre filtre Snapchat préféré (le chien, sans hésitation) ainsi que du nom du bar qu'on compte ouvrir ensemble (« Le Bar »).

Je ne me rappelle même pas comment nous en sommes arrivés à danser si proches l'un de l'autre.

Ses mains atterrissent soudain sur mes hanches généreuses et tout mon corps frissonne. Je soupire en me plaquant contre son torse ferme, mes doigts allant explorer les muscles de son ventre chaud sous son affreux pull. Il tressaille sous le contact, murmurant contre mon cou :

— C'est officiel, Mark Darcy est mon nouveau dieu.

Son parfum se mélange à la sueur fabriquée par nos deux corps imbriqués, puis ses lèvres se posent subtilement sur ma gorge délicate. Je ferme les yeux tandis que le bout de sa langue titille mon cou ainsi que l'endroit si sensible sous mon oreille.

Ça, ajouté à la sensation de son genou entre mes cuisses, je perds toute retenue.

— Oh et puis merde.

Je fonds vers sa bouche sans préambule. Il gémit sous l'assaut, empoignant ma taille d'un bras, et c'est le bruit le plus sexy que j'aie jamais entendu. Aussi fou que cela puisse paraître, je veux savoir quel son il fait quand il jouit.

Ses lèvres sont douces et ont le goût du whisky, de la transpiration et de la cannelle. Je fourre mes doigts dans ses cheveux bouclés en ouvrant la bouche. Sa langue s'infiltre aussitôt et s'enroule autour de la mienne avec douceur mais assurance. Mon cœur s'embrase, mes seins s'alourdissent et ma peau se recouvre de chair de poule.

Dieu sait que ça fait longtemps que quelqu'un ne m'a pas mise dans un tel état.

Le baiser s'intensifie et je finis par complètement oublier que nous sommes en public. Lorsqu'il reprend sa respiration, mes yeux sont hypnotisés par ses lèvres gonflées et humides. Je les veux ailleurs et je crois exprimer cette pensée à voix haute, car ses pupilles se dilatent presque instantanément.

— Seigneur, jure-t-il, le souffle court. Tu vas me prendre pour un connard, mais contrairement au crétin de tout à l'heure, je suis toujours honnête avec les femmes que je ramène chez moi. Alors il faut que tu saches deux choses : la première, que j'ai très envie de coucher avec toi. La seconde, que je ne promets pas de rappeler.

Je déglutis avec difficulté. Je vais effectivement m'envoyer en l'air ce soir.

— On va chez toi.

— Dieu merci.

Il plaque ses lèvres sur les miennes, durement, et me prend la main. Nous allons chercher nos manteaux au vestiaire, j'en profite pour dire à Tiago que je m'en vais. Je fais semblant de ne pas comprendre la signification de son sourire amusé.

Le trajet jusqu'à l'appartement de Jason est interminable.

Puisque nous avons tous les deux beaucoup bu et que nous sommes des adultes responsables, nous prenons un taxi. Sur la banquette arrière, nous ne nous touchons pas. Je peux toutefois sentir ses regards en biais vers mes cuisses serrées.

Tout juste descendu de la voiture, il me plaque contre lui et recommence à m'embrasser. Pour être honnête, je ne sais même pas comment nous réussissons à monter jusqu'au cinquième étage.

Je passe les doigts sous son pull tandis qu'il entre la clef dans la serrure. Bon sang, cet enfoiré a vraiment des abdos en béton ! Je fais glisser mes mains froides sous sa ceinture et caresse le renflement de son boxer, ce qui lui fait émettre un grognement rauque.

— Putain, il faut qu'on entre avant qu'on fasse ça sur le palier.

— Chiche, chuchoté-je, en m'agenouillant devant lui.

Une lueur éclaire son regard quand je fais un geste vers sa braguette, mais il me prend par les épaules pour me relever. Il a l'air étonné par mon initiative.

— Ne te méprends pas : j'admire ton assurance et j'ai très, très envie d'avoir ta bouche *ici*, en revanche, je ne veux pas que les voisins assistent à un tel spectacle. J'ai une réputation de garçon sage à tenir !

Il m'adresse un sourire joueur en tournant enfin la clef dans la serrure. Je hausse une épaule et entre la première. L'obscurité m'empêche de distinguer quoi que ce soit, et de toute façon, je m'en fiche. Je couche avec lui et je m'en vais, rien de plus.

— Pas du genre exhibitionniste ? demandé-je.

— Pas avec madame Michot, explique-t-il en m'adressant un clin d'œil.

Je souris avant de laisser échapper un cri de surprise quand il me soulève du sol et me plaque contre la porte fermée. J'écarte instinctivement les cuisses pour l'accueillir et enroule mes pieds dans son dos, la respiration haletante.

Il me baise le cou avec férocité, laissant traîner sa langue le long de ma gorge jusque dans mon décolleté. Je pousse mes seins vers lui, tremblante d'anticipation. Sa bouche se pose sur le tissu fin de mon soutien-gorge tandis qu'il frotte son érection contre mon entrejambe palpitant.

Un tsunami de chaleur me submerge et je suffoque presque. Le désir est tel qu'il fait mal, si mal que l'insatisfaction me donne presque envie de pleurer.

— Ton lit, haleté-je. Où est ton lit ?

Il me décolle du mur sans me donner le temps de répondre et nous dirige vers ce qui semble être la chambre à coucher. Je continue de l'embrasser, excitée... jusqu'à ce qu'il glisse sur le sol dans la précipitation.

Mon poids le déstabilise et nous tombons comme des masses entre le canapé et la petite table. Il jure dans sa barbe et me demande si ça va. *Quel con, putain.* Je lui grogne que je vais bien et me relève malgré mon genou douloureux. Je déteste les coins de table.

— Je vais marcher, OK ? C'est plus sûr.

Il acquiesce et passe les mains dans mes cheveux pour m'embrasser l'oreille, comme un pardon silencieux.

C'est reparti.

Cette fois nous marchons jusqu'à une petite pièce plongée dans le noir. Je m'écarte le temps de retirer mes chaussures et...

— Argh !

... crie lorsque mon pied tombe sur quelque chose de vivant et poilu.

J'entends un couinement sous mes pieds, si bien que je me précipite sur le lit en mettant ma main devant ma bouche. Je gesticule frénétiquement, comme pour me débarrasser d'une araignée invisible. Jason n'a pas l'air effrayé, plutôt inquiet.

— T'as écrasé Han Solo ! m'accuse-t-il.

— Pardon ? m'offusqué-je, tandis qu'il se baisse et prend quelque chose dans ses bras.

Je l'entends chuchoter mais je ne suis pas sûre qu'il s'adresse à moi. Il allume enfin la lumière et je découvre une petite boule de poils roux dans le creux de son épaule. Un chaton. J'ai écrasé un putain de chaton.

J'observe Jason caresser l'animal avec stupeur. Bientôt, deux autres bébés chats débarquent et se frottent à ses jambes. L'un est noir et l'autre est blanc. Bordel, dans quel pétrin suis-je allée me fourrer ?

— Tu as des chatons, dis-je bêtement.

Pour le coup, je ne m'y attendais pas du tout. Il relève les yeux vers moi et sourit de toutes ses dents.

— Ouais, la chatte de ma sœur a eu une portée il y a deux semaines. Et *je sais,* ils ne sont pas de la même couleur. Ne demande pas pourquoi, ils sont quelque peu susceptibles à ce sujet. On se comprend, eux et moi.

Je n'ai absolument pas les mots. Je me contente de le fixer, interdite, avant de me racler la gorge.

— OK... Et comment tu as dit qu'il s'appelait ?

— Le malheureux que tu as failli tuer, c'est Han Solo. Le noir, c'est Dark Vador, et la petite blanche, c'est Leia. Tu peux descendre, ils sont adorables. Le seul problème que j'ai avec eux pour le moment, c'est qu'ils pissent partout dès qu'ils sont contents.

Génial.

Je ne suis pas une grande amatrice de films, encore moins de science-fiction, mais je ne suis pas non plus ignorante. Je le fixe, éberluée. D'où sort ce type ?

— Tu as nommé tes chatons d'après des personnages de *Star Wars.*

Ses yeux s'illuminent soudain, il me regarde comme si je détenais le secret de la vie éternelle. *Oh mon Dieu.* Je suis tombée sur un fan boy.

— Tu aimes ?!

— Non.

Mieux vaut le couper dans son élan dès maintenant. Je suis venue pour m'envoyer en l'air, pas pour mater *La Guerre des étoiles* avec des chats qui pissent partout.

— Ah.

Il semble un peu déçu, mais il se reprend très vite et dépose le chaton apeuré par terre, en lui disant d'aller voir ailleurs.

— Si tu pouvais éviter d'assassiner mes chats, ce serait vraiment génial, dit-il, en me rejoignant sur le lit, son front contre le mien. Et si tu ne peux vraiment pas t'en empêcher, choisis plutôt Leia. C'est une vraie casse-couilles.

Je le fais taire d'un baiser. Je ne veux absolument pas qu'il parle davantage. Je veux qu'il reste un inconnu canon et arrogant rencontré dans un bar, pas un nerd adorable et sexy qui vit avec des chatons.

Il semble comprendre car il entreprend enfin de me déshabiller. Les battements de mon cœur s'accélèrent à l'idée qu'il me voie nue, comme chaque fois que je suis sur le point de coucher avec quelqu'un, et je réussis à jeter ma chaussure sur l'interrupteur pour nous replonger dans le noir.

Même bourrée, je n'ai pas envie qu'il me voie à poil au grand jour. Heureusement, il s'en accommode.

Il met un temps infini à me déshabiller, s'impatientant sur les boutons de ma chemise. Il finit par en faire sauter un, ce qui ne manque pas de m'énerver. Cette chemise m'a coûté la peau du cul, putain.

Quand il rencontre le même problème avec mon jean, je m'allonge sur le dos pour l'aider. Il tire dessus sans réussir à faire passer mes chevilles. À ce rythme-là, on y est encore demain.

— Tire, nom d'un chien !

— C'est ce que je fais, merci, s'agace-t-il. C'est bien la peine de mettre un jean aussi serré.

— Oh, va te faire foutre. Tu n'es pas en mesure de donner des conseils vestimentaires, monsieur-père-noël-en-string, lui craché-je en retirant le jean moi-même.

Il le jette à travers la pièce et attrape ma culotte en dentelle noire, la faisant descendre sans difficulté le long de mes jambes douces. Mes cuisses se recouvrent de chair de poule, nous sommes enfin nus l'un contre l'autre.

J'enroule mes bras autour du cou de Jason tandis qu'il trace un chemin de baisers humides le long de mon ventre creusé. Ma respiration s'accélère et au moment où ses lèvres se posent sur mon centre de gravité, je l'entends murmurer pour lui-même :

— Que la force soit avec nous.

∞

Oh. Waouh.

Je suis allongée sur le dos, le regard fixé au plafond. Jason fait la même chose à côté de moi, immobile et silencieux. Personne n'a encore parlé. La lumière est toujours éteinte et la seule chose que l'on entend est le bruit continu des voitures parisiennes.

Je ne sais pas quoi faire. Partir ? Rester dormir et prendre le petit déjeuner avec lui ? Plutôt mourir.

J'ai diablement envie de me sauver, mais je ne veux pas paraître malpolie. Le moins que l'on puisse dire, c'est que j'ai dessoûlé en moins de deux. Je me mords la lèvre et ose briser le silence.

— Tu as besoin de crème, ou ça va aller ? soufflé-je.

— Je vais me débrouiller.

D'accord. J'aurais ri si je ne me sentais pas aussi gênée.

— C'était... murmure-t-il soudain, laissant sa phrase en suspens.

Je fronce les sourcils. Est-ce qu'il s'attend à ce que je finisse cette phrase ? Merde. J'hésite quelques instants avant de dire :

— ... bon ?

— Oui, confirme-t-il. C'était... très bon.

Je me pince les lèvres sans rien ajouter. C'était quelque chose. Je m'en souviendrai toute ma vie, c'est certain.

Jason ne tarde pas à s'endormir à côté de moi, si bien que j'en profite pour me rhabiller et filer en vitesse. Je n'ai pas la force d'endurer un lendemain de plan cul et de mentir en le regardant droit dans les yeux.

C'était le pire coup de toute ma vie.

2

JASON

Aujourd'hui est un lendemain de soirée arrosée, pourtant l'alarme de mon téléphone sonne à la même heure que d'habitude.

Fini Noël, Nouvel An, Épiphanie et autres conneries. J'ai mon dernier partiel ce matin et je n'ai pas relu mes cours depuis... quoi, trois semaines ?

Sur un malentendu, ça peut passer.

Je hoche la tête pour me rassurer et me débarrasse du drap pour étirer les muscles de mon dos lancinant. Mes articulations craquent au moment même où je sens quelque chose de doux effleurer ma cheville.

Han Solo, Leia et Dark Vador, mes trois chatons, attendent que je les nourrisse. Le dernier se colle à moi dans l'espoir que je lui donne des caresses mais je le fusille du regard, toujours fâché.

— Cherche pas, mec, pas de papouilles pour vous, dis-je, en me rendant dans la cuisine.

Depuis la fois où j'ai ramené L'Inconnue-aux-cheveux-roses à la maison, je les ai « punis ». À savoir : interdits de câlins et de pâtée de luxe. Et pour cause, ils ont largement contribué au désastre de cette fameuse nuit, tellement que j'en ai encore les marques douloureuses sur le dos.

Une fois que j'ai fini de leur donner à manger, je me rase minutieusement la mâchoire et prends une douche bien fraîche qui me fouette le sang illico. Puis j'allume la télé et prends mon petit déjeuner sur le balcon de l'appartement en caleçon. Il a beau faire quatre degrés, je n'en démords pas.

Quand je l'ai acheté, mon père a certifié que je ne me servirais jamais du balcon, et puisque je ne suis qu'un gosse borné, je m'efforce de l'utiliser chaque matin.

Je suis donc en train de terminer mes céréales quand le téléphone fixe retentit. Je jette un œil à l'interlocuteur. Un vague sourire éclaire mon visage tandis que je prends l'appel.

— Jason Delaunay à l'appareil, chasseur de dragons et pirate des mers, dis-je, en m'adossant au bar de la cuisine. Que puis-je pour vous ?

La voix enfantine fuse immédiatement, comme je m'en étais douté. Il n'y a que Mathis pour m'appeler à cette heure-là.

— Tonton Jason ! Tu chasses vraiment les dragons ? s'effare mon neveu de cinq ans. Mais ça existe même pas !

Je me rends finalement dans ma chambre et ouvre mon armoire en coinçant le téléphone entre mon menton et mon épaule. Qu'est-ce que c'est con, un gosse.

— Bah oui, qu'est-ce que tu crois ? C'est ce que les filles adorent, les aventuriers. Mais pas genre Indiana Jones, hein, ajouté-je. Le fouet, c'est pour les grandes personnes. Tu comprendras plus tard.

Il ne dit rien au bout du fil, signe qu'il réfléchit. Merde, je n'arrive pas à croire que j'ai sorti un truc pareil. Je suis un tonton épouvantable.

— D'ailleurs, ne répète pas à ta mère ce que je viens de dire.

— OK !

J'imagine son visage poupard, avec ses cheveux châtain bouclés et son petit épi qui fait enrager ma sœur, tandis qu'il fronce ses sourcils.

— Tu as toujours ton carnet « Les conseils de Tonton pour faire craquer les filles » ?

— Oui, toujours ! Je l'ai même caché sous mon oreiller, comme ça, bah maman, elle le trouvera jamais.

Hum. Il faudrait que je lui conseille une meilleure cachette, le jour où il voudra dissimuler des revues pour adultes. Heureusement, on a encore le temps, d'ici là.

— C'est bien, champion, lui dis-je à la place. Alors tu le prends et tu notes ce que je viens de te dire.

— Chasser les dragons ?

— Aussi.

— Mais j'en ai jamais vu, moi... Y a que des pigeons, à côté de la maison. Dis, ça marche, avec les pigeons ?

— Non, non, on ne touche pas aux pigeons, encore moins les borgnes hyper louches qui rôdent à côté de chez toi. Tu veux attraper la gale, ou quoi ?

Je l'entends rire, même s'il n'a sûrement rien compris de ce que je lui ai dit, jusqu'à ce que la voix de Julie intervienne et ordonne à Mathis de finir ses céréales.

— Bon alors, microbe, dis-je en enfilant un jean et un tee-shirt noir. Pourquoi est-ce que tu m'appelles de bonne heure ? J'étais en train de manger mes Chocapic.

— Toi aussi tu manges des Chocapic ?

— Bien sûr. Attends... parce que toi aussi ?!

Je suis mort de rire à l'intérieur.

— Oui ! Tous les jours ! affirme-t-il, choqué.

— Waouh. C'est un truc de malade, mec.

Benoît, le mari de Julie, crie à son fils de se dépêcher.

J'entends alors Mathis avaler ce qui reste très certainement de ses céréales et me dire la bouche pleine :

— Je voulais juste te dire bonjour. Je te passe maman, elle veut te parler !

— Salut, Mathis.

Mon neveu et moi avons une relation privilégiée, peut-être parce que c'était le premier – sa petite sœur Léa a vite suivi. J'ai trois grandes sœurs, Julie, Jade et Jessica, mais seule la première a des enfants.

Pour l'instant.

Je fais toujours en sorte de passer chez Julie toutes les deux semaines, et je donne des tuyaux à Mathis pour devenir un don Juan tout en respectant les femmes – sa mère m'a à l'œil.

— Allô.

Ma sœur reprend le téléphone et je lui demande ce qu'elle veut, tout en débarrassant la table. Elle s'assure que je n'ai pas oublié notre dîner de ce soir en compagnie de maman et Jade. Je lui réponds que, malheureusement, je m'en souviens.

— T'as intérêt à venir. On ne te voit pas assez souvent...

— Ouais, ouais, je sais, je suis un fils terrible et vous voulez tous me déshériter. Allez, à ce soir.

— Pff. Je t'aime, crétin.

— Je t'aime, sale chieuse.

Ne vous fiez pas aux apparences, Julie est ma sœur préférée. Je sais qu'on n'est pas censé avoir de préféré, mais si vous voulez mon avis, les gens qui disent ça ont juste peur de passer pour des gens horribles.

Moi ? Je m'en fous.

Pour ma défense, Jessica ne prend jamais la peine de passer du temps en famille, et de toute façon elle n'a jamais avalé la pilule de l'adoption – un petit frère caribéen ? Non merci.

Quant à Jade, c'est une casse-couilles froide et calculatrice de compète. Forcément, Julie gagne haut la main.

À part ça, ma vie est géniale.

Non, sans rire. Ma vie déchire, je n'ai absolument pas à me plaindre. J'ai une famille à peu près aimante et stable, un appartement avec vue en plein Paris, des études que j'aime et une vie sexuelle remplie.

Je n'ai jamais été aussi heureux d'être vivant.

∞

Loan : J'ai un service à te demander.

Moi : Non, je ne coucherai pas avec toi. Enfin ça dépend. Tu me paies ?

Loan : Sois sérieux deux minutes. Violette a une nouvelle lubie. Elle veut qu'on ait une bande à la *Friends* (ne pose pas de questions).

Je lève les yeux au ciel, tentant de dissimuler mon portable à la vue de tous. C'est bien le genre de Violette, ça. Certes, je la connais depuis peu ; mon meilleur ami a décidé de me la présenter longtemps après sa rupture avec Lucie. Si j'ai bien tout suivi, c'était d'abord sa voisine, puis voilà qu'ils vivent désormais ensemble.

On les appelle les Violan parce qu'ils sont inséparables. Comme les Brangelina, mais en moins classe.

La meilleure amie de Violette a visiblement rejoint leur duo, même si je ne l'ai encore jamais rencontrée. J'évite de passer chez eux, en général, c'est bourré de tension sexuelle refoulée.

— Tu n'es pas d'accord, Jason ?

— Hum, hum, totalement, dis-je, d'un ton distrait.

Je ne sais absolument pas à quoi je viens de donner mon accord. Ma mère raconte une histoire aux filles, assise sur le canapé en cuir. Je reste adossé au mur du salon, un verre dans une main et mon portable dans l'autre.

Moi : OK. Et donc ?

Loan : Et donc elle a demandé qu'on rassemble nos amis en commun. Toi, moi, elle, Zoé et Ethan.

Moi : Ils sont 6, dans *Friends*. On est 5.

Loan : On s'en fout, Jason. Ramène ton cul à l'appartement ce soir, c'est tout.

Moi : Seulement si je suis Monica. Tu seras mon Chandler ;-)

Loan : Au point où j'en suis.

Je souris comme un idiot, ce qui alerte l'attention de ma mère. Je lève les yeux et constate qu'elle et mes sœurs me fixent du regard. J'abandonne mon sourire aussitôt, pris en faute.

— J'espère que c'est une femme qui te fait sourire comme ça, commente ma mère, un sourcil arqué. Ou un homme, d'ailleurs ! Tant que tu es heureux, je m'en fiche, tu sais.

Toujours la même rengaine. Ma mère est un vieux disque rayé. Je repose mon verre et saisis ma veste pour m'en vêtir. Il est temps de tailler la route.

— Il s'appelle Fabien et je l'aime, maman.

Jade roule des yeux, exaspérée. Ne cherchez pas, elle n'a aucun sens de l'humour. Ma mère, elle, me tape la main quand je m'approche pour déposer un baiser sur son front.

— Arrête un peu de te moquer de moi.

— C'est trop facile.

Elle me demande où je vais et Julie renchérit en annonçant que le dîner est bientôt prêt. Je déteste leur faire faux bond, mais...

— Je ne peux pas rester, je suis désolé. Loan vient de m'envoyer un message, il est en panne sur l'autoroute.

Je ne sais même pas pourquoi je m'entête à créer des mensonges si crédibles alors que je sais pertinemment qu'elles ne me croient pas. Ma mère me sourit mais je devine aisément sa déception. Une boule désagréable se forme dans ma gorge et j'hésite presque à rester.

Puis je pense aux conversations détaillées sur la césarienne et l'épisiotomie – les seules que Julie ait en stock ces temps-ci –, et mon choix est vite fait.

— Bon... alors file. Et passe le bonjour à Loan.

— Je le ferai.

Je leur adresse un clin d'œil et enfile mon bonnet avant de sortir par le portail principal. Je me dirige vers ma voiture quand j'entends le bruit des graviers derrière moi.

Ma sœur Jade est également sortie pour me rattraper, quelque chose à la main.

— Tiens, dit-elle, en tendant le bras.

C'est une enveloppe. Je n'ai pas besoin d'être un génie pour comprendre de quoi il s'agit. Forcément, je prends la mouche.

— Tu te fous de ma gueule ? Range ça.

— Maman a insisté, s'agace-t-elle. Ça ne me fait pas plus plaisir qu'à toi, je t'assure. Elle est persuadée que tu n'accepterais pas d'argent venant d'elle ou de papa. Alors elle m'a suppliée de t'en passer. Elle s'inquiète, c'est tout.

— Oui, bah elle ne devrait pas. Je m'en sors très bien.

— Tu es au chômage, Jason.

— Je ne suis pas au chômage, je suis étudiant, espèce de snob, rétorqué-je. Et je suis prof de natation dans un collège le mercredi. Ça compte !

Jade me regarde d'un air impassible et blasé. Elle veut juste que je me taise et que je prenne cette satanée enveloppe, ce que je ne ferai pas.

J'en ai vraiment ras-le-bol qu'on me prenne en pitié parce que j'ai décidé de ne pas emprunter le même chemin que papa. Ce n'est pas comme si je me droguais au lieu d'aller en cours, je ne sais tout simplement pas quoi faire de ma vie. Enfin, si : je veux voyager.

Sauf que, d'après eux, c'est une perte de temps.

— Prends-la.

— Nope, dis-je en souriant. Mais merci.

Je lui adresse un dernier clin d'œil et tourne les talons. Un jour, ils comprendront, j'en suis certain.

Mon téléphone vibre au moment où je prends la route direction l'appartement. J'ai trois messages, deux de Margot, une amie, et l'autre de « What's her name again ? », mais je les ignore et réponds à l'appel entrant.

— Salut. Tu es où ? me demande Loan.

Je sens tout de suite qu'il angoisse un peu. Je ne comprends pas pourquoi, j'adore Violette. Beaucoup plus que Lucie, que j'ai toujours trouvée trop froide et coincée.

Comme Jade, elle n'avait pas d'humour. Je suis quelqu'un qui ne vit que pour rire, alors j'ai tendance à ne pas perdre mon temps avec des rabat-joie.

Violette, elle est drôle. Enfin, elle a surtout un pet au casque.

— J'arrive.

— Cool. Par contre, je préfère te prévenir tout de suite : Zoé, tu la touches pas. C'est clair ? Je ne veux pas me disputer avec Violette si jamais tu couches avec sa meilleure amie et lui brises le cœur. Alors garde-la dans ton pantalon, tu seras gentil.

Je fronce les sourcils en secouant la tête, faussement offusqué. Bon, d'accord, je me suis quelques fois demandé à quoi ressemblait la meilleure amie de Violette ; est-ce un crime ?

Mais si elle est hors compétition, je ne vais sûrement pas risquer ma peau en couchant avec elle. J'aurais trop peur que Violette envoie son lapin mangeur d'homme pour me bouffer la bite.

— T'inquiète pas pour ça, le rassuré-je, en mettant les clignotants. Après le coup désastreux que j'ai eu il y a dix jours, je ne compte pas recommencer de sitôt.

Loan rigole au bout du fil avant de répondre à Violette qu'il a découpé le fromage et sorti les nachos.

— C'était si terrible que ça ?

— Pire. Le plus mauvais coup de ma vie, mec. Tu verrais mon dos...

— Qu'est-ce qu'il a, ton dos ?

Je soupire en secouant la tête (j'aime les pauses dramatiques), et je réponds d'une voix solennelle :

— Il est trop tôt pour moi pour en parler.

Loan rit une nouvelle fois et me dit de me dépêcher. En raccrochant, les souvenirs de cette fameuse nuit me reviennent en mémoire. Ce n'est pas la première fois en dix jours. Cela commence toujours bien : les longues jambes de mon inconnue autour de ma taille, son parfum floral et ses cheveux courts et roses étalés sur mes draps blancs...

Sublime.

Mon corps s'en souvient encore, c'est certain. Il se souvient aussi du reste :

– d'abord, je veux me la péter un peu et la soulève... avant de la faire tomber entre la table et le canapé. OK, là, j'avoue, j'ai merdé ;

– elle manque ensuite d'écraser mes chatons, chose qui, maintenant que j'y pense, a sûrement contribué à leur agitation ultérieure ;

– pour la première fois depuis mes quinze ans, j'ai mis trois plombes à déshabiller une femme – fallait-il qu'elle mette un jean si serré ?

– pire : à ouvrir le préservatif. J'ai honte de le dire, mais c'est la vérité. Dans la précipitation, j'ai voulu l'ouvrir avec les dents, comme dans les pornos. Ça fait classe, vous voyez ? Évidemment, je n'ai réussi qu'à le déchirer. Quand je l'ai jetée par terre avec un grognement frustré, la capote a atterri sur la petite tête de Han Solo.

Je ne suis pas fier de cela non plus.

Heureusement, il n'a pas l'air si traumatisé que ça. C'est elle qui a pris de l'avance, en sortant un nouveau préservatif, tandis que je me battais avec le chat pour lui retirer le premier de la gueule.

Quand j'ai enfin réussi à entrer en elle – et le temps d'un très court instant, c'était le paradis sur Terre –, nos gestes étaient maladroits. Je ne sais pas ce qui fut le pire : me rendre compte qu'elle simulait ou Dark Vador, alerté par ses gémissements, qui s'est jeté sur mon dos pour me griffer furieusement.

Tout ça pour dire que les plans cul... j'ai donné pour le mois.

Devant la porte de Loan et Violette, je prends le temps de passer la main dans mes cheveux avant de frapper. Mon meilleur ami vient m'ouvrir, un torchon sur l'épaule.

— Salut. Vas-y, entre.

Je jette un œil à la cuisine, ouverte sur le salon, et je découvre Ethan assis sur l'un des hauts tabourets. Avant de devenir notre ami, celui-ci n'était seulement qu'un collègue de Loan – les deux sont pompiers. À dire vrai, depuis que Loan connaît Violette, je passe plus de temps avec Ethan qu'avec lui.

— Toi aussi, on t'a traîné ici ?

Il sourit en haussant les épaules.

— Je ne dis jamais non quand il s'agit de *Friends*.

Je le pointe du doigt.

— Je te préviens, j'ai dit prem's sur Monica. Loan est Chandler. Violette est bien évidemment Phoebe, tu sais, à cause de... ajouté-je en tournant mon doigt près de ma tempe. Et toi... hum... Ross, ça te va ?

Il plisse le front en me jetant un regard noir.

— Tu rigoles ou quoi ? Je suis une Rachel née !

Je souris en lui donnant un *high five*. Loan nous regarde à tour de rôle, l'air médusé. C'est le moment que choisit Violette pour débarquer, tout en sourire et en robe de tulle mauve. On dirait un petit bonbon sucré.

Elle me fait la bise et je pose le bras sur ses épaules sous les yeux de Loan. Je ne sais pas s'il se rend compte qu'il contracte la mâchoire.

— Je suis contente qu'on soit tous ensemble.

— Zoé n'est toujours pas rentrée ? demande Loan, en s'approchant imperceptiblement d'elle.

Violette se libère de mon étreinte pour prendre les verres et les apporter au salon. Ethan se décide à l'aider.

— Non, elle est sur le che...

Comme pour lui donner raison, quelqu'un frappe à la porte. Violette roule des yeux en se plaignant qu'elle a encore oublié ses clefs. Étant le plus près de la porte, je me lève pour aller ouvrir.

— Laisse, j'y vais.

Et devinez quoi.

Non, allez-y, devinez.

Exactement : ce putain de karma.

J'ouvre la porte, m'apprêtant à saluer Zoé, mais les mots se coincent dans ma gorge quand je découvre la personne qui se trouve sur le seuil.

Oh merde.

Des cheveux roses, un piercing à la narine et une paire de seins mémorable entre toutes. Sans ajouter des yeux ronds qui me contemplent avec horreur.

Zoé est l'Inconnue.

Je reste immobile quelques secondes sans savoir quoi dire, jusqu'à ce qu'elle soupire en fermant les yeux, l'air désabusé.

— Pitié, tuez-moi.

3

ZOÉ

Je ne sais pas ce que j'ai fait dans une autre vie pour mériter ça.

Jason se tient devant la porte ouverte, pris de court. Cela me confirme au moins qu'il n'était pas plus au courant que moi. Pour sa défense, il ne connaissait pas mon nom. Je connaissais le sien, c'est vrai, mais ce crétin n'est certainement pas le seul Jason de la capitale. Comment aurais-je pu me douter qu'il était le Jason de Loan ?

Fait chier.

— Salut, beau gosse, dis-je, en me forçant à être polie.

La situation est gênante, mais il est hors de question de gâcher la soirée de Violette. Son anxiété n'a pas besoin de ça, puis à défaut d'être sexuellement compatibles, Jason et moi pouvons être amis... Avec beaucoup d'efforts. Et d'alcool. *Où est l'alcool ?*

Je passe devant lui, resté silencieux à m'observer. Je fais comme si je ne le connaissais pas et salue les autres de la main en retirant mon manteau.

— Zoé, voici Jason et Ethan. Les gars, voici Zoé, me présente ma meilleure amie.

Ethan m'offre un sourire sincère qui réussit presque à me détendre. Je me rends compte qu'il est égal à ce que Violette m'a dit de lui ; simple et avenant. Quant à Jason, il ne dit toujours rien. Mon regard appuyé le force à suivre l'exemple et il reprend enfin son expression habituelle ; à savoir son sourire idiot et son regard lubrique.

— Bon, eh bien on est au complet, s'exclame Violette, d'un ton enjoué. Servez-vous, Loan a fait des nachos !

Nous sommes tous assis autour de la petite table, sur laquelle l'apéritif a été disposé. Violette fait le service, pas le moins du monde consciente du malaise général. La cuisse de Loan gesticule toute seule, Ethan siffle en examinant les murs de l'appartement et Jason me regarde comme il m'a regardée la dernière fois que j'étais à poil sous lui.

Je lui jette un regard noir et un échange silencieux passe entre nous. Cela ne dure que trois secondes.

Regarde ailleurs, si tu ne veux pas que je te saute dessus !

Ne te gêne surtout pas...

Pour planter mon cure-dent dans tes globes oculaires.

Oh wow, du calme.

Ne me dis pas de me calmer !

... Psychopathe.

... Nerd.

Il détourne les yeux d'un air outré. Après ça, la soirée se passe sans incident. Malgré les regards en coin de Jason quand il pense que je ne le vois pas, l'atmosphère se détend peu à peu. Surtout grâce à Violette, qui fait les trois quarts de la conversation. C'est son truc.

Quand elle dérape un peu trop loin du sujet, Loan intervient très subtilement pour la remettre sur le droit chemin. J'apprends de la bouche de celui-ci qu'il connaît Jason depuis le lycée. Chose qui me surprend, dans la mesure où les deux garçons n'ont absolument rien en commun ; l'un est bruyant et sûr de lui, l'autre est calme et plus réservé. Mais j'imagine que c'est la même anomalie pour Violette et moi.

Les opposés s'attirent.

Nous finissons la soirée devant une rediffusion de The Voice et je m'occupe de sortir la glace du congélateur lorsque je vois Jason s'approcher du coin de l'œil. Je me tends comme un arc, et pas seulement parce que je suis gênée.

J'avais oublié combien il était sexy.

— Zoé... murmure-t-il d'un air rêveur. Joli prénom.

Je me contente de poser le pot de glace au caramel sur le comptoir, agacée. Je suis sur le point de l'envoyer paître quand j'aperçois Violette depuis le canapé, me souriant d'une mine si encourageante que je cède sans réfléchir.

L'amour rend faible, c'est moi qui vous le dis.

Je me tourne vers Jason, adossé au comptoir à côté de moi, et souris hypocritement.

— Écoute... De toute évidence, la situation est gênante. On a couché ensemble, tu n'étais pas au mieux de ta forme, et voilà que nos meilleurs amis vivent ensemble. C'est inconfortable, je te l'accorde. Mais il va falloir qu'on passe au-dessus parce que Violette est ma meilleure amie, qu'elle est un peu fêlée, c'est vrai, mais que je l'aime. Alors on va faire un effort et s'apprécier. OK ? Si ça peut te rassurer, je ne dirai rien à personne. De toute façon, il en va de ma réputation aussi.

Vous voyez ? Je suis vraiment prête à prendre sur moi ! Sauf que mes mots n'ont pas l'air de trouver résonance. Jason commence par froncer les sourcils, tout sourire oublié, et s'offusque :

— « Pas au mieux de ma forme » ? C'est une blague ?

Je hausse un sourcil, ne comprenant pas où il veut

en venir. Il finit par s'esclaffer et je me félicite d'être si hilarante avant de me rendre compte qu'il fait semblant.

Violette, trop loin pour entendre les détails de notre conversation, a déjà les yeux en forme de cœur.

Tout bas, je réponds à Jason que ce n'est pas grave, que « l'important, c'est d'essayer ».

Oh, ça va.

Sauf que cette fois, il le prend vraiment mal.

— Sans vouloir t'offenser, je suis un très bon coup !

— Le pire de tous.

— Nom de Dieu, c'est le monde à l'envers ! rit-il une nouvelle fois. Même ma première fois était plus réussie et elle a duré une minute et trente-deux secondes. J'ai apprécié tes efforts, mais honnêtement, tu n'as fait qu'empirer les choses.

Je crois que je viens de lui dire d'aller se faire foutre. Et puisque ça n'a pas l'air de l'embêter plus que ça, je rajoute : « J'espère que ton dos te fait souffrir, connard. »

Non mais vous imaginez ? Ce type sorti de nulle part pense haut et fort que je suis un mauvais coup. Mais pour qui il se prend ? Il ne sait même pas ouvrir une capote !

Je crois avoir dit cette dernière pensée à voix haute car il rougit fortement et siffle :

— J'étais stressé, OK !

Je roule des yeux et lui refile le pot de glace.

— Tiens. Pour ton dos.

Sur ce, je tourne les talons et rejoins les autres au salon. Violette me prend à part presque automatiquement.

— Alors ? Les garçons sont cool, non ? Je te l'avais dit, qu'ils étaient cool. Évidemment qu'ils le sont, je n'ai que des amis cool, parce que je suis quelqu'un de cool, malgré ce que les gens peuvent en dire.

Vous vous souvenez, quand j'ai dit que je l'aimais et que je ne voulais pas la blesser ?

Ouais, bah son petit cœur s'en remettra. Je n'ai aucune envie de passer les prochaines années à supporter ce crétin tous les week-ends parce qu'elle croit que je l'apprécie.

— Jason est un abruti. Je l'aime pas.

D'accord, j'aurais pu le dire de façon plus subtile. Mais la délicatesse et moi, ça fait deux. Violette se tourne vers moi, surprise. Elle commence à me dire qu'il est un peu spécial au début, mais qu'au fond c'est un mec super. Je l'interromps avant d'en savoir plus :

— Non, désolée. Mais Ethan est sympa !

Violette hoche la tête sans rien ajouter, manifestement déçue. Cela me fait mal mais je ne change pas d'avis.

Il y a des limites à ce que je peux supporter, même pour elle.

JASON

Je ne suis pas du genre à m'énerver. Vraiment, c'est quelque chose qui ne m'arrive presque jamais. Quand j'avais trois ans, mes parents pensaient que j'étais sociopathe parce que je souriais tout le temps. Il s'est avéré que je n'étais pas sociopathe, juste heureux.

Ça a continué comme ça jusqu'à mes vingt-deux ans.

Mais ce soir... ce soir... Je suis énervé. Je suis énervé car cette fille, avec ses cheveux roses et ses formes ensorcelantes, pense que notre nuit a été ratée à cause de moi.

MOI.

Je sais, c'est complètement surréaliste.

Je pourrais laisser passer et m'en fiche. Mais c'est un affront à mon ego et cela m'irrite de savoir que je vais passer le reste de ma vie à me demander si elle a raison. Est-ce que j'ai été si mauvais ?

Non, Obi-Wan. Ne laisse pas cette folle détruire ta confiance en toi (oui, c'est comme ça que je m'appelle dans ma tête).

— Du coup, Zoé, reprend Ethan tandis que je sers de la glace à tout le monde, est-ce que tu voudrais te spécialiser dans la lingerie, comme Violette, ou faire totalement autre chose ?

Zoé attend que je la serve, les yeux sur le pot de glace.

— Non, je suis plutôt attirée par la haute couture. Les tenues de grands créateurs, celles que portent les célébrités sur le tapis rouge, tu vois ?

Étrangement, je trouve que ça lui va très bien.

— Génial, répond Ethan, quand je passe son bol de glace à Zoé.

Celle-ci s'apprête à me remercier quand elle remarque la boule minuscule que je lui ai servie. Une blague comme une autre qui n'a pas l'air de la faire sourire car elle se fige et relève les yeux vers moi.

Si un regard pouvait tuer, je serais déjà au cimetière.

— Tocard.

Je lui offre un sourire lumineux.

— Cordât.

— Quoi ? dit-elle d'un ton agacé.

— L'anagramme de tocard. C'est cordât.

Personne ne réagit, jusqu'à ce que Loan intervienne, en me prenant la glace des mains.

— Arrête de faire le coq et passe-moi ça. Zoé, t'en veux encore ?

— Non, bougonne-t-elle.

Je ne suis pas peu fier de mon petit effet. Ma grand-mère m'a toujours répété qu'un homme qui connaît du vocabulaire et qui sait s'exprimer est plus plaisant qu'un autre. Je vous laisse deviner qui se pointait chez Mamie le dimanche pour jouer au Scrabble.

— La haute couture, donc. Et tu as des marques favorites ? Je sais que c'est Millesia pour Violette...

— Elie Saab, dit-elle automatiquement. Mais j'aime aussi Georges Hobeika, Valentino, Zuhair Murad et Paolo Sebastian.

Je la regarde sans rien dire, cachant mon étonnement. Ce sont de très grands stylistes, en effet, avec chacun un style différent, et pourtant je comprends ce qu'elle leur trouve à tous. J'ai beau ne pas m'intéresser des masses à la haute couture, je suis plus que rodé sur le sujet.

Quand on sait qui est mon père, comment faire autrement ?

— Désolé, je n'en connais aucun, s'excuse Ethan.

La mine de Zoé s'adoucit quand elle lui répond que ce n'est pas grave. Je jette un œil à son bol de glace et me rends compte qu'elle ne l'a pas touché. Elle joue avec sa cuillère d'un air absent, ce qui me fait grimacer.

Oh et puis merde ! Elle n'avait qu'à pas me traiter de connard.

Puisque je culpabilise quand même un peu, je tente de l'amadouer en lui tendant mon bol rempli de glace goût cerise.

— Allez, fais pas la gueule. Tiens, en signe de paix. Je n'aime pas les disputes.

Elle me fixe sans ciller tandis que le silence s'installe. Un battement. Deux battements. Puis :

— Stupide.

— Quoi ?

— L'anagramme de « dispute ». C'est « stupide ». Comme quoi, il n'y a pas de hasard, dans la vie.

Sur ce, elle me vole le bol des mains, prend le sien et disparaît dans le couloir. Quelques secondes après, nous entendons une porte claquer et je ne peux m'empêcher de sourire.

Je ne suis visiblement pas le seul à m'y connaître en Scrabble.

∞

— Violette est super déçue. Elle nous voyait déjà tous partir en vacances, aller faire du camping, tout ça...

Je fronce les sourcils, le téléphone plaqué contre l'oreille. Je suis allongé sur mon sofa, encore habillé, avec Han Solo assis sur mon ventre. Il regarde la télé avec autant de concentration que moi. Après la soirée chez Loan, j'ai décidé de ne plus en vouloir aux chats. J'ai compris que ce n'était pas leur faute, si ma nuit avec Zoé a été désastreuse.

C'était *la sienne.*

— De toute façon, je ne fais pas de camping.

— Tu vois ce que je veux dire.

— Elle va s'en remettre, le rassuré-je.

— Hum... Au moins, je sais que tu ne coucheras pas avec celle-là, plaisante-t-il.

Je ris nerveusement en partageant un regard terrifié avec Han Solo qui, alerté par les soubresauts de ma poitrine, a tourné la tête vers moi.

Mon téléphone se met à vibrer, indiquant un double appel de mon père. Je dis à Loan que je le rappellerai plus tard, heureux d'échapper à cette conversation, et salue mon nouvel interlocuteur d'une voix enjouée.

— Salut, Jason. J'ai voulu t'appeler plus tôt mais je n'ai pas trouvé le temps, excuse-moi. Comment s'est passé ton dernier partiel ?

— Au top, comme d'habitude, mens-je effrontément.

— Super. Et le travail ?

Je lui réponds que tout se passe bien à la piscine. Ce n'est jamais un bon sujet de conversation, avec lui ; j'ai beau l'adorer et l'admirer, il n'apprécie pas mon choix de carrière.

Je sais ; je suis un putain de cliché.

Mon père est le PDG d'une chaîne de luxe dans l'habillement et les accessoires. Puisqu'il veut que la boîte reste dans la famille, il a insisté pour me prendre en stage pendant mon master 1. Sauf que j'ai préféré choisir un job à temps partiel, prétextant ne pas vouloir m'attarder sur Paris. À la fin de l'année universitaire, je prévois de partir en Australie, seul avec mon sac à dos.

— Ça se passe. Les petits sont adorables. Enfin, la plupart.

Il rit doucement et enchaîne :

— Tant mieux, alors. Dis… Jean-Paul vient passer quelques jours à la maison, cette semaine. Ta mère prévoit de le faire sortir vendredi soir, les filles viennent aussi.

Jean-Paul est le frère de mon père. Un peu raciste sur les bords, mais sympa tant qu'on l'éloigne de la bouteille.

— Laisse-moi deviner : j'y suis également convié ?

— C'est ça.

— Tu y vas, toi ?

— Non, je dois travailler tard.

Je grogne dans ma barbe et accepte, juste parce que je suis incapable de refuser quelque chose à ma mère.

Mon père et moi discutons encore quelques minutes avant que je ne prétexte devoir y aller. N'ayant pas fait les courses cette semaine, je commande chinois et passe le reste de la soirée en compagnie de mes chatons devant un film Marvel.

J'en enchaîne trois avant d'aller me coucher. Là, étendu dans mon lit immense à fixer le plafond, je pense à ma mère et à mon père. À Julie et à Benoît. À Loan et à Violette.

Puis à moi.

Un sentiment étrange et inhabituel m'envahit. Quelque chose qui ne m'avait jamais vraiment dérangé avant.

La solitude.

4

ZOÉ

— Zoé, comment tu fais pour te payer des trucs pareils ? Je croyais que t'étais pauvre, me dit Tiago, en me voyant descendre de voiture.

Je brandis un doigt d'honneur dans sa direction avant de m'approcher pour lui faire la bise. J'avoue être heureuse de mon petit effet. Ce soir, Tiago et moi nous incrustons dans une soirée privée. D'habitude, nous inventons des subterfuges impossibles pour entrer dans des soirées auxquelles nous ne sommes pas invités. Aujourd'hui, j'ai bien l'intention d'entrer par la grande porte.

Je vais être honnête, j'ai surpris une conversation téléphonique entre Loan et Jason, hier matin. Ce dernier disait être invité au Perchoir, sur les toits d'Oberkampf, mais ne pas vouloir y aller.

Évidemment, j'ai sauté sur l'occasion. *Ça lui apprendra !*

— Je *suis* pauvre. C'est bien pour ça que je touche une bourse et que je suis une adepte de la location de vêtements.

Tiago reluque ma tenue tandis que nous marchons en direction du bâtiment en question. Je porte une combi short en sequins dorés, décolletée en un V plongeant, ainsi qu'une paire de Louboutin noirs.

— Tu veux dire que tu devras rendre tout ça demain ?

— C'est ça.

Tiago n'a aucun intérêt pour la mode de luxe – il est étudiant en droit –, mais il tient toujours à m'accompagner lorsque je joue les incrustes.

Je regarde l'adresse sur mon téléphone et nous montons au septième étage. Un couple est justement en train d'entrer quand nous arrivons.

J'offre mon plus beau sourire à la femme qui me fait face, ébouriffant mes cheveux roses d'un geste naturel.

— Bonsoir. Nous sommes avec Jason...

— Jason comment ?

— Il n'y en a pas trente-six ! LE Jason, dis-je en roulant exagérément des yeux. Déjà qu'on est en retard... Il doit être furieux.

La pauvre semble légèrement paniquer et vérifie son iPad avant de demander :

— Oh, monsieur Delaunay ?

— Qui d'autre ?

Elle s'excuse et nous laisse entrer en nous souhaitant une bonne soirée. Je lance un regard surexcité par-dessus mon épaule, mais Tiago semble pensif.

Merci à toi, Jason Delaunay. Je n'arrive pas à croire que ça ait marché ! Et ma foi, je ne suis pas déçue... La nuit est depuis longtemps tombée sur Paris, mais bougies et lampions illuminent le toit. Dans l'esprit new-yorkais, celui-ci est meublé de canapés blancs, de hautes tables en verre, de tonneaux de vin et de plantes vertes.

La vue sur la capitale est imprenable et l'odeur de petits fours se mêle au concert de jazz live. Tout le monde est sur son trente-et-un. Aussi étrange que cela puisse paraître, je me sens dans mon élément. J'ai beau ne pas faire partie de leur monde, je préfère le leur au mien.

Est-ce un crime ?

— Quel est le plan ? me demande Tiago, en nous dirigeant vers le bar.

— Boire. Faire copain-copain. S'amuser.

— Tout ce que j'aime.

Nous allons nous chercher une coupe de champagne et déambulons parmi les invités en discutant à voix basse. J'ai un réflexe depuis toujours : j'observe ce que les gens portent. Parfois je ne m'en rends même pas compte, je le fais sans le vouloir. Et il s'avère qu'on peut en savoir beaucoup sur une personne d'après la façon dont elle s'habille.

Je ne juge pas au premier regard, je fais juste des théories. Et la plupart du temps, elles sont justes. Par exemple, j'ai tout de suite deviné le côté fou et optimiste de Violette en jetant un œil à ses chemisiers colorés et à ses tutus imposants. Quant à Loan, c'est quelqu'un de calme et réservé qui porte des habits simples et souvent sombres.

Je ne me suis jamais trompée.

Et ma foi, je n'ai jamais côtoyé autant de luxe que ce soir. Robes Chanel, bottines Valentino, pochettes Yves Saint Laurent, foulards Hermès...

— Je te préviens, me chuchote Tiago à l'oreille, je ne repars pas avant de t'avoir trouvé quelqu'un.

Je souris en secouant la tête. Mes yeux tombent sur le groupe de musiciens qui joue un air de jazz lent et sensuel. La mélodie est hypnotique.

— OK. Trouve-moi la perle rare.

Je me mets à la recherche d'une cible éventuelle mais découvre vite que la population présente dépasse largement la trentaine.

— Bingo, dit Tiago à côté de moi. Une magnifique princesse des glaces rien que pour toi, et en plus elle se dirige par ici...

Je tente de suivre son regard, amusée de découvrir ce qu'il m'a débusqué. Il me prend le menton et le tourne dans la direction voulue. Mes yeux tombent tout de suite sur la femme en question.

Environ vingt-huit ans, des cheveux ébène coupés à hauteur de ses épaules et des yeux bleu électrique. Elle est magnifique, certes. Mais quelque chose me repousse ; sa posture rigide, son sourire pincé ou sa robe noire symétrique et sans originalité...

Elle est si froide qu'elle me fait frissonner.

— Merci pour l'effort, mais j'ai besoin d'un peu plus de fun dans ma vie. Et je ne crois pas qu'elle...

Je m'immobilise de terreur en voyant qui se tient à sa droite. Tiago se tourne vers moi sans comprendre, mais la seule chose à laquelle je pense après « Je croyais qu'il ne devait pas venir ! », c'est comment me tirer d'ici au plus vite.

Jason ne m'a pas encore vue, écoutant quelque chose que la femme lui dit. Ils se dirigent rapidement dans notre direction, celle du bar.

Il relève soudain les yeux et je ne réfléchis pas plus longtemps avant de plonger derrière la plante à ma droite. Dans la précipitation, quelques feuilles me rentrent dans la bouche et me chatouillent le nez, si bien que je me débats contre elles en crachant.

J'adore ma vie.

Tiago m'observe comme si j'étais folle mais je m'accroupis maladroitement et tiens le pot entre mes mains. Je ne les vois plus.

Merde, merde, merde.

Pourquoi mon cœur bat-il si fort ? Je n'ai pas du tout envie qu'il me trouve ici et me demande comment je suis entrée. Et lui, d'ailleurs ? Comment a-t-il réussi à figurer sur la liste, pour commencer ?

Il se fait très probablement entretenir par cette fille de riches au corps élancé.

Pas que ça me dérange. Il fait ce qu'il veut. Je fais signe à Tiago de ne pas me regarder et choisis de me rapprocher de la porte de secours. J'agrippe le pot à deux mains et recule doucement, toujours accroupie. Mes talons ne rendent pas la tâche facile, si bien que je jure dans ma barbe.

J'espère que personne ne se demandera pourquoi une plante géante se déplace toute seule.

Je bute soudain sur quelque chose. Je me retourne et...

— Salut.

... tombe sur un sourire éclatant.

Fait chier.

Jason est planté derrière moi, les mains dans les poches d'un costume noir parfaitement taillé. Sa chemise et sa cravate sont de la même couleur, et bordel, il est canon. Je repense à ses abdos sous mes doigts, à ses tétons sous ma langue...

Non mais ça ne va pas bien, ma fille ? me crie ma voix intérieure.

Je lâche le pot et me relève aussi gracieusement que possible, cherchant une excuse plausible. Avant que je n'aie pu dire quoi que ce soit, Tiago nous a rejoints.

— Qu'est-ce qui t'a pris ? me demande-t-il.

— Zoé est passionnée par la botanique, c'est connu, dit Jason en souriant.

— C'est ça, dis-je, en m'essuyant les mains sur sa chemise.

Il me laisse faire, sans jamais se départir de son rictus ironique. Tiago n'aide absolument pas à rendre la situation moins gênante :

— On se connaît, non ? Ton visage me dit un truc.

— Oui, on s'est vus très brièvement le soir du 24 décembre. J'ai couché avec elle, sourit-il en me pointant du doigt.

— Ah... oui, je me rappelle, maintenant.

— Et c'était horrible, ajouté-je.

— Au moins, nous sommes d'accord sur ce point.

Tiago hausse les sourcils, visiblement mal à l'aise. J'en profite pour demander à Jason ce qu'il fait là. Malheureusement, il me renvoie l'ascenseur :

— C'est plutôt à moi de te poser la question. Tu es celle qui se cache derrière les plantes.

Mes joues chauffent mais je ne lui donne pas le plaisir de m'embarrasser davantage.

— Je... suis sur la liste, mens-je. Et toi ?

— Je suis venu avec...

— Jason.

Nous nous retournons tous vers la Princesse des Glaces. Bon sang, elle est encore plus intimidante de près. Elle s'approche, le regard tueur, et pose sa main sur l'épaule de Jason. Je comprends tout de suite le message.

— Qu'est-ce que tu fais ? On t'attend.

Je suis la direction de son regard et aperçois deux autres femmes, toutes brunes et très belles. Il faut croire qu'il a un genre. Un genre qui semble être tout le contraire de moi. Je suis tout à coup dégoûtée par la vue.

Est-ce qu'il se joue des trois pour de l'argent et de l'influence ? Ou le fait-il seulement pour le sexe ?

Quoi qu'il en soit, je le méprise encore plus qu'avant. Vu son costume Hugo Boss, j'imagine qu'ils sont tous allés faire du shopping avant de venir.

Que c'est mignon.

— J'arrive.

Il ne dit rien de plus, manifestement mal à l'aise. J'y prends un peu plaisir, allez savoir pourquoi.

— Je m'appelle Zoé, me présenté-je, en tendant la main.

Je remarque Jason qui me fusille du regard mais je l'ignore. La Princesse des Glaces me reluque un instant avant de me serrer la main d'une mine impassible.

— Jade. Vous vous connaissez ?

— Non, s'empresse Jason tandis que je réponds « Oui » au même moment.

— Nous nous sommes connus dans un club échangiste, ajouté-je en souriant.

À cela, Tiago s'étouffe avec son verre.

— Si vous saviez ce qu'il sait faire avec une cravate...

La jeune femme ne bronche pas. Jason, en revanche, est livide. Il secoue la tête dans ma direction, me suppliant d'arrêter, mais je suis déjà lancée.

— Enfin, vous êtes peut-être au courant, je ne sais pas.

Le silence est tel que je me sens très fière de moi. Jason a la mâchoire contractée et le regard noir. J'espère sincèrement lui avoir détruit son coup. Du moins jusqu'à ce que Jade, imperturbable, réponde :

— Non. En général, j'évite de connaître les détails de la vie sexuelle de mon frère. Mais merci pour ces précisions.

Sur le coup, je crois avoir mal entendu. Je la fixe sans savoir quoi dire. Puis elle se tourne vers Jason sans plus m'accorder d'attention et lance durement :

— C'est quoi, *ça* ? Maman arrive avec Jean-Paul, tu ferais mieux de régler...

Elle ne finit jamais sa phrase car les deux autres jeunes femmes s'ajoutent à notre groupe en saluant tout le monde. Une d'elles avec un sourire aux lèvres, l'autre avec l'air désinvolte.

Bordel, dans quel cauchemar me suis-je mise ?

— Vous êtes ? demande la première à Tiago et moi.

J'ai soudain envie de partir en courant. Je lance un regard de détresse à Jason, mais celui-ci me fait comprendre que je l'ai bien cherché.

— Une *amie* de Jason, répond Jade. Elle allait s'en aller.

— Oh mais non, restez ! s'empresse l'autre en s'approchant, sa main sur mon avant-bras. Je suis Julie, la sœur de Jason, et voici Jessica.

Quelle idiote. Quelle sombre idiote je suis ! Évidemment, qu'ils sont tous frère et sœurs. Pour ma défense, ils ne se ressemblent absolument pas.

Mon cerveau se souvient alors de ce que Jason a dit en me présentant ses chatons : « La chatte de ma sœur a eu une portée il y a deux semaines. Et *je sais*, ils ne sont pas de la même couleur. Ne demande pas pourquoi, ils sont quelque peu susceptibles à ce sujet. On se comprend, eux et moi. »

En effet, je l'ai bien cherché.

JASON

Le visage décomposé de Zoé vaut tout l'or du monde. Ça lui apprendra, à raconter que je fréquente les clubs échangistes !

— Je m'appelle Zoé, dit-elle à ma sœur, d'une voix bien moins confiante. Et je ne suis pas...

— Très beau prénom !

Je roule des yeux, les mains toujours dans mes poches, et interviens :

— Julie. Laisse-la tranquille.

— Quoi ? On ne rencontre jamais tes amis, et j'ai assez vu Loan pour une décennie – même si je l'adore. À croire que tu as honte de nous...

Je lève les yeux au ciel. Contrairement à ce que pensent ma mère et mes sœurs, je n'ai pas honte d'elles. Bien sûr, j'évite d'être associé à Julie quand elle a un coup dans le nez – elle a tendance à penser que tout le monde veut la voir à poil quand elle est bourrée –, mais à part ça, je suis très fier de faire partie de cette famille.

J'ai eu une chance incroyable au moment de l'adoption.

— Je n'ai pas honte de vous, réponds-je tendrement.

« Il n'empêche que j'aurais préféré ne pas croiser Zoé ce soir » est ce que je ne mentionne pas. J'en ai vu assez pour savoir qu'elle va se faire des idées sur mon compte. Certes, je n'ai pas menti lorsque j'ai dit me ficher de l'opinion des gens, mais savoir que je viens d'une famille aisée va renforcer l'image de type prétentieux et bourré de thunes qu'elle a déjà de moi.

Et quelque part, ça m'importe.

Car quand vous avez de l'argent, les gens ont tendance à ne voir que ça. Votre compte en banque devient alors un argument pour tout et n'importe quoi : vous n'avez pas le droit de vous plaindre, pas le droit d'avoir des problèmes.

— Si tu le dis ! Alors, racontez-moi tout, s'enquit Julie, en prenant Zoé à part. Quel genre d'homme est mon frère ? Où vous êtes-vous rencontrés ?

Je vois Zoé me jeter un œil, suppliant de la sortir de là, mais je préfère la regarder se débrouiller seule. Je n'avais même pas remarqué à quel point elle était sexy dans sa combinaison dorée, trop surpris de la croiser. C'est quand même dommage qu'elle et moi soyons incompatibles au lit... vraiment très dommage.

— Eh bien en fait, hésite-t-elle. Jason et moi nous connaissons depuis le CE2. Très longue amitié.

Julie semble confuse.

— Mais... on ne t'a jamais vue avant.

— On s'est perdus de vue pendant un moment, c'est pour ça.

Immense erreur. Julie saute sur l'occasion et la séquestre une bonne heure en lui posant toutes sortes de questions.

Zoé essaie tant bien que mal de changer de sujet et réussit parfois à extirper des infos gênantes à mon propos.

Julie lui raconte alors comment, à dix-huit ans, j'ai pleuré en pensant que j'allais mourir après une piqûre de méduse. Zoé éclate de rire et je sais qu'elle ne gardera jamais ça secret.

— C'était une grosse méduse, d'accord ! je me défends.

— Mais oui, dit Julie, en me frottant le bras.

Celle-ci finit par dire au revoir à Zoé, disant avoir été heureuse de l'avoir rencontrée, et nous abandonne – non sans un clin d'œil dans ma direction.

Et voilà. Je peux presque lire : « Marié, quatre enfants » sur mon front.

Zoé ne dit rien une fois face à moi, l'air triomphant. Je secoue la tête en l'observant, les doigts électriques. Ils veulent la toucher, je le sais, mais c'est interdit. Et c'est moi le chef, merde.

— Wow, marmonne Tiago, sa paille à la bouche. Je l'avoue, je suis aussi excité qu'effrayé par cette tension sexuelle entre vous deux.

Zoé le fusille du regard, je me contente de sourire.

— Club échangiste, hein ?

— C'était pour le coup de la glace. *Cordât.*

Je ris, car de toute évidence elle ne m'en veut pas trop. J'ai compris une chose : Zoé Camara ne cherche qu'à me faire sortir de mes gonds, et je mentirais si je disais que nos joutes verbales ne m'excitent pas. Je décide donc de jouer le même jeu qu'elle.

— OK, écoute. Je ne sais pas pourquoi tu es là, de ce que j'en sais tu m'as probablement traqué jusqu'ici parce que tu es complètement folle de moi depuis notre nuit passée ensemble – ce qui serait compréhensible –, mais je ne suis pas un garçon facile. Il va falloir me courtiser.

Elle ricane jusqu'à ce que je m'approche d'elle, assez près pour que mon souffle se mélange au sien. Son corps se raidit et je souris presque lorsque mes doigts frôlent les siens le long de son flanc. Elle ne se dégage pas.

— Avoue-le, soufflé-je sur ses lèvres roses. Je sais que je t'obsède.

Zoé ne rit plus, les yeux fixés sur ma bouche. Je jubilerais probablement si je n'étais pas dans le même état qu'elle. Je tends la main et écarte une mèche de cheveux près de sa nuque. Elle se reprend aussitôt.

— Tu aimerais bien, hein ? Si ça peut te rassurer, je préfère les hommes qui savent ouvrir une capote...

— Oh, tais-toi !

— Il faudra me faire taire, rétorque-t-elle.

J'esquisse un sourire salace qu'elle fixe du regard.

— D'accord, mais il se pourrait que tu y prennes ton pied.

Cela a le don de lui couper le souffle. Elle me regarde droit dans les yeux et le temps s'étend à l'infini pendant que mon ventre se noue et que mon cœur tressaute, jusqu'à ce qu'elle éclate de rire.

Je jette un œil à Tiago, qui ne sait pas non plus comment réagir. Je choisis alors de sourire, car force est de constater que je ne m'y attendais pas.

— C'est ça, beau gosse, dit-elle en me tapotant la joue. Le jour où tu me feras prendre mon pied sera celui où le système patriarcal s'effondrera.

Elle tourne les talons en passant le bras sous celui de Tiago et son rire moqueur me hante encore après qu'elle a disparu de ma vue.

Oh, cette fille est incroyable.

Quatre ans plus tôt

ZOÉ

Sarah est le premier secret que j'ai. Le plus gros, aussi. Elle comme moi ne nous cachons pas, du moins pas au lycée. Certains trouvent ça bizarre, beaucoup pensent que c'est une phase.

Sarah ne fait pas attention aux murmures qui suivent chacun de nos pas, cependant j'avoue avoir plus de mal. Peut-être parce que j'accorde trop d'attention à ce que les gens pensent de moi. Ou peut-être parce que j'ai peur que ma mère ne l'apprenne.

Pire : mon frère Bryan.

C'est pourquoi Sarah et moi nous sommes mises d'accord sur un planning de sorties. Nous nous voyons dehors le plus souvent, mais il arrive que Bryan m'enferme à double tour dans ma chambre quand je l'énerve.

La plupart du temps, j'envoie un message à Sarah et elle se pointe illico. Nous vivons au premier étage dans notre immeuble de banlieue, si bien qu'elle peut facilement escalader.

Justement, j'entends soudain un sifflement en bas de ma fenêtre. Sarah est là, sublime et rock'n'roll, habillée d'un jean serré et d'une chemise à fleurs masculine. Elle s'est coupé les cheveux il y a une semaine, si bien qu'elle ressemble désormais à Leonardo DiCaprio dans *Roméo + Juliette*, super sexy.

— T'attends quoi, monte !

Elle grogne, l'air hésitant.

— Je vais finir par me casser un bras, avec ces conneries.

— Et alors ?

— Désolée, mais t'en vaux pas la peine, chuchote-t-elle. Encore que si t'étais Scarlett Johansson... mais là.

J'ouvre grand la bouche, faussement offusquée.

— Dis donc, t'es pas Eva Mendes non plus !

Elle m'offre un rictus joueur et commence à escalader le parapet.

— C'est bien parce que je suis en manque...

Je l'aide à passer la fenêtre et la referme derrière elle tandis qu'elle s'effondre sur mon lit en soupirant, les bras en étoile. L'autre soir, Bryan a rouvert ma chambre sans prévenir et Sarah a été obligée de rouler par terre pour se cacher. J'ai cru que j'étais littéralement morte de peur, sur le coup. Heureusement, mon frère est un imbécile doublé d'un accro à la coke ; il n'a rien vu.

Mais depuis, nous sommes plus prudentes. Du moins, je le suis. Quant à Sarah... disons qu'elle n'a pas l'air de mesurer la gravité de la situation. Elle croit que j'exagère un peu pour donner un sens dramatique à ma vie.

J'aimerais bien.

— On se mate quoi ? demande-t-elle, en passant la main dans ses cheveux.

— Choisis.

Elle arque un sourcil.

— T'es sûre ? Parce que si c'est ça, on regarde *Hardbodies*.

— On l'a déjà vu la semaine dernière ! m'indigné-je.

Sarah me regarde comme si elle attendait la suite.

— Et ? Je ne vois pas où tu veux en venir.

Je roule des yeux et décide de m'occuper moi-même du film. Pendant que j'en cherche un sur mon ordinateur, Sarah déambule dans ma chambre comme s'il s'agissait d'un musée. Elle fait ça chaque fois, même si elle la connaît maintenant par cœur.

Et devinez quoi ?

Ouais, j'ai fini par coller des étoiles au plafond, moi aussi. C'est ringard, mais tant pis. Comme ça, je me sens plus proche de Sarah quand elle n'est pas là.

— Pourquoi est-ce que ton frère est si dur avec toi ? Et pourquoi ta mère le laisse faire ? Ça me dépasse.

Voilà une question qu'elle n'avait jamais osé poser auparavant... Je réfléchis à ce que je pourrais lui répondre : que ma mère est faible et déprimée ? Que mon père l'a quittée en lui laissant les enfants et qu'elle ne s'en est jamais remise ? Mieux : que Bryan n'a pas toujours été comme ça ; drogué et violent ?

À la place, je hausse les épaules.

— Elle a toujours préféré mon frère. Je crois que c'est parce qu'il ressemble à mon père et qu'elle s'accroche à son souvenir. Quant à Bryan... je ne sais pas. C'est un psychopathe, c'est tout.

Elle ne répond rien. Elle comprend que ce n'est pas le bon moment pour parler de ça, même si je doute qu'il y en ait un.

Je trouve enfin ce que je cherche et lance *The Prince and the Showgirl* avant de m'installer contre la tête de lit. Sarah retire sa chemise, se retrouvant en débardeur, et s'allonge en posant sa tête sur mon ventre. Je prends sa main dans la mienne, toujours en silence, et le film démarre.

Sans grande surprise, je souris à la première apparition de Marilyn Monroe, tout comme Sarah. C'est drôle, quand vous et votre compagne êtes attirées par les mêmes personnes.

— Cette femme était beaucoup trop sexy.

— Je te l'accorde. Mais je préfère quand même Laurence Olivier. Tu l'as vu dans *Hamlet* ?

Elle hoche la tête, dessinant des cercles sur l'intérieur de ma paume.

— Mmh. Pas de quoi casser deux pattes à un canard.

— C'est « trois pattes », chérie.

— N'importe quoi. T'as déjà vu un canard à trois pattes, toi ?

Je souris en laissant tomber.

Autant vous dire que nous sommes incapables de regarder un film en silence. Tant que nos langues ne sont pas occupées à autre chose de beaucoup plus drôle, nous les utilisons pour parler. Nos mains restent toutefois entremêlées, je remarque même que nos corps se rapprochent peu à peu, imperceptiblement.

Plusieurs fois, nous entendons quelqu'un passer devant ma chambre. Mon cœur s'arrête le temps de quelques secondes tandis que Sarah se tient prête à se cacher sous le lit.

La troisième fois, les pas s'arrêtent devant la porte après que j'ai éclaté de rire à une connerie de Sarah. Je la presse de s'abaisser sur le sol, ce qu'elle fait, mais rien ne se passe. J'attends quand même plusieurs minutes avant de lui dire de remonter.

— C'est bon, reviens, chuchoté-je.

Elle remonte sur le lit et s'assoit en tailleur, les yeux fixés sur moi. Elle n'a plus l'air de rire. Je soupire et lui demande ce qu'il y a.

— Ça ne peut plus durer. Ça fait un mois qu'on est en couple et j'en ai marre de devoir passer par la fenêtre. T'as qu'à lui dire d'aller se faire foutre, à ton frère. Il s'en remettra.

Je baisse la tête, la mâchoire contractée. Elle ne comprend pas et je ne me gêne pas pour le lui dire.

— Non, c'est vrai, je ne comprends pas. T'as peur de quoi, au juste ? Ils te passeront un savon, et au pire ils te vireront de la maison. Je t'ai dit que tu pouvais venir chez moi, mes vieux s'en moquent. Alors c'est quoi, le problème ? Tu as honte de moi ? Parce que si c'est ça, je vais pas continuer longtemps.

Je secoue la tête sans oser la regarder. Mon cœur bat à cent à l'heure, douloureux dans ma poitrine.

— Tu es égoïste.

— Pardon ? s'offusque-t-elle, piquée au vif.

— C'est facile, pour toi. Tu t'es révélée à tout le monde et tout s'est passé parfaitement. Tes parents t'aiment et t'acceptent comme tu es, et au pire tu t'en fous. Sauf que moi, c'est pas pareil. Tu ne connais pas ma mère, ni Bryan. Ils ne seront pas aussi compréhensifs que tes parents, d'accord ? Mon frère m'a déjà cognée pour ne pas avoir choisi la bonne marque de beurre, alors non, je n'ai pas envie qu'il l'apprenne. Si tu ne peux pas comprendre ça, c'est ton problème.

Elle ne dit rien pendant un long moment, les bras croisés. J'ai les joues rouges et chaudes, je me sens soudain énervée. Pas contre elle, mais contre cette vie que je déteste.

— C'est à ce point-là ?

— Tu crois que je te ferais escalader l'étage, si ce n'était pas le cas ?

— Je suis désolée, dit-elle alors d'une voix douce.

Je suis tellement prise de court que j'en perds mes mots. Je la regarde, rebelle et triste, et j'ai soudain envie de la rassurer, de lui dire que tout va bien se passer, que ce n'est pas aussi grave, qu'on va s'en sortir. Mais je déteste le mensonge.

Alors je fais glisser mes doigts de son poignet à son épaule, très lentement. Leur passage électrique laisse une traînée de chair de poule derrière eux. Je vois sa respiration s'accélérer. J'ai envie de la sentir contre moi, de sentir son cœur battre derrière sa peau fine et de savoir, en le faisant, qu'il bat juste pour moi.

Mes mains caressent sa nuque dégagée et s'emmêlent dans sa chevelure brune. Elle se rapproche doucement, seul le son de la télé berçant nos caresses. Ses mains à elles remontent le long de mes cuisses et s'arrêtent dans le creux infini de ma taille. Je frissonne lorsque sa bouche frôle la mienne et elle sourit.

L'envie d'elle est si forte qu'elle me déchire le ventre.

— Je t'aime, Zoé.

Mon cœur s'arrête de battre. Soudain, je me sens si complète et si terrifiée à la fois qu'il n'y a pas d'autre réponse possible.

— Je t'aime aussi.

Elle dépose un léger baiser sur ma bouche, doux et précieux. Je ferme alors les yeux, luttant contre l'excitation bouleversante qui me prend, et passe les mains sous son débardeur. Sa peau est douce comme du velours. Mes doigts sont froids sur son corps bouillant, si bien que son ventre se creuse à mon contact.

— Zoé... Je sais que ça ne fait qu'un mois, mais on se connaît depuis plus longtemps et je suis prête...

Dieu merci. Je la fais taire d'un baiser et cette fois, sa bouche me dévore. Je ne sais pas si c'est son cœur ou le mien qui bat si vite, mais le son suffit à m'exciter davantage.

Je fais tomber les bretelles de son débardeur, que je l'aide à passer par-dessus sa tête. Je ne pense presque plus à ma mère, qui va bientôt rentrer du boulot. Il n'y a que Sarah et cette sensation nouvelle qui me transperce l'entrejambe.

— Va falloir que tu me guides un peu, avoué-je.

Elle éclate de rire, se retrouvant en soutien-gorge noir.

— Je ne sais pas ce que je fais non plus ! Je ne suis jamais allée jusque-là.

— Oh...

— Au pire, ce sera gênant la première fois, mais je suis sûre qu'avec un peu d'entraînement, on deviendra de vraies bêtes de sexe !

Je ris, rassurée. Voilà pourquoi je suis folle amoureuse de cette fille. Très vite, les soupirs se multiplient, la tension s'accentue et les couches de vêtements disparaissent.

J'ai ma robe baissée sur mes hanches et la bouche de Sarah dans mon cou lorsque j'entends la clef dans la serrure.

J'ai à peine le temps de la repousser. Je me pétrifie sur place tandis que Bryan ouvre grand la porte, furieux.

— Va-t'en ! jeté-je à Sarah en la poussant si fort qu'elle bascule du lit.

Elle tombe par terre dans un bruit sourd et le visage de mon frère se déforme. Un dégoût profond vient se peindre sur ses traits ; ça et une déconcertante déception.

— J'en étais sûr, dit-il très calmement, pendant que Sarah se relève, l'air secoué. Je savais que tu jouais la pute, mais alors que tu te faisais prendre par des filles, c'est encore mieux. Tu me dégoûtes, Zoé.

— Dégage, je te dis ! dis-je violemment à Sarah, qui tient son débardeur contre sa poitrine sans bouger.

Elle ouvre la bouche pour répondre mais mon regard semble la convaincre. Elle fait un geste vers la fenêtre quand Bryan s'approche de moi. Je sais par expérience que je ne devrais pas mais c'est un réflexe : je saute du lit pour tenter de lui échapper – geste qui me vaudra de lourdes représailles.

— Ne me force pas à venir te chercher, Da, me menace-t-il d'une voix contrôlée qui me glace le sang. Viens me voir et on verra si tu as toujours envie de...

Il dit des choses si vulgaires et blessantes que je n'oserai jamais les répéter.

— C'est mon espace personnel, t'as pas le droit d'y entrer, dis-je dans un élan de courage. Ce que je fais dans ma chambre ne te regarde pas, bordel, c'est le seul endroit où tu n'es pas le roi ici, alors lâche-moi !

Il reste impassible le temps d'une seconde et j'ai la stupidité de croire qu'il y réfléchit. Jusqu'à ce qu'il s'élance vers moi, aussi rapide qu'un serpent. Sarah crie tandis qu'il m'attrape les cheveux et oblige ma tête à percuter le mur. La douleur est semblable à un coup de jus dans le cerveau. Des étoiles emplissent ma vue tandis que je vacille sur mes pieds.

— Mais t'es complètement taré, putain ! hurle Sarah à l'intention de mon frère.

Elle tente de m'atteindre, les yeux écarquillés, mais il la repousse violemment, son poing toujours dans mes cheveux. Je suis si habituée que je ne tente pas de me débattre malgré la douleur aiguë qui déchire mon crâne.

— Qu'est-ce que tu as contre les hommes, hein ? chuchote-t-il en me prenant le visage avec une tendresse alarmante. Ils ne te plaisent pas ? Peut-être que si je te présentais quelques amis, tu arrêterais tes conneries.

Les larmes coulent sur mes joues sans que je puisse les arrêter. Non pas parce que ses paroles me blessent, mais parce qu'il me tire les cheveux si fort que j'ai peur de ne plus en avoir sur le crâne.

— Je te déteste, lâché-je entre mes dents.

C'est faux. Tu aimerais, mais c'est faux.

— Pardon ?

— Je te déteste, répété-je plus fort pour me convaincre

moi-même. J'aimerais que tu crèves. T'as entendu, là ?

Le silence qui suit est perturbant. On entend Marilyn Monroe rire mais elle est bien la seule. Finalement, c'est un sourire sincèrement triste qui se dessine sur la bouche de Bryan. Il essuie l'une de mes larmes avec le pouce.

— Et moi je t'aime, sœurette. Beaucoup trop.

Le pire, c'est que je sais qu'il le pense.

Il me lâche, visiblement calmé, et je m'effondre. Ma tête me fait si mal que j'ai envie de vomir.

— Toi, tu te tires, dit-il en direction de Sarah. Et tu n'as pas intérêt à revenir.

Celle-ci me jette un coup d'œil, le teint livide. Elle ne veut pas me laisser. Je peine à la regarder, trop honteuse pour soutenir son regard, et lui fais signe de partir. Elle hésite encore un peu avant de passer devant Bryan et de sortir par la porte d'entrée.

Mon frère ne tarde pas à me laisser seule. Je me retrouve dans le noir de ma chambre, la télé encore allumée, et il me faut de longues minutes avant de fondre en larmes.

Mon téléphone vibre sous l'assaut des messages que Sarah m'envoie, mais je ne réponds pas avant le matin. Je ne sais pas si j'ai encore la force de faire face.

5

JASON

— On ne court pas autour de la piscine ! Pierre, il est l'heure d'y aller. Tous à la douche, on ne traîne pas !

Ma petite classe de sixième se dirige vers les douches tandis que je range le matériel utilisé en compagnie de Bruno, mon collègue. Les deux heures ont été très longues ; la moitié des enfants était trop fatiguée pour suivre les exercices que je leur proposais, les garçons refusaient à nouveau de mettre leur bonnet de bain parce que « c'est la honte », et j'ai dû gérer une propagation de verrues.

Sinon, tout va bien.

Je leur dis de se dépêcher tandis qu'ils se changent dans les vestiaires en riant. Je sors mon téléphone pour vérifier mes messages et découvre qu'Ethan propose de sortir, ce soir. Loan a préféré rester à l'appartement mais j'accepte ; j'en ai besoin.

— Tout le monde est là ? demandé-je au groupe. OK, ceux qui retournent avec moi au collège : de ce côté. Les autres, montrez-moi votre carnet de correspondance.

Ils obtempèrent et je finis par compter le tout. Un éclat de panique m'étreint le cœur quand je me rends compte qu'il en manque un.

Je leur ordonne donc de ne pas bouger et la plupart soupirent d'impatience tandis que je fais demi-tour. J'appelle Alice en ouvrant grandes toutes les portes, jusqu'à ce que je tombe sur un vestiaire fermé. Je toque doucement, priant pour qu'elle soit là.

— Est-ce que tout va bien, là-dedans ?

Elle sort soudain, les yeux bouffis. Je m'écarte en la regardant, le cœur déchiré. Je déteste voir les gens pleurer, c'est fou.

— C'est rien...

— Sûre ? Si tu ne veux pas en parler à M. Laouette, je comprendrais. Il fait un peu peur, ajouté-je sur le ton de la confidence. Mais moi je suis cool, j'ai même vu *High School Musical 2* ! Alors vas-y, crache le morceau : c'est qui, la garce de la classe ? Qu'est-ce qu'elle t'a fait ?

Je croise les bras en lui faisant un clin d'œil, les oreilles grandes ouvertes. Alice se contente de me fixer sans savoir comment réagir. Finalement elle me dépasse en bougonnant :

— Vous êtes trop bizarre.

C'est drôle, c'est aussi ce qu'on me disait quand j'avais son âge.

∞

Il semblerait que sortir avec Ethan est devenu aussi chiant que sortir avec Loan. Je les adore, mais Loan est trop amoureux de sa meilleure amie pour draguer d'autres filles, et le pire, c'est qu'il ne s'en rend même pas compte – ce n'est pas moi qui vais le lui dire. Quant à Ethan, j'apprends ce soir qu'il a lui aussi rencontré une fille.

Suis-je le seul à encore savourer un bon vieux célibat ?

Moi qui pensais passer la soirée à flirter, nous restons finalement sur notre banquette à boire. Peut-être que ça vaut mieux, étant donné ma résolution concernant les plans cul.

Sauf que je n'avais pas prévu de voir Zoé partout où je vais. Il y a beaucoup trop de filles pour les compter dans la boîte, pourtant je cherche inconsciemment l'éclat de cheveux roses dans la foule.

Je ne comprends pas. Notre nuit a été désastreuse et nous nous sautons à la gorge chaque fois que nous nous voyons. *Alors pourquoi diable est-ce que je pense à elle ?*

Parce que malgré nos piques continuelles, je l'aime bien. Elle n'est pas facile à cerner, certes, mais après seulement trois rencontres fortuites, j'ai pu voir combien elle est drôle et franche. Dieu sait que j'ai besoin de ça dans ma vie !

De plus, elle a un corps de rêve, avec des formes là où je les aime. Ça ne peut pas faire de mal.

Le seul problème, mis à part le souvenir encore douloureux de cette nuit, c'est qu'elle me prend pour un pied au lit. J'ai encore du mal à avaler la pilule...

Je propose à Ethan de boire un dernier verre chez moi et nous prenons mon Audi pour rentrer. Une fois que nous sommes arrivés, je jette mes clefs sur la table du salon et Ethan part se vautrer dans le hamac qui trône près de la fenêtre. Je revois presque Zoé tomber de mes bras et se cogner contre le coin de la table basse.

Probablement le moment le plus drôle de la soirée.

— Tu veux quoi ?

— Une bière, si tu as.

Je retire mon manteau et vais sortir deux bières du frigo. Je m'assois à côté d'Ethan sur le canapé. La télé s'allume sur un match de tennis.

Après plusieurs sets, je lui demande quelle excuse a inventée Loan pour ne pas se joindre à nous, ce soir.

— Rien, il a dit être fatigué. C'est vrai qu'on a des journées de dingue, en ce moment.

Je roule des yeux. Je n'en crois pas un mot.

— Bah, bien sûr. Il est probablement en train de faire des cochonneries avec Violette, puis quand on lui demande, il raconte que « monsieur est trop fatigué ».

Ethan s'étouffe presque avec sa bière, ce qui me fait rire. On dirait que je suis le seul à remarquer les choses, ici.

— Ils couchent ensemble ? s'exclame-t-il, l'air choqué. Mais non, impossible ! Pourquoi ne m'a-t-il rien dit ? Il abuse.

— Personne ne m'a rien confirmé mais c'est évident. Je crois en l'amitié homme/femme, aucun doute là-dessus... Mais ces deux-là, c'est des conneries. J'attends juste que Loan réalise que les plans cul, ce n'est pas son truc. Ni celui de Violette, d'ailleurs.

Ethan semble réfléchir à ce que je lui dis, sincèrement surpris. Je n'arrive pas à croire qu'il n'ait rien vu.

— Bordel, tu as raison.

— J'ai toujours raison. Loan croit être discret mais je ne suis pas con : tu ne touches pas une femme comme il le fait si tu ne veux pas coucher avec elle.

— Bordel, répète-t-il.

Je m'apprête à ajouter quelque chose quand la sonnette retentit, me prenant de court. Ethan m'observe, interrogateur. Je n'ai sincèrement aucune idée de qui cela peut être. Je vais ouvrir, méfiant, et...

Oh.

OK.

Sur le seuil se trouve Margot, une « amie » et employée de mon père. Être mon aînée de dix ans ne l'a pas empêchée de coucher avec moi par le passé. Plusieurs fois.

Elle me sourit mystérieusement et n'attend pas que je l'invite à entrer pour me passer devant. Je la laisse faire

– question d'habitude – et referme la porte sans pouvoir m'empêcher de reluquer son déhanché félin.

Comme chaque fois que je la vois, elle porte une robe moulante qui lui arrive aux genoux, des talons vertigineux et une fragrance de dédain mêlée à du Chanel N°5. C'est simple : cette rousse magnifique et froide est un véritable poison. Mais parfois, ça fait du bien, de voir la mort de près.

Dans le salon, Margot se plante devant Ethan et dit :

— Tu peux nous laisser, s'il te plaît ?

Non, Margot n'y va pas par quatre chemins. Je sais que si elle est là, ce soir, c'est pour une seule et unique raison : du sexe. Ethan l'a également compris puisqu'il ne se fait pas prier. Il avale une dernière gorgée de bière et se lève pour me taper dans le dos.

— De toute façon, je suis exténué. Bonne soirée, me dit-il, avec un sourire complice.

— Ouais, ouais. Allez, dégage.

Il rit et referme la porte derrière lui. J'espère qu'il n'a rien oublié, car deux secondes plus tard, la bouche pulpeuse de Margot est sur la mienne. Elle agrippe mes cheveux d'un geste brusque et m'attire à elle, si bien que je lui enlace la taille en lui rendant son baiser fougueux.

— Fais vite, je dois me lever tôt demain matin, souffle-t-elle contre mes lèvres, tandis qu'elle dézippe sa robe.

Je jette un coup d'œil à l'horloge murale en déboutonnant ma chemise et mon jean.

— Faire vite n'est pas dans mes habitudes, réponds-je d'une voix éraillée.

Le temps d'une terrible seconde, je repense aux critiques de Zoé sur ma façon de faire l'amour. Margot ne s'est jamais plainte, jusqu'ici, mais peut-être ai-je perdu la main ?

Foutue Zoé !

Je décide de ne pas y réfléchir davantage et prends les rênes. En deux temps trois mouvements, je soulève les cuisses de Margot et l'allonge sur le canapé pour lui enlever son string en dentelle.

Dix minutes plus tard, elle se rhabille tandis que je reste silencieux. J'ai remis mon boxer et fixe le vide, la mâchoire serrée.

— C'est pas grave, Jason, me rassure-t-elle en remettant ses chaussures. Tu as beaucoup bu et je suis venue sans prévenir… Ça ira mieux la prochaine fois, OK ?

— Ouais.

Je veux juste qu'elle s'en aille.

C'est la première fois que je n'arrive pas à bander devant une femme nue et je ne suis vraiment pas prêt à en parler. La voix de Zoé me hante et me brûle, persécutrice.

« Sans vouloir t'offenser, je suis un très bon coup !

— Le pire de tous. »

Je la déteste.

— On se voit demain ? me propose Margot quand je la raccompagne à la porte.

Ne faites pas l'erreur de la prendre pour une fille facile, surtout pas. Margot ne couche pas avec tout le monde, loin de là. Ses conquêtes, elle les choisit avec soin.

Je lui réponds que je serai occupé demain et elle me souhaite une bonne nuit avant de partir. Je range ce qui traîne et préfère aller au lit pour éviter de penser à ce qui vient de se passer. Malheureusement, la scène se déroule sous mes yeux chaque fois que je les ferme.

Zoé m'a tellement fait douter que je n'ai pas réussi à coucher avec Margot. Vous y croyez, vous ? Cette histoire est allée beaucoup trop loin.

Sans trop comprendre ce que je suis en train de faire, je saisis mon téléphone portable et tape le nom de Zoé Camara dans la barre de recherche Google.

Bingo.

Je tombe sur son compte Facebook, qui malheureusement est privé. Sa photo de profil est celle d'un chat à l'air blasé sous lequel est inscrit : *I Hate People*. Un petit sourire réussit à naître sur mes lèvres avant que je ne le fasse disparaître.

On la déteste, tu te souviens ?

Son compte Instagram est toutefois public et je peux faire défiler les milliers d'images d'elle. Je comprends qu'il s'agit là d'un profil professionnel, dans la mesure où Zoé poste des photos de ses tenues. On la voit poser un peu partout dans Paris avec robes, jeans troués et tailleurs...

Je fais une capture d'écran pour mes photos préférées, dont l'une où on la voit assise sur un tabouret, en jean et tee-shirt blanc, pas maquillée et morte de rire.

Stalker, commente ma voix intérieure.

Sur sa biographie se trouve un lien YouTube. De plus en plus surprenant... Je clique dessus et tombe sur ce qui semble être une chaîne de mode. Je passe l'heure suivante à regarder la grande majorité de ses vidéos dans le noir de ma chambre. On la voit partager ses tenues selon chaque événement, se filmer dans des soirées huppées, donner des astuces beauté ou encore faire des tags drôles en compagnie de son ami Tiago.

Je ne la reconnais presque pas. Elle a l'air si à l'aise, si décontractée, passionnée et souriante... J'en viens presque à éprouver une certaine once de jalousie parce qu'elle n'a jamais été comme ça en ma présence.

Je tombe alors sur une séance photo qu'elle aurait faite l'année dernière au Studio Lenoir. J'en reste bouche bée. Elle est partout sur l'écran de mon téléphone, vêtue d'une robe presque translucide dont seules les perles blanches lui dissimulent les tétons et la ceinture.

Elle regarde l'objectif avec insolence et sensualité, les lèvres entrouvertes et pulpeuses, et c'est sans surprise que mon mini Jason se réveille enfin.

— Très bon timing, bougonné-je dans ma barbe.

Frustré, je verrouille mon téléphone sans pour autant fermer la page et tente de m'endormir. C'est la tête remplie d'yeux bleus, de cheveux roses et de lèvres couleur cerise que je trouve le sommeil.

Le lendemain, je me réveille avec un tout nouveau plan :

Je vais séduire Zoé.

Je vais coucher avec Zoé – à nouveau.

Et alors non seulement nous saurons que je suis un bon coup, mais peut-être que j'arrêterai de penser à elle.

Peut-être.

6

ZOÉ

Je suis en train de poster une nouvelle vidéo sur ma chaîne YouTube, un muffin à la myrtille devant moi – mes préférés –, quand mon téléphone portable sonne. Je fais l'erreur de décrocher sans regarder de qui il s'agit.

— Allô.

— Salut, c'est maman.

Et merde.

Je fais comme si je le savais et lui demande comment elle va. Ma mère ne m'appelle jamais, sachez-le. Les seules fois où cela arrive, c'est parce que mon frère l'oblige à me demander de l'argent.

— Ça va ... Et toi ? J'ai vu tes photos sur Instatruc, là.

— Instagram.

— Oui, bref, dit-elle distraitement. Tu n'as pas pris un peu de poids, dis ?

Cela me fait presque trébucher de mon tabouret. *Aïe.* Ça fait mal. Ça ne devrait pas, après tout ce n'est pas la première fois qu'elle me pose cette question. Ça n'empêche que ça ne fait jamais plaisir.

Je fusille mon muffin à la myrtille du regard, comme si c'était sa faute.

— Je ne sais pas, réponds-je sèchement.

Oh, la menteuse.

— Tu te pèses ?

— Tu m'as appelée pour me dire que je suis grosse ?

Si elle n'a rien d'autre à me dire, autant raccrocher tout de suite. Et pourtant, je ne peux m'empêcher de rougir en pensant à tout ce que j'ai mangé hier soir.

Si mardi je n'ai rien avalé de la journée, je me suis rattrapée hier avec des chips, des financiers à la pistache, des pâtes au gruyère et une tablette de chocolat qui traînait dans le placard. Tout ça pendant que Violette faisait son footing, pour ne pas subir son regard désapprobateur. Je n'ai toutefois pas eu besoin de ça pour culpabiliser et pleurer dans mon lit quinze minutes après en m'insultant de « grosse bonne à rien ».

Bon sang, je me déteste.

— J'ai l'impression, c'est tout, renchérit ma mère.

« Je ne suis pas grosse » est ce que j'essaie de me répéter chaque jour que Dieu fait. Mon IMC est exactement dans la courbe « poids normal », j'ai des rondeurs mais elles ne sont pas importantes. Je le sais. Pourtant, ça ne va pas. Ça ne va jamais. Parce qu'à l'intérieur, tout est dévasté.

— Maman, qu'est-ce que tu veux ?

— Est-ce que tu peux passer ?

— Non.

— S'il te plaît... me supplie-t-elle. Je suis vraiment dans le pétrin, cette fois. Ça n'arrivera plus, je te le jure.

Je ferme les yeux et prends une grande inspiration. Je ne sais pas pourquoi je continue à jouer la comédie ; on sait toutes les deux que je vais venir lui donner l'argent dont elle a besoin. C'est toujours comme ça.

— Est-ce que Bryan est là ?

— Non, non, ce n'est que toi et moi, promis !

Je garde le silence avant de raccrocher en lui disant que j'arrive. Je me traite de tous les noms en prenant le muffin à la myrtille. Je m'apprête à le jeter à la poubelle quand je change d'avis et l'enfourne dans ma bouche.

Au point où j'en suis.

Tous les mois, ma mère me passe un coup de fil pour que je lui « prête » de l'argent. Bien sûr, elle ne me le rend jamais. Bryan la terrifie autant qu'elle l'aime.

Moi aussi, il me fait peur. C'est pour ça que je suis partie. Quand ça a été fini avec Sarah, je n'avais plus rien qui me retenait là-bas. Sauf que je continue d'y retourner, encore et toujours, et ce même si je sais que l'argent que je donne ne sert pas au loyer mais aux merdes que mon frère avale.

Je passe à la banque retirer du liquide et prends ma voiture, le ventre noué. *Tu peux le faire, Zoé. T'es plus forte que ça. Donne l'argent et tire-toi.*

Ma mère me saute dessus lorsque je passe le pas de la porte, le sourire aux lèvres.

— Tu as fait vite !

Je lui fais la bise, notant au passage son corps frêle et ses cernes presque noirs. J'évite la direction de mon ancienne chambre du regard en pénétrant dans l'appartement. Je ne veux pas penser aux jours et aux nuits que j'y ai passés.

— Tu es classe, remarque ma mère en scrutant ma tenue.

Je grimace. J'aurais dû me changer avant de venir.

— Merci. Bon, tu as besoin de combien ?

— Deux cents euros.

Je me retourne vivement, le cœur bondissant horriblement dans ma poitrine. Ce n'est pas ma mère qui a répondu mais Bryan, debout derrière moi. Celui-ci a les cheveux blonds décoiffés, les pupilles dilatées et un sweat à capuche blanc.

Quand nous étions petits, tout le monde disait que l'on était le portrait craché l'un de l'autre. C'était avant.

Je me recule, sans pour autant montrer ma peur, et jette un regard assassin à ma mère. Sa trahison me brûle le visage.

— Tu m'avais dit qu'il n'était pas là !

Elle ne répond rien, en évitant mes yeux. Bryan avance, l'air désinvolte, et va s'allumer une cigarette près de la fenêtre ouverte.

— Arrête de faire ta victime, je vais pas te frapper, lance-t-il en roulant des yeux. T'as l'argent ?

— Je ne te le donnerai pas. Tu rêves.

Il fronce les sourcils en recrachant la fumée de sa bouche.

— Tu allais le faire.

— Non, j'allais donner de l'argent à maman. Pas à toi. Je sais ce que tu en fais, et dans deux semaines je vais devoir revenir avec plus de thunes pour payer le loyer. Hors de question, putain.

Je fais un geste pour partir quand il jette sa clope par terre et me rattrape par le bras. Je sursaute par réflexe mais il ne me tape pas. Il se contente de se tenir très près de moi, une main rugueuse sur ma joue. Les yeux de Bryan se baladent sur mon visage, puis sur ma tenue.

Un frisson de dégoût me traverse.

— Allez, Zo... Ne me fais pas croire que tu n'as pas d'argent, tu t'habilles comme une poule de luxe. On est une famille. T'es égoïste au point de nous laisser dans la merde ?

— Je suis aussi pauvre que vous, réponds-je, le cœur au bord des lèvres. Ce ne sont pas mes vêtements et je n'ai pas le temps d'avoir un travail à côté de l'ESMOD. Je vis exclusivement sur ma bourse, tu n'as aucune idée du loyer que je paie pour un appartement sur Paris !

— Tu n'avais qu'à pas partir. Tu étais bien ici.

— « Bien » ? Je vivrais dans la rue si ça pouvait me séparer de toi, craché-je sans réfléchir.

Un éclair passe dans ses yeux ; de surprise, de douleur et de colère, un peu tout à la fois. Le silence qui nous saisit est tendu. Ma mère s'est réfugiée un peu plus loin, les bras autour d'elle-même. Elle sait.

C'est le moment que choisit Bryan pour attaquer sans rien dire, aussi vif qu'une gazelle. Mais contrairement à ce que je pensais, il ne me frappe pas. Non, il fonce sur mon sac à main.

— Non !

Je tente de le repousser mais il a beaucoup plus de force que moi. Il tire sur mon sac tandis que je lui donne des coups de coude pour le faire lâcher prise. Mon sac finit par tomber à terre et nous nous ruons dessus au même moment. Je me fais mal aux genoux mais j'ignore la douleur.

Bryan fouille dans les milliers d'affaires éparpillées sur le sol tandis que je crie en repoussant ses mains. La partie prend fin quand il grogne d'impatience et me balance un revers de la main en pleine face.

Je retombe sur les fesses, le visage brûlant. Le temps que je relève les yeux, il est déjà debout, mon porte-monnaie en main. Il extirpe les billets que j'ai retirés plus tôt et les fourre dans sa poche, essoufflé.

Il faut que je me tire d'ici.

Je refoule mes larmes de honte et ramasse mes affaires, toujours à genoux sur le sol.

— Pourquoi est-ce que tu dois toujours tout compliquer ? me demande-t-il. Tu crois que ça me fait plaisir ?

— Et toi, tu ne dis rien.

Ma mère baisse les yeux à ma remarque assassine. Évidemment qu'elle ne dit rien. Elle ne le fait jamais.

Bryan est déjà parti s'allumer une autre cigarette lorsque j'ai fini de me relever. Je suis près de la porte quand je l'entends me dire :

— Zoé ?

Je ne sais même pas pourquoi je me retourne. Son expression s'est radoucie, sa voix est calme.

— Tu es très jolie.

C'est ça, le problème, avec Bryan. C'est un tyran violent, cruel et manipulateur, mais il réussit toujours à me jeter quelque chose de ce genre à la figure et je me mets à croire que mon frère est encore là.

Je sais qu'il est sincère. Mais ça ne répare pas tout.

Je pars sans rien répondre et pleure une fois que je suis au volant de ma voiture. Des jours comme celui-là, j'ai l'impression que peu importe où je suis et avec qui, mon frère me rattrapera toujours.

Le temps que j'arrive à l'appartement, je me sens vidée. Mes larmes se sont taries, sauf que...

Seigneur, vous voulez ma mort ?

C'est bel et bien Jason que j'aperçois en bas de l'immeuble. Un grand sourire aux lèvres, il me fait coucou de la main. Je me gare, en priant pour mourir foudroyée sur place, et je descends ma vitre.

— Hé, me salue-t-il en se penchant, les avant-bras sur ma portière.

Je reste derrière le volant, impassible et silencieuse. Avec un peu de chance, il croira que j'ai fait une attaque et décidera de partir.

Avec beaucoup de chance, je ferai vraiment une attaque.

— Tu es rouge, là, me fait-il remarquer en frôlant ma joue des doigts.

Le frisson qui parcourt mes bras à son contact m'énerve. Je repousse sa main et lui demande ce qu'il veut. Il n'en démord pas.

— Je pensais qu'il y aurait quelqu'un à l'appart' mais personne ne répond.

— Violette est à la bibliothèque et Loan finit tard, ce soir.

— Ah... dit-il, sans pour autant paraître surpris. Tu peux me faire rentrer pour que j'attende au chaud ?

Sa question déclenche quelque chose dans mon esprit. Je jure dans ma barbe et fouille dans mon sac à main. Comme je m'en étais doutée, je suis partie dans une telle précipitation que j'ai oublié mes clefs dans la cuisine. Typique.

J'explique la situation à Jason, qui sourit.

— Ça t'arrive souvent, non ?

Je ne prends pas la peine de répondre et soupire en abattant mon front sur le volant. De longues secondes s'écoulent avant que la portière côté passager ne s'ouvre. Je lève les yeux et découvre Jason assis à côté de moi.

— Qu'est-ce que tu fais ?

— On ne va pas attendre Godot comme des cons. Tu as faim ? Je connais un salon de thé sympa pas loin d'ici, le Tea Lichou.

Je secoue la tête sans y croire. Ce type est encore plus surprenant que je ne le pensais. Je repense au muffin de tout à l'heure et l'envie de vomir me prend la gorge.

— Je n'ai pas faim.

— On n'a qu'à aller se promener.

Je ne suis pas d'humeur à me lancer dans une joute verbale intense avec Jason, si bien que j'accepte. S'il me casse vraiment les pieds, je peux toujours le faire sauter de la voiture en marche.

Nous roulons dans les rues de Paris sans rien dire. Le silence n'a pas l'air de le gêner et, bizarrement, moi non plus. J'apprends à l'apprécier. Au bout de vingt minutes, j'ai presque oublié la scène chez ma mère. Mes nerfs se détendent et je lui propose de marcher un peu.

Nous nous baladons alors au gré des rues parisiennes, de Saint-Michel à Châtelet. Ayant senti mon changement d'humeur, Jason se met à faire la conversation. Il dit que Loan lui a parlé de ma chaîne YouTube, qu'il trouve ça cool, et je me demande s'il a été assez curieux pour aller y jeter un œil.

L'idée qu'il soit devant son écran en train de me regarder parler à ma caméra est plaisante... et effrayante.

— Je ne sais pas comment tu arrives à gérer le nombre d'abonnés que tu as sur Instagram, dit-il en se frictionnant les cheveux. Moi-même, je trouve ça épuisant d'être si beau. Tu sais, à cause des fangirls.

Je lui coule un regard blasé auquel il répond par un sourire effronté. Évidemment, il n'en pense pas un mot. Jason sait qu'il est séduisant, mais il ne se prend pas la tête à cause de ça. Je crois que c'est l'une des rares choses que j'apprécie chez lui.

— Tu n'as qu'à ouvrir la bouche, ta personnalité les fera fuir, lui conseillé-je.

Son air faussement blessé me fait sourire. Pas question d'approuver ce qu'il sait déjà. Je jette un coup d'œil furtif à sa tenue. Il est très chic, aujourd'hui : un jean sombre, un pull par-dessus une chemise blanche et un long manteau en coton noir.

— Dis... À ton avis, le système patriarcal a-t-il des chances de s'effondrer dans les semaines à venir ? C'est pour un ami.

Je me mords la joue pour ne pas sourire. La première fois que j'ai rencontré Jason, je savais qu'il était drôle. Cela dit, je ne savais pas encore qu'il était aussi très intelligent. Il le montre peu mais je suppose que ce n'est pas pour rien qu'il est en Sciences Politiques.

Il a ce genre d'humour sagace et sarcastique qui pourrait me faire fondre si je ne suis pas plus prudente.

— Pourquoi, tu as des plans ?

— Peut-être bien.

— Désolée de te décevoir, mais c'est très peu probable. Demande à Simone de Beauvoir, elle attend toujours.

Il m'offre un sourire en coin.

— Zoé Camara, plus je vous parle et plus vous devenez belle.

— Pourtant j'ai la même tête qu'il y a deux semaines.

— Oui, mais comme le dit ma mère : « Il n'y a pas de beauté sans intelligence », dit-il en regardant droit devant lui, les mains dans les poches de son manteau. Pas pour moi, en tout cas.

Je le regarde, un sourcil haussé. Je ne sais pas si je dois être étonnée qu'il pense de cette façon ou du fait qu'il me trouve intelligente. Je n'ai pas le temps de trancher car un pigeon, effrayé par le bruit d'une moto, s'envole juste à côté de moi.

Vous devez savoir une chose à mon propos : les Hommes ont Lucifer. Moi, j'ai les pigeons.

Je hurle en courant, les mains plaquées sur mes yeux comme si cela pouvait éviter qu'il me touche. Je les rouvre pour m'assurer qu'il est parti et le découvre à quelques pas.

— Argh, mais va-t'en, bordel de merde ! crié-je, sous le regard interdit de Jason.

— Tu comptes l'escalader ? me demande tranquillement celui-ci tandis que je serre un arbre entre mes bras.

— J'ai la phobie des pigeons, espèce de crétin ! Fais-le partir !

Il éclate de rire et prend pitié de moi. La bête maléfique prend son envol quand il avance en faisant de grands gestes de la main. Un couple passe devant nous et nous dévisage sans comprendre. Jason me prend les épaules en leur expliquant :

— Traumatismes d'enfance. Sa psy travaille dessus.

Je le fusille du regard mais il me caresse les cheveux en me plaquant contre son torse.

— Oui, ma crème de marron, ça va aller... Je suis là...

Faites que cette journée se termine vite.

Je me dégage de son étreinte quand Jason m'arrête net d'une main sur mon poignet. Je l'interroge du regard, plantée au milieu du trottoir. Sa mine est choquée et lumineuse à la fois, il fixe un point au-dessus de mon épaule.

— Alors ça, c'est un signe. On ne peut pas l'ignorer.

— Quoi ?

Je me retourne ; nous sommes face à la devanture d'un cinéma. Je ne comprends toujours pas... jusqu'à ce que mon regard tombe sur l'affiche du film. *The* film.

— Hors de question.

Malheureusement, il est très sérieux. Il me sourit tendrement et pose sa main dans mon dos pour me faire avancer.

— Allez, m'encourage-t-il. Il est sorti le 16 décembre, tu dois absolument le voir ! Tu vas aimer, fais-moi confiance.

— La dernière fois que je t'ai fait confiance, on a passé cinq minutes interminables à tenter de retirer une capote de la gueule de ton chat, qui au passage s'appelle Han Solo. Je ne suis pas sûre de vouloir recommencer.

Il insiste, encore et encore, me répétant que nous avons au moins deux heures à tuer avant que Loan et Violette ne rentrent. Je ne sais plus exactement quand je cède.

Nous entrons dans le cinéma et je reste à bouder derrière, les bras croisés sur ma poitrine, quand le caissier nous salue.

— Bonjour, répond Jason, un immense sourire aux lèvres. Deux places pour *Star Wars : Le Réveil de la Force*, s'il vous plaît.

∞

C'est que c'était bien, cette connerie.

Puisque j'étais coincée avec Jason dans une pièce obscure pendant deux heures, j'ai voulu jouer le jeu. Avant que la séance ne commence, il a tenu à me résumer quelques détails importants à propos des premiers films. J'ai écouté avec attention, posant des questions ici et là. Il a été très patient.

Une fois que les lumières se sont éteintes, Jason est devenu complètement silencieux. C'est pourtant la septième fois qu'il va le voir depuis sa sortie – c'est lui qui me l'a dit.

Sauf qu'avec moi, il est mal tombé. Quand je regarde un film, je parle. Et c'est ce que j'ai fait. Aussi surprenant que cela puisse paraître, il répondait à toutes mes remarques, aussi farfelues soient-elles.

Il m'a même suivie dans mon fou rire au moment où Kylo Ren retire son masque. Il s'esclaffait tellement fort qu'il a dû étouffer son rire dans le creux de mon épaule.

Quand nous sortons du cinéma, il me regarde, l'air interrogateur. Je soupire en avouant, bon gré mal gré :

— OK, OK... C'était pas mal.

Il fait le cri et le geste de la victoire. Je l'arrête néanmoins, attrapant sa mâchoire entre mes doigts. Il est soudain très proche de mon visage et j'oublie presque ce que je voulais lui dire quand sa langue vient humidifier ses lèvres.

— Mais attention : si tu le répètes à quelqu'un, je me pointe chez toi, kidnappe tes chatons et les revends en disant qu'ils s'appellent Flora, Pâquerette et Pimprenelle. Pigé ?

Vu son expression, je crois qu'il a compris.

7

JASON

Après notre agréable moment au cinéma, je mentirais si je disais ne pas être heureux à l'idée de revoir Zoé ce soir. Avec la bande – je tiens à dire que Violette a refusé que je sois Monica (*pff*) –, nous avons prévu une soirée karaoké au Café du Châtelet.

C'est aussi le soir que j'ai choisi pour faire ma proposition indécente ; j'en suis encore à me demander si chanter « Voulez-vous coucher avec moi ce soir ? » est trop explicite. Certains diront que c'est trop tôt, d'autres comprendront qu'il ne faut pas laisser passer une femme qui aime *Star Wars*.

— Tu as prévu de chanter quelque chose ? me demande Ethan, tandis que nous arrivons au bar.

— Quelle question ! Qu'est-ce que tu penses de « My Dick In a Box » ?

Il éclate de rire en secouant la tête. Là encore, probablement trop explicite.

— Pourquoi pas ? Si Justin Timberlake reste sexy en la chantant, tu ne passeras peut-être pas pour un gros lourd.

J'évite de lui répondre que, au contraire, Zoé risque de me jeter son verre à la figure si j'ose chanter un truc pareil.

Nous entrons dans le bar et nos amis, installés tout près de la scène, nous accueillent joyeusement. Zoé est la première que je vois et à qui je souris. Elle est habillée d'une jupe en cuir blanche et d'une paire de talons vertigineux à motifs léopard.

Comment ne pas la remarquer avant tout le monde ?

Je fais la bise aux autres et personne n'a l'air de le remarquer quand je m'attarde plus que nécessaire près de *sa* bouche. Personne, sauf elle, qui me fusille du regard.

Ethan s'apprête à prendre la place à son côté mais je le devance discrètement. Je me retrouve donc entre les deux filles, pour mon plus grand plaisir.

— Il y a du monde, commente Violette, l'air anxieuse. Je ne suis plus très sûre de mon coup, là... Je suis pas chanteuse, moi, merde. Qui a eu l'idée de cette soirée, déjà, que je le tue ?

— Tu n'as pas l'air d'avoir saisi le concept, Vio, lui dis-je d'un ton moqueur. Le karaoké, ce n'est pas pour les gens qui savent chanter. Ah et c'est toi qui as eu l'idée.

— Quelle gourde, marmonne-t-elle.

Je ris en acceptant la pinte de Guinness qu'Ethan me tend. Quand je me tourne vers Zoé, elle est perdue dans la lecture du cahier à chansons. Je me penche vers elle, mon souffle balayant les quelques cheveux qui effleurent ses tempes.

— Alors, championne... Qu'est-ce que tu vas nous chanter ?

— Rien, dit-elle sans jamais lever les yeux.

— Pourquoi ?

— Parce que je n'ai aucune envie de me ridiculiser.

Je fronce les sourcils. Je pensais que tout le fun là-dedans était justement de se ridiculiser. Sur le coup, je suis déçu. C'est pourquoi je prends une gorgée de ma bière et réponds :

— Tu aurais peut-être moins peur de monter sur scène si tu ne partais pas du principe que tu seras ridicule. Mais tu as raison, reste dans ton coin à faire la gueule.

Cette fois, elle me regarde. Ses iris bleus me transpercent et j'ai tout de suite envie d'embrasser le grain de beauté sous son œil droit.

À la place, je l'ignore et me tourne vers Violette en posant le bras sur ses épaules.

— Bon, on dirait que tu es la seule courageuse, ici. Tu as choisi ?

— Hum, j'hésite. « Shake It Off », « Sensualité », « All About That Bass »...

— Il va falloir faire un choix, Sophie, me moqué-je.

Je ne crois pas qu'elle comprenne la référence littéraire, car elle me répond : « Qui c'est, Sophie ? ». Au bout de quelques minutes durant lesquelles elle se tâte à monter sur scène tout court, je réussis à la convaincre de chanter « Sensualité » avec moi.

Zoé ne dit rien à mon côté. Je pensais que, d'ici là, elle m'aurait déjà mordu, mais elle semble se retenir. Chose qui, sans savoir pourquoi, me déçoit.

Où est la fille que j'ai rencontrée au Galway et qui est montée sur le comptoir pour avaler trois shots cul sec avant de me tomber dans les bras ?

C'est Ethan qui se lance le premier dans une performance hilarante d'un titre de Joe Dassin. C'est ensuite au tour de Violette et moi. Avant de partir, je me penche vers Zoé et lui adresse un clin d'œil, une main légère sur son poignet délicat.

— Si des groupies hystériques veulent me jeter leur string, donne-leur directement mon numéro.

Elle ne répond pas, se contentant d'un sourire maléfique. Il s'avère qu'elle ne me quitte pas du regard tandis que je joue les clowns autour d'une Violette terrorisée. Elle se détend peu à peu, et même Loan sourit en nous écoutant.

C'est ensuite mon tour et, seul sur la scène, j'interprète l'une de mes chansons favorites pour l'avoir écoutée deux bonnes centaines de fois étant petit...

— *Yo, I'll tell you what you want/ What I really, really want/ So tell me what you want/ What you really, really want.*

Je vois Zoé amener la main à sa bouche, interdite, et je souris intérieurement. Elle ne me connaît pas encore, sinon ça ne l'étonnerait pas. Bientôt, Ethan me rejoint, hilare et un peu ivre, pour entonner avec moi :

— *If you wanna be my lover/ You gotta get with my friends/ Make it last forever, friendship never eeeeennnnnnds.*

Tout le bar chante après nous et applaudit, ce qui nous motive à tout donner. La foule crie « Kiss, kiss, kiss ! », et je plaque ma bouche sur celle d'Ethan sans prévenir. Les cris fusent tandis que je me dégage, laissant un Ethan mort de rire et incapable de continuer la chanson.

Je vous ai déjà dit que j'étais une bête de scène ?

Nous saluons notre public quand la musique prend fin et allons retrouver nos sièges. Je suis en sueur. Je m'effondre près de Zoé, qui me regarde comme si je lui avais annoncé que les crinolines revenaient à la mode.

— Dis donc, Mike Jagger, me taquine-t-elle. Je ne te savais pas fan des Spice Girls.

— Je suis un homme fait de surprises. Aucun string, alors ? Je suis déçu.

— Si, si, j'ai d'ailleurs donné ton numéro, comme demandé.

Je me redresse aussitôt et joue des sourcils.

— Sérieux ? Qui c'est ?

Elle joue le jeu et s'approche, de sorte que sa bouche soit tout proche de mon oreille. Je suis très heureux que les autres ne fassent pas attention à nous car j'aurais du mal à prétendre la détester dans un moment pareil.

Zoé pointe un homme chauve assis au bar, le regard coquin.

— Claude. Il a quarante-cinq ans et aime les balades à cheval sous le coucher de soleil.

Ledit Claude lève sa bière en croisant mon regard, me saluant de la main. Je souris de façon un peu crispée.

— Tu l'as payé combien pour me faire coucou ?

Zoé éclate de rire, touchant ma fossette du bout du doigt. Je la regarde et elle est si proche, si accessible et si belle que je me retiens de ne pas lui manger la bouche.

— Cinq euros. Vu la tête que tu fais, ça les valait.

Ses cuisses touchent les miennes sous la table. J'ai beau porter une paire de jeans, je sens leur chaleur à travers l'épais tissu.

Malheureusement, je n'ai plus l'occasion de lui parler seul à seule. Violette me la vole et je fais semblant d'écouter ce que Loan raconte à Ethan. Au fond, je suis concentré sur les verres, toujours plus nombreux, que Zoé porte à sa bouche.

Son rouge à lèvres en recouvre le bord et je trouve ça diablement sexy. Elle ne me regarde pas, pourtant je sens toute son attention dirigée vers moi. Je ne crois pas rêver lorsqu'elle me fait du pied sans vergogne.

— ... et tout de suite, je me suis senti con, continue Ethan. Alors je lui fais : « Je suis vraiment désolé ! »...

Mon petit doigt effleure le sien sous la table, timide. Je suis agréablement surpris lorsque j'attends et qu'elle ne se dégage toujours pas. Je prends cela pour un oui et en fais glisser le bout... doucement... sur le dos de sa main.

La peau est douce et brûlante, mon toucher est électrique. Je ne comprends pas ce qui m'arrive. Mon cœur bat dans mes tempes et je n'entends plus rien, à part ce

boom boom
boom boom
boom boom

incessant tandis que je prends enfin sa main dans la mienne pour la retourner. Je trace le contour des lignes invisibles qui strient sa paume et en réinvente la destinée, et waouh, je suis moi-même surpris par tant de tendresse dans mes gestes et par tant d'hésitation et par tant de retenue et oh, je meurs d'envie de la regarder mais j'ai peur de me trahir et ses doigts répondent aux miens. Mon cœur accélère. Une danse douce et sensuelle se joue alors sous la table, à l'insu de nos amis, tandis que son toucher suit la trajectoire de mes veines jusqu'à mon avant-bras. Je tressaille violemment, le désir me heurtant par vagues successives.

Tenir la main d'une femme ne m'a jamais autant excité.

Je me racle la gorge et saisis mon portable. Après avoir fini d'écrire mon mémo, je fais glisser le téléphone vers ma voisine.

Et si l'on recommençait ?

Je ne m'attendais pas à ce qu'elle éclate de rire. Ethan sourit en pensant qu'elle rigole à sa blague et elle s'excuse en prétextant devoir aller aux toilettes.

Sa main quitte la mienne. Je la fixe alors qu'elle marche jusqu'au bar, le cul moulé dans sa jupe en cuir. Deux minutes plus tard, je prétexte aller me rechercher un verre et pousse la foule pour l'atteindre.

— Laisse-moi deviner : c'est de me voir embrasser ce crétin d'Ethan qui t'a repoussée ? lui demandé-je sans préambule. Ou c'est les Spice Girls ? J'aurais dû m'en douter. Je ne comprends pas pourquoi les femmes ont peur des hommes à l'aise avec leur part de féminité...

Elle me fait taire en posant une main sur ma bouche, la main que je tenais sous la table il y a encore cinq minutes. J'embrasse sa paume tant qu'elle est toujours collée à mes lèvres, si bien qu'elle la retire en rougissant.

Ça, c'est une première.

— Ce n'est pas ça. Et si tu veux mon avis, il n'y a rien de plus sexy qu'un mec à l'aise avec sa « part de féminité ».

— OK, cool. Alors c'est quoi, le problème ?

Elle soupire en détournant les yeux. Je vis actuellement dans la peur qu'elle me réponde ne pas être attirée par moi. Car c'est possible, que je le veuille ou non.

— Sans vouloir te vexer, tu as été le pire coup de toute ma vie – et j'en ai eu beaucoup, hommes et femmes compris.

Je hausse un sourcil.

— Soit... Ce n'était peut-être pas le bon moment pour nous deux, et de toute évidence, les premières fois ne sont pas toujours réussies. Mais j'ai envie de te prouver que peu importe ce qui n'a pas fonctionné, ce n'était pas *moi*.

Soudain, elle prend la mouche. Je le vois sur son visage, qui se durcit sans que j'aie le temps de comprendre quelle bourde j'ai pu faire.

— Ah je vois. Pour toi, ce n'est qu'une affaire d'ego. Tu veux prouver que tu en as une grosse et une compétente. C'est si mature de ta part ! Je ne sais même pas pourquoi je suis surprise.

Je me mords la langue. Le pire, c'est que c'est faux.

Mayday, mayday ! crie ma voix intérieure.

— Ce n'est pas ce que je voulais dire. Je dis juste qu'il est dommage de rester sur une mauvaise impression quand – tu ne peux pas le nier – il y a cette attraction de folie entre nous.

— Je comprends que tu sois devenu accro mais c'est non. Passe à autre chose.

Je ris à gorge déployée. Cette nana a un sucré culot !

— Accro ? Oh, je t'en prie !

Vous remarquerez la réplique de génie.

— Crois-le ou non, je te fais une faveur en déclinant ta proposition. Si j'acceptais, tu ne pourrais plus te passer de moi... Ce n'est pas ce que tu veux, si ?

Je manque de rire devant tant de culot. Tout ce que je veux, maintenant, c'est sentir sa peau sous mes lèvres et sa chaleur sous mes doigts. Faire en sorte que, cette fois, elle en redemande.

Zoé n'a aucune idée de qui je suis. Elle ne sait pas que, au contraire, coucher avec elle me permettra de passer à autre chose.

— Mens-toi autant que tu veux, championne... Mais si un de nous deux devait devenir accro, ce serait toi. Tiens, je suis même sûr que si nous étions tous les deux enfermés dans une pièce, tu serais la première à craquer.

Même ma conscience secoue la tête en se cachant le visage. Zoé plisse les yeux, pensive. Je ne bats pas en retraite, même si je sais pertinemment que je viens de dire une connerie.

Elle va me tester, la garce. Et je vais perdre en beauté.

— Ah, tu crois ? Alors faisons un test. Ce soir.

Et voilà.

— Le premier qui craque a perdu.

À ce stade, je me fiche vraiment de qui gagnera tant qu'un de nous craque. Mais je suis joueur et j'ai bien l'intention de faire durer le plaisir aussi longtemps que possible. C'est pour cette raison que je m'avance tel un lion sur sa proie et m'arrête à quelques centimètres de son visage. Ses seins touchent mon torse et, oh mon Dieu, j'ai hâte de perdre.

Elle déglutit, le visage impénétrable.

— Que la force soit avec toi, Zoé Camara, soufflé-je théâtralement.

Elle roule des yeux et me repousse pour partir.

— Tu viens de tout gâcher.

Ce n'est pourtant pas l'impression que j'ai tout le reste de la soirée. Cette fois, elle s'assoit en face de moi et nous ne faisons que nous chercher. Tous les coups sont permis. Je souris quand elle drague un autre homme, je lève les yeux au ciel quand elle danse sensuellement auprès de Violette et j'hyperventile lorsque sa bouche joue sensuellement avec sa paille. Tout ça sans me quitter du regard.

D'accord, c'était une mauvaise idée.

Je fais quand même des efforts et la touche chaque fois que j'en ai l'occasion. C'est minime, mais ça a l'air de fonctionner. Un effleurement dans le bas de son dos en passant, une main à l'intérieur de sa cuisse sous la table ou encore la caresse de mon pied le long de sa jambe nue.

Je sais que cela lui fait de l'effet car elle boit. Beaucoup. Tellement qu'elle finit bourrée à une heure du matin. Je sais très bien qu'à ce stade je ne coucherai pas avec elle ce soir, vainqueur ou non.

— Tu crois que t'as gagné, hein, petit malin, me lance-t-elle, en s'asseyant à côté de moi. C'est vrai que t'es sexy… Salaud.

— Merci, dis-je avec amusement.

— Je t'ai vu parler avec la jolie blonde, là-bas… Tu as cru que ça allait me rendre jalouse, ricane-t-elle, le regard vitreux. Mais ne crois pas que tout est déjà fini. J'ai d'autres atouts en poche.

Je lui offre un sourire en repoussant une courte mèche humide de ses yeux bleus. Violette force Loan à danser un peu plus loin et Ethan nous rejoint tout juste.

— Hâte de voir ça, dis-je tout bas à Zoé.

Ethan me demande si elle va bien et cette dernière en profite pour se relever. Je lui demande ce qu'elle fait, méfiant. Elle se tourne seulement pour me répondre : « Jouer mon dernier atout », et Ethan et moi échangeons un regard perdu.

Nous la regardons échanger quelques mots avec le type du bar et marcher jusqu'au centre de la scène. C'est alors que quelque chose de magique se passe.

L'air de « Ma Benz » par Brigitte retentit et Zoé se met à bouger. La mélodie est douce, lente, sensuelle. En un instant, tout le bar a les yeux rivés sur cette femme qui, les paupières fermées, ondoie lentement des hanches.

Quand sa voix basse et éraillée se met à chanter, je suis déjà foutu.

Jamais je n'aurais cru que la chanson originale de NTM me ferait un tel effet dopant. Et pourtant. Je la regarde, hypnotisé, tandis qu'elle chante en baladant ses mains sur son corps.

Move up, move up, rough comme une louve
Bouge ton corps de la tête aux pieds
Et là j't'approuve
Move up, move up
Gal' wine ton body
Montre-leur que t'as pas peur
D'exciter tous les bandits

Des mecs la sifflent. Je les fusillerais bien du regard si j'étais capable de la quitter des yeux ne serait-ce qu'une seconde. Les siens se rouvrent et trouvent mon regard brûlant au moment où ses mains remontent le long de ses cuisses nues. Je ne sais pas si elle sait que sa jupe s'est soulevée de quelques centimètres.

Elle me sourit.

Oh oui, elle le sait.

Sa voix douce et chaude glisse sur moi comme du miel et je me déteste pour être aussi faible mais merde ce qu'elle est belle.

T'es ma mire, je suis la flèche que ton entrejambe attire
Amour de loufiat, on vivra en eaux troubles toi et moi
Mais ce soir faut qu'ça brille, faut qu'on enquille, j'veux du freestyle
J'veux que tu réveilles, que tu stimules mon côté bestial

J'avale ma salive, content d'avoir la table pour cacher mon érection. Rapidement, les paroles laissent place à la mélodie et Zoé reste là à onduler des hanches et à chuchoter plus que chanter :

— Laisse-moi zoom zoom zang, dans ta benz benz benz...

Ses mains sont partout, dans ses cheveux, le long de sa nuque, sur ses seins, sur ses hanches, sur ses cuisses, et je rêve que ce soient les miennes, *j'imagine* que ce sont les miennes, et...

— Bordel.

Je tourne la tête en clignant des yeux, de retour à la réalité. Ethan est toujours à côté de moi, le front plissé. Une lueur de jalousie me pince le cœur, en sachant que tout le monde a pu assister à ce spectacle.

— OK, il est temps de rentrer, annonce Loan.

Pour une fois, je suis d'accord. Je lui dis de rapprocher la voiture pour éviter que Zoé n'ait trop à marcher et Violette le suit – non sans m'avoir ordonné de faire attention à sa meilleure amie. Ethan va aux toilettes tandis que je récupère une Zoé vacillante.

Elle jette ses bras autour de mon cou et je frissonne quand son corps se colle à mon excitation évidente. Ses lèvres miment sa surprise, si bien que je lui souris d'un air gêné.

— Oui, oui, pas besoin de le dire tout haut. Tu as gagné, championne. Pas que ça m'étonne.

Contrairement à ce que je pensais, elle ne semble pas triomphante. Elle fixe mes lèvres et murmure :

— Et si on allait chez toi ?

Ma mine confuse l'interpelle car elle se sent obligée d'ajouter : « Pour faire l'amour ».

— Mince, et moi qui avais mis *Donjons et Dragons* de côté, ironisé-je. J'avais compris, Zoé. J'en ai très envie également et tu peux être sûre que je vais te remémorer ce moment jusqu'à la fin de tes jours… mais ça n'arrivera pas. Pas ce soir, en tout cas.

Elle lève les yeux au ciel et me lâche, chancelante. Je la rattrape pour éviter qu'elle ne s'écrase par terre. Elle m'insulte alors pour être si « poli et si mignon et si nerd et si brun ».

Ethan revient et je prends le sac de Zoé tandis qu'il la tient par la taille. Nous nous dirigeons vers la sortie, où Loan et Violette attendent dans la voiture. Ils rentrent tous dedans et je leur souhaite une bonne soirée avant d'aller retrouver la mienne. Ce n'est qu'en m'installant derrière le volant que je remarque le sac entre mes mains.

— Merde.

J'ai oublié de le lui rendre. Je le jette sur le siège passager, mais il glisse par terre. Je jure dans ma barbe en tentant de tout ramasser. Maquillage, clefs, argent, une paire de ballerines et...

Oh.

Je n'aime pas fouiller dans les affaires des autres, je le jure. Je respecte l'intimité de chacun. Mais quand vous tenez le sac de la fille qui vous plaît, que vous tombez sur une mystérieuse feuille et lisez par inadvertance les mots « plan à trois », ça vous intrigue.

Non ? Ce n'est que moi ?

Je n'aurais peut-être pas dû la prendre et l'ouvrir, mais je l'ai quand même fait. Allez-y, huez-moi.

— Qu'est-ce que...

Mes yeux parcourent le titre écrit au feutre noir et je suis aussitôt incapable de m'arrêter.

À FAIRE UNE FOIS DANS SA VIE
Selon Sarah et Zoé

8

ZOÉ

Dommage qu'il faille être bourré pour bien s'entendre.

P. S. : tu ne t'en souviens sûrement pas mais tu m'as supplié de coucher avec toi ; c'était très mignon.

Je relis le petit mot trouvé dans mon sac, aussi dégoûtée qu'amusée. Je ne me rappelle plus très bien ce qui s'est passé après mon septième verre, mais je sais une chose : je ne suis pas du genre à supplier.

Encore moins pour du sexe.

Étant donné mon état comateux, c'est Loan qui est allé récupérer mon sac chez Jason le lendemain de notre soirée karaoké. Son numéro était écrit sur le verso, mais je ne m'en suis pas servi avant maintenant.

J'hésite, les doigts au-dessus de mon téléphone. Il a beau être un crétin, je devrais au moins le remercier, non ? C'est donc ce que je fais, sans développer davantage.

Je soupire devant sa réponse immédiate.

Jason : C'est qui ?

Moi : Je suis ton père.

Jason : Waouh, une référence à *Star Wars* ? Totalement mon type de femme.

Moi : Justement, comment va Claude ?

Cette fois, je ne reçois rien pendant de longues minutes. Je jure dans ma barbe en réalisant que je fixe l'écran avec impatience. Depuis quand est-ce que j'attends un message comme une idiote enamourée ?

Mon téléphone vibre et je l'attrape aussi vite.

Oui, bon.

Jason : Ça n'a pas marché entre nous… Je voulais des enfants et un chien, il n'était pas prêt.

Moi : C'est triste.

Jason : Ou pas. Je t'avoue que l'image de toi en train de chanter me hante depuis trois jours.

Je déglutis en cachant l'écran de mon téléphone. Violette est assise à ma droite et je n'ai pas envie qu'elle se fasse des idées. Après plusieurs secondes à me demander quoi répondre, je décide de ne rien faire.

Je n'ai aucune intention de lui faire croire que je suis obsédée par lui – ce qu'il semble déjà penser, et à tort.

Même si la sensation de ses doigts sur la paume de ma main m'a fait tressaillir jusqu'à l'os.

C'est pourquoi je pense passer les prochains jours à me concentrer sur mon compte Instagram – à savoir le plus gros atout de mon CV.

En postant régulièrement des photos de mes tenues, j'ai réussi à atteindre les deux cent quarante-neuf mille abonnés. Fou, n'est-ce pas ? J'en ai un peu moins sur ma chaîne YouTube, mais dans l'ensemble, cela marche très bien. Je suis invitée à des événements et des marques partenaires m'offrent des vêtements pour que j'en fasse la promotion.

Les gens pensent que je suis riche parce que je m'affiche avec des tenues de marque, mais la vérité, la voici : soit on me les offre, soit je dois les rendre. Le reste sert à payer mon loyer faramineux et à aider ma mère.

Moi : Je n'ai plus beaucoup de photos en stock. On se fait un photoshoot après les cours ? Je finis à 14 h.
Tiago : OK. RDV au pont Alexandre-III.

Je pose mon téléphone sur la table et me reconcentre sur le cours. Violette est très studieuse à mon côté, tapant sur son ordinateur à la vitesse de la lumière.

— Psst.

Elle se tourne vers moi sans pour autant s'arrêter de taper. J'admire son côté studieux.

— Je ne rentrerai pas avec toi, ce soir, je dois faire des photos.

— Ça marche. De toute façon, j'avais prévu de bosser un peu. Je crois que l'atmosphère de la Fashion Week me monte à la tête, j'ai envie de tester de nouvelles choses.

Je résiste à l'envie de répondre qu'elle a de la chance. Je n'ai pas touché à mes créations depuis un moment, trop absorbée par les réseaux sociaux. Mais elle a raison, la Fashion Week approche et je le sens dans l'air. C'est comme si c'était inscrit dans mon ADN. Sauf que je la suis depuis mon canapé, et non depuis les sièges d'un vrai défilé.

Un jour, peut-être.

— Je trouve ça nul que l'école ne nous donne pas l'occasion d'y assister, marmonné-je.

Violette hausse les épaules, les yeux sur la prof.

— Tu imagines, s'ils devaient donner une place à tous les élèves de l'ESMOD ? C'est compréhensible. Mais tu ne peux pas faire un peu de… tu sais… avec ton compte Instagram ?

Elle me regarde d'un air angélique, et je fronce le nez en lui expliquant que les places aux défilés de haute couture sont impossibles à approcher. Il faudrait être journaliste dans la presse internationale, acheteuse, ou Alexa Chung[2].

Elle a l'air déçue mais s'en remet plus vite que moi. De toute façon, tout ce qui l'intéresse, c'est les petites culottes. Elle retourne toutefois le couteau dans la plaie :

— J'ai vu que Valentino allait mettre le paquet, cette année. Bordel, je mourrais pour une de leurs robes, je suis sérieuse, je te jure, je ne suis pas dramatique – c'est pas mon genre –, je crois que je donnerais un poumon pour leurs robes ; non, un rein ! Oui, voilà, je donnerais un rein, après tout, qui a besoin de deux reins ? Pff.

Je hoche la tête en approbation, impassible.

— T'as raison. *So overrated.*

Elle me sourit et j'éclate de rire, ce qui me vaut un regard noir de la part des filles de devant.

∞

Tiago est un très bon photographe. Disons qu'il me connaît. Il sait par exemple qu'il ne faut pas me prendre en contre-plongée car je déteste mon double menton, même s'il s'évertue à me crier que je n'en ai pas.

Comme prévu, nous nous rendons au pont Alexandre-III après les cours. Je porte une tenue choisie par mes soins, dont chaque article possède encore l'étiquette : un trench-coat bordeaux ASOS, une pochette Prada et une paire d'Adidas blanches.

---

2. Alexa Chung est une mannequin et animatrice d'émissions de télévision, connue pour son sens du style.

Nous changeons trois fois d'endroit, et donc de tenue. J'ai mal au ventre, la tête lourde et les muscles fatigués.

— Un sourire, c'est trop demander ? lance mon meilleur ami au bout de la sept centième photo.

Je m'étire le cou et lui réponds que c'est assez, qu'on a ce qu'il nous faut. Tout le monde me regarde et je ne me sens pas à l'aise, même en ayant l'habitude. Il y a des jours comme ça ; des jours où ma peau me gratte, où mon propre corps me semble étranger.

La Zoé confiante et séductrice n'est qu'un énorme mensonge.

Je jette un œil aux photos prises et mon malaise s'accroît jusqu'à m'enserrer la gorge. Je ne les aime pas. Elles sont très belles, mais je suis grosse. Mal fagotée. Pas assez parfaite.

Ce n'est pas avec ces hanches que tu vas te faire une place dans le monde de la mode, ma cocotte.

Je ferme les yeux un instant pour faire taire la petite voix, puis décide de parler plus fort qu'elle.

— J'ai faim.

C'est faux. J'ai simplement envie que cette sensation disparaisse et je sais que manger fait tout disparaître. Du moins le temps d'un instant, avant que la culpabilité ne me gifle violemment le visage.

Mais j'ai encore quelques heures avant ça.

Nous nous posons donc au café de la librairie Shakespeare & Co et je commande deux grosses parts de pecan pie. Quand le serveur pense que la deuxième est pour Tiago, j'ai envie de disparaître six pieds sous terre.

Vas-y, mange, goinfre-toi. Tu ne sais faire que ça.

Tais-toi, tais-toi, tais-toi...

— Est-ce que ça va ? me demande mon ami une fois assis, le regard inquiet.

Je ne réponds rien, me contentant d'avaler mes tartes sans même les mâcher. En général, je me cache pour faire ça.

Mais la crise est urgente, je ne peux pas attendre de rentrer. J'ai honte, tellement honte que mes yeux me piquent et que ma peau me gratte, encore, toujours plus, et que mon cœur se tord, se tord, se tord, et...

— Zoé...

— Ce n'est pas le moment. S'il te plaît, le supplié-je, au bord des larmes.

— Qu'est-ce qui s'est passé ?

Je me tais à nouveau. À voir l'expression de Tiago, non seulement il comprend tout seul, mais il pensait visiblement que tout cela était derrière moi.

Dieu merci, il change rapidement de sujet, les mains autour de son café brûlant.

— La Fashion Week approche. Tu as prévu de faire un blog ?

Je renifle, n'osant pas croiser son regard.

— J'y avais pensé mais je ne vois pas ce que je pourrais montrer d'intéressant, je n'ai accès qu'aux défilés de prêt-à-porter.

— C'est déjà pas mal. Pas la haute couture ?

Je roule des yeux, la bouche pleine. Je mange et je n'ai aucune idée du goût que ça a.

— Il n'y a qu'une centaine de chanceux dans le monde et je n'en fais pas partie.

Tiago passe la main dans ses cheveux, pensif.

— Tu ne connais personne qui puisse te pistonner ? Une maquilleuse, un journaliste ? Une amie pleine aux as ? Ce serait vraiment con de rater ça, quand même... Tu imagines !

J'imagine, et en effet, ce serait très con de rater ça. Bordel, il faut que j'y aille. Je pense à toutes les rencontres que je pourrais y faire, aux photos que je pourrais ensuite poster sur Instagram, et mon cerveau s'affole.

De toute façon, qu'est-ce que je ferais à un défilé de mode en compagnie de toutes ces déesses minces et sublimes ?

Tiago parle toujours quand mon téléphone vibre sur la table. Un MMS de Jason. Je fronce les sourcils en appuyant sur le selfie qu'il m'a envoyé ; on le voit tenir un chaton dans une main, un autre dans le creux de son bras et un troisième maladroitement assis sur son épaule. Son sourire est immense et fier, dévoilant une rangée de dents blanches et parfaites.

Il est si éclatant que ça me fait mal.

En légende, je peux lire : « Devine qui a appris à ne plus pisser partout !!! (P.-S. : ce n'est pas moi) #ProudDad ».

C'est plus fort que moi, je souris comme une idiote. Il est mignon, quand il veut. Arrogant, riche et insupportable, mais mignon.

C'est alors qu'une idée complètement folle me frappe sans prévenir. Mon rictus s'efface tandis que les mécanismes de mon cerveau s'enclenchent.

Riche.

Je me remémore soudain le costume de Jason sur le toit, l'autre soir. La robe Versace de sa sœur. Son appartement parisien avec vue sur la tour Eiffel.

Comment ai-je pu passer à côté d'un truc pareil ?

Jason Delaunay.

JASON

Je relis la liste de Zoé pour la seizième fois en trois jours. Je sais que cela ne m'aide pas à ne plus penser à elle, mais il faut croire que j'ai des tendances masochistes.

Je revois ses yeux braqués sur les miens tandis qu'elle se déhanchait lentement comme un serpent, une main sur le micro, l'autre sur ses seins, sa jupe se relevant sur ses cuisses d'ivoire.

Sa voix éraillée. Ses doigts sur mes veines gonflées...

Et maintenant, ça. Honnêtement, je crois que j'aurais préféré ne jamais tomber dessus. Cette liste ne la rend que plus humaine, plus réelle. Elle devient plus qu'un fantasme et je ne sais pas si c'est une bonne chose pour ma santé mentale.

Je me demande qui est Sarah. Sa sœur ? Une amie ? Je vois qu'une seule des cases a été remplie au stylo, ce qui m'amène à me demander pourquoi elle n'a pas continué.

- ● Faire un plan à trois
- ○ Prendre des cours de cuisine
- ○ Apprendre le norvégien
- ○ Dire « oui » à tout le temps d'une journée
- ○ Avouer à Bryan ses quatre vérités
- ○ Se faire tatouer
- ○ Faire quelque chose d'illégal
- ○ Rejouer la scène de son film préféré
- ○ Faire l'amour dans un endroit insolite
- ○ Embrasser quelqu'un sous la tour Eiffel
- ○ Danser sous la pluie
- ○ Faire un road trip en Europe (Florence, Venise, Berlin, Amsterdam)
- ○ Acheter une robe Elie Saab
- ○ Tomber amoureuse
- ○ S'aimer !!!!!!!!!

Cela me fait rire que, parmi toutes ces choses, la seule qu'elle ait expérimentée soit le plan à trois.

Je décide de laisser tomber et vais prendre ma douche. J'ouvre l'eau le temps de retirer mes vêtements, étirant les muscles harassés de mon dos, lorsque je crois entendre quelque chose.

Quelqu'un sonne à la porte. Je grogne et saisis ma serviette pour l'enrouler paresseusement autour de mes hanches. J'ouvre la porte sur une Zoé emmitouflée dans un trench coat et des baskets. Je stoppe net, pris de court. Cligne des yeux.

Est-ce mon imagination perverse qui me joue des tours ?

— Salut.

Je tends un doigt vers elle, très lentement. Elle ne bouge pas, un sourcil haussé, tandis que je touche son bras.

— Nope, tu es bien réelle, conclus-je en reculant.

— Tu as vraiment besoin d'arrêter les films de science-fiction, Jason.

Ses yeux descendent soudain le long de mon torse nu jusqu'aux muscles qui disparaissent sous ma serviette. Je souris au moment où elle détourne le regard, les oreilles roses.

— Je t'en prie, entre.

Je m'écarte et elle pénètre dans mon appartement. Le souvenir d'elle contre le mur et de ma langue entre ses seins me revient sans prévenir et je me mords la lèvre.

Ça ne va pas être facile...

— Que me vaut le plaisir ? dis-je, après avoir dégluti.

Elle s'arrête au milieu du salon, examinant chaque recoin de la pièce. J'imagine qu'elle n'en a pas eu le temps la dernière fois. Je me sens soudain mal à l'aise à l'idée qu'elle ait accès à mon intimité. C'est que je suis légèrement bordélique, ce que Loan a toujours déploré.

Merde, j'ai oublié de faire la vaisselle.

Est-ce que c'est une chaussette qui pend sur la lampe ?

Zoé ne semble pas y faire attention et se tourne vers moi, la mine impénétrable.

— Qu'on soit clairs, je me déteste à l'idée de devoir faire ça... mais j'ai besoin de ton aide.

Elle a marmonné cette dernière phrase, comme pour ne pas s'entendre le dire. Je me retiens de rire et pose les mains sur mes hanches en lui faisant signe de continuer. *Ça risque de devenir intéressant.*

— Bon, je ne vais pas y aller par quatre chemins : tu le sais déjà, je pense, mais la semaine prochaine, c'est la Fashion Week. Soit une immense opportunité pour moi, surtout en dernière année à l'ESMOD. J'aimerais assister à un défilé de haute couture, rien qu'un... le seul problème, c'est que je n'ai aucun moyen d'y être conviée.

Je me raidis en comprenant où elle veut en venir. Évidemment qu'elle n'est pas revenue pour une incroyable partie de jambes en l'air. Elle a simplement besoin d'un homme très, très riche.

— Je vois. Et tu penses que j'ai assez d'argent pour participer à des défilés haute couture ? À seulement vingt-deux ans ?

Elle paraît mal à l'aise le temps d'une seconde.

— Eh bien, peut-être pas toi... mais je viens seulement de comprendre qui est ton père. Je n'avais pas fait le rapprochement avec ton nom de famille avant aujourd'hui.

En effet... Mon père, propriétaire. Ma mère, héritière. J'ai baigné dedans toute ma vie. Évidemment qu'ils ont des places pour la Fashion Week.

Je pince les lèvres en baissant le regard vers le sol. Voilà pourquoi je ne veux pas que les gens sachent. Quelque part, cela m'agace qu'elle soit venue pour cela. Mais d'un autre côté... elle est franche. Elle aurait très bien pu mentir et jouer les intéressées pour parvenir à ses fins.

Mais non, ce n'est pas le genre de Zoé. Elle continue :

— Je sais que tu dois me prendre pour l'une de ces bimbos intéressées, mais je m'en fiche. C'est très important pour moi et je n'ai pas envie de passer à côté de cette opportunité. Je ferais tout ce que tu veux... Sauf coucher avec toi, ça j'ai déjà donné, ajoute-t-elle en balayant l'idée de la main.

Je lève les yeux vers elle et la découvre en train de sourire d'un air moqueur. Je réfléchis très rapidement, en la fixant du regard. Elle est mal à l'aise, je sais très bien qu'elle ne serait pas là si ce n'était pas important.

Et puis merde, à quoi ça sert d'avoir de l'argent si je ne peux pas en faire profiter ?

— C'est d'accord, accepté-je. À deux conditions.

Elle laisse échapper le souffle qu'elle retenait depuis quelques minutes, soulagée, et me demande ce que je veux. Je m'assois sur le boudin du canapé, un sourire aux lèvres.

— Primo : tu tweet que tu aimes *Star Wars*.

Elle me coule un regard blasé mais je tiens bon.

— Si ça te fait plaisir... Quoi d'autre ?

Je lui fais signe d'attendre et pars chercher ce que j'ai laissé près de la télévision. J'ouvre soigneusement la liste devant elle, attendant qu'elle la reconnaisse.

— Deuzio : tu finis ce que tu as commencé.

Il lui faut plusieurs instants avant de comprendre. Je le sais car elle blêmit tout à coup, les yeux ronds comme des soucoupes. Une douleur intense se dessine sur ses traits délicats, avant de rapidement laisser place à la colère.

Elle tente un mouvement vers la feuille mais je la cache derrière mon dos. *Oh, je suis suicidaire.*

— Où est-ce que tu as eu ça ? fulmine-t-elle, le visage rouge de fureur.

— Elle est tombée de ton sac. Je n'ai pas fouillé, promis.

— C'est à moi ! Ça ne te regarde pas, putain.

— Je vais te la rendre, pas de panique. Mais c'est ma deuxième condition. Pourquoi ne jamais l'avoir continuée ?

Je penche la tête sur le côté, curieux. Elle croise les bras sur sa poitrine pour dissimuler ses mains tremblantes, un peu trop tard pour échapper à mon regard.

Elle reste silencieuse, le temps de se calmer. Son regard semble me communiquer tous les moyens de torture qu'elle s'imagine m'infliger, là, tout de suite.

— Ce n'est pas moi qui ai eu cette idée stupide, murmure-t-elle enfin. J'avais seize ans et elle... elle m'a poussée à le faire.

— Sarah ?

Elle sursaute et me regarde comme si elle ne m'avait jamais vu avant. Ses yeux me transpercent et une douceur inattendue m'étreint le cœur. Je sais reconnaître une âme meurtrie quand j'en vois une.

— Qui c'est... ?

— Mon ex.

Je hoche la tête, compréhensif. Je devine aisément que ladite Sarah lui a brisé le cœur. Et si c'est bien cette dernière qui a écrit cette liste, il est normal qu'elle ne veuille pas la continuer. Mais pourquoi la garder dans son sac à main après quatre ans ?

Parce qu'elle est visiblement toujours accro.

Appelez ça comme vous voulez, mon psy dira sûrement que j'ai la personnalité type du « sauveur », je m'en tape. Cette fille en face de moi n'est pas heureuse et ça me brise le cœur.

— Tu sais quoi ? dis-je. Je trouve ça encore mieux. Ce n'est pas parce que tu n'es plus avec elle que tu dois ruminer comme une ado après un flirt de vacances. Elle a rompu avec toi ? Bah qu'elle aille se faire foutre ! Je sais que c'est difficile à croire, mais moi aussi, on m'a déjà plaqué... Non, je te jure, c'est vrai. Et tu sais ce que j'ai fait ?

Elle me regarde avec de grands yeux, aussi immobile qu'une statue, l'air mi-terrifiée mi-énervée.

— Hein ? répété-je. Tu sais ce que j'ai fait ?

Elle répond « non » d'une petite voix que je ne lui reconnais pas. Je fronce les sourcils.

— Eh bah moi non plus, réponds-je, tentant de me souvenir. Merde, je crois même que j'ai passé la nuit à me bourrer la gueule sur le canapé d'Ethan. Bref, on s'en fout. L'important, c'est que je m'en suis remis. Parce qu'« une fille de perdue, du sexe à volonté ».

Elle secoue la tête.

— C'est pas le...

— Tu as besoin de *fun* dans ta vie. Depuis combien de temps n'as-tu pas fait quelque chose rien que pour t'amuser ?

Elle se tait et je sais qu'elle ne trouve aucune réponse satisfaisante. Parce qu'elle sait que coucher avec des inconnus dans les bars n'est pas une réponse convenable. Elle ne fait pas ça pour s'amuser mais pour oublier.

— C'est mort, tranche-t-elle d'un ton ferme. Je peux pas.

— Même si je t'emmène au défilé Valentino la semaine prochaine ?

Elle secoue la tête sans me regarder. Je ne sais pas pourquoi cela me tient tant à cœur mais je sonne presque désespéré lorsque je propose :

— Et au défilé d'Elie Saab, cet été, à New York ?

Elle s'immobilise alors, le teint livide. Je sais que j'ai visé juste mais je m'interdis de sourire. Elle me demande si je suis sérieux, suspicieuse, et je lui en fais la promesse. Elle hésite à me croire, ce que je comprends.

— Pourquoi tu fais ça ?

— Aucune idée, ris-je sincèrement. J'aime beaucoup cette idée de liste, je pense que ça peut être drôle. Et j'ai envie de passer plus de temps avec toi, je l'avoue. C'est un crime ?

— Je ne coucherai pas avec toi. Tu le sais, n'est-ce pas ?

— *Jeez !* soupiré-je. Je n'ai jamais dit que tu le devais, relax.

Elle considère la question une fois de plus, en se mordant la lèvre. Je sais déjà que la réponse est oui. Je ne culpabilise pas trop, après tout je n'y gagne pas grand-chose si ce n'est sa compagnie.

— OK, deal.

9

ZOÉ

C'est le soir du défilé et je n'ai rien à me mettre.

Cela fait exactement une heure que je fouille dans mon armoire, seulement vêtue de mes sous-vêtements, à la recherche de la tenue parfaite.

Jason est censé venir me chercher dans quarante-cinq minutes, je déteste être en retard. Je soupire, les mains sur les hanches, et me fixe dans le miroir. Mon corps est tout en courbes et en cicatrices ; imparfait. Je m'en détache pour m'enrouler dans une serviette, le cœur douloureux.

Dieu merci, après ma crise de la semaine dernière, j'ai décidé de me mettre au régime. Violette a tenu à faire la même chose pour me soutenir, ce que je trouve adorable.

En parlant du loup, elle est encore là à attendre Loan. Je me suis assurée que les deux sortaient manger dehors pour ne pas éveiller les soupçons sur la venue de Jason.

Je connais ma meilleure amie : si elle savait ce qui se passe entre Jason et moi, elle ferait tout pour nous marier le plus vite possible. *Non merci.*

— Vous n'êtes toujours pas partis ? demandé-je, en me plantant devant elle.

Elle est assise au comptoir de la cuisine, le visage caché derrière un magazine de mode. En entendant ma voix, elle le baisse et me répond d'un air innocent :

— Non, Loan s'habille encore. Je suis prête avant lui, tu imagines !

Je la fixe tandis que celui-ci débarque dans le salon, fin prêt. Il ouvre la bouche pour dire quelque chose avant de stopper net, concentré sur Violette. Ma meilleure amie nous regarde tour à tour, interrogatrice.

— Vio. T'as mangé du Nutella ? demandé-je d'une voix blasée.

Elle prend l'air offusqué et j'ai presque envie de lui tendre un miroir pour qu'elle voie le chocolat sur sa lèvre inférieure.

— Bien sûr que non ! On a dit qu'on était au régime et je m'y tiens !

Loan secoue la tête en retenant un fou rire. Je me contente de soupirer et retourne dans la chambre. De toute façon, Violette n'a pas besoin de perdre du poids, elle a un corps parfait.

La garce.

Quand ils partent enfin, j'ai le temps d'essayer trois robes et de pleurer silencieusement en constatant que je ne me plais pas. Je ne réfléchis pas longtemps avant d'envoyer un message à Jason pour tout annuler.

Après tout, cela fait une semaine que l'on ne s'est pas vus, il a sûrement oublié sa promesse. Et comme ça je n'aurai pas à faire cette liste débile qu'il m'a volée !

Je suis en train d'enfiler un sweat-shirt XXL et une paire de chaussettes quand quelqu'un sonne à la porte. Je laisse sonner, persuadée qu'il s'agit de Jason. Évidemment, il persiste. Encore et encore. Je finis par grogner et vais ouvrir. Je m'apprête à le congédier mais il me devance en passant devant moi :

— Hors de question d'annuler ! Tu sais combien de temps ça prend d'être aussi beau ?

Je ferme la porte en le fusillant du regard. Son masque sérieux se craquelle en un immense sourire et voilà, je viens de mourir électrifiée.

— Je plaisante, je faisais la sieste il y a encore vingt minutes.

Je ne sais pas s'il plaisante, mais il faut reconnaître qu'il est effectivement magnifique. Il porte une chemise blanche rentrée dans un pantalon noir, une cravate sombre, des Derbies impeccables et une veste en cuir qui accentue son côté mauvais garçon. Il est tout en chic et en choc, le jour et la nuit, et je frissonne.

Si seulement je pouvais aussi me réveiller comme ça.

— Je n'ai rien à me mettre, dis-je simplement.

— Je vois, répond-il, en coulant un regard appréciateur sur mon sweat-shirt et mes jambes nues. J'ai beaucoup de mal à te croire. Allez viens, on va trouver un truc !

Il n'attend aucune réponse et disparaît dans ma chambre. Je le suis en lui criant de ne toucher à rien avec ses mains sales. Trop tard, Jason est debout au milieu de la pièce que je partage avec Violette, évitant les piles de vêtements sur le sol.

— T'inquiète pas, mes mains ont l'air bien plus propres que le sol de ta chambre. Le ménage, tu connais ?

— Ça te va bien de dire ça ! La dernière fois que je suis venue chez toi, il y avait une chaussette sur ta lampe.

Je le regarde sans rien dire tandis qu'il cherche en sifflant, très à l'aise. Il lui arrive de sourire ou de hausser un sourcil face à certaines découvertes, mais c'est tout.

Jusqu'à ce qu'il me tende trois tenues différentes, manifestement fier de lui. Je les prends avec méfiance. Je jure que si ce mec s'y connaît en mode, la vie est injuste.

— Tiens, essaye ça et choisis celle que tu préfères. Personnellement, j'ai un faible pour le tailleur – les *working girls* m'excitent à mort, j'y peux rien.

Je n'ai pas l'occasion de répondre car il sort de la chambre et referme la porte pour me laisser de l'intimité. Je jette un œil à ce qu'il a choisi, curieuse. Les trois tenues sont parfaites, chose qui me laisse interdite. Un tailleur rouge sang qu'il a associé à un body noir, une combinaison-pantalon jaune avec dos nu et une longue robe à sequins couleur indigo sous un manteau à fourrure noire synthétique.

Mon Dieu. Qui est ce mec, au juste, Ralph Lauren ?

Il me faut quelques instants pour m'en remettre.

— C'est bon, je peux entrer ? m'appelle-t-il depuis le couloir.

Je lui dis d'attendre et me décide enfin. Quitte à y aller, autant le faire bien ! Je revêts la robe à sequins violets et le manteau de fourrure, enfile des escarpins vert canard et affine mon maquillage d'un gloss brillant.

Lorsque je sors, Jason se décolle du mur contre lequel il patientait, les mains dans les poches, et me dévisage des pieds à la tête.

— Tu es...

— Pourquoi avoir choisi les trucs les plus excentriques ? le coupé-je, sincèrement intriguée. Et si je voulais passer inaperçue ?

Il plisse le front.

— Tu es au courant que tu as les cheveux roses, rassure-moi ?

Je lui fais signe de laisser tomber mais il me répond quand même :

— Parce que ça te ressemble. Ah, au fait, tu viens juste de gâcher mon moment. J'allais te dire que tu étais très belle. On peut y aller, maintenant ?

Je prends une grande inspiration, intériorisant le compliment, et affiche un air confiant. Pas question de perdre la face devant lui.

— Voici pour mademoiselle.

Je prends le carton d'invitation qu'il me tend et l'examine avec émotion. La marque est écrite en grosses lettres dorées sur un papier couleur crème. J'ai envie de pleurer.

Jason me tient la porte et nous sortons de l'appartement en silence. Je ne lui dis pas que je n'ai pas osé jeter un coup d'œil dans le miroir avant de partir, ni que je n'ai rien mangé de la journée.

Cette soirée se passera comme je l'ai toujours voulu : sans accroc.

∞

Je n'ai jamais vu autant de luxe de toute ma vie. Il est dix-huit heures quand nous arrivons à l'hôtel Salomon de Rothschild. Le bâtiment en pierre est grand et majestueux, des tables hautes ont été installées dans les jardins, et certains invités discutent tandis que des journalistes prennent des photos.

Tout cela est bel et bien réel.

L'angoisse me tord le ventre à l'idée de sortir de la voiture. Jason semble le voir, car il m'attrape la main et la serre dans la sienne. Le geste me surprend.

— On peut toujours faire demi-tour... même si je sais que ce n'est pas ce que tu veux. Je n'ai pas envie que tu aies des regrets.

Il a raison. Si je n'y vais pas, je me détesterai à vie.

— Non, ça va aller.

Il me lâche alors la main et sa chaleur me manque étrangement tandis qu'il sort de la voiture et vient m'ouvrir la porte. Je ne me souviens absolument pas de la façon dont nous gagnons nos places attitrées. Je ferme mon esprit au monde extérieur et me concentre pour ne pas trébucher devant tout le monde.

Il ne manquerait plus que ça.

Je suis soudain bien trop consciente de mon corps, de la façon dont j'avance, de mes cheveux courts qui caressent mes joues. Jason garde une main dans mon dos, très à l'aise. Il est très clairement dans son élément. Je le vois saluer quelques personnes du menton, je me contente de sourire.

L'intérieur est encore plus sublime.

— OK, c'est décidé, je veux vivre ici, murmuré-je en prenant place.

Jason éclate de rire pendant que j'observe ce qui m'entoure. Du parquet vernis, un immense lustre en cristal éclairant le couloir, des chaises dorées sur les côtés. Du doré absolument partout, ainsi que des pétales de fleurs blancs montrant le chemin aux futures mannequins.

— Pas de pression du tout, sourit Jason.

— T'es du genre célèbre, à ce que je vois.

Il ne me regarde pas en répondant :

— Ils connaissent surtout mon père. Puis ma mère et mes sœurs sont des habituées des défilés. Moi, pas tant que ça.

Je me raidis et lui demande si elles sont là ce soir. Il me rassure en disant qu'elles étaient déjà prises. J'ai encore du mal à me faire à l'idée qu'il soit un Delaunay. Je me demande si Loan sait que son meilleur ami est riche... Il faut dire que Jason le cache bien, ce que je ne comprends pas.

— Si j'avais autant d'argent, j'en profiterais un max.

— C'est ce que je fais, juste différemment. Je sais que j'ai beaucoup de chance, mais... parfois, ça peut aussi être un fardeau.

— Quel cliché tu es, me moqué-je. Je me demande quel fardeau ce doit être d'avoir grandi dans une famille riche et aimante, en effet ! Si tu connaissais la mienne...

Il me regarde en fronçant les sourcils, l'air presque blessé.

— Je n'étais pas au courant que c'était une compétition.

Sa réplique a le don de me clouer le bec. OK, c'était nul de ma part. Je ne suis pas du genre à juger les gens sans connaître leur vie, ni de me plaindre de la mienne. Je ne minimise pas ses problèmes et c'est ce que je m'apprête à dire quand une sirène à la peau ébène s'assoit à sa gauche.

Elle lui offre un sourire et lui parle dans une langue que je ne connais pas. Je suis étonnée d'entendre Jason lui répondre avec facilité. De l'allemand, je crois.

Je me referme tout de suite et regarde droit devant moi, agacée. Elle ne voit pas que nous sommes venus ensemble ? Pire : que nous étions en plein milieu d'une conversation ? Les deux discutent un long moment tandis que la salle se remplit peu à peu. J'en profite pour reluquer les tenues des autres avant de me rendre compte que c'est une mauvaise idée.

Voilà, j'ai envie de manger.

Putain, ce n'est pas le moment.

— Tu veux que je te prenne en photo ? Pour ta chaîne.

Je me tourne vers Jason, étonnée. Il a arrêté de parler à l'Aphrodite brune, qui lorgne ma robe criarde en se pensant discrète.

— Je veux bien.

Il se lève en me prenant le portable des mains et sa peau touche la mienne. J'avance vers les portes ouvertes, juste sous le lustre. Jason ignore les autres et se poste devant, la mine concentrée.

Un sourire m'échappe mais je me reprends aussitôt, une main sur la hanche. Il en prend plusieurs, en portrait et paysage, avant de se prendre rapidement au jeu.

Je ne suis pas la seule à rire en entendant ses « Oh, parfait, ne bouge pas », « Tu t'en sors très bien, bébé, continue », « Par ici... voilà, regarde la caméra, séduis la caméra, c'est ça ». Au bout d'un moment, il y a beaucoup de monde et je lui dis d'arrêter ses conneries.

— Non mais quelle diva, se plaint-il tandis que nous nous rasseyons. OK, regarde celle-ci. C'est ma préférée, la lumière est parfaite et tu souris – ce qui arrive tous les quatre jeudis, alors autant dire qu'on est chanceux.

Il a raison, les photos sont superbes. Le décor est incroyable et pour une fois, je n'ai pas à faire semblant de me trouver jolie. Non, pas « jolie ». Heureuse. Rayonnante.

Je me tourne vers Jason et lui pince la joue en guise de remerciement.

— Merci, Tyler Shields[3].

Après ça, le show ne tarde pas à commencer. Je reste silencieuse, le cœur tambourinant dans mes oreilles, tandis que les mannequins défilent enfin sous mes yeux effarés. Même Jason semble suivre le spectacle avec attention. Je suis bluffée par cette nouvelle collection aux allures orientales et japonaises.

Les couleurs sont douces et lumineuses, du beige, de l'ocre, du rouge, et la plupart des filles marchent pieds nus, faisant voler les pétales de rose autour d'elles. Chacune arbore des bijoux de tête en forme de serpent, des chaînes de cheville et des robes longues et aériennes. Je tombe amoureuse des manteaux kimonos, des jupes transparentes et des dragons brodés...

3. Tyler Shields est un photographe célèbre, connu pour ses clichés de stars provocateurs.

Je n'ai jamais été aussi sûre de mon choix de carrière.

Le défilé finit bien trop tôt à mon goût. Toutes mes angoisses se sont envolées en un rien de temps et je me sens toute légère quand nous sortons de l'hôtel. Un nombre incroyable d'invités et de photographes s'est réuni devant l'entrée. Il fait déjà nuit, les étoiles faisant miroiter les sequins de ma robe.

— Alors ? me demande Jason, en me proposant son bras.

Je le prends et commence à descendre les marches, ma robe léchant le bout de mes orteils.

— C'était absolument su...

Crack !

Mon cœur bondit dans ma poitrine et en un instant, je me retrouve dans les bras de Jason, dont les réflexes viennent juste de m'empêcher de tomber.

Je ne bouge pas, morte de honte. *Qu'est-ce qui vient juste de se passer ?* Tous les yeux sont rivés sur nous. Sur moi. Je comprends que je viens de trébucher sur ma robe longue, manquant de dévaler les marches en roulé-boulé.

Jason est immobile, jaugeant ma réaction. Je suis très consciente du fait que ma robe vient de se déchirer le long de ma cuisse, dévoilant mes jambes nues aux yeux de tous. Certaines filles hoquettent de stupeur tandis que d'autres cachent leur grimace d'une main. Un photographe immortalise la scène et je prie pour mourir d'une crise cardiaque. Tout mais pas ça.

Tout le monde peut voir tes cuisses épaisses. Vous n'avez pas votre place ici, toi et tes vergetures.

C'est alors que Jason s'agenouille et déchire complètement le tissu avant de le fourrer dans sa poche. Je me retrouve avec une minirobe improvisée, les genoux flageolants, tandis qu'il se redresse. Son sourire est éclatant.

— Quand on a des jambes de déesse, il faut les montrer, pas vrai ? dit-il haut et fort.

Si je n'étais pas aussi mortifiée, je l'embrasserais en l'appelant mon sauveur. Bon d'accord, peut-être pas – pas mon genre.

Note pour moi-même : lui préparer un panier entier de muffins à la myrtille.

Je reprends son bras, et cette fois, je fais attention en descendant les marches. Je lui souffle un « merci » qu'il éclipse d'un clin d'œil. Au moins, ça, c'est fait.

Contrairement à ce que je pensais, nous ne rentrons pas tout de suite. Jason m'entraîne vers un couple de quinquagénaires. Il les salue et se tourne vers moi pour me présenter.

— Voici mon amie Zoé Camara. Zoé, James a travaillé près de trente ans dans la haute couture. Chanel, c'est ça ?

— Louis Vuitton, rectifie l'homme en me serrant la main. Enchanté, mademoiselle.

— Faites attention, elle n'est pas très stable sur ses pieds, plaisante Jason.

Ils rient et la femme me complimente sur ma tenue. Nous discutons un petit moment, j'arrive même à placer que je suis étudiante à l'ESMOD. Quand nous prenons congé, je suis sur un petit nuage.

Je l'ai fait. J'ai failli m'étaler dans les escaliers, certes, mais Jason était là. Et je dois avouer que j'en suis soulagée.

— Désolé pour ta robe... me dit-il une fois dans la voiture.

— Ne dis pas n'importe quoi. Ce n'est pas ta faute si je ne sais pas marcher.

— C'est vrai.

Je passe le trajet du retour à poster les meilleures photos que Jason a prises de moi tandis qu'il chante par-dessus la radio.

Je remarque avec surprise qu'il s'est pris en selfie avec mon téléphone pendant que je regardais ailleurs, essayant toutes sortes de grimaces et autres airs de séducteur. Je secoue la tête sans pour autant les supprimer.

— C'était une très bonne soirée, murmuré-je. Merci beaucoup... Je suis sincère.

Il opine très lentement, les yeux sur la route.

— Tout le plaisir était pour moi.

Quatre ans plus tôt

ZOÉ

— Il nous en faut une seizième, dit Sarah au bout du fil.

Je l'imagine en train de réfléchir sur son lit, le stylo au-dessus de la fameuse liste. Je ferme la porte de la salle de bain à clef, en demandant :

— Pourquoi ?

— Je déteste les chiffres impairs. C'est stressant. Ça ne te stresse pas, toi ?

— Mon Dieu, ne me dis pas que tu fais partie de ces gens qui changent le volume de la télé selon les chiffres pairs.

— Tu rigoles ? C'est moi qui ai inventé le concept !

Je souris, le téléphone coincé entre mon menton et mon épaule, et me déshabille. Depuis hier, Sarah est obsédée par cette idée de liste. Après l'incident avec mon frère – épisode que nous évitons d'évoquer –, elle ne cesse d'inventer des subterfuges, tous destinés à me changer les idées.

Je crois qu'elle culpabilise pour ne pas avoir compris ce que je subissais à la maison. Elle m'a demandé si j'avais déjà envisagé de fuguer, par exemple.

Quand j'ai répondu que je devais rester aider ma mère, elle est revenue avec cette nouvelle lubie.

Une liste de choses à faire une fois dans sa vie. Nous en avons trouvé quinze pour le moment, dont l'une est de dire à Bryan d'aller se faire foutre. Je sais bien que cette idée est stupide, mais je sais aussi qu'elle la rassure.

Alors je joue le jeu.

— Sauter en parachute ? proposé-je.

— Tout le monde veut faire ça, on n'est pas des moutons. Attends, je t'entends mal... Tu fais quoi ?

Enfin en sous-vêtements, je me pose devant la balance et prends une grande inspiration. *C'est le moment.*

Cela fait un an que j'essaie de maigrir, sans succès. Mais cette fois, j'ai décidé de le faire sérieusement. Je n'ai quasi rien mangé ces deux dernières semaines, un record pour moi ! J'ai même arrêté les muffins à la myrtille – soit mon paradis sur Terre –, ce qui a d'abord alerté Sarah.

J'ai forcément perdu du poids, je le sais. J'espère.

— Je me pèse. Mon Dieu, je stresse... OK, c'est parti.

Un silence me répond à l'autre bout du fil. Je ne m'en préoccupe pas et monte sur la balance. Mon cœur bat à cent à l'heure. J'ai peur de regarder et de me rendre compte que je n'ai pas maigri. Parce que si c'est le cas, je vais très mal le prendre.

Très, très mal.

Au bout de quelques secondes, je me fais violence et baisse le regard. Un cri de victoire m'échappe tandis que je descends de la balance.

— Alors ? me demande Sarah, d'un air détaché.

— J'ai perdu six kilos ! J'en reviens pas ! Dis bonjour à ta bombe atomique de petite amie...

Silence.

Je répète son nom, persuadée que ça a coupé.

— Six kilos en deux semaines ? Putain, Zoé...

— Je sais, c'est dingue ! Ça marche vraiment !

— Non, c'est pas *dingue*, rétorque-t-elle sèchement. C'est alarmant et complètement idiot. Tu peux pas continuer comme ça, Zoé, c'est dangereux.

Je prends tout de suite la mouche, blessée par ses mots. Elle ne m'a jamais vraiment soutenue dans ce régime, elle était réticente depuis le début, répétant que je n'en avais pas besoin, que les régimes ne fonctionnaient jamais, etc. Mais de là à ruiner ma joie !

— Je préfère être idiote que grosse.

— Bordel, mais tu t'entends ? s'énerve-t-elle, visiblement choquée. Tu sais quoi, j'ai trouvé le dernier truc de la liste : *s'aime*r. Visiblement, tu en as drôlement besoin.

J'ouvre la bouche pour me défendre mais elle me coupe :

— Tu n'es *pas* grosse. Je ne sais pas qui t'a mis ça dans la tête mais ça devient un vrai problème ! On arrête le régime, c'est mort. Tu m'entends ?

— Pardon ? m'esclaffé-je. Ce n'est pas à toi de décider ce que je fais ou ne fais pas, Sarah. T'es pas ma mère.

Une pause, puis le coup de grâce :

— Oui bah justement, on se demande à quoi elle sert, ta m...

Je lui raccroche au nez, les joues et la poitrine en feu.

Elle a osé.

Je reste plantée au milieu de la salle de bain, à moitié nue. L'euphorie a disparu, vite remplacée par la colère et l'humiliation. Pour qui se prend-elle ? Pourquoi ne peut-elle pas se montrer heureuse pour moi ? C'est facile, de critiquer les régimes, pour une fille mince comme elle !

J'enrage. J'enfile ma robe et retourne dans le salon en jurant dans ma barbe. Sarah rappelle plusieurs fois ; je le sais car mon téléphone vibre dans ma poche. Je l'ignore et...

— Oh.

Je m'arrête net. Mon frère est déjà assis dans le canapé du salon en compagnie de son ami Rémy ; je connais son nom car il vient souvent. Tellement, en fait, que je me demande s'il ne vit pas ici, parfois.

Bryan tourne la tête vers moi, surpris.

— Ah, t'es là. T'as pas cours ?

— J'ai fini à seize heures, réponds-je doucement.

Je n'ai pas besoin d'une dispute avec mon frère aujourd'hui. C'est pourquoi je m'apprête à faire demi-tour quand il m'interpelle. Mon sang se fige dans mes veines.

— Viens regarder la télé avec nous, me propose-t-il.

J'hésite, abasourdie. Je ne suis pas sûre de vouloir passer la soirée avec eux. Je sais ce qu'il advient quand quelque chose ne se passe pas comme l'avait prévu Bryan. Il suffit d'un tout petit détail pour qu'il parte en vrille.

— Je ne suis pas sûre...

— Oh, allez, c'est drôle ! C'est une rediff' du Bachelor.

— Vous regardez le Bachelor ? me moqué-je, sans pouvoir m'en empêcher.

Bryan roule des yeux, l'air amusé.

— Il y a de belles filles. On se met à la place du gars. Moi j'aurais pris la rouquine, là... tu la vois ? C'est la seule de naturelle. Les autres sont là pour la thune, c'est sûr.

Mon téléphone vibre à nouveau et cette fois je décide de rejoindre mon frère sur le canapé. Après tout, pourquoi pas ? Je replie mes genoux et passe les bras autour, les yeux sur la télévision. Il suffit juste de ne pas bouger ni de parler. D'être invisible, en somme.

Les garçons font des commentaires ici et là, certains me font même rire. C'est sympa. Parfois, ce genre de choses arrive. Bryan cesse d'être un tyran et se comporte en frère. Ce sont ces moments, pourtant si rares, qui m'empêchent de le haïr complètement.

Je déteste celui qui part au quart de tour et qui m'envoie une gifle dès que quelque chose l'énerve. Mais il n'est pas toujours ce Bryan-là, alors je lui pardonne chaque fois un peu. Je lui trouve des excuses. Jusqu'à ce qu'il recommence.

Je ne l'ai dit à personne, même pas à Sarah... mais je suis terrifiée. Pas de vivre dans l'attente des coups, ça je gère. Mais de ne plus être en mesure de subir.

J'ai peur, un jour, d'attraper la première chose qui me passe sous la main et de le tuer.

— Putain, pourquoi on n'a pas de filles comme ça à côté de chez nous ? se plaint Rémy.

— Parce que tu passes ta vie à zoner en bas de la cité ? dis-je avec sarcasme. Je suis déjà surprise que tu rencontres des filles tout court.

Mon frère rit d'un ton moqueur, me présentant sa paume. Je suis prise de court un instant. Puis je lui fais un *high five* comme s'il s'agissait de la plus naturelle des choses.

— Elle a raison, mec.

Rémy me jette un regard noir auquel je réponds par un sourire. Je sais que je ne devrais pas, mais mon cœur se réchauffe à l'idée de cette complicité avec Bryan. Une petite part de moi espère que ça va durer quelques jours, voire plusieurs semaines.

— Hé, Zoé. T'as maigri, non ?

Tout mon corps se fige. En fait, la pièce entière semble tout à coup sur pause. Je regarde Rémy sans savoir quoi répondre. *Qu'est-ce que ça veut dire, exactement ? Que j'en avais besoin ? Probablement que oui, si ça se voit autant.* Je m'apprête à l'insulter quand une voix orageuse me fait sursauter :

— Casse-toi.

Je me lève précipitamment pour aller rejoindre ma chambre, par réflexe. Mais Bryan grogne : « Pas toi », et je m'arrête. Il se tourne alors vers Rémy, le visage déformé par la colère. J'ai du mal à croire que celle-ci n'est pas dirigée contre moi. Et pourtant, j'aperçois ses poings fermés trembler.

Il se contient difficilement.

— Tu insinuais quoi, hein ? Allez, continue.

Rémy semble vite regretter ses paroles. Je pense d'abord à intervenir en sa faveur, avant de me taire comme une lâche. Pour une fois que ce n'est pas moi...

— Rien, c'était juste une blague, mec, déstresse.

— Ne me dis pas de déstresser, répond Bryan d'un ton glacial. C'est ma sœur. Traite-la encore de grosse, vas-y.

Rémy serre la mâchoire, les joues rouges. Finalement, il secoue la tête. Mon frère lui répète de partir, et cette fois, il ne se fait pas prier. Je reste immobile même après que la porte claque, interdite. Mon frère vient juste de me défendre. *Moi.*

Je déteste cette sensation d'espoir qui grandit telle une fleur dans mon cœur.

Bryan me tend son sachet de chips sans me regarder, l'air plus détendu. Il semble concentré sur la télévision.

Je me rassois alors, très lentement. Je refuse le paquet de chips, même si j'en ai très envie, ce qui me vaut un coup d'œil de sa part. La colère est toujours là, mais je la vois disparaître peu à peu.

— Quel connard.

Je hoche la tête sans rien dire. Ses yeux se baladent toutefois sur ma silhouette, comme s'il ne m'avait pas vue avant maintenant. Il plisse le front.

— Cela dit, cet enfoiré n'a pas tort. T'as perdu du poids ou quoi ?

— Six kilos.

Il siffle, ce qui me fait sourire légèrement. Voilà la réaction que j'attendais de la part de Sarah. C'est pas compliqué, merde.

— Ça te va bien. T'es belle.

— Euh... merci.

— On dirait que ça te surprend.

Je hausse un sourcil dans sa direction. Il n'a pas l'air de comprendre le sous-entendu, si bien que je soupire. Sa camaraderie m'incite à être honnête :

— Tu passes ton temps à me crier dessus et à m'enfermer dans ma chambre. Il y a encore trois semaines, tu m'as tapé la tête contre un mur devant Sar... mon amie.

J'avale ma salive en observant sa réaction. Il ne cille pas pendant longtemps. Quand il bouge enfin, c'est pour s'humidifier les lèvres. Une lueur de culpabilité traverse ses yeux. *Les mêmes que les miens.*

— Je t'ai légèrement poussée et tu t'es cognée contre le mur, rectifie-t-il. C'était pas mon intention, j'étais juste... surpris. Je suis désolé, au passage. Sérieux.

Je ris intérieurement. Je ne sais même plus si je dois le croire. À l'entendre, ce n'est jamais son intention.

— Surpris que je sois avec une fille ?

Il gronde, l'air dégoûté, et je me demande si j'ai poussé ma chance trop loin.

— Qu'on soit clairs, j'ai rien contre les gays. Mais je veux pas de ça dans ma famille, c'est tout. Tu la vois plus, de toute façon.

Ce n'est pas une question. J'opine sagement quand il m'interroge du regard, les mains moites. Je n'essaie même pas de lui expliquer que si, il est de toute évidence homophobe, et fais semblant d'accepter ses excuses.

Il me sourit tout à coup, l'air satisfait, avant d'ouvrir ses bras.

— Allez, viens. On fait la paix.

Je n'ai pas envie d'aller dans ses bras. Mon cœur bondit dans ma poitrine, court, lacère les parois en tentant d'y échapper, mais il reste en cage et je fixe les bras de

Bryan, des bras de grand frère qui m'ont tenue quand j'étais bébé, mais aussi des bras qui m'ont serrée très fort, trop fort, si fort qu'ils ont laissé des traces visibles ou invisibles mais toujours indélébiles.

Il patiente toujours et je ravale ma peur au fond de ma gorge. Je me réfugie dans son étreinte, le menton sur son épaule.

Je m'attends à ce qu'il change d'avis à tout moment, mais il ne le fait jamais. À la place, Bryan me chuchote à l'oreille :

— Je t'aime, Da. Beaucoup trop. Tu es la seule que j'aime dans cette baraque.

Je ferme les yeux en retenant mes larmes.

Alors pourquoi me détruis-tu ?

10

JASON

Je souris comme un idiot devant mon téléphone en attendant que le feu passe au vert.

Zoé•@zoecamara • il y a 6 minutes
Moi, Zoé Camara, déclare adorer Star Wars. #KyloRenTrash

Elle l'a fait. Zoé a honoré sa part du marché – enfin, la moitié.

Je fais une capture d'écran du tweet en question, amusé, et le feu passe au vert au moment où je veux lui envoyer un SMS. Je démarre alors en dictant le message à mon téléphone :

— Je viens de voir le tweet. Est-ce que c'est bizarre que ça m'excite plus que de te voir chanter « Ma Benz » ?

Elle ne me répond pas tout de suite. J'ai repris les cours cette semaine, je n'ai donc pas eu le temps de revoir Zoé depuis le défilé Valentino. Je dois avouer que cette soirée a dépassé toutes mes espérances...

Je n'irais pas jusqu'à dire qu'elle m'apprécie, mais elle me déteste un peu moins, c'est évident. Je pense même que si j'étais dans une pièce en feu avec un chaton et qu'elle pouvait n'en sauver qu'un, elle... Ouais, non, elle choisirait quand même le chat.

Je me gare devant le gymnase et sors de la voiture, rentrant les épaules à cause du froid. Quelle idée de faire du foot par un temps pareil, sérieux ? Puisque nous sommes samedi, j'ai proposé à Julie d'aller chercher Mathis à son entraînement et de passer l'après-midi avec lui.

Je vais donc attendre sagement dans les gradins. Mon téléphone vibre quand je m'assois, Mathis me faisant coucou de loin.

Ethan : .... Waouh, j'ai tellement de questions.

Je ne comprends pas. Je m'apprête à lui dire qu'il s'est trompé de destinataire quand... *oh merde.*

Je me suis trompé de destinataire.

J'ai cliqué sur le contact le plus récent sans faire exprès en pensant qu'il s'agissait de Zoé. Erreur monumentale.

— Putain, Jason, marmonné-je dans ma barbe.

Plusieurs autres messages arrivent et je devine que mentir n'est plus une option. Je suis grillé.

— Zoé va me couper les couilles.

La maman à ma droite me jette un regard en biais, la main sur l'épaule de son enfant. Je lui offre un sourire désolé avant de revenir à mon téléphone.

Ethan : Je suppose que je ne suis pas celui qui t'excite - cela dit, il n'y aurait vraiment rien de bizarre à cela.

Ethan : Je suis plutôt hot.

Ethan : TOI ET ZOÉ ?????????

Ethan : Jason, ne me laisse pas dans le suspense.

Je soupire. Ce n'est pas aussi grave qu'on pourrait

le penser. Ethan est l'un de mes meilleurs amis et je préfère que ce soit lui plutôt que Loan. Là, je serais dans de beaux draps.

Moi : Zoé et moi, on s'est rencontrés le soir de Noël dans un bar et on a couché ensemble. C'était qu'une histoire d'un soir. Sauf que voilà, le fatum est une salope. Fin de l'histoire. NE DIS RIEN À PERSONNE.

Ethan : Pardon mais je suis mort de rire.

Je lui envoie un doigt d'honneur en émoticône.

Ethan : Donc vous vous détestez ou vous couchez ensemble ? Je suis troublé.

Moi : Elle fait semblant de me détester et moi j'essaie de coucher avec elle.

Ethan : C'est plus clair, merci. Tu l'as invitée à sortir ?

Je fronce les sourcils. Je n'y avais pas pensé, en effet. Il faut dire que je n'ai pas l'habitude. Il m'est déjà arrivé d'aller à des rencards, mais jamais sérieusement. Je ne veux pas non plus que Zoé se fasse des idées, ou pire, qu'elle pense que *je* me fais des idées.

Moi : Mec, t'as raison. Je vais le faire. Je vais l'inviter à sortir !

Ethan : *Yes* ! Je veux tout savoir. Dis-moi ce qu'elle a dit !

Moi : Évidemment, mec.

Le match de Mathis se termine tandis que j'appelle Zoé. Ethan m'a reboosté. Il a raison, un rencard m'aidera à m'éclaircir la tête. J'attends de longues secondes, plusieurs tonalités passent avant qu'elle réponde enfin :

— Qu'est-ce que tu veux ?

— Bonjour à toi aussi, rayon de soleil. Je te réveille ?

Quelqu'un lui parle en fond, une voix d'homme. Je crois reconnaître Tiago. Bordel, je suis aussi stressé qu'un collégien.

— Il est quinze heures... Je prends des photos place des Vosges, dit-elle avant de rajouter : Écoute Jason, t'es mignon et je dois avouer que j'ai un peu moins envie de te poignarder chaque fois que je te vois, mais tu as intérêt à avoir une bonne raison pour me déranger.

Je dois vraiment parler de mon genre de femmes à mon psy.

— Tu trouves que je suis mignon ? souris-je. Anw !

— Jason.

— OK, OK. Bon, en fait, voilà... j'ai deux places d'opéra.

Seul le chant du vent me répond et je me demande ce que je suis censé ajouter après ça. Merde, voilà un truc pour lequel je ne suis vraiment pas doué.

— Cool, tu vas pouvoir y aller deux fois.

— Zoé...

Elle rit sincèrement et abrège mon calvaire, l'air soudainement gênée :

— Désolée, Jason, mais je n'ai vraiment pas le temps, là. Tiago doit bientôt partir et j'ai besoin de nouvelles photos. Ciao.

Sur ce, elle raccroche. Je suis tellement indigné que je reste assis comme un idiot, les lèvres incurvées vers le bas. C'est la première fois que je me fais jeter de cette façon.

Mathis entre enfin dans mon champ de vision et je me lève pour aller le rejoindre. J'envoie tout de même une réponse à Ethan.

Moi : Ouaip, elle a dit non.
Ethan : ... *#fail*

Mon neveu me saute au cou quand j'arrive enfin à sa hauteur. Ses joues sont rougies par le froid.

— Tonton Jason !

— Ça va, champion ? Bon sang, tu grandis à une vitesse impossible. Tu manges quoi, le matin, du lion ?

Il hausse les épaules et répond très sérieusement :

— Non, des céréales.

Je souris et le débarrasse de son sac en le guidant vers la voiture. Je n'arrive pas à sortir Zoé de ma tête et cela m'agace. Pourquoi refuse-t-elle de sortir avec moi ?

Peut-être parce que tu lui as dit que c'était un mauvais coup.

Ah oui, c'est possible.

Et pourtant, je me rends compte qu'elle n'a pas explicitement dit non.

∞

Julie me tuerait si elle savait que j'emmène son fils pour draguer. Je suis un tonton abominable.

Je jette un œil à Mathis, qui marche à mon côté, trop occupé à lécher sa glace goût pistache pour se douter de quelque chose. Nous arrivons place des Vosges et découvrons que peu de monde a eu le courage d'affronter le froid.

Forcément, je repère Zoé tout de suite. Assise sur le rebord de la fontaine, elle se laisse photographier par Tiago, les cheveux dans le vent. Je prends un instant pour la contempler à son insu. Zoé est comme toujours très bien habillée ; elle porte un tee-shirt blanc « WE SHOULD ALL BE FEMINISTS » rentré dans un jean taille haute. Ses pattes d'eph tombent sur une paire de talons hauts et un béret rouge ajoute une touche parisienne à l'ensemble.

Elle est si chic et si sexy... Il faut qu'elle accepte de sortir avec moi, sans quoi je suis destiné à vivre dans le regret toute ma vie.

Zoé détourne soudain les yeux, qui se posent directement sur les miens, comme si le vent avait porté mes pensées jusqu'à elle. La surprise passée, je crois la voir rougir.

— Tu la connais ?

Je me tourne vers Mathis, qui m'observe d'un air interrogateur.

— Euh... oui. C'est une amie.

— Elle est jolie.

Je souris quand il baisse le regard tout de suite après l'aveu. Je ne lui en veux pas ; après tout, c'est la vérité. Zoé est l'une des plus belles filles que j'ai rencontrées jusqu'ici. Je demande à Mathis si ça le dérange qu'on aille la saluer, mais il secoue la tête.

Je me fais violence en avançant vers elle.

Allez, Obi-Wan. Puise dans le pouvoir de la Force.

— *Stalker*, bougonne Zoé une fois devant moi.

Ça commence bien.

— On m'a déjà dit pire.

Je salue Tiago, qui semble vouloir être n'importe où sauf ici. Ils ont sûrement bien rigolé de ma petite tentative avant que j'arrive – pas que je leur en veuille. C'était pathétique.

— Je vous présente Mathis, mon neveu. Mathis, c'est Zoé et Tiago.

Zoé lui sourit gentiment mais Mathis ne dit rien. Génial.

— Pourquoi est-ce que tu es venu, Jason ? me demande-t-elle, les bras croisés. Je t'avais bien dit que tu ne pourrais pas te passer de moi...

— Hé, je ne suis pas venu pour toi ! je me défends, en entourant les épaules de Mathis. Je passe juste la journée avec mon homme ici présent – et je me rends compte que c'est très mal dit –, c'est lui qui a choisi de venir ici, pas moi. C'est notre tradition du samedi ; il se fait de nouveaux amis et je leur offre à tous des bonbons et – waouh, c'est de pire en pire. Je vais me taire, OK ?

Tiago et Zoé me fixent en fronçant les sourcils. Ça ne se passe pas du tout comme je l'avais prévu.

Au moins, ça ne pourrait pas être pire.

— Mais... c'est pas moi qui ai voulu venir ici, dit Mathis.

Ah bah si.

Je ris jaune, le regard rivé sur une Zoé au rictus moqueur.

— Bien sûr que si, enfin, ne dis pas n'importe quoi...

Le petit ne comprend pas le message et continue, très sûr de lui :

— Non.

— Si.

— N...

Je plaque ma main sur sa bouche dans une fausse tentative d'étreinte, pris d'un rire forcé. Zoé hausse un sourcil, la joue frémissante, mais je secoue la tête.

— Ah, quel farceur.

Je baisse le regard vers mon neveu, qui me regarde le front plissé. *J'ai honte, Mathis, j'ai honte.*

Dieu merci, nous sommes interrompus par la sonnerie de mon téléphone. Julie m'a envoyé un texto pour me demander quand je compte déposer les chatons chez elle.

Merde, j'avais oublié. Fin février, Loan et moi partons en vacances à Bali pendant quelques jours. Ma sœur adorée a promis de s'occuper de Leia, Han Solo et Dark Vador en mon absence. Mathis les adore.

Celui-ci me demande s'il peut aller jouer plus loin. J'accepte en gardant un œil sur lui, puis je me tourne vers Zoé.

— Et sinon, tu as commencé la liste ?

Alors que je l'avais presque oublié, c'est Tiago qui répond, son sac sur l'épaule :

— Je ne veux pas me lancer des fleurs, mais c'est moi qui l'ai forcée ; elle avait l'intention de laisser tomber.

— C'est faux ! s'indigne Zoé. Je tiens mes promesses.

— Ouais, c'est ça, rit Tiago. Bon, moi j'y vais. Ça va aller pour rentrer ?

Zoé acquiesce et dépose un baiser sur sa joue avant qu'il ne parte en me souhaitant bonne soirée. Je m'assois à côté d'elle, ma cuisse contre la sienne, et elle lève les yeux vers moi. Ces traîtres ne m'ont jamais paru aussi bleus qu'aujourd'hui.

Je lui offre un sourire carnassier, les coudes sur mes genoux.

— Je te préviens, je veux des preuves.

— Je n'ai pas fait grand-chose encore. Le plan à trois est déjà rayé de la liste depuis un moment...

— Des preuves, répété-je.

— ... et j'ai commencé à apprendre le norvégien. Je fais ça en ligne. C'est compliqué mais cool.

J'arque un sourcil, impressionné. Je ne pensais pas qu'elle se plierait à sa part du marché si facilement.

— Vas-y, dis-moi un truc.

— *Du er moron* [4].

Je lui demande ce que ça veut dire, mais elle se contente de m'offrir un sourire énigmatique.

— Ah et je peux aussi cocher la case « Dire oui à tout le temps d'une journée ».

— Quoi, j'ai raté ça ?

Elle semble hésiter, baissant les yeux sur mes mains.

— Non, c'est aujourd'hui.

Je me frotte les mains en faisant danser mes sourcils.

— Zoé... est-ce que tu trouves que je suis beau ?

— Seigneur... marmonne-t-elle, deux doigts sur sa tempe.

— Tu dois jouer le jeu !

Elle me fixe, impassible, avant de lâcher à contrecœur :

— Oui.

---

4 « Tu es un crétin », en norvégien.

— Est-ce qu'il t'arrive de rêver de moi la nuit ?

— Oui, tous les soirs.

— Coquine, dis-je accompagné d'un clin d'œil. Tout nu ?

— T'es exaspérant. Tu sais, je ne crois pas que ce jeu fonctionne comme ça, de toute façon !

Soudain, je me fige. *Est-il possible que...* ? Zoé voit sur mon visage que je comprends car elle se mord l'intérieur de la joue en détournant les yeux. C'est pour cela qu'elle ne m'a pas explicitement répondu au téléphone ; parce qu'elle aurait été obligée de dire oui.

Oh, j'aime ce jeu.

— Tu sais que je vais te poser la question, lancé-je en souriant.

— Vas-y, qu'on en finisse.

Je me racle la gorge avec théâtralité et me lève, sa main délicate dans la mienne. Je me retiens de me pencher pour humer l'odeur de sa peau. Est-ce qu'elle sent toujours l'amande, comme cette fameuse nuit ?

— Zoé Camara... Acceptes-tu de sortir avec moi ?

— C'est oui. Mais je te préviens, ne sois pas en retard ! Je déteste ça. Et pas de trucs bizarres...

Elle est interrompue par Mathis qui, s'étant approché d'elle sans qu'elle le voie, lui sourit en tendant les bras.

Un pigeon se débat entre ses petites mains.

— Tiens, c'est pour toi. Tonton Jason dit que c'est comme les dragons et que les filles adorent ça.

Oh merde.

Zoé sursaute en voyant la bête et se met à hurler en reculant. Elle lâche ma main et trébuche dans la fontaine vide tandis que j'écarquille les yeux sans savoir quoi faire. Ce serait mal d'éclater de rire, là, tout de suite, non ?

Mathis reste très calme, la bête enragée toujours entre ses mains sales. Zoé est en train de courir pour aller se cacher derrière un arbre, me criant toutes sortes d'insultes, et je fais comme je peux pour approcher l'oiseau sans dégobiller.

— Lâche ça, Mathis ! Nom d'un chien, comment tu as fait pour attraper un truc pareil avec des mains si petites ?

Il finit par lâcher prise et le pigeon prend son envol. Je regarde Mathis en essuyant ses mains sur mon teeshirt. Celui-ci semble déçu.

— Je pensais que ça lui plairait... Tu as dit que ça marchait.

— Faut pas m'écouter, gamin ! Tu ne comprends pas ? J'ai le même âge que toi dans ma tête.

Il hausse les épaules et je culpabilise un peu. Au loin, je vois Zoé sortir de sa cachette, essoufflée.

— Ce n'est pas ta faute, Mathis. C'est moi.

— Comment je fais, alors, pour qu'elle m'aime bien ?

J'ouvre la bouche, hésitant. Zoé revient vers nous en jaugeant les alentours, son béret de travers sur ses cheveux rose pastel. Je réalise seulement maintenant qu'elle a accepté de sortir avec moi.

Un peu par défaut, mais quand même.

Je souris alors et tapote l'épaule de mon neveu.

— Je suis déjà sur le coup, mec. Désolé.

Je ne m'attendais pas à ce qu'il soupire en shootant dans un caillou.

— Pff, de toute façon, toutes les jolies filles sont déjà prises.

11

ZOÉ

Suis-je vraiment en train de reconsidérer l'idée de coucher avec Jason ?

À travers la glace, mon regard glisse sur mon col roulé noir moulant et ma jupe haute en vinyl pour atterrir sur mes collants à résille rouges. Ma paire de cuissardes en daim noir attend près de mon lit.

Oh oui, c'est bien ce que je suis en train de faire.

J'ai bien réfléchi et j'en ai conclu que je n'avais aucune raison de refuser. Il y a bel et bien une attraction de folie entre nous, pas besoin de le nier plus longtemps. Certes, notre première fois était catastrophique.

Cela dit, il y a bien longtemps que je n'ai pas été aussi excitée par quelqu'un. Raison pour laquelle j'ai décidé de lui donner une seconde chance.

— Zoé, est-ce que tu...

Je me tourne vers Loan, arrêté près de ma chambre. Il me dévisage, la bouche entrouverte. Quand je hausse un sourcil, signe qu'il n'a pas fini sa phrase, il se racle la gorge.

— Violette m'a dit que tu avais un rencard.

— Ouais, un mec rencontré dans un bar à Noël.

Techniquement, c'est la vérité.

Loan hoche la tête, l'air préoccupé. Je soupire et vais enfiler mes bottes. Je le connais assez bien maintenant pour savoir ce qu'il pense ; que dans cette tenue, ce n'est pas prudent de sortir dans Paris quand il fait nuit.

Quel papa poule, je vous jure.

— T'es sûre de...

— Loan.

Il pince les lèvres en ajoutant que je ne dois pas hésiter à appeler si jamais j'ai un problème. Je roule des yeux, priant pour qu'il s'en aille. J'adore Loan et je sais qu'il me prend pour une rabat-joie la plupart du temps – peut-être le suis-je. La vérité, c'est que je n'ai pas l'habitude que les gens s'inquiètent pour moi ou vérifient mes moindres faits et gestes.

J'ai tellement manqué d'attention étant jeune que j'en suis venue à détester ça aujourd'hui.

C'est peut-être pour cette raison que je repousse Jason si souvent. Je n'aime pas ses blagues, je n'aime pas son sourire, je n'aime pas sa persévérance, ni ses chats, ni son bon goût pour la mode, parce que tout ce que je pense c'est : « Merde, ça pourrait me plaire ».

Et c'est hors de question.

Heureusement pour moi, Jason me ressemble. Je sais qu'il ne cherche rien de sérieux, et tant que Sarah reste dans mon esprit, c'est exactement ce dont j'ai besoin.

Quand j'ai fini de me maquiller et de me parfumer, j'attrape ma veste et vais dans le salon. Loan et Violette sont dans le canapé devant Netflix, cette dernière lovée dans le creux de son cou.

Meilleurs amis, mon cul.

— Tu rentres à quelle heure ? me demande-t-elle. Que je sache si je dors dans mon lit ou dans celui de Loan.

— Avec un peu de chance, je ne rentrerai pas.

Elle m'adresse un sourire complice et un peu envieux quand mon téléphone vibre. Jason m'attend en bas. Je leur souhaite une bonne soirée et prends l'ascenseur – contrairement à d'autres, je n'ai rien contre.

Mon cœur bat plus fort lorsque j'aperçois sa voiture au bout de la rue. Je marche sans me hâter, le menton haut. Pour la première fois depuis longtemps, je me trouve sexy. Je n'ai quasi rien avalé depuis quatre jours, et même si une petite voix intérieure me serine que je suis en train de faire une rechute, je l'ignore.

— Salut.

Je m'installe sur le siège passager. Jason me déshabille lentement du regard et j'oublie un instant de respirer. Bizarrement, cela ne me met pas mal à l'aise. Son regard n'est ni lourd ni insistant, seulement surpris. Surpris et affamé.

Sa pomme d'Adam tressaute sous la peau fine de son cou et je rêve de l'embrasser à cet endroit très précis pour sentir son cœur battre avec mes lèvres.

— Salut.

Il démarre sans rien dire de plus. Je profite qu'il ait les yeux sur la route pour le regarder en catimini. Il porte quelque chose de simple, un sweet-shirt gris foncé sous une veste en cuir. Je capte soudain son regard sur mes jambes et mes joues s'enflamment.

En effet, je risque de ne pas rentrer ce soir.

Du moins, c'est ce que je pense avant qu'il ne se mette à fredonner par-dessus la radio. Je reconnais facilement « Rasputin » de Boney M, ce qui me fait écarquiller les yeux.

— Oh mon Dieu, tu n'es pas sérieux ?

— Quoi ?

— Boney M ? À un rencard ? C'est le genre de truc que tu avoues honteusement quand on se retrouve au pieu, la bague au doigt – quand c'est trop tard. Genre : « Au fait, chérie... j'ai l'habitude de chanter *Daddy Cool* quand je dors. Ça te dérange pas, si ? ».

Jason dissimule son éclat de rire dans son poing, les yeux sur la route. Quand il retrouve son sérieux, il se tourne vers moi.

— Qu'est-ce que tu reproches au disco, au juste ?

— Euh... d'exister ?

Il comprend à mon rictus moqueur que je plaisante.

— OK, dans ce cas, je te laisse choisir ce qu'on écoute. Épate-moi.

J'obéis, prenant ma mission très à cœur. Je change de station jusqu'à trouver LE son. Quand l'air de « Sexy Back » retentit, Jason ouvre la bouche avec indignation tandis que je me déhanche sur mon siège.

— Tu snobes Bobby Farrell pour le type de NSYNC ? C'était un putain de boys band !

— Et alors ? J'aime les boys bands.

— Il faut croire que personne n'est parfait...

Il me laisse néanmoins profiter de la musique, secouant la tête tout du long. Je tente vainement de deviner où nous allons, avant d'abandonner.

— Alors... où est-ce que tu m'emmènes ? Je te trouve très beau, comme ça.

Jason me regarde, un sourcil arqué, mais je me détourne. Je suis la première surprise face à ce compliment gratuit. Il faut croire que je suis trop fatiguée pour me battre contre la vérité, ce soir.

— Merci... dit-il d'un sourire narquois. Waouh, tu es mignonne quand tu es sympa.

Je fronce les sourcils dans sa direction mais il continue de fixer la route, les mains serrées autour du volant. Personne ne m'a jamais dit que j'étais mignonne. Belle, sexy, bonne, mais jamais mignonne.

J'aime bien la connotation innocente et naïve de ce mot.

— Super… et quand je suis méchante ?

— Très excitante.

Ah oui. J'avale ma salive. Jason n'y va pas par quatre chemins, c'est certain. Allez savoir pourquoi, ça lui rapporte des points. Je déteste les gens qui usent de mille subterfuges pour parvenir à leurs fins.

Je les préfère directs ; c'est risqué, mais on sait toujours à quoi s'attendre.

— Pour répondre à ta question, je t'emmène faire quelque chose qui est sur ta liste. On fait d'une pierre deux coups.

Je réfléchis à celle-ci, tentant de me souvenir de ce que j'ai écrit. Faire quelque chose d'illégal ? Faire l'amour dans un endroit insolite ? Non, il n'est pas *si* direct.

Un sourire en coin étire ses lèvres, à croire qu'il sait très bien ce qui me passe par la tête.

— On va prendre un cours de cuisine. Enfin, un cours de pâtisserie, plus précisément – je suis un homme à gâteaux. Ça ne te dérange pas ?

Je cligne des yeux.

— Un cours de cuisine ?

— C'est par couple, ajoute-t-il en se garant enfin.

Il t'emmène faire des gâteaux comme la grosse que tu es. Au moins, il est sûr que ça te plaira.

Je crois que je vais vomir.

— Et ça… c'est ton idée géniale d'un rencard réussi ?

Il coupe soudain le moteur et me fait face. Je n'ai pas le temps de répondre qu'il saisit mon menton dans sa main et dépose un baiser plume sur ma lèvre supérieure. Je me raidis, le cœur rempli de papillons battant des ailes. Sans savoir comment, mes yeux se ferment dans l'espoir de savourer un baiser qui a déjà disparu ; a-t-il vraiment eu lieu, pour commencer ?

— C'est la compagnie qui fait un rencard réussi, souffle-t-il contre ma bouche, son souffle chaud caressant mes lèvres entrouvertes.

Sur ce, il s'écarte et m'adresse un clin d'œil avant de sortir de la voiture. Je reste immobile pendant qu'il fait le tour pour m'ouvrir, la chair de poule parcourant mes bras.

Va pour les gâteaux !

∞

Je ne sais pas où Jason a appris à faire la cuisine, mais c'est une catastrophe. Et pourtant, il est bien plus impliqué que moi. Il n'est juste pas doué du tout.

— Continuez à fouetter jusqu'à ce que le récipient soit complètement froid, nous ordonne le chef à l'autre bout de la salle.

Nous sommes six couples. Les deux femmes à notre droite ont l'air de s'en sortir bien mieux que nous. À dire vrai, ils s'en sortent tous mieux que nous, ce qui ne fait qu'aiguiser mon sens de la compétition.

Malgré tout, je note que Jason n'abandonne à aucun moment – même quand, après trente minutes de bichonnage, son glaçage crème au beurre ne ressemble à rien.

— Laisse, je vais le faire, dis-je en lui prenant le fouet des mains. En attendant, tu n'as qu'à... couper le beurre en dés.

— Oui, très bonne idée !

Il s'active, le front plissé par la concentration et les manches de son sweat retroussées sur ses avant-bras.

— Je m'en sors comment ?

— Euh... Très bien ! je mens. Tu t'en sors très bien.

Il semble me croire car il sourit avec fierté, redoublant d'efforts. Mon Dieu, il est adorable.

Il m'énerve.

— On va les écraser, c'est moi qui te le dis, murmuré-je.

Je continue de battre la pâte, le regard meurtrier. Jason m'observe, l'air quelque peu effrayé.

— Oh, donc tu es de ces gens-là. Bon à savoir !

— Quels gens ?

— Mauvais joueurs ? raille-t-il.

— Je ne suis pas mauvaise joueuse, juste compétitive. Il n'y a aucun mal à vouloir être la meilleure. J'aime réussir ce que j'entreprends, c'est tout.

— Ce n'est qu'un gâteau au chocolat... OK, il y a un glaçage, mais honnêtement, c'est juste pour faire classe.

Je le fusille du regard, déterminée.

— Et ce sera le meilleur gâteau au chocolat de cette foutue pièce, tu m'entends ?

Il acquiesce lentement, mi-terrifié mi-taquin.

Nous continuons de suivre les instructions du chef à la lettre. Si je suis d'abord guidée par l'envie de produire quelque chose de génial, la bonne humeur de Jason est vite contagieuse. Il me pose tout un tas de questions, tellement que j'en viens à lui parler de mon amour pour les constellations, Audrey Hepburn et *Le Prince de Bel-Air*. J'apprends à mon tour qu'il est prof de natation le mercredi, qu'il adore skier et qu'il compte partir en Australie à la fin de l'année universitaire. Je l'imagine torse nu sur une planche de surf en train de défier les vagues quand il m'interrompt :

— Ta famille vit à Paris ?

— En banlieue, réponds-je, sans oser le regarder.

— Ils doivent être fiers de toi. L'ESMOD, ton compte Instagram... C'est complètement fou. Tu as un avenir tout tracé.

Ma raison me crie de la fermer, de hocher la tête et de sourire, mais c'est trop tard et je ricane amèrement.

— Mon père s'est barré quand j'avais huit ans parce qu'il ne supportait plus l'alcoolisme de ma mère, celle-ci a toujours préféré mon frère et Bryan est un pervers narcissique violent et biphobique incapable de faire quelque chose de sa vie. Sans vouloir te vexer, je ne pense pas qu'ils aient le temps d'être fiers de moi.

Je remarque que mes mains tremblent. Je les cache sous mon tablier et relève les yeux vers Jason. Celui-ci me regarde intensément, l'air de réfléchir à une énigme.

Je devine que j'en ai trop dit. Finalement, peut-être que je me plains beaucoup.

— Et toi, Zoé Camara... ? Qui es-tu, sous ce langage cru et cet air revêche ?

Je n'en sais absolument rien, pensé-je. Avant je croyais savoir ; une fille joviale, drôle, insouciante, et surtout amoureuse. Folle amoureuse. Puis j'ai appris à cacher mon cœur pour éviter qu'on ne me le brise à nouveau.

Après Bryan et Sarah, j'ai eu ma dose.

— Juste une fille qui tente de survivre.

Son sourire vacille légèrement à ma réplique, si bien que je me reprends aussitôt et lui dis de finir la construction de sa fleur. Il n'insiste pas, Dieu merci. Jason reporte son attention sur son œuvre, tentant d'affiner les bords avec ses doigts. Au bout d'une minute de lutte, il laisse tomber en soupirant.

— Qu'est-ce qui se passe ?

Il ne me répond pas tout de suite, découragé. Je le regarde jeter un œil aux autres couples, avant de revenir à sa « fleur ».

— On dirait une bite, ça ne va pas du tout.

Je ne m'attendais pas à ça. J'éclate de rire dans ma main tandis que certains participants nous dévisagent d'un air désapprobateur. J'essaie de me calmer mais Jason saisit la fleur et me la montre, en disant : « Je te jure, regarde ! », et bientôt je ris tellement que j'en pleure.

Le chef finit par nous demander de nous calmer mais Jason attrape ma main et m'entraîne vers la sortie. J'ai à peine le temps d'attraper ma veste.

— Nous devons partir, vraiment désolé, mais vous avez tous fait du super boulot ! s'exclame Jason avant d'ajouter, à mi-chemin vers la porte : *losers.*

Nous sortons du bâtiment et courons jusqu'à la voiture, hilares. J'ai du mal à me souvenir de la dernière fois que j'ai ri comme ça.

Je m'assois sur le siège passager et essuie mes larmes du bout des doigts tandis que Jason s'installe à son tour. Il fait un tel froid de canard qu'il allume la climatisation pour tenter de nous réchauffer.

— Bon... c'était drôle.

— Très, approuvé-je. Même avec une fleur en forme de bite, notre gâteau était le plus classe.

— Cela va de soi. J'en aurais bien pris un bout, cela dit.

Je me retiens de lui répondre que, au contraire, je suis bien contente de ne pas avoir eu à en manger. À la place, je me plains du froid et mes mains sont soudain entre les siennes. Il les enveloppe tendrement et les frotte avant de les porter à sa bouche. Il ne me quitte pas du regard en soufflant dedans.

Le silence s'étend à l'infini. Aucun de nous n'a encore détourné les yeux.

— Zoé ?

Je frissonne au ton rauque de sa voix. Ses yeux sont désormais sur ma bouche.

— Oui ?

Il prend son temps pour répondre, les lèvres contre mes mains. Nous ne rions plus. Il n'y a rien de drôle dans la façon dont ses yeux me dévorent, rien de drôle dans la manière qu'il a de caresser mes doigts entre nos deux corps.

— Je ne sais pas si tu le sais et tu n'es assurément pas *que* ça mais... *Putain,* tu es très... *très* belle.

— Merci, soufflé-je par automatisme.

— J'aimerais qu'il y ait quelque chose entre nous, ajoute-t-il en faisant glisser ses lèvres douces le long de mes phalanges.

— Moi aussi.

Il semble surpris par ma franchise.

— Vraiment ? Comme quoi ?

— Une bonne centaine de mètres, si possible.

Son sourire s'évanouit aussitôt. J'éclate de rire à son air blasé et il finit par se détendre. Il tire alors sur mes cheveux, en murmurant : « Bien joué, championne ».

Sans que je sache comment, son visage est tout près du mien et sa main est posée sur ma cuisse. Ses doigts jouent avec les ficelles de mon collant. Son nez frôle le mien et je ne peux empêcher mon cœur de bondir dans ma poitrine.

Le désir me heurte de plein fouet et inonde mon corps tout entier. Brûlant. Douloureux. Urgent.

Je sens soudain sa langue titiller ma bouche et suivre le contour de mes lèvres. Son souffle s'accélère, si bien qu'on n'entend que ça dans l'habitacle.

— Jason ? chuchoté-je.

Une de mes mains attrape son sweat-shirt pendant que l'autre se pose dans sa nuque.

— Hm ?

Ma langue rejoint timidement la sienne et il grogne en resserrant son étreinte autour de ma cuisse.

— Tu cuisines affreusement m...

Il m'embrasse si violemment que je gémis de surprise et de douleur. Cela n'a rien à voir avec le doux baiser de début de soirée. Cette fois, nous entrons en collision comme deux animaux affamés. Rien n'est silencieux, avec Jason. Tout est bruyant et intense et explosif et...

Oh...

Il glisse la main sous ma jupe moulante et me soulève sans effort. Je ne brise pas le baiser quand je m'assois à califourchon sur ses genoux. Un coup de jus embrase toutes mes terminaisons nerveuses lorsqu'il agrippe mes hanches et ouvre enfin la bouche.

Sa langue trouve la mienne sans difficulté, chaude et humide. Leur danse est brutale et sensuelle, à notre image. Jason recule son siège, me soufflant de faire attention à ne pas me cogner la tête.

Je mets un terme au baiser pour reprendre mon souffle, faisant disparaître mes deux mains sous son sweat-shirt. Je caresse les vagues parfaites de ses abdos, ma jupe remontée sur mes cuisses, jusqu'à ce qu'elles redescendent doucement...

Son nombril.

Sa ceinture.

Plus bas.

Sa bouche s'ouvre et ses hanches se soulèvent d'elles-mêmes pour rencontrer ma main. Si je suis habituée à le voir joueur et confiant, Jason en position de vulnérabilité est quelque chose d'encore plus excitant.

— Tu as dit que j'étais un mauvais coup, soufflé-je en le caressant lentement.

Ses doigts s'enfoncent dans la chair de mes cuisses, sa pomme d'Adam disparaît dans sa gorge et oh mon Dieu je le tiens dans le creux de ma main.

Je reviens vers sa bouche indécente, cette bouche qui sourit beaucoup trop, et suce sa langue en ondulant des hanches.

— Non, dément-il dans un souffle douloureux. Non, jamais...

Sa bouche m'abandonne pour dévaler la pente de mon cou, et bientôt, il soulève mon col roulé pour le passer par-dessus ma tête.

— Si, tu l'as d... *oh bordel.*

Je ne le vois pas, et pourtant je sens sa bouche autour de mes seins. Elle embrasse, mord, suce, lèche, et c'est plus que ce que je peux supporter.

Il m'embrasse ensuite le ventre, plongeant sa langue dans mon nombril, avant de refaire enfin surface. Je n'ai pas le temps de réagir avant qu'il ne passe la main entre mes jambes et déchire mon collant résille. Je le regarde, mi-indignée mi-excitée, tandis qu'il allonge son siège en grondant :

— Je t'en achèterai un autre.

— Connard.

— Je sais, je sais, souffle-t-il en s'allongeant sur le dos. Je t'en prie, laisse ma langue s'excuser pour moi.

Je crois que je gémis la bouche ouverte, je ne sais pas, je sais juste que la seconde suivante, Jason a les mains sur mes fesses et que je suis assise sur sa bouche et *oh* c'est divin.

Il s'excuse silencieusement, encore et encore, rien qu'avec sa langue, et je lui pardonne une bonne centaine de fois.

Je me baisse pour ne pas me cogner la tête, la main droite contre le plafond de la voiture et l'autre agrippée à sa chevelure brune. Une chaleur bien connue m'inonde et, très vite, elle ne devient plus supportable. Je détonne aussi doucement que possible, les paupières fermées.

Cette fois, je ne simule pas. Vu l'expression de Jason quand il se redresse, il en est bien conscient.

— Tu es...

— Fabuleux, je sais.

— Tais-toi, tu vas tout gâcher, le prié-je en embrassant ses lèvres humides.

Mes mains clandestines bougent d'elles-mêmes et commencent à lui retirer sa ceinture. Je ne peux plus attendre. Cette fois sera réussie, je le sais.

Il me laisse faire, l'expression étrangement préoccupée. Sauf qu'au moment de faire descendre son pantalon, sa main s'abat sur la mienne pour m'arrêter.

— Qu'est-ce qu'il y a ?

Il se mord la lèvre, incertain, avant de soupirer.

— Je n'arrive pas à croire que je vais dire ça mais... Je ne crois pas qu'on devrait le faire.

C'est la douche froide. Je le fixe, certaine d'avoir mal entendu.

— C'est une blague ? dis-je, en haussant le ton. Ça fait des semaines que tu essaies de me convaincre, et quand j'accepte, tu joues les mecs difficiles ? Putain, j'y crois pas...

— Zoé.

Je ne l'écoute pas, descendant de ses genoux, et ramasse mes affaires.

— Si le but était de m'humilier, bravo.

— Zoé, répète-t-il fermement. Ce n'est pas pour t'humilier, ni pour jouer les gentlemen, crois-moi. J'ai toujours très envie de coucher avec toi, même *plus*... Mais cette fois, je veux que ce soit exceptionnel. Je veux que ce soit grandiose, le feu d'artifice, le meilleur coup de notre vie. Et je pense que ce n'est pas une mauvaise idée de faire monter la pression. Tu vois ?

Je le fusille du regard, la mâchoire serrée.

— OK. C'est ton dernier mot ?

Il rit doucement, amusé.

— Je vais sûrement le regretter mais... oui ?

J'attrape ma veste et sors en lui claquant la portière au nez.

DEUXIÈME PARTIE
FUIS-MOI, JE TE SUIS

12

JASON

Bali n'est pas appelée « l'île des Dieux » pour rien ; c'est effectivement un petit paradis. Loan et moi y avons posé pied il y a quatre jours maintenant. Quand je ne passe pas mon temps à manger du mie goreng – des nouilles sautées à tomber par terre –, je le passe à faire du rafting, de la randonnée ou à visiter des ruines anciennes.

Loan ne me suit pas tout le temps, préférant le calme de l'hôtel et le confort de son transat.

Un vrai papi. Sérieusement, parfois, j'ai peur qu'il ne se casse la hanche en se levant du canapé.

Bon, la vérité, c'est que j'accumule les activités pour éviter de penser à Zoé. Ce qui, comme vous l'aurez compris, ne fonctionne absolument pas. La dernière fois que je l'ai vue, mon visage était sous sa jupe et la seconde d'après elle me claquait la portière au nez d'un geste furieux.

OK, je l'ai mérité. Je ne dis pas le contraire.

Et pourtant, je sais au fond de moi avoir pris la bonne décision. J'ai envie que notre seconde fois soit extraordinaire, j'ai envie de voir des étoiles et de penser mourir en elle. Est-ce un crime ?

Je lui envoie des SMS certains jours, comme si de rien n'était, et même si elle ne répond jamais, ce n'est pas grave. Je la laisse se calmer dans son coin.

— On fait quoi, ce soir ? demandé-je à Loan en sortant de la douche.

Loan lève les yeux vers moi, allongé sur son lit. Il a l'air crevé, et le temps d'un instant, je culpabilise de le faire courir partout quand il est simplement venu ici pour se détendre.

— Comme tu veux...

— Vraiment ?

Un sourire carnassier me monte aux lèvres et il devient tout à coup méfiant.

— Je rectifie : « Comme tu veux tant que nous ne finissons pas kidnappés, blessés, tués, ou en prison ».

Je réfléchis quelques secondes, avant de hocher la tête. Cela me laisse une assez bonne marge de manœuvre.

— OK, je sais qu'on a très peu de chances de voir une paire de seins à Bali, mais j'accepte tous les défis ! Je me suis renseigné sur les clubs de strip-tease... Tu me suis ? De ce que j'en sais, tu en as diablement besoin.

Il n'a pas eu de relation sérieuse depuis Lucie et nous connaissons tous mon sentiment envers cette dernière. S'il a l'intention de nier ce qu'il ressent pour Violette, autant qu'il en profite autre part. C'est juste mon avis.

— Pourquoi est-ce que cela semble être la pire idée du monde ? soupire-t-il, en se frottant le visage.

— Parce que tu me connais.

Il fixe mon sourire diabolique de longues secondes avant d'opiner. Comme d'habitude, il ne peut rien me refuser. Je n'ai jamais eu de frère mais Loan est ce qui s'en rapproche le plus. Il est l'aîné responsable qui rattrape toutes mes bêtises, et c'est l'une des raisons pour lesquelles je l'aime.

— OK, je te suis. Mais s'il te plaît, promets-moi de ne mettre personne en cloque.

— Je sors toujours protégé, réponds-je au lieu de lui dire la vérité : que je n'ai l'intention de coucher avec personne, ce soir.

Pas en ayant encore le goût sucré de Zoé sur ma langue.

Cela ne m'empêche pas de sortir m'amuser, surtout après qu'elle me snobe sans scrupules. Une fois beaux comme des dieux, nous allons dîner dans un restaurant de fruits de mer. Il est déjà une heure du matin lorsque nous descendons jusqu'à l'Akasaka, un club de strip-tease trouvé sur le Net. La musique hard electro nous vrille les oreilles à peine sommes-nous entrés dans le club et nous allons nous asseoir dans un coin tranquille. Sous son impassibilité légendaire, Loan semble mal à l'aise. Comme je m'en étais douté, il bougonne :

— Je ne le sens pas.

— Relax. Pas de dérapage, c'est promis.

Nous commandons deux bouteilles, ce qui semble quelque peu ambitieux d'après Loan, si bien que je lève les yeux au ciel. Quelques minutes plus tard, je réalise néanmoins que je n'ai pas plus envie que lui d'être là. *Merde, qu'est-ce qui m'arrive ?* Mon regard se faufile entre les corps sveltes des Indonésiennes et je regrette que les filles ne soient pas avec nous.

Je n'aurais pas dû décliner l'offre de Zoé. Voilà, c'est dit. C'est une dure-à-cuire qui a une fierté de rhinocéros, elle ne me le pardonnera pas si facilement. Et si je venais de tout gâcher ? *Putain, putain, putain.*

Tel un signe céleste, mon téléphone vibre dans ma poche. C'est Violette, qui a envoyé une photo sur notre conversation groupée. Loan regarde par-dessus mon épaule et nos deux mâchoires se crispent simultanément à la vue d'elle et de Zoé, aussi belles que souriantes, en compagnie de trois autres hommes.

Il doit être approximativement dix-neuf heures en France. Pile pour la *happy hour.*

— Bon. Bah au moins on sait qu'elles s'amusent.

— Ouais. Je suis content pour elles.

Silence. On est vraiment misérables.

Oh et puis merde. Zoé ne veut pas de moi ? Tant pis !

— Bon, allez, on trinque. Au soleil et aux nanas !

Loan hoche la tête et sourit, comprenant la manœuvre. Nous discutons alors et terminons notre deuxième verre quand un homme accompagné de trois filles légèrement vêtues se joint à nous. Il parle en anglais et dit s'appeler Kadek. J'ai déjà oublié le nom des beautés qui l'accompagnent. Je m'en cogne un peu, je l'avoue.

Sans savoir pourquoi, je donne un faux prénom. Loan me suit sans broncher, se contentant d'écouter la musique et de faire tourner son téléphone entre ses doigts. Il refuse de boire à plusieurs reprises, ce qui ne m'empêche pas de finir la première bouteille à moi tout seul.

L'une des trois Indonésiennes finit quasi allongée sur moi et notre nouvel ami me susurre à l'oreille :

— Ici, c'est le seul endroit où tu verras des filles *tout* enlever... Dommage que quatre-vingt-dix pour cent d'entre elles soient des putes.

En effet, l'une d'elles me donne ses prix et je ris en lui disant que je ne suis pas là pour ce genre de prestation. *Ou peut-être que si ?* Je ne me souviens plus pourquoi je suis là et je sais que j'ai beaucoup trop bu, et où est Loan ? Mais *bon sang,* les prostituées sont de vraies reines, ici !

— Jason ?

Je ris de nouveau en pensant qu'il faut que je raconte ça à Zoé. Je cherche mon téléphone dans ma poche de jean mais je suis tellement bourré que je dois m'y prendre à trois fois. Quelqu'un m'aide, je le repousse pour cacher l'écran de mon portable de façon peu discrète.

Je ne sais pas combien de messages je lui laisse. À vrai dire, la dernière chose dont je me rappelle avant le trou noir, c'est Loan éclatant son poing sur le visage de Kadek.

∞

Je papillonne des cils en tentant d'ouvrir les yeux, sans succès. Mes paupières sont lourdes, trop lourdes. Après plusieurs tentatives, je réussis enfin à apercevoir la lumière du jour.

Je grogne sans bouger, les muscles douloureux. Ma tête est un vrai marteau-piqueur. Je prends conscience de la douceur des draps sous ma joue, soulagé. Au moins, je n'ai pas fini sur le trottoir.

— Tu m'as promis que ça ne déraperait pas.

Je sursaute presque. Loan est assis sur le lit à côté de moi, les yeux rivés sur l'écran de son ordinateur. Il ne me regarde pas, toutefois, il n'est pas difficile de deviner sa colère. J'ai manqué à ma parole ; encore.

— Qu'est-ce qui s'est passé ?

— Il s'est passé que je me suis battu avec cet abruti parce qu'il voulait te refiler des merdes. On s'est fait virer du club comme des malpropres. Et devine quoi ; t'étais trop ivre pour t'en rendre compte. De rien, au passage.

Je le regarde avec confusion et le simple fait de froncer les sourcils me fait mal.

— Je comprends pas.

Il jure dans sa barbe avant de bougonner :

— J'ai parlé au videur en attendant qu'un taxi nous ramène. Apparemment, ce club est un vrai repère de drogués ; Kadek a voulu te refiler de l'ecstasy. Alors entre ça et les putes, j'ai préféré abréger notre soirée mecs.

Je plisse le front, pas très surpris, et souris d'un air rêveur.

— Tu as bien fait. Merci, Superman.

Je fais mine de me rendormir, lui tapotant le genou en guise de remerciement, mais il me frappe le crâne. Je m'écrie de douleur, la pièce tanguant autour de moi.

— Ce n'est pas drôle, Jason. C'est toujours comme ça, avec toi, ça devient fatigant. Plus de conneries avant de repartir pour Paris, OK ?

— Ouais, ouais... Mais sinon, je n'ai couché avec personne, hein ?

— Non.

— OK, c'est le principal. Je détesterais ne pas m'en souvenir.

Il pousse un gros soupir, les doigts sur ses tempes.

— Et je n'ai rien pris, t'es sûr ? renchéris-je. Parce que je me sens bizarre... j'ai un peu trop chaud...

— On est à Bali, Jason.

— ... j'ai la mâchoire tout engourdie... Merde, je commence à développer une addiction pour l'ecstasy, Loan, je le sens. Tu sais où est-ce qu'on peut trouver de l'ecstasy ? Attends, ça ressemble à quoi, déjà ? Ça se sniffe ou ça s'avale ? Putain, je commence déjà à transpirer à cause du manque !

Loan me fixe d'une mine blasée.

— Tu n'es pas en manque ni accro à l'ecstasy, crétin. T'as juste la gueule de bois. Et t'es mouillé parce que t'es allé te mettre dans la douche à trois heures du matin pour lui demander pourquoi elle pleurait.

Ah. Il dit aller se balader le long de la plage de Kuta et je le remercie encore une fois. Je n'ai pris aucune drogue, je n'ai couché avec personne et j'ai noyé mes problèmes dans l'alcool ; d'après moi, c'est une soirée réussie.

Une fois que la douleur devient supportable, je vais prendre une douche écossaise qui me réveille instantanément, puis j'avale deux aspirines pendant le petit déjeuner. En revenant dans la chambre, un flash me percute violemment.

Oh non. Par pitié, pas ça.

Je me précipite vers mon téléphone portable, posté près de mon jean. Je prie les dieux pour ne pas avoir envoyé quelque chose que je pourrais regretter et...

Trop tard, je l'ai fait.

Je relis ma conversation avec Zoé, honteux. Une conversation à sens unique étant donné qu'elle ne m'a jamais répondu.

Moi : ZOÉ !!!!! Tes cheveux me manquent. Ils sont roses LOL.

Moi : Tu me fais la gueule, hein ? Je sais que tu me fais la gueule.

Moi : Je veux acheter une tortue avec toi, Zoé.

Moi : Elle s'appellera Franklin et elle saura lacer ses chaussures.

Moi : Au fait, ton sein gauche est plus petit que le droit.

Moi : Pourquoi est-ce que Winnie l'Ourson porte un tee-shirt et pas de pantalon ? CE N'EST PAS LOGIQUE.

Moi : POURQUOI UN OURSON PORTE-T-IL UN TEE-SHIRT, POUR COMMENCER ?

Moi : Je crois que je suis accro à l'ecstasy.

Ouais, bah je ne me serais pas rappelé non plus.

ZOÉ

Je le déteste.

Pas parce qu'il ne veut pas de moi, ça, je peux passer au-dessus. Ce n'est pas comme si j'étais amoureuse de lui ou quoi que ce soit. On ne se connaît même pas !

Non, je déteste Jason parce qu'il m'a poussée à douter de moi. De mon corps, de mon assurance feinte, du fait que je puisse être désirable. Si bien que, depuis son départ à Bali, je broie du noir.

En plus, j'ai mes règles. Et tout le monde sait comment je suis lorsque je suis indisposée : excitée et de mauvais poil. À cette période du mois, Loan évite généralement de nous croiser, Violette et moi.

Il *sait.*

Justement, ma meilleure amie m'évite. Je passe alors mon temps affalée dans le canapé en pyjama, à manger des Snickers et des muffins à la myrtille trouvés chez Marks & Spencer. Tout cela pendant que mademoiselle rencontre des beaux mecs dans les restaurants *vegan* que JE lui recommande.

La vie est injuste.

À la sortie de l'ESMOD, j'ai proposé à Violette et Alexandra, une amie, d'aller prendre l'apéritif dans un bar, à Bastille. Voilà où je me trouve à l'instant, les écoutant rire et parler d'une expression impassible. Je préfère éviter de penser à tout ce que je viens d'avaler après deux semaines de privation, sous peine de courir aux toilettes.

Jason est un menteur. Il refuse de coucher avec moi parce que je ne suis pas assez mince. Si j'avais dix kilos de moins, il n'aurait certainement pas dit non !

— Excuse-moi ?

Je me tourne vers la source de cette voix grave et rauque. Un beau garçon à lunettes fines me sourit timidement, la main sur le dossier de ma chaise. Je m'apprête à l'envoyer paître quand je remarque la boucle caramel que forme l'une de ses mèches sur son front. Je l'avoue, son petit côté Clark Kent est à croquer.

— Je suis désolé de t'interrompre, dit-il en s'accroupissant à côté de moi.

Il jette un œil derrière son épaule et grimace. Je vois un groupe de garçons se marrer un peu plus loin.

— OK, je vais être honnête. J'ai fait l'erreur de dire à ces idiots que je te trouvais très sexy. Et bien sûr, ils m'ont forcé à venir t'aborder.

— Forcé, hein ? me moqué-je par-dessus la musique.

— Ils ont une vidéo de moi très gênante en otage. J'ai dû me montrer courageux.

Je lève les yeux au ciel pour éviter de sourire. Les filles nous ignorent à côté.

— Alors voilà : tu es très sexy et j'aimerais te payer un verre. Si c'est non, je le comprendrais. Mais si c'est oui, tu me rendrais un énorme service.

J'hésite quelques instants, laissant planer le doute, avant de décroiser mes jambes et de me lever. Il se redresse à son tour, me dominant d'une bonne tête.

— Ce sera un daïquiri.

Il s'avère que Clark Kent s'appelle en fait Damien. Il me paye volontiers un verre, puis deux. Il me parle de ce qu'il fait dans la vie, de ses amis humiliants et de son don pour déboucher les bouteilles de champagne au moyen d'un couteau.

Lorsque nous retournons nous asseoir, ses amis nous rejoignent. Je m'assure que Violette reste à côté de moi, la sachant mal à l'aise en foule, et nous prenons une photo de groupe.

— Je vais l'envoyer aux garçons, m'annonce-t-elle en dansant sur sa chaise.

Je sais très bien que Jason la verra et je savoure cette petite victoire autant que possible. Je m'en délecte davantage encore lorsque nous rentrons à l'appartement au milieu de la nuit, le numéro de téléphone de Damien dans mon sac.

Alors que Violette s'écroule sur son lit et ronfle aussitôt, je prends le temps de me déshabiller. C'est bête, mais d'aussi loin que je m'en souvienne, je n'ai jamais su m'endormir sans musique. Alors, quand je reprends mon portable pour lancer Spotify, des messages m'attendent.

Tous de Jason, renommé « Connard n° 3 » dans ma liste de contacts.

Oui, je connais plusieurs connards.

Ses messages ne font aucun sens, signe qu'il est ivre, mais je peux me sentir sourire dans le noir.

« Tes cheveux me manquent ».

Bien fait.

∞

Jason est ce qu'il est, mais je dois bien lui accorder une chose : non seulement il est tenace, mais il n'a pas peur du ridicule.

Connard n° 3 : Bonne nouvelle, je ne suis pas accro à l'ecstasy.

Je secoue la tête devant mon petit déjeuner, surprise qu'il continue à parler dans le vide. Je repose mon téléphone sur la table et engloutis le dernier muffin à la myrtille. Une multitude de saveurs explose dans ma bouche et je gémis à voix haute. Je ne m'en lasserai jamais.

Mon téléphone vibre et je grogne.

Connard n° 3 : Je sais que je devrais arrêter de t'envoyer des messages. Mais tant que tu ne me diras pas d'aller me faire foutre, je continuerai à le faire. Je pars du principe qu'on ne fait plus la gueule dépassés vingt ans.

Moi : C'est qui ?

Connard n° 3 : Ha-ha, très drôle.

Moi : Est-ce que j'ai l'air d'avoir douze ans ? Je ne te fais pas la gueule, ducon. Tu me laisses indifférente, c'est tout. Je ne comprends pas pourquoi tu en fais toute une histoire. On a failli (re)coucher ensemble mais ce n'est pas arrivé ; point.

Connard n° 3 : Pas encore*

Moi : Jamais*

Je jure dans ma barbe devant ma faiblesse. Je m'étais promis de ne plus lui répondre, merde.

Connard n° 3 : Quel genre de correction automatique tu as sur ton téléphone ? Est-ce que tu as configuré « Jamais » pour « Oh Jason, je te veux en moi tellement fort que j'en tremble » ?

Je relève les yeux pour vérifier que Violette n'est pas là pour voir ça. J'ai frissonné.

Moi : Plutôt pour « Oups, tu as raté ta chance ».

Connard n° 3 : .... tu es sérieuse ? Juste parce que j'essaie, une fois dans ma putain de vie, d'être un gentleman ? Putain, c'est la meilleure.

Moi : Arrête de dire « putain ».

Connard n° 3 : Putain, je dis putain si je veux ! Putain !

Et il se demande pourquoi je l'ignore.

Moi : Justement, Jason. Je n'ai jamais demandé un gentleman, juste un coup d'un soir. Vous êtes marrants, vous les hommes. Vous vous plaignez que les femmes sont compliquées mais quand on parle votre langage, vous vous transformez en prince charmant.

Connard nº 3 : Tu sais quoi ? OK, t'as gagné ! Oublie mon idée stupide, on n'a qu'à faire comme tu l'as dit et baiser comme des animaux. J'ai le droit de te ramener après ou tu préfères prendre le métro ? Non, t'as raison, les gens pourraient penser qu'on est amoureux. Tu marcheras.

Cette fois, je ne tiens plus. Il est trop tard pour m'arrêter lorsque j'appuie sur le bouton « Appeler ». Mon cœur bat la chamade. Jason décroche tout de suite mais je ne lui laisse pas le temps de commencer.

— Écoute, Jason, je ne sais pas à quoi tu joues, mais crois-moi, tu es tombé sur la mauvaise personne. La première fois qu'on a couché ensemble, on s'était mis d'accord sur le fait qu'il ne s'agissait que d'*un* soir. Et comme tu le sais, il n'était pas terrible. Mais quand tu as insisté pour recommencer, j'ai dit oui ! Et voilà que *monsieur* veut qu'on s'offre des bagues de chasteté...

— Wow, doucement, me coupe-t-il, offusqué. Tu pars toujours au quart de tour comme ça ? Relax. Je ne t'ai pas demandé d'attendre jusqu'au mariage, je t'ai juste proposé qu'on fasse durer le plaisir.

— Mais *pourquoi ?* On n'est pas dans une pub Durex, là.

— Pour que ce soit meilleur.

Je me pince l'arête du nez, les yeux fermés. Je n'arrive pas à croire que je suis en train de reconsidérer la question. Il m'est insupportable.

Sauf que je repense à sa langue à l'intérieur de moi, à son souffle sur la peau sensible de mes cuisses, à ses mains puissantes dans ma nuque...

Seigneur, j'ai si chaud.

— Je ne comprends pas pourquoi on se prend la tête avec ça, dis-je en secouant la tête. Le sexe ne devrait pas être si compliqué, merde. C'est bien pour cette raison qu'on est si nombreux à se perdre dedans, non ?

Un court silence me répond avant que Jason ne dise :

— Peut-être. Mais la plupart du temps, je pense qu'on a tort. Le sexe aussi, c'est compliqué. Coucher avec quelqu'un nous met en position de vulnérabilité, ça nécessite une certaine intimité. Finalement, on prend toujours un risque, au même titre que dans une relation de couple.

— Et pourtant, tu choisis de sauter tout ce qui bouge.

— Ouais.

Il n'ajoute rien mais je peux sentir le « toi aussi » flotter entre nous. Et il aurait raison. Le sexe requiert une certaine intimité, certes, mais se mettre littéralement à nu est beaucoup moins risqué que d'ouvrir son cœur en deux et d'y répandre tous ses secrets.

Ça, ça peut tuer quelqu'un.

— Mais moi je le fais parce que je n'ai pas encore trouvé la nana qui me fera perdre la tête. Pas pour oublier.

À cet instant très précis, je le déteste. Je le hais de tout mon cœur pour oser croire au grand amour. Pour ne pas être comme moi. Perdue.

— Zoé, murmure-t-il d'une voix chaude et sérieuse. Si j'ai envie de prendre mon temps avec toi, ce n'est pas seulement parce que je déteste rester sur un échec.

J'attends la suite, la bouche sèche.

— La vérité, c'est que chaque fois que je te vois, je pense à tout un tas de choses que j'ai envie de te faire.

Des choses très vilaines... Certaines d'entre elles ne devraient même pas être dites à voix haute.

Je ne suis plus sûre de respirer.

— Et je hais le travail bâclé, finit-il. Alors c'est comme tu veux. Mais si tu dis oui... Putain, je te promets le meilleur coup de ta vie.

Je n'ai même pas besoin de réfléchir.

— C'est d'accord.

13

ZOÉ

Je surveille la cuisson des spaghettis tout en enfilant mes bottines, Violette étant enfermée dans notre chambre. Je jette ensuite un œil à mon reflet dans le miroir en ajoutant une couche de rouge à lèvres.

Je sors avec Damien, ce soir, d'où la robe noire décolletée.

Après ma dernière conversation avec Jason, vous devez vous dire : « Quoi ?! Qu'est-ce qu'il fout encore là, Clark Kent ? ». Figurez-vous qu'il m'avait proposé d'aller danser avant que je ne me réconcilie avec Jason, et que je n'ai pas eu le cœur d'annuler. De toute façon, Jason n'est qu'un plan cul, je ne lui dois rien.

Je sais que certains seraient choqués de mon mode de vie – on m'a déjà reproché d'être une pute parce que j'ai une sexualité épanouie –, mais je m'en tape le coquillard.

Damien : Hey ! Je suis désolé, on m'a retardé… Ça te dérange si l'on se rejoint là-bas ?

Moi : Non, t'inquiète. À tout de suite.

Je grince des dents, agacée. J'ai une réelle aversion pour les gens en retard ; exception faite de Violette, bien sûr. Je m'apprête tout de même à partir avant que...

Mon cœur dégringole dans mon estomac lorsqu'une clef tourne dans la serrure. *Trop tard.* Je me raidis, le dos tourné à la porte d'entrée, et continue de remuer mes pâtes. Je n'avais pas prévu qu'ils rentreraient si tôt.

— C'est quoi, ce temps pourri ? se plaint une voix bien trop familière. Je t'avais bien dit qu'on aurait dû rester là-bas.

Je me retourne pile au moment où Violette accourt et saute dans les bras de Loan, ce qui me fait rouler des yeux. Jason et moi les regardons s'étreindre comme s'il revenait du front, dégoûtés.

— Pourquoi je n'ai pas ce genre d'accueil, moi ? murmure celui-ci, si bas que je suis probablement la seule à l'entendre.

Je ne peux pas m'en empêcher, je me tourne vers lui et raille :

— Tu as raison, tu aurais mieux fait d'y rester.

Pour la première fois depuis qu'il est rentré, Jason lève les yeux vers moi. Je fais de même et...

Grossière erreur.

Mon corps tout entier frissonne devant ses cheveux mouillés et son tee-shirt rendu transparent par la pluie. Jason n'est pas musclé comme Loan l'est. Il est plus mince, plus sec, et l'espace d'un instant, je me remémore la sensation de ses côtes sous mes doigts froids.

Je pince les lèvres tandis qu'il m'offre un sourire joueur et part s'installer dans le sofa. Lors de notre dernière conversation, j'ai été très claire : « Personne ne doit savoir ». Hors de question que Violette se fasse des idées.

— Oh, Zoé... je t'avais pas vue. Toujours près du frigo, à ce que je vois.

Ouch. Je sais très bien qu'il fait semblant pour paraître crédible. Mais il aurait pu lancer n'importe quoi sauf ça.

J'avais raison. Il me trouve grosse. Sinon, pourquoi aurait-il choisi de dire un truc pareil, entre autres choses ?

J'ignore alors les Violan qui se dirigent vers l'une des chambres, toujours enchevêtrés, et m'approche de Jason avec un couteau de cuisine en main.

Il se relève précipitamment pour faire le tour du canapé, une lueur étrange dansant au travers de ses pupilles. Est-ce de la peur ou... du *désir* ?

Ce mec est *cinglé*.

— OK, c'était pas malin de dire ça... toutes mes excuses, dit-il en tendant les paumes devant moi. Maintenant, pose ton couteau... voilà...

Je repose le couteau sur la table à mesure que nos amis disparaissent dans le couloir. Je ne bouge pas, aussi immobile qu'une statue, tandis que Jason me fixe de son regard concupiscent.

C'est la première fois que nous nous voyons depuis cette séance brûlante dans sa voiture. On se rappelle tous de comment j'ai fini : sans collants ni culotte.

Jason passe une main nonchalante dans ses cheveux au moment même où sa langue vient humidifier ses lèvres, et ce simple geste suffit à susciter un effet grisant sur moi.

« Chaque fois que je te vois, je pense à tout un tas de choses que j'ai envie de te faire. Des choses très vilaines... »

— C'est un nouvel anneau ? demande-t-il.

Ses yeux n'ont pas dévié des miens mais je sais qu'il parle du piercing que je porte à la narine.

Boom Boom

— Oui. Tu aimes ?

— Beaucoup.

Boom Boom

Je n'ose pas m'approcher. Des étincelles pétillent sur le bout de mes doigts et j'ai peur qu'ils n'embrasent tout ce que j'ai le malheur de toucher. Jason avait raison ; lui et moi possédons une attraction sexuelle qui dépasse l'ordinaire.

Ce serait dommage de gâcher ça.

Comme s'il avait lu dans mes pensées, il s'avance d'un pas. Je recule à mesure qu'il approche, tel un prédateur amadouant sa proie... avant de la dévorer tout entière. Je peux facilement deviner les pensées indécentes qui transparaissent dans ses yeux. J'en rougirais presque.

— J'aime aussi beaucoup ta robe. Tu vas quelque part ?

— Peut-être bien.

Mon dos heurte le comptoir de la cuisine, m'empêchant d'aller plus loin. Je déglutis en le regardant pencher la tête sur le côté.

Boom Boom

— Avec un homme ? Une femme ?

— Un homme, réponds-je, lorsqu'il est enfin face à moi, son souffle balayant mes lèvres.

Boom Boom

J'ai peur que Violette et Loan ne débarquent et nous trouvent si proches l'un de l'autre. Pire : j'ai peur de mourir avant que Jason ne pose les mains sur moi.

Je ne détourne pas les yeux des siens, pas même quand je sens son genou s'insinuer entre mes jambes. Mes bras se recouvrent de chair de poule tandis que celui-ci remonte lentement le long de mes cuisses nues.

Boom Boom

Jason a les paumes posées sur le comptoir, de part et d'autre de moi. Son regard se pose soudain sur ma bouche et il se mord la lèvre avec envie. Je ne sais même pas s'il s'en rend compte, mais c'est très sexy.

Ma respiration s'accélère. Je ne pense même plus à nos amis, enfermés dans la chambre de Loan, ou à Damien, que je dois aller retrouver. Il n'y a que la sensation de son jean sur ma peau, de son genou qui vient d'atteindre ce point sensible sous la dentelle de ma culotte...

— Enfoiré, soufflé-je, sans grande conviction.

« Continue », crie mon corps. Je suis certaine que cet enfoiré l'a compris car il sourit d'un air narquois. Son pouce trace le contour de ma bouche entrouverte tandis que son genou reste en suspens entre mes cuisses.

— Tu vas coucher avec lui ?

Il n'a pas l'air jaloux ni énervé, juste curieux. La tête me tourne quand il se penche pour déposer un baiser sur la peau fine de ma gorge, à l'endroit précis où bat mon pouls. Je me demande s'il sent mon cœur s'affoler sous la pulpe de ses lèvres.

— Je ne sais pas, chuchoté-je, empoignant son tee-shirt à deux mains.

Je tire dessus pour l'approcher de moi, faible que je suis, et son genou m'abandonne. Son visage est tout près, à quelques centimètres à peine, et pourtant si loin.

Ma langue glisse entre l'espace de mes lèvres et vient taquiner son doigt. Sa poitrine se lève et son regard s'assombrit. Je n'ai pas été excitée comme ça depuis un bail.

— Si tu en as envie, vas-y, dit-il d'une voix rauque. Mais je suis prêt à parier que le seul visage que tu verras quand il sera en toi, ce sera le mien.

Mon Dieu. Mon cœur continue-t-il de battre ?

Sa bouche effleure la mienne sans jamais me donner ce que je veux, jeu cruel mais palpitant. Je prie pour qu'il m'embrasse, pour qu'il me séquestre dans ma chambre et me montre toutes les vilaines choses qu'il a en tête. De toute façon, j'ai déjà ma place en Enfer.

— Jason, le supplié-je.

Dieu merci, son pouce glisse enfin de mon menton et son visage s'approche, les yeux fermés...

... avant de dévier de sa trajectoire. Sa bouche atterrit sur mon oreille au dernier moment. L'air comprimé dans mes poumons s'échappe brutalement sous l'effet de la déception. Je sens son sourire sur mon lobe, ce qui me donne fortement envie de le gifler.

— Passe une bonne soirée, championne.

Quel connard. Il m'a dans le creux de sa main et il le sait. Je me reprends alors, la force de mon désir m'étourdissant, et le repousse avec fermeté. Malgré son sourire victorieux, je constate l'excitation déformant son pantalon. Bordel. *Comment notre première fois a pu être si ratée, je ne le comprendrai jamais.*

J'ignore son regard ardent posé sur moi, les mains légèrement tremblantes, et crie au secours :

— À TABLE AVANT QUE JE COMMETTE UN HOMICIDE VOLONTAIRE !

Sa seule réaction est de rire dans sa barbe.

Le temps que Loan et Violette sortent de la chambre, Jason est posté devant la porte d'entrée. Je mets la table pour cacher le rouge de mes joues, les genoux flageolants.

— Bon, j'ai d'autres projets, je ne vais pas rester manger avec vous.

— Ça va, crétin, le coupé-je. Tu peux rester, je m'en vais, de toute façon.

Un faux sourire éclot sur sa bouche et il s'installe à table sans me regarder. Pensait-il que son petit manège allait me dissuader de faire ce que je veux ? *Qu'il est mignon.*

Justement, Violette me demande où je vais. Je lui fais subtilement comprendre que je risque de rentrer accompagnée, ignorant le regard qu'elle jette derrière mon épaule. Jason doit probablement dire des conneries à voix basse.

— OK, à demain, alors.

J'enfile mon manteau et lui offre un clin d'œil avant de partir. Sur le trajet jusqu'au bar, je ne peux m'empêcher de repenser à Jason. Il a beau se comporter comme un gosse la plupart du temps, il faut avouer qu'il est probablement l'homme le plus chaud que j'aie jamais rencontré.

∞

La soirée est une catastrophe.

Je délaisse mon téléphone portable et consacre toute mon attention à Damien, qui est encore plus mignon que dans mon souvenir. Nous dansons collés-serrés, nous nous embrassons, nous flirtons. Toutefois, je ne ressens aucune étincelle. Aucun *feu*.

Cela ne m'empêche pas de le ramener à l'appartement. Vous devez savoir une chose : je n'ai jamais eu honte de ma vie sexuelle débridée car je savais que je ne le faisais jamais par dépit, toujours par envie.

Cette fois, c'est différent. Quand je referme la porte d'entrée derrière Damien, ma conscience me crie que je le fais pour les mauvaises raisons. Nous marchons jusqu'à la chambre que je partage avec Violette en nous embrassant, et je jure dans ma barbe quand le visage de Jason emplit mon champ de vision.

Il avait raison et je le déteste.

— Chut, soufflé-je quand Damien gémit contre ma bouche. Mes colocs dorment.

Il hoche la tête et me touche les seins. Ce n'est absolument pas plaisant, raison pour laquelle je me recule quand il glisse sa main sous ma robe.

— Entre.

Nous pénétrons dans la pièce obscure et je l'entends tout de suite se déshabiller. J'en profite pour souffler un coup et déposer mon téléphone sur la table de chevet.

Je suis en train de déboutonner ma robe quand je constate deux messages non lus.

Jason.

Mon cœur stupide fait un bond inattendu.

En ouvrant le texto, je suis surprise de tomber sur une image de nous deux. Un journaliste nous a manifestement pris en photo lors du défilé Valentino. Nous sommes assis l'un à côté de l'autre, Jason hilare et moi le regardant d'un sourire amusé. La première chose qui me frappe, c'est combien nous rayonnons. La deuxième, c'est ma paume nichée dans la sienne.

Je n'ai pas souvenir que nous nous tenions la main.

Jason : Regarde ce que je viens de trouver sur Internet… (C'est moi ou j'étais super canon, ce soir-là ?).

Jason : J'en cherche une de toi seule, on ne sait jamais. Tu pourrais la mettre sur ton compte Instagram. Ou me couper sur celle-ci.

Je reste immobile en relisant les SMS. Il ne m'a pas envoyé un message pour piquer une crise de jalousie ou me demander ce que je faisais. À la place, il joue les attachés de presse en fouillant le Net à la recherche d'une photo de moi.

— T'es gay ?

Je relève les yeux vers Damien, désorientée. Celui-ci est à moitié nu et pointe du doigt une image scotchée au-dessus de mon lit. On peut y voir un drapeau aux couleurs LGBTQ+ par-dessus lequel est écrit : « Love is love ».

— Je suis bi, confirmé-je distraitement.

Damion rit comme si j'avais fait une blague.

— Ouais, c'est ça.

— Pardon ?

Il a dû entendre l'agressivité dans mon ton car il fronce les sourcils.

— C'est juste que..., t'es trop belle pour être lesbienne. Enfin, tu ressembles à une vraie fille, quoi.

Je presse les yeux en m'adossant à la porte, fatiguée, et ramasse le jean de Damien. Je déteste les gens. Je déteste cette société où les femmes doivent être belles pour les hommes et sinon, n'ont qu'à devenir gay. Je déteste que des idiots comme Damien pensent qu'être lesbienne ça veut dire avoir les cheveux courts et s'habiller comme un mec. Mais surtout, je déteste qu'on croie encore à ce mythe de la « vraie femme ».

— Tiens, tu peux partir, dis-je en lui lançant son jean à la figure. C'était une mauvaise idée, désolée.

— Attends, quoi ?

J'ouvre la porte en grand, le regard mauvais.

— Primo, je ne suis pas lesbienne, mais bisexuelle. Et deuzio, personne n'est « trop belle » pour être lesbienne, ducon. Maintenant dégage et claque la porte en sortant, tu seras gentil.

Il part très vite et manque d'oublier ses chaussures dans la précipitation.

14

JASON

J'ai passé une semaine pourrie.

Lundi, Madison a débarqué devant ma porte pour qu'on s'envoie en l'air. Je l'ai gentiment raccompagnée à sa voiture, ce qui n'a pas eu l'air de lui plaire.

Mercredi, j'ai été forcé de mettre deux gamins en colle après qu'ils ont essayé de s'infiltrer dans les vestiaires des filles.

Jeudi, mon père a voulu discuter avec moi de mon avenir, comme si j'avais encore seize ans. Selon lui, prendre une année de césure pour aller bosser en Australie n'est pas une décision prise mûrement. C'est « fuir ses responsabilités ». Il m'a chaudement conseillé d'y réfléchir et d'accepter de venir travailler avec lui cet été. J'ai dit que j'y penserai.

À la place, je suis en boîte de nuit avec la bande. J'ai besoin de me changer les idées. J'ai besoin de voir Zoé, dont la petite robe bleu électrique moule chacune de ses formes lascives. Je me demande si elle sent tous les regards qui se posent sur elle depuis qu'elle a passé les portes du club ; je me demande si ça lui plaît ou si elle s'en fiche.

Zoé : Arrête de me mater comme ça, pervers.

Je lève les yeux de mon téléphone, amusé. Elle est occupée à chuchoter des choses dans l'oreille de Violette, qui vient d'arriver avec Loan, tout en me défiant du regard. Je l'avoue, j'ai du mal à me concentrer sur ce que me dit Ethan.

— Pourquoi tu ne lui as pas proposé de venir ? lui demandé-je en parlant de sa nouvelle conquête.

— Elle avait une réunion, je crois. Elle fait partie d'un book club féministe, répond-il, souriant avec réserve.

Un fragment d'une ancienne conversation me vient à l'esprit et je ravale un rictus moqueur. Je sais que Zoé pense à la même chose car elle me fusille du regard.

Je l'ignore.

— Une féministe ? Oh, mec... Pour le coup, je te conseille de laisser tomber.

Ne me regardez pas comme ça, c'était plus fort que moi. Je n'ai pas le temps d'en dire plus car une certaine Violette s'incruste en s'extasiant :

— Tu as rencontré quelqu'un ? C'est super !

Je lève les yeux au ciel. Ethan répond que rien n'est encore très sérieux entre lui et Ophélie, puis il ajoute que, selon moi, le fait qu'elle soit féministe est un obstacle.

— Féministe genre « Femen qui scande des slogans devant le ministère de la Justice nichons à l'air », ou féministe genre « elle te rabâche H24 que t'as le droit à un salaire supérieur au sien juste parce que tu as quelque chose entre les jambes » ? demande-t-elle.

J'arrête d'écouter quand Violette lui explique qu'il n'y a rien de mal à être féministe. Mon regard est concentré sur celui de Zoé, dont la bouche joue avec la paille de son verre.

Moi : Arrête de me chauffer si tu ne veux pas que je te regarde.

Zoé : Je ne te chauffe pas, je suis naturellement sexy. (Comment tu comptes t'en sortir face à Violette ? Elle a l'air remontée).

Justement, cette dernière se lance dans de beaux discours. Loan me conseille de laisser tomber mais je bombe le torse et en rajoute une couche :

— Tout ce que je disais à Ethan avant que tu ne viennes te mêler d'affaires d'hommes, c'est qu'il y a bien une chose dont je suis sûr : baiser une féministe, extrême ou non, ce n'est jamais un bon coup assuré.

Je peux voir Zoé sourire du coin de l'œil. *Qu'est-ce qu'il ne faut pas faire, pour faire rire une femme...*

— Pourquoi tu dis ça ? demande Ethan.

Je repense à l'homme bourré rencontré le soir de Noël et suis son mauvais conseil.

— Elles sont féministes, crétin, dis-je avec une assurance feinte. FÉ-MI-NISTES. Ce qui veut dire que, forcément, elles refuseront de se laisser prendre en levrette. Histoire de supériorité masculine réfutée ou je sais pas quoi.

Je sais que je suis allé trop loin quand tout le monde me fixe d'un air soit consterné, soit hilare. Zoé décide de m'abandonner lâchement et se lève pour aller danser. Ses jambes touchent mes genoux quand elle passe devant moi, mais j'évite son regard de peur de me trahir.

Violette s'évertue à m'expliquer que je dis n'importe quoi quand mon portable vibre dans ma poche.

Zoé : Ton pote machiste serait fier de toi. P.-S. : je sais de source sûre que ta théorie, c'est du bidon…

Mon sourire s'évapore quand je lis la fin du message.

— ... fille te laissera la prendre par-derrière que tu pourras exercer une autorité particulière dans un tout autre cadre...

— OK, OK, j'ai compris, m'exclamé-je, en me massant les tempes. Je plaisantais ! Putain, c'est épuisant de parler avec toi.

Je ne sais pas comment Loan fait pour la supporter tous les jours. J'adore Violette, qu'il n'y ait pas de malentendus. Je la considère comme l'une de mes sœurs. Mais bon sang, elle parle trop pour moi.

Très vite, mes deux amis vont danser et me laissent en compagnie d'Ethan et Bruno, mon collègue.

Moi : Et si l'on s'éclipsait ?

Cette fois, Zoé ne me répond pas. Je la cherche des yeux, indifférent aux autres filles, jusqu'à ce que sa silhouette réapparaisse dans mon champ de vision.

Elle ne se soucie de rien ni de personne, trop occupée à se déhancher sur « Partition », de Beyoncé. C'est plus fort que moi, je suis hypnotisée par sa façon de se mouvoir. Ses paupières sont closes, ses bras sont levés au-dessus de sa tête et ses hanches s'enroulent sur elles-mêmes tel un serpent.

Driver roll up the partition please
I don't need you seeing 'yonce on her knees
Took 45 minutes to get all dressed up
We ain't even gonna make it to this club

Zoé ne danse pas pour les autres, elle danse pour elle. Je le vois dans sa manière d'écouter la musique, de la sentir, de l'interpréter. Ses lèvres bougent légèrement, signe qu'elle chante dans son souffle – comme si elle ne pouvait s'en empêcher.

Je résiste tant bien que mal à l'envie brûlante de la rejoindre. Les battements de mon cœur se synchronisent avec ceux de la musique, sur le point de lâcher. Zoé rejette alors la tête en arrière, ses cheveux courts collant à son cou baigné de sueur ; je ne la quitte pas des yeux *une seule seconde.*

Jusqu'à ce que Loan réapparaisse à mon côté. La réalité me frappe de plein fouet et je cligne des yeux, en comprenant qu'il s'en va.

— Je te la laisse, me dit-il, sans avoir à préciser de qui il parle. Fais attention à elle, Émilien est là.

Je me racle la gorge et lui tape l'épaule en lui assurant que l'ex-petit ami de Violette ne l'approchera pas. Loan ne tarde pas à partir et cette dernière sort de nulle part pour venir s'asseoir à côté de moi.

Je ne sais pas ce qui vient de se passer mais elle a l'air sur le point de fondre en larmes. Et puisque, souvenez-vous, je déteste voir les gens pleurer, je lui ouvre mes bras. Violette se niche dedans, le visage contre mon torse, et je ne la lâche plus.

∞

Une fois que le peu d'alcool ingurgité a eu le temps de se désintégrer de mon organisme, je ramène les filles à l'appartement. Je ne peux m'empêcher de jeter des coups d'œil à Zoé dans le rétroviseur, même si elle passe le trajet la tête contre la fenêtre. Mon esprit est toujours embrumé par la vue d'elle, dansant comme si personne ne la regardait.

Une fois que nous sommes parvenus à destination, les filles descendent.

— Merci, Jason.

— Merci, crétin, dit Zoé en sortant ses longues jambes de la voiture.

Par réflexe, j'attends de voir la lumière s'allumer à leur fenêtre avant de remettre le contact. Au moment de démarrer, je reçois un message.

Zoé : Je me change, attends-moi.

Je hausse un sourcil, agréablement surpris.

Évidemment, je ne discute pas et patiente avec la radio. J'ai le temps de subir deux chansons de Taylor Swift avant qu'elle ne redescende. Je coupe le contact et sors du véhicule pour la rejoindre. Elle a troqué sa robe pour une paire de leggins noire et un pull en laine XXL qui cache ses mains.

Ses cheveux sont attachés en deux nattes et son visage est dénué de tout maquillage. Elle fait plus jeune, plus innocente. Zoé croise les bras sur sa poitrine.

— Alors ?

Je garde les mains dans les poches de ma veste, souriant. Puis je m'approche et dépose un doux baiser stratégique sur le coin de sa bouche. Elle se raidit.

— Alors : toujours sexy, murmuré-je.

Et putain, je le pense. Une teinte rosée colore ses joues.

— Je parlais du programme. Tu voulais qu'on s'éclipse, je suis là. Qu'est-ce qu'on fait ?

— Et toujours aussi aimable, à ce que je vois... On se balade ? Je sais pas toi, mais j'adore me promener la nuit.

C'est enfin un léger sourire qui éclot sur sa bouche. Je n'ai aucun programme, mais l'improvisation a toujours du bon. Je lui dis donc de me suivre et nous marchons en silence jusqu'à Saint-Michel.

Je joue les funambules sur le rebord des quais tandis qu'elle me surveille du coin de l'œil. Quand j'en ai marre

– je n'ai jamais aimé le silence, ma mère a toujours dit que c'est parce que j'aime trop le son de ma propre voix –, je lance, en revenant près d'elle :

— OK, faisons un jeu de questions-réponses.

Zoé plisse les yeux, méfiante. Elle n'est pas dupe.

— Et si on ne veut pas répondre ?

— Tu as le droit à un joker. Mais choisis-le bien !

Elle soupire et hoche la tête, si bien que je commence avec la première chose qui me vient en tête :

— Team Edward ou Team Jacob ?

Zoé éclate de rire, abasourdie, et me regarde sans y croire. Allez-y, moquez-vous. Mais la réponse à cette question en dit long sur une personne !

— Quoi ? m'offusqué-je. Je n'ai pas honte ! Personnellement, je suis Team Edward. Je veux dire, il était là le premier, le pauvre gars. Puis l'autre arrive avec ses abdos en béton et sa nouvelle coupe, et il essaie de lui piquer sa meuf. C'est pas cool.

Elle se cache le visage de ses mains, riant de plus belle, avant de refaire surface. Je constate qu'elle y réfléchit vraiment, ce qui me fait plaisir.

— Je crains qu'on ne soit jamais d'accord là-dessus. Team Jacob. Edward est beaucoup trop déprimant et mélodramatique pour moi. Trop blanc, aussi. On dirait un mort.

— Il *est* mort, chérie.

— Tu vois ce que je veux dire.

Nous continuons comme ça encore longtemps, si bien que nous ne voyons pas les minutes passer.

— Est-ce que tu as des manies un peu étranges, ou gênantes ? me demande-t-elle, curieuse.

Je grimace en regardant droit devant moi.

— En quelque sorte, oui... Ne te moque pas, d'accord ? Dès que je suis mal à l'aise, je me sens forcé de faire une blague cochonne. J'ai toujours tendance à croire que ça va détendre l'atmosphère alors que...

— ... ça empire les choses, termine-t-elle en riant.

— En effet. OK, à moi. Quelle est la célébrité avec laquelle tu aimerais coucher ?

Elle me demande si elle doit n'en choisir qu'une, je hoche la tête. Sa question me fait sourire car c'est typiquement le genre de précision que j'aurais pu demander.

— Ashley Graham, sans hésiter. C'est littéralement la fille la plus sexy au monde – même si Emma Watson reste mon grand amour.

— Moi aussi ! m'écrié-je, sous le choc. Cette nana est une bombe atomique.

— Bas les pattes, je l'ai vue en premier.

Je lui offre un sourire en coin et passe le bras sur ses épaules pour la ramener contre moi. Elle se laisse faire, m'enlaçant la taille.

— Et si on faisait ménage à trois ?

— Ce n'est pas parce que je suis bisexuelle que je fais des plans à trois, crétin.

— Je sais...

— Mais je suis quand même partante, sourit-elle en me donnant un *high five*.

Étrangement, j'en apprends plus sur elle en l'espace d'une soirée que depuis que je la connais. Je sais maintenant qu'elle déteste être en retard, qu'elle pourrait se damner pour des muffins à la myrtille, qu'elle ne peut pas s'endormir sans musique et qu'elle connaît un nombre incalculable de vieux films.

— D'où ça vient, cet amour pour le cinéma classique ?

Elle se tait un long moment, tellement que je pense être allé trop loin. Son regard est fixé sur le sol quand elle ouvre enfin la bouche.

— De mon ex. Sarah me les faisait tous regarder.

J'hésite encore un peu avant de poser la question qui me brûle les lèvres depuis des semaines.

— Qu'est-ce qui s'est passé ?

Elle pèse le pour et le contre, puis murmure :

— Elle m'a quittée. Un peu comme mon père.

Cela fait plusieurs fois, maintenant, qu'elle évoque sa famille dysfontionnelle. J'ai bien compris que la situation n'était pas des plus idéales, mais cela reste encore très vague. Elle ne veut pas en parler, du moins pas avec moi, et je ne peux pas l'en blâmer.

Elle a l'air si vulnérable, soudain, que je décide de me mettre à son niveau.

— Je comprends... Je ne me souviens pas d'une phase de ma vie où je n'ai pas été pleinement heureux.

Elle me lorgne du regard, l'air mauvais.

— J'espère pour toi qu'il y a un « mais », parce que ça ne me console absolument pas.

— « Mais »... le sentiment d'abandon, je connais. Ma mère n'a pas voulu de moi. Je le sais parce que j'ai posé la question à mes parents quand j'avais douze ans. C'est dur à entendre, pour un enfant comme pour un adulte. Elle ne m'a pas abandonné parce qu'elle était trop jeune ou trop pauvre, elle ne me voulait simplement pas. Et va vivre avec l'idée que tu n'as pas été désiré...

Les traits de son visage s'adoucissent et elle me regarde. Me regarde *vraiment*. Je me rends compte que je n'ai jamais partagé ce chagrin qui me pèse, avant maintenant.

Mais Zoé est ce genre de personne qui pousse à se mettre à se dévoiler.

— Je ne sais pas ce qui est le pire, murmure-t-elle sans me regarder. Que tes parents t'abandonnent pour ne pas t'avoir voulu, ou qu'ils te gardent malgré cela.

Seul le vent hivernal nous répond. Finalement, elle avoue dans sa barbe :

— Je veux juste... quelque chose de permanent. Tu vois ? Pour une fois, j'aimerais quelque chose qui *reste*.

Je m'arrête net, les yeux braqués sur elle. Elle m'interroge du regard, si bien que je lui souris largement.

— J'ai une idée géniale. Tu me fais confiance ?

— Euh, non.

Je continue de sourire, ignorant sa réponse, et lui prends la main. Zoé peste encore un peu mais je lui dis de se dépêcher avant que la boutique ne ferme. Nous décidons de prendre des vélibs et faisons la course en riant. J'ai une bonne longueur d'avance sur elle, sportif oblige, mais elle ne semble pas s'en indigner.

Nous manquons d'écraser quelques piétons ivres avant d'arriver à destination. Zoé ne comprend pas tout de suite, Dieu merci, ce qui nous laisse le temps de ranger les vélos. Quand nous sommes assez près de la devanture, elle s'immobilise en écarquillant les yeux.

— Hors de question ! crie-t-elle en reculant.

Je fais un geste pour la retenir mais elle se met déjà à courir. Je ris en l'attrapant plusieurs mètres plus loin. Elle se débat en hurlant qu'elle va me castrer et je savoure la pression de son corps contre le mien avant de la soulever et de la jeter sur mon épaule.

Je ne répéterai pas les mots dont elle m'affuble.

— Allez, un peu de courage ! C'est sur ta liste, en plus.

— J'ai dit non ! Lâche-moi !

J'obéis et la dépose sur ses pieds. Ses joues sont rouges et ses nattes ébouriffées. Bon sang, ce qu'elle est belle.

— Tu voulais quelque chose qui dure, quelque chose qui reste, m'expliqué-je. Quoi de mieux qu'un tatouage ?

Elle fusille du regard la devanture de la boutique, silencieuse. Au bout d'une interminable minute, Zoé prend une grande inspiration et décroise les bras.

— Tu sais quoi ? T'as raison.

J'opine, satisfait, et je m'apprête à ouvrir la porte, quand elle m'arrête.

— À la condition que tu le fasses aussi.

Mon sourire tombe immédiatement. Je la contemple, attendant la chute de sa plaisanterie. Visiblement, ce n'en est pas une. Elle se contente de patienter, un sourcil levé avec défiance.

Merde. Comment lui dire que j'ai une peur bleue des aiguilles sans passer pour une carpette ?

— Je ne suis pas sûr que ce soit une bonne idée.

— Bah alors, Obi-Wan... On a peur ? me taquine-t-elle.

— Ça n'a absolument rien à voir, je suis un adulte de vingt-deux ans qui...

— Jason.

— ... est terrifié par les aiguilles. Ne me force pas à le faire, Zoé, je t'en supplie.

Elle sourit, amusée.

— Je ne te forcerai pas. Mais c'est toi et moi, ou rien.

Quelle magnifique garce.

C'est comme ça, chers amis, que nous finissons allongés sur le ventre, deux tatoueurs au-dessus de nous. Après de multiples supplications, Zoé m'a promis de me tenir la main à chaque seconde.

Sans commentaire.

— Il est douillet, a-t-elle expliqué à l'homme qui s'occupe de moi.

Je ne sais absolument pas ce qu'il a l'intention de dessiner sur ma peau. Zoé et moi avons décidé de faire un pacte : je choisis son tatouage et elle choisit le mien. Elle était quelque peu sceptique, au début, mais j'ai réussi à la convaincre. Je n'aurais jamais cru cela possible.

— Toujours en vie ? me chuchote-t-elle tandis que l'aiguille me picote la fesse droite.

Ne riez pas. Ce n'est vraiment pas drôle. Je ne le savais pas mais la peau est très sensible à cet endroit. Ma partenaire de crime jette un œil par-dessus son épaule, jaugeant mon derrière exposé. Son petit rire ne me rassure pas du tout.

Contrairement à ce que je pensais, cela n'est pas si douloureux. Tant que je ne regarde pas, tout va bien. Je me concentre alors sur Zoé, qui a la joue posée sur son bras, et qui me contemple fixement. Un échange silencieux passe entre nous. Je me rends compte qu'on partage un moment très intime et cela me tord le ventre.

On est en train de se faire tatouer, merde !

— Et voilà.

Sa main lâche la mienne et Zoé se lève sans oser regarder le tatouage sur son avant-bras. Je me redresse à mon tour, le cul douloureux, et remets mon pantalon. Comme d'un commun accord, nous attendons d'être seuls pour y jeter un œil.

Je paye pour les deux tatouages, ce qui n'a pas l'air de lui plaire, et le gars me tend un bonbon avant de partir.

— T'as été courageux, mec.

— Alors ça, c'est adorable, s'exclame Zoé, hilare. Vous n'avez pas des gommettes, plutôt ? Je préfère éviter de lui donner du sucre avant de dormir.

Je tire sur ses nattes pour la faire taire, puis j'engloutis le bonbon lorsque nous sortons. C'est quelques mètres plus loin, dans une ruelle déserte, qu'elle se poste en face de moi. Seuls les rires de quelques fêtards nous parviennent.

— On regarde ?

Je lui dis de commencer. Elle souffle un bon coup, anxieuse, et tire sur la manche de son pull. Aucun de nous ne parle tandis qu'elle prend connaissance du tatouage sur l'intérieur de son coude.

Je jauge toute réaction pouvant trahir son émotion, inquiet. Mine de rien, c'est une énorme responsabilité. Quand Zoé relève le menton, je remarque les larmes sur ses joues. J'ouvre la bouche, légèrement paniqué.

— Comment tu as su ? souffle-t-elle.

Je jette un œil à la constellation à jamais inscrite sur sa peau, hésitant.

— À plusieurs reprises, tu as évoqué les étoiles. J'en ai déduit que c'était important pour toi. J'ai mal fait ?

Elle secoue la tête, essuyant ses larmes, et me surprend en saisissant mon visage. Pour la première fois depuis notre rencard, sa bouche pulpeuse et rendue salée par le goût de ses larmes se plaque sur la mienne. D'abord stupéfait, je pose les mains sur ses poignets et approfondis le baiser.

Zoé se détache un peu trop tôt à mon goût, murmurant contre mes lèvres quémandeuses :

— Mon Dieu, tu vas me détester.

Je recule, mes mains glissant sur ses hanches. Zoé, quant à elle, cache son visage dans mon épaule.

— Je pensais qu'on faisait ça pour rire. Je ne m'attendais pas à ce que tu me choisisses un tatouage si... significatif.

Oh. Elle se mord la lèvre, attendant le déluge de ma colère. Quand je comprends ce qu'elle veut dire, je me prépare psychologiquement.

— Qu'est-ce que tu as fait...

Je me jette à l'eau sans attendre de réponse et déboutonne mon jean. Zoé m'aide à baisser mon boxer, sortant son miroir de poche pour que je puisse regarder.

J'ouvre grands les yeux en découvrant tatouée sur ma fesse, aussi petite qu'une noisette, la tête de Dark Vador. Je me pince les lèvres pour ne pas dire de gros mots, pensant à la réaction de ma mère si elle voyait cela.

— J'ai Dark Vador sur le cul. Génial.

— Je suis vraiment désolée ! s'écrie sincèrement Zoé.

Je hausse les épaules, désinvolte, et remonte mon pantalon.

— Je m'en fous. Ce n'est que de la peau.

Et je le pense. Ça aurait pu être pire, après tout... genre, l'épée de Gandalf. Là, je n'aurais jamais pu le lui pardonner.

Zoé continue de s'excuser à profusion mais je la fais taire d'un nouveau baiser. Elle gémit de surprise, si proche que ses cils effleurent mes joues. Je me fonds en elle, un bras le long de sa taille et l'autre main tenant sa nuque avec fermeté.

Ça m'avait manqué. La toucher m'avait manqué.

Elle est la première à ouvrir les lèvres. Je laisse ma langue s'enrouler à la sienne, doucement, tellement que mon bonbon passe entre nos deux bouches.

— Rends-moi ça, chuchoté-je entre deux baisers.

— Il va falloir venir le chercher.

Avec plaisir.

Je saisis son visage à deux mains et l'embrasse plus sauvagement. Cette fois, je n'ai plus aucune retenue. Son dos se cambre contre moi tandis que ma bouche revendique la sienne avec fièvre et ardeur. Un feu familier embrase mes os lorsque nos langues se frôlent et s'apprivoisent, le sang affluant dans mes veines comme de l'héroïne.

C'est l'effet que Zoé a sur moi.

Une putain de drogue dont on ne peut pas se passer.

Mes mains survolent ses épaules jusqu'à sa taille fine et une de ses jambes m'emprisonne la hanche.

— Quand on s'est rencontrés, avoué-je tout bas, la première chose à laquelle j'ai pensé, c'est tes jambes de déesse autour de ma taille pendant que je serai bien profondément en toi.

Un bruit plaintif me répond.

— Et moi, c'était : « Putain, qu'est-ce qu'il est con ».

— Tais-toi, tu gâches tout, la réprimandé-je en lui mordant la lèvre inférieure.

Je la fais soudain reculer, encore et encore, jusqu'à ce que son dos heurte le mur. Sa bouche m'aspire et me butine, lentement mais sensuellement. Quelques fêtards passent devant l'entrée de la ruelle, mais ils ne nous voient pas. Ils disparaissent tandis que mes mains clandestines s'infiltrent sous son pull. Tous mes sens sont en alerte, tellement que ma tête menace d'exploser sur le trottoir.

Mes doigts caressent la bande de peau entre son débardeur et son legging, ma langue explore sa bouche, mes hanches se plaquent contre les siennes de façon qu'elle sente mon érection battre contre son bas-ventre...

Et me retenir de lui arracher ses vêtements est une douce agonie.

— Touche-moi, gémit-elle en tirant sur mes cheveux.

Oh, et puis merde. Je quitte sa bouche délicieuse pour saisir le bas de son pull et le passer au-dessus de sa tête. Elle le laisse tomber sur le trottoir, s'accrochant à mon cou, et je remarque qu'elle n'a pas de soutien-gorge.

Nom d'un chien. Je laisse tomber mon front sur sa poitrine, les yeux fermés. Son odeur exsude de partout, imprégnant ma peau.

— Tu vas me tuer, murmuré-je, la voix étouffée par le tissu de son débardeur.

Mes mains continuent leur exploration, s'arrêtant sous le renflement de ses seins sublimes. Il a beau faire neuf degrés, son corps est bouillant à mon contact.

— Ne bouge pas.

Je me baisse et soulève son débardeur sur sa poitrine. Elle se fige en creusant le ventre, les mains sur mes épaules.

— Jason, qu'est-ce que tu fais ?

— Je te touche.

— Pas comme ça, pas *ici*, souffle-t-elle, regardant autour de nous. Des gens pourraient nous voir.

Je dépose un baiser sur son ventre nu.

— Je sais, réponds-je en souriant d'un air de défi. Ça t'excite ? Parce que moi, terriblement.

Je l'entends souffler quelque chose qui ressemble à « Oh, bon sang » avant que ma langue ne s'infiltre dans son nombril. Un frisson fait trembler son corps sous moi et je trace une ligne de baisers imaginaire vers le haut, affamé. Finalement, je relève de nouveau son débardeur, exposant ses seins au clair de lune.

— Tu es si parfaite, dis-je sans réfléchir.

Je souffle doucement sur sa peau tendue, lui arrachant un soupir. Sa respiration devient sifflante quand ma bouche se referme sur un de ses mamelons. Mon cœur s'emballe et ma poitrine s'enflamme. Mes lèvres se délectent de sa peau tandis que je lèche, suce et mordille.

Elle gémit, la tête contre le mur qui me sert d'appui, guidant ma bouche à l'aide de ses mains plongées dans mes cheveux. Je fais de même avec son deuxième sein, appliqué à cette tâche divine.

Elle est hypersensible, c'est incroyable.

À chaque coup de langue, Zoé laisse échapper une nouvelle plainte de plaisir. Je suis tellement excité que mon jean devient trop étroit pour moi.

— Je pourrais passer ma vie à faire ça.

Plus loin, un groupe de jeunes passe en rigolant, si bien que Zoé se raidit. Je lui chuchote de ne pas bouger sans même relever la tête. Je continue en frottant mon érection contre son entrejambe, plus excité que jamais. C'est ce qui lui manquait pour jouir. J'étouffe son cri de ma bouche, plaquant mon torse contre ses seins nus.

C'est rare de rencontrer une fille qui puisse jouir seulement avec ma langue sur ses seins.

Putain, j'adore ça.

Je m'écarte pour la rhabiller en silence. Elle m'aide et, ce faisant, son regard tombe sur son nouveau tatouage. Je la vois sourire tristement avant de relever les yeux vers moi.

— Merci, susurre-t-elle.

Je sais très bien qu'elle ne parle pas de l'orgasme qu'elle vient d'avoir. Alors j'ignore les passants qui nous sifflent à l'autre bout de la rue et saisis tendrement son visage pour lui embrasser le front.

Trois ans plus tôt

ZOÉ

La vie est belle.

Je n'aurais jamais cru pouvoir dire ça un jour, et pourtant. Sarah et moi sommes plus proches que jamais depuis que nous avons enfin couché ensemble – c'était à la fois gênant, drôle et agréable –, j'ai encore perdu du poids, et pour parfaire le tout : Bryan est un ange.

Cela fait plusieurs semaines maintenant qu'il n'a pas crié ni levé la main sur moi. Je commence à me dire que s'il le faisait, c'était parce que je n'étais pas suffisamment aimable envers lui. La preuve, maintenant que je le suis, nous partageons une vraie relation fraternelle.

Il continue de se droguer, mais ce n'est pas mon problème.

C'est ce que je dis à Sarah lorsque nous rentrons des cours, main dans la main.

— Je suis pas rassurée pour autant, dit-elle en plissant le front. Reste sur tes gardes, Zoé.

— Il n'est pas si méchant, au fond, persisté-je. Je crois... je crois que je me suis trompée sur son compte. Faut avouer que j'ai été une vraie garce avec lui.

Mais regarde, il suffit que je sois gentille pour qu'il veuille passer tout son temps avec moi ! Hier on est allés au cinéma – et il a payé ! –, et l'autre jour, il a insisté pour qu'on mange mexicain.

Sarah ne dit rien, les lèvres pincées. Je sais qu'elle ne comprend pas. La seule chose à laquelle elle pense, c'est Bryan me frappant la tête contre le mur de ma chambre. J'ai beau lui dire qu'il s'est excusé à profusion après ça, qu'il avait simplement voulu me pousser, elle s'en fiche.

— Fais quand même attention, d'accord ? Je tiens à ce beau visage, murmure-t-elle en m'embrassant.

Je lui caresse les cheveux en joignant ma langue à la sienne, mon affection se muant en désir.

— On va au Galway, demain soir ? me propose-t-elle tandis que nous approchons de mon appartement.

Je grimace en lui expliquant que je ne peux pas. Sarah se tourne vers moi, un sourcil haussé.

— C'est prévu depuis trois semaines !

— Je sais... Bryan m'a demandé de rester à la maison pour regarder The Voice avec lui, alors je lui ai dit que j'avais déjà quelque chose de prévu.

— Et ?

— Et il m'a reproché de ne pas faire d'efforts, que c'était ma faute si on n'était pas proches lui et moi. Alors j'ai cédé...

Je la vois secouer la tête avec fureur, ravalant les mots qu'elle rêve de me lancer à la figure. J'ai envie de lui dire que je ne suis pas comme elle, que je n'ai pas ce feu dévastateur et ce courage que j'admire tant.

Peut-être un jour.

— Tu es consciente que c'est du chantage affectif, qu'il te fait ?

Je roule des yeux en lui lâchant la main.

— Tu exagères.

Elle me rattrape le bras, les mains derrière ma nuque. Son air est très sérieux lorsque son front se plaque contre le mien.

— Je ne plaisante pas. C'est pas sain et je ne lui fais pas confiance. Il y a deux semaines, tu as manqué trois jours de cours parce que monsieur voulait « passer du temps avec toi ».

Je lui souris de manière à la rassurer, puis dépose un baiser sur ses lèvres délicieuses.

— C'est pour ça que je t'aime. Tu t'inquiètes toujours trop.

Elle soupire mais laisse tomber. Je l'abandonne ici pour ne pas qu'elle s'approche trop de mon immeuble ; Bryan est cool, mais pas à ce point. S'il savait que je voyais encore Sarah, il péterait un plomb inimaginable.

Quand je rentre à la maison, ma mère est déjà là. Elle sort le linge de la machine à laver tandis que Bryan se roule un joint sur la table basse.

— Ma sœur préférée ! s'exclame-t-il quand je passe le pas de la porte.

— C'est toi qui as lancé la machine, ce matin ? me demande ma mère, les yeux fatigués.

— Oui. Laisse, je vais l'étendre.

Elle s'apprête à obtempérer quand Bryan l'interrompt sèchement, le regarde noir posé sur elle :

— C'est pas à toi de le faire. Viens là, plutôt.

J'hésite un instant. Ma mère a l'air tellement exténuée que cela me brise le cœur. Mais puisque je suis une lâche qui a trop peur de Bryan, j'obéis et vais le rejoindre. Il me propose son joint, je refuse.

Il me raconte quelque chose que j'écoute à moitié, me contentant d'approuver son point de vue. Je ne sais comment, nous en venons à parler de mon avenir. Je lui avoue que j'aimerais me diriger vers la mode.

— Il y a une super école pour cela à Paris...

— C'est pour les filles qui n'ont rien dans le cerveau, la mode. Toi t'es intelligente, non ?

— Euh... oui.

— De toute façon, c'est trop loin, Paris. Tu vas pas te taper une heure et demie de transports tous les matins pour apprendre à coudre, c'est débile. J'ai besoin de toi ici, moi, ajoute-t-il, en passant un bras sur mes épaules.

J'opine, mal à l'aise. Il est sur le point de dire autre chose quand ma mère nous coupe, brandissant un tee-shirt rose :

— Da, c'est à toi ?

Je secoue la tête. C'est alors que je sens mon frère se raidir à côté de moi. Il se lève et arrache le tee-shirt des mains de notre mère. Mon ventre se tord en comprenant de quoi il s'agit.

C'est son tee-shirt. Sauf qu'il n'était pas rose avant que je ne le mette dans la machine, mais blanc.

Son visage se tourne vers moi, fermé et impassible. Le silence est tel que ma mère recule d'un pas. Elle sait ce qui va se passer et elle ne veut pas être sur son chemin quand ça arrivera.

J'ai envie de lui dire qu'elle peut rester, qu'il ne fera rien. Ce n'est plus comme ça, entre nous.

— C'est toi qui as fait ça ? m'interroge Bryan, d'une voix dangereusement calme.

Mon cœur ne peut s'empêcher de s'affoler dans ma poitrine. Par automatisme, je ne bouge pas d'un cil. J'ai trop peur de faire un geste qui l'énerverait.

— Oui. Je... je suis désolée. Je n'ai pas fait ex...

Il m'interrompt en me fouettant le visage avec le tee-shirt mouillé. Fort. La morsure du coup me brûle la joue tandis que je porte la main à celle-ci, sous le choc. Les traits de Bryan sont déformés par une colère sourde.

— Je suis censé faire comment, maintenant ? éructe-t-il en avançant d'un pas.

Mes muscles se bandent par réflexe, prêts à recevoir les coups. Ils ne viennent pas tout de suite, si bien que je me redresse du canapé et recule en tremblant.

— Me balader avec un putain de tee-shirt rose ? continue-t-il en me crachant au visage. Comme une pédale ? Tu veux que je sois comme toi, c'est ça ?

Tout mon être sait que ce n'est pas le moment, mais c'est nerveux. Un rire incontrôlable m'échappe quand je l'imagine tout de rose vêtu. Un rire qui s'étrangle quand son poing s'écrase brutalement sur mon œil.

Le choc est si violent que j'en tombe sur le coin de la table basse et m'étale sur le sol.

Trou noir.

Quand j'ouvre les yeux, des étoiles emplissent ma vision. Je comprends que je viens de m'évanouir. Je tousse, face contre terre. Bryan ne m'avait jamais donné de coup de poing au visage auparavant. Trop direct, trop visible. Je n'ai pas besoin de lever les yeux pour savoir que ma mère a quitté la pièce.

— Merde, jure-t-il derrière moi. *Merde, merde, merde.*

Je n'ai pas la force de me relever. Mes tempes palpitent, ma lèvre fendue saigne et mon œil droit refuse de s'ouvrir. J'ai peur que Bryan ne termine le travail et ne me tue pour de vrai, cette fois. La seule chose à laquelle je pense, c'est Sarah. J'aurais dû l'écouter.

— Zoé, dit Bryan en s'approchant précipitamment. Merde, je suis désolé ! C'est parti tout seul, je te le jure.

Je sens ses mains sur moi, sur mon visage, sur mes cheveux. Il tente de me relever et je me retiens de hurler. Je ne veux plus que ses mains me touchent. Je veux qu'il me laisse tranquille. Je frissonne sous son contact, les larmes coulant sur mes joues.

Et si ma nuque était tombée sur le rebord de la table ? Et si j'avais cogné ma tête sur le verre en tombant ?

Quand je réussis à voir clair, j'aperçois Bryan assis à côté de moi, un linge à la main. Ses yeux sont écarquillés et inquiets. Il s'excuse encore et encore, me suppliant de lui pardonner, me promettant qu'il n'avait pas l'intention de me faire mal.

Et je le crois.

Je sais qu'il regrette. Je sais qu'il m'aime.

Mais ce jour-là, je comprends aussi qu'il est malade. Mon frère a beau m'aimer, il serait capable de me tuer pour une machine à laver mal faite.

Il faut que je parte d'ici.

15

ZOÉ

— Tu en penses quoi ? demandé-je à Tiago, allongé près de moi.

Il relève la tête pour jeter un œil à mon carnet, dubitatif. Les pages sont noircies par mes différents croquis, dont seulement la moitié a déjà été coloriée.

— J'aime bien. Surtout celle-ci, dit-il en pointant du doigt la troisième tenue.

Il s'agit d'une robe noire romantique et légèrement gothique, avec une traîne en tulle et un décolleté transparent dont seuls les motifs floraux couleur lilas recouvrent les tétons du mannequin.

Je hoche la tête en le remerciant, si bien qu'il retourne à sa sieste. Il fait étonnamment bon, aujourd'hui, c'est pourquoi je lui ai proposé qu'on aille se poser au canal Saint-Martin. J'ai demandé à Violette avant, mais elle avait déjà quelque chose de prévu avec son nouveau petit ami, Clément.

Le fameux type parfait rencontré au restaurant *vegan*... et que Loan déteste déjà, sans grande surprise.

— Tu t'es remise à dessiner, alors.

Ce n'est pas une question mais une affirmation. En effet, cela fait plusieurs jours que l'inspiration m'a frappée à nouveau. Certes, je n'ai rencontré personne de très important lors du défilé Valentino, mais ça ne fait rien. Il suffit juste de persévérer.

Et c'est officiel : j'ai l'intention de créer ma propre ligne de vêtements. Un jour, moi aussi je ferai de la haute couture. Je le sais.

— Ouais. Voir Violette coudre des petites culottes toute la journée m'a mis un coup de pied au cul.

— Je suis content de l'entendre, me sourit Tiago, en prenant ma main dans la sienne. T'as l'air un peu ailleurs, en ce moment. Tout va bien ?

J'hésite à lui dire la vérité.

— Oui, très bien. Les cours me stressent, c'est tout.

Pas la peine de me juger. Je fais ça pour lui. Je ne veux pas l'impliquer plus qu'il ne l'est. Tiago est un homme calme et réservé, mais dès qu'il s'agit de moi, il est prêt à tout. Si je lui disais que Bryan avait repris contact avec moi, il m'enfermerait dans une tour de glace et appellerait les flics.

Je continue de dessiner deux bonnes heures, mes écouteurs sur les oreilles, pendant que Tiago dort à mon côté. Je poste un selfie sur Instagram, avec la silhouette de mon meilleur ami en arrière-plan. Les *likes* et commentaires affluent très vite. J'en fais défiler plusieurs, la boule au ventre.

Il arrive que certains déversent un flot de méchanceté gratuite, comme partout, mais heureusement, la plupart sont bienveillants.

« T'es trop belle ! »

« Oh, tu es au canal Saint-Martin ! J'y étais hier, trop drôle :D »

« J'adore ton tee-shirt »

« Je te préfère les cheveux attachés... »

« C'est qui, le mec derrière ??? »

Je comprends vite que j'aurais dû faire attention avant de poster. Plusieurs personnes commentent en demandant si Tiago est mon petit ami, et si oui, depuis quand. Quelqu'un a ajouté : « Pourquoi vous pensez tout de suite que c'est son copain ? Elle pourrait aussi être gay », ce à quoi quelqu'un a répondu : « Si elle l'était, elle l'aurait dit ».

Mon estomac se tord sur lui-même. Pour la toute première fois, je me rends compte que je n'ai jamais avoué être bisexuelle. Pas parce que j'ai honte – jamais –, mais parce que cela relève de ma vie privée et que le sujet n'est jamais vraiment venu sur le tapis.

Je me rappelle qu'un jour, à peine arrivée à l'ESMOD, une fille m'avait reproché de ne pas l'avoir prévenue plus tôt. Je n'ai jamais compris pourquoi j'aurais dû le faire.

— Les hétéros ne se présentent pas en précisant qu'ils sont hétéros, lui avais-je dit. Pourquoi ce serait différent ?

Après ça, elle m'a évitée. Sa réaction ne m'a ni surprise ni atteinte, mais Violette a vite fait de la virer de son groupe d'amis quand elle est venue la voir pour lui demander « si elle n'avait pas peur de dormir dans la même chambre que moi ».

On ne penserait pas que ce genre de comportement persiste en 2016, et pourtant.

Je ne réponds à aucun commentaire, préférant fermer l'application pour la journée. Mon téléphone vibre dans ma main quand je m'apprête à le reposer.

Jason : J'ai une question.

Moi : Non, tu ne peux pas être Alex dans *Charlie et ses Drôles de Dames*. On en a déjà parlé, Jason.

Jason : Ah, ne recommence pas ! Ce n'est pas à propos de ça, espèce de rabat-joie.

Jason : Est-ce que tu crois que Han Solo aimerait du Nutella sur ses pancakes ?

Il me faut une minute avant de répondre, certaine d'avoir mal lu.

Moi : … qu'est-ce que tu as fait ?
Jason : Rien.
Moi : Est-ce que Han Solo respire toujours ? S'il est par terre sans bouger, ce n'est pas parce qu'il fait une sieste !

Pour me prouver qu'il n'a pas accidentellement assassiné son chat, Jason m'envoie deux photos qui manquent de me faire fondre. Je porte la main à ma bouche pour tenter de faire disparaître mon sourire.

La première photo représente deux assiettes. L'une comporte une pile de pancakes grandeur nature. L'autre, trois pancakes de la taille d'une pièce au chocolat.

Sur la deuxième photo, je peux voir les trois chatons de Jason se pencher sur leur assiette pour dévorer les mini-pancakes.

C'est la chose la plus adorable que j'aie jamais vue.

Jason : Par contre, ils n'ont pas trop l'air d'apprécier le Nutella. Ne le répète pas à Vio.
Moi : T'es complètement dingue.

Depuis que Jason m'a fait jouir dans une rue en pleine nuit, notre relation a pris un tout nouveau tournant. Lorsque nous nous retrouvons en compagnie des Violan, nous faisons semblant de nous détester. C'est plus facile et plus amusant. Cela n'empêche pas Jason de me faire du pied sous la table, ni moi de le toucher « par inadvertance » chaque fois que j'en ai l'occasion.

Dieu sait que je déteste reconnaître mes torts. Mais Jason avait raison ; l'attente décuple le désir de façon invraisemblable. Mon corps brûle d'envie chaque fois que le sien se trouve à proximité. Chaque toucher devient électrisant.

J'ai l'impression d'être vierge à nouveau. Tout me semble nouveau. Jason rend ces choses que j'ai faites des milliers de fois comme si c'était la première.

Mon regard tombe soudain sur le tatouage qui recouvre désormais mon avant-bras. Je fixe la constellation Cassiopée avec la gorge serrée. Contrairement à ce que je pensais, Jason n'est pas autocentré. Il remarque beaucoup de choses... peut-être un peu trop.

Quand je l'ai montré à Tiago, il m'a simplement regardée droit dans les yeux. Dix minutes après, alors que j'avais déjà changé de sujet, il a lancé de but en blanc :

— Tu l'aimes bien ?

Il m'a fallu plusieurs secondes avant de comprendre de qui il parlait. Évidemment, j'ai pris la mouche.

— Oh, je t'en prie. C'est juste pour le cul.

Même si, jusqu'ici, Jason n'a fait que donner sans rien recevoir. Chose qui me fait légèrement culpabiliser.

— Mais je croyais que c'était un pied au lit ?

J'ai haussé une épaule à cette question.

— Je le croyais aussi...

∞

— Tu devrais l'inviter, chuchoté-je à Loan.

Celui-ci continue de couper les poivrons sans répondre, le visage impassible. Je peux toutefois discerner la ligne mécontente de sa bouche.

— C'est son petit ami, persisté-je en m'assurant que Violette, sur le canapé, ne nous prête aucune attention. Elle aimerait qu'il soit là pour son anniversaire.

— Je sais, me coupe-t-il sombrement. Je *vais* l'inviter.

— Alors n'attends pas dix ans. Et bon Dieu, arrête de tirer la gueule. Elle va adorer.

Il me fusille du regard mais je l'ignore pendant que je mets la table. C'est bientôt les vingt ans de Violette. Pour l'occasion, Loan et moi lui organisons une fête surprise. Il ne voulait pas proposer à Clément de se joindre à nous, c'est pourquoi j'insiste.

Si Loan est vraiment amoureux d'elle, il n'a qu'à se bouger le cul. En attendant, elle a enfin trouvé un homme qui la respecte – contrairement à Émilien, qui n'a pas avalé le fait qu'elle soit toujours vierge.

— Tu lui mets la pâtée de sa vie, j'espère, dis-je à ma meilleure amie, qui joue à Mario Kart en compagnie de Jason.

Celui-ci m'adresse un doigt d'honneur sans même me regarder. Je prends la place vide au milieu des deux, carnet en main, et commence à dessiner en réfléchissant aux tissus dont j'aurai besoin. À plusieurs reprises, je sens le regard de Jason dériver sur ce que je fais.

Je fais taire mon traître de corps qui tend les bras vers lui, quémandeur. Ce qui devient très dur quand le sien vacille imperceptiblement vers moi. Son genou effleure soudain le mien et reste là, brûlant à travers son jean. J'en viens à regretter d'avoir mis un short comme pyjama.

Je remarque d'ailleurs qu'il est particulièrement beau, ce soir. Ses cheveux pointent dans des sens différents et sa mâchoire anguleuse est parfaitement rasée. J'ai presque envie de la toucher pour vérifier sa douceur.

— Vio, est-ce que t'aurais de la dentelle perlée ? demandé-je, en ramenant mes genoux sous mon menton.

Elle fronce les sourcils, pensive. Quand Jason crie victoire, le poing vers le haut, elle répond :

— C'est possible. Combien ?

— Environ deux mètres.

Elle grimace mais me promet de jeter un œil. Jason rend la manette à Loan, qui prend Violette sur son dos, et se tourne vers moi. Je fais l'erreur de lui faire face.

Son sourire est carnassier.

— Je mérite un bisou, non ?

Violette rit, le menton posé sur l'épaule de son meilleur ami. Je reste de marbre en raillant :

— Tu mourras avant que mes lèvres se posent sur ta joue, abruti.

— Je pensais plus bas...

Mon regard noir ne fait qu'agrandir son rictus. Loan lui ordonne d'arrêter de m'embêter mais je sais que l'ordre rentre par une oreille et sort de l'autre.

Loan dépose Violette à table comme une princesse. Parce que sinon ce ne serait pas drôle, je finis à côté de Jason. Celui-ci ne cesse de faire des blagues salaces tout au long du dîner. Je me demande si c'est parce qu'il est mal à l'aise. Parfois, sa main se perd entre mes jambes, bien dissimulée sous la table. Parfois, c'est la mienne.

Personne ne s'en rend compte.

Et c'est mieux comme ça.

16

JASON

— Tu t'es fait faire un tatouage ? s'écrie Julie, les yeux grands comme des soucoupes. Mais tu as peur des aiguilles ! Quand tu étais petit, chaque fois que tu avais un vaccin à faire, on devait te jeter dans la voiture en te faisant croire qu'on allait à Disneyland.

Nous longeons la rue de la Sorbonne, côte à côte. Des gars que je connais s'arrêtent pour me saluer. Une fois par mois, Julie insiste pour partager l'une de mes pauses déjeuner. Parce que je suis un petit frère exemplaire et aimant, je dis oui.

— Je sais, j'étais là, bougonné-je. C'est un épisode très traumatique de ma vie. Je ne pourrai plus jamais aller à Disneyland à cause de vous.

— Boo-hoo, se moque-t-elle. Bordel, je n'arrive pas à croire que tu t'es fait tatouer. C'est quoi, et où ?

J'ignore son regard en traversant la route.

— C'était pas mon idée. Tu connais l'adage « Ça ne coûte rien d'être gentil » ? Bah moi ça m'a coûté un putain de Dark Vador sur la fesse droite.

Après un long silence, je me rends compte qu'elle ne me suit plus. Je me tourne alors et la trouve en train d'étouffer un rire dans sa main.

— Pardon. Je ne ris pas, s'excuse-t-elle. Ce n'est pas drôle du tout, vraiment.

Je lui fais signe de laisser tomber et elle éclate de rire, la tête renversée en arrière. Je soupire, résigné. Je vais en entendre parler jusqu'à la fin de mes jours, c'est sûr.

— J'adore cette fille, dit-elle finalement.

— Pourquoi ça ne m'étonne pas ?

Elle me pose ensuite tout un tas de questions sur la douleur. J'évite de lui dire que j'ai tenu la main de Zoé pendant toute l'opération, comme vous vous en doutez. Nous nous posons dans un café près de la fac. Tous les étudiants viennent déjeuner ici, ce qui fait qu'on a du mal à s'entendre parler.

Quand la discussion dérive sur mon avenir, je me renferme légèrement. Je suis prêt à parier que c'est nos parents qui l'envoient.

— C'est important, Jason. Tu finis ton master, et ensuite ? Je sais, me devance-t-elle, tu comptes partir en Australie. Mais pour y faire quoi ?

— Voir le monde.

Son regard me fait lever les yeux au ciel. C'est le même qu'elle avait quand Mathis lui a dit qu'il voulait devenir pirate.

— Je suis pas un gosse, Julie.

— Alors grandis.

— Qu'est-ce que ça veut dire, au juste ? J'ai mes études, un boulot, une voiture, un putain d'appartement sur Paris...

— Ça veut dire : trouve-toi un vrai boulot, une vraie carrière ! Tu as vingt-deux ans et tu ne sais toujours pas ce que tu veux faire de ta vie, Jason. Alors bouge-toi. Tu pourras voyager après.

Je secoue la tête, les lèvres pincées, et plante un regard intense dans le sien.

— Justement, je n'ai *que* vingt-deux ans. Comment vous pouvez me demander de savoir ce que je veux faire de ma vie ? Il n'y a rien de mal à ne pas savoir ! Et je veux pas voyager après, je veux voyager maintenant.

— Jason...

— Fin de la discussion.

Ma voix claque tel un coup de fouet, la faisant taire. Je commence à en avoir marre que l'on veuille me mettre dans une case. Pourquoi continuent-ils à me faire comprendre que je ne suis pas comme eux ?

À croire que je ne le sais pas déjà.

Nous finissons de manger et la discussion devient plus légère. Julie me parle de Mathis et des progrès qu'il fait à l'école tandis que je me plains de mon mémoire à rendre.

Notre conversation me hante le reste de la journée. J'écoute le discours soporifique de mes profs, distrait. Très vite, mon esprit se heurte au souvenir de Zoé. À sa bouche entrouverte et à ses sourires secrets. Je coule un regard vers ma montre et lui envoie un texto via mon ordinateur.

Moi : Ton corps me manque.

Zoé : Arrête.

Moi : Pourquoi ?

Zoé : Parce que je suis en cours et que je n'ai pas envie de penser à toi en public.

Moi : Il t'arrive de penser à moi en privé ?

Elle met quelques minutes à répondre, comme si elle hésitait à se confesser.

Zoé : Oui.

Mon cœur s'emballe stupidement. Je l'imagine allongée sur son lit en pensant à moi... seule...

Moi : Quand tu te touches ?
Zoé : Oui.

Ma respiration se fait plus lourde. Bordel. L'imaginer jouir sous ses doigts en pensant à moi ne m'aide pas du tout. Un œil sur ma montre m'apprend qu'elle termine dans une demi-heure. Je range mes affaires sur un coup de tête et quitte l'amphithéâtre à grandes enjambées. Sur le trajet, je poursuis :

Moi : Qu'est-ce que tu portes ?
Zoé : Je ne suis pas nue, Jason.
Moi : Pas encore. Qu'est-ce que tu portes ?
Zoé : Une salopette jupe et mes cuissardes en daim.

Je jure dans ma barbe en entrant dans le métro. J'ai bien fait de ne pas prendre ma voiture aujourd'hui.

Moi : Putain, Zoé... Maintenant je t'imagine penchée sur ma table à manger, ta salopette retroussée sur tes hanches et mes mains dans tes cheveux.
Zoé : Tu me pervertis, Jason.
Moi : Il n'y a rien de mal à ça, mon cœur.

Je pense un instant à refroidir la conversation, sentant l'excitation monter dangereusement en moi. Si elle savait que je pense à elle chaque fois que je me fais plaisir... Ce matin même, dans la douche, elle était avec moi en pensée. Cette fille m'obsède. Et pas seulement sexuellement. Je pense à elle quand je vois une publicité Valentino, je pense à elle quand je suis en retard à un rendez-vous, je pense à elle absolument *tout le temps.*

Zoé : On se voit quand ?

Je souris en imaginant sa tête quand elle verra que je l'attends à la sortie de l'ESMOD. Je passe à la pâtisserie avant, la tête emplie d'idées trop honteuses pour être avouées. Je réponds « Très vite » à son message, patientant au coin de la rue. Je ne veux pas risquer de croiser Violette.

Quand une horde d'élèves sort des grandes portes, je me redresse pour tenter de l'intercepter. Elle se démarque tout de suite des autres, avec ses cheveux roses et son regard meurtrier.

Dieu merci, elle n'est pas en compagnie de sa meilleure amie. Je m'avance donc avec nonchalance, un sourire aux lèvres. Quand ses yeux croisent enfin les miens, je vois la surprise se peindre délicieusement sur ses traits.

— Tu as passé une bonne journée ? demandé-je posément, en lui embrassant la joue, une main enroulant sa taille.

— Euh... oui. Qu'est-ce que tu fais là ?

— J'ai fini plus tôt, mens-je. J'ai pensé qu'on pourrait aller manger quelque chose pendant qu'il fait encore jour. Tiens, c'est pour toi.

Elle baisse les yeux sur la boîte que je lui tends, puis l'ouvre. Un muffin à la myrtille l'attend, ce qui la fait sourire malgré elle.

— Tu as de la chance, je n'ai rien d'autre à faire. Ah et... merci.

Si je vibre chaque fois qu'elle me frôle, notre précédente conversation n'a pas l'air de l'avoir ébranlée.

Ou alors, c'est une très bonne actrice. Elle ne touche pas non plus à son muffin, ce qui m'interpelle le temps d'une seconde seulement.

Je l'emmène dans un restaurant du 10e arrondissement où ils servent les meilleures bavettes de la ville. Le temps d'y arriver, la nuit s'est couchée sur Paris.

En mangeant, Zoé me raconte avec passion ce qu'elle a prévu de coudre pour son projet final et je l'écoute attentivement. Je repense à Julie, et le temps d'un instant, je regrette de ne pas avoir une passion, moi aussi. Longtemps, j'ai cru que cela signifiait que je n'avais aucune personnalité. Puis j'ai découvert les voyages.

Voir le monde. La voilà, ma passion. Et tant pis si elle ne me permet pas d'en vivre.

— C'est beaucoup de travail, mais ça vaut le coup.

— Tu vas y arriver, j'en suis certain. Et si tu as besoin de conseils ou de tissus, dis-moi. Ma mère pourrait t'aider.

Elle me jette un coup d'œil sceptique.

— Je ne suis pas sûre que ta mère ait envie de rencontrer la fille avec qui tu couches.

— Techniquement, on ne couche pas encore ensemble. Ou alors j'ai raté ça. Rassure-moi, c'était bien, au moins ?

Elle me lance un regard blasé, l'air de dire : « Tu sais très bien de quoi je parle ». Je hausse une épaule, désinvolte. L'offre a été posée, elle en fera ce qu'elle voudra. Je m'essuie la bouche avec ma serviette, quand elle lance de but en blanc :

— Tu n'as jamais ramené de fille chez toi ? Des petites amies, je veux dire.

— Bien sûr que si. Quand j'étais plus jeune, je tombais amoureux à chaque coin de rue.

Le fantôme d'un sourire plane sur ses lèvres douces. Le mien s'élargit tandis qu'elle dit :

— Je suppose que tu ne craquais que pour les jolies filles ?

— Pas forcément. Mais elles étaient toutes jolies pour moi.

Elle me fixe sans rien dire. Je lui explique alors que j'étais un vrai tombeur, mais que je n'étais pas un connard. J'étais toujours gentil. Et le pire, c'est que je pensais toujours être fou amoureux. J'étais la propre victime de mon cœur.

— Qu'est-ce qui s'est passé ?

Je finis de mâcher, les coudes sur la table.

— L'histoire classique : ma copine de classe de terminale m'a trompé avec un mec plus âgé, un étudiant en médecine. Elle m'a plaqué peu après ça, prétendant qu'elle était trop mature pour moi. Alors, non, ça ne m'a pas brisé le cœur, mais j'ai eu un déclic... je me suis dit : « Comment je pourrais être amoureux d'une fille qui me traite comme de la merde ? ». Alors j'ai abaissé mes attentes, et j'ai décidé de préserver tout ce que j'ai à offrir pour quelqu'un qui le mérite. Je ne baise pas à droite à gauche parce que je suis fâché avec l'amour, juste parce que c'est ce qui me convient pour le moment.

Le silence tombe sur nos deux corps. Il est impossible de savoir ce qu'elle pense, son visage est un mur en béton armé. Finalement, elle pose son verre et se penche vers moi, le front plissé. Elle me regarde comme si elle ne m'avait jamais vu avant.

— C'est drôle, murmure-t-elle. On ne s'attend pas à ça quand on passe seulement quelques minutes avec toi.

— Ah non ?

— Non. Tu es une vraie Pretty Woman, en fait.

Je ris, en me penchant vers elle à mon tour. Sa bouche est à quelques centimètres seulement.

— C'est toi qui portes les cuissardes, je te signale.

— Peut-être qu'il va falloir interdire les baisers sur la bouche, à partir de maintenant. C'est trop... intime, finit-elle quand mes yeux se posent sur ses lèvres.

La tension est insupportable. Des volutes de désir lèchent chacune de mes entrailles tandis que je relève le regard et me penche pour souffler :

— Sûrement pas.

Ma bouche se pose sur la sienne, aussi légère qu'une plume. Zoé se laisse faire, si bien que je passe lentement ma main derrière son oreille, mon pouce sur la ligne de sa mâchoire. Sa peau est si douce, si fragile... si pâle, comparée à la couleur brune de la mienne.

Ma langue trace le contour de ses lèvres, lui demandant le passage. Puis je chuchote soudain :

— J'espère que tu cours vite.

Elle s'immobilise sans comprendre, son visage toujours près du mien.

— Quoi ?

— Tu as promis de faire quelque chose d'illégal sur ta liste. J'ai trouvé.

Il lui faut trois bonnes secondes avant d'écarquiller les yeux. Je raffermis ma prise sur sa nuque, les yeux dans les yeux. Vu sa réaction, ce sera la première fois qu'elle part sans payer.

— Je vais pas te forcer, la rassuré-je, en lui caressant la joue. Si tu ne veux pas, je paie.

Un battement de cœur.

Deux battements de cœur.

Trois...

— OK.

Je lui souris et lui dis de rassembler discrètement ses affaires. Je m'adosse contre mon dossier pendant qu'elle le fait, la mine très calme. Les serveurs ne font pas attention à nous, trop occupés à courir de table en table.

Ça va être du gâteau.

Je demande à Zoé si elle est prête, elle acquiesce.

— Je vais compter, et à trois, tu cours aussi vite que tu le peux vers la sortie. D'accord ? Une fois dehors, on tourne à droite, puis à gauche. Facile.

Elle opine à nouveau, prête à déguerpir. Je garde mon sourire pour moi-même en faisant le décompte.

— 1... 2... 3 !

Nous nous élançons comme un seul homme vers la sortie. Zoé passe avant moi et zigzague entre les tables, ce qui me fait sourire comme un idiot. Les gens nous regardent avec stupéfaction mais je n'y prête pas attention.

Une fois dehors, je m'empare de sa main et me mets à cavaler. Elle fait de même en riant comme une folle. C'est plus fort que moi, je ris à mon tour. Le pire, c'est qu'il commence à pleuvoir. Certains passants se retournent sur notre passage, l'un d'eux nous insulte, mais nous continuons coûte que coûte.

Lorsque nous sommes très loin du restaurant, je la pousse à s'arrêter. Sa respiration est haletante, tout comme la mienne, mais elle a le plus grand sourire du monde sur le visage.

— Oh mon Dieu, s'esclaffe-t-elle, les mains sur ses genoux. J'avais jamais fait un truc aussi taré !

Je m'approche et lui saisis le menton pour l'embrasser à pleine bouche. Notre baiser n'a aucun sens. Sauvage, féroce, incontrôlable. Quand je me recule enfin, les mains jointes dans son dos, je me félicite.

Elle ne saura jamais que j'ai déposé un billet de cinquante euros sur la table avant de déguerpir.

Le principal, c'est qu'elle croie avoir fait quelque chose d'illégal.

— C'était génial.

— C'est ce qu'elles disent toutes, plaisanté-je, en rejetant une mèche de ses cheveux.

Elle roule des yeux en me repoussant, amusée. Nous reprenons alors notre chemin, l'air de rien, jusqu'à ce que la bruine se transforme en pluie torrentielle. Les Parisiens courent et s'abritent sous les bâches des brasseries.

Je m'apprête à faire pareil quand je remarque l'absence de Zoé. Elle s'est arrêtée quelques mètres plus tôt. Immobile au milieu du trottoir, elle lève les mains devant elles, paumes vers le ciel, et ouvre la bouche pour capturer les gouttes d'eau.

— Qu'est-ce que tu fais ? dis-je, en m'approchant.

Ses cils sont pris au piège par une toile de pluie, rendant ses yeux bleus plus brillants encore, et ses cheveux dégoulinent sur ses minces épaules. Elle est resplendissante.

— J'adore la pluie.

C'est tout. Elle reste là au milieu du trottoir, trempée jusqu'aux os, parce qu'elle « aime la pluie ». Une idée me vient soudain en tête. Je lui fais signe d'attendre et sors mon téléphone.

« You Found Me » de The Fray retentit, puis je range le téléphone dans la poche de ma veste. Le son est assez fort pour qu'on continue de l'entendre.

— Danse avec moi, murmuré-je doucement, la main tendue.

Zoé se mord la lèvre, une goutte perlant le long de son menton. Je résiste à l'envie de l'attraper avec ma langue.

— Sur ta musique de merde ? Sûrement pas, blague-t-elle.

Je souris de plus belle, mes mains sur ses reins. Ma bouche se frotte tendrement à son oreille quand je la supplie :

— Danse avec moi, Zoé.

Et cette fois, c'est ce qu'elle fait. Parce qu'elle en a envie ou parce que c'est sur sa liste, je ne sais pas. Je m'en fiche. Je colle mon front au sien, mon nez caressant son nez, et ferme les yeux en la guidant.

Ses mains se glissent sous mon pull, si froides et mouillées que je tressaille, et se posent dans mon dos. Je ne veux plus bouger. Plus jamais. Encore moins lorsque ses lèvres mémorisent la courbe de mon menton, descendant le long de mon cou.

Lorsqu'elles se referment sur mon lobe, je la serre plus fort.

— Zoé...

Elle m'embrasse pour me faire taire, et ça marche. Je ne fais même plus attention à la pluie qui s'abat sur nous et trempe nos vêtements. Je nc veux plus attendre. C'était une erreur. J'ai trop envie d'elle.

C'est ce que je m'apprête à lui dire quand son téléphone sonne. Aucun de nous ne bouge, au début. Puis elle s'excuse et extrait son portable pour regarder qui l'appelle.

Elle le baisse presque immédiatement pour s'assurer que je n'ai rien vu, le teint livide. Elle prétend qu'il s'agit de Violette et je lui souris en éteignant la musique.

Le moment est passé.

Je sais qu'elle ment. Je le sais car j'ai vu le prénom s'afficher sur l'écran.

Bryan.

Je la ramène en agissant normalement. Néanmoins, une étrange jalousie stupide m'étreint la poitrine une fois seul. Je ne sais pas qui est ce Bryan, mais j'ai déjà entendu ce prénom quelque part.

Je crains juste de me souvenir.

17

ZOÉ

C'est le jour J. Les vingt ans de Violette.

La fête surprise en question est censée se dérouler ce soir à l'appart'. On a même fait venir certains de ses amis du Jura. Tout ce qu'il faut faire, désormais, c'est la virer de l'appartement pour la journée, le temps de tout préparer.

C'est Loan qui nous réveille en entrant dans la chambre, un plateau en main. Je sais que le petit déjeuner qu'il a préparé avec amour n'est pas pour moi, mais cela n'empêche pas mon estomac de crier famine.

Je le fais taire aussitôt.

— Si vous avez vingt ans aujourd'hui, levez la main !

Violette et moi grognons à l'unisson. Je ne bouge pas, la tête sous mon oreiller. Il est beaucoup trop tôt pour parler si fort. Quelle heure il est, pour commencer ?

Ils discutent un moment, jusqu'à ce que Loan lui fasse croire qu'on n'a pas l'intention de fêter son anniversaire. Je sens presque sa nervosité d'ici. Il déteste quand Violette lui fait la tête – ce qui arrive rarement.

— Je dois passer à la caserne aujourd'hui, mais on se commandera chinois ce soir, OK ?

Je devine au silence de ma meilleure amie qu'elle est déçue. J'émerge, les yeux à moitié endormis, et leur intime de parler plus doucement. Quand Loan s'en va en lui souhaitant bonne journée, Violette avale son petit déjeuner en deux temps trois mouvements. La manière dont elle plante sa fourchette dans sa salade de fruits me fait presque peur. *Oh, elle est furieuse.*

Je souris, parce qu'elle ressemble à un petit chaton en colère et que c'est plus mignon qu'autre chose.

— Joyeux anniversaire, lui dis-je doucement, la joue sur le matelas. Je t'aime, Vio.

Son expression s'adoucit automatiquement. Elle se débarrasse de sa couverture et vient s'emmitoufler dans la mienne, le visage dans mon épaule. Je l'étreins chaudement, le menton posé sur ses cheveux blonds.

— Il n'a rien prévu pour moi, souffle-t-elle, au bord des larmes. J'essaie de ne pas être déçue, mais c'est dur. J'attendais qu'il le fasse...

Je me sens tellement mal que je manque de tout lui déballer. À la place, je lui offre un sourire rassurant. Je me rends compte que je la délaisse, depuis quelque temps, et ça me fait mal.

— Il se rattrapera, il le fait toujours. Et puis, tu vas passer la journée avec Clément !

Elle hoche la tête en baissant les yeux. Nous restons encore quelques secondes dans cette position, puis elle se prépare avant de partir. La journée passe à une vitesse impressionnante. Loan prétend devoir préparer le cadeau de Violette, dont je ne connais pas les détails, si bien que je me sacrifie pour faire les courses.

J'ai proposé à Jason de m'accompagner, hier, mais il m'a répondu ne pas pouvoir ; c'est sa journée spécial Mathis. Nous ne nous sommes pas beaucoup parlé depuis qu'il est venu me chercher à l'ESMOD. La seule fois où l'on a échangé des textos, c'était un soir très tard.

Il m'a redemandé ce que je portais tandis que je gisais seule sur mon lit, musique dans les oreilles. Quand j'ai répondu « Rien du tout », ce qui était évidemment faux, il m'a demandé une preuve.

S'est ensuivie une série de *nudes* insensés. Je n'aime pas le concept, j'ai toujours refusé de partager des photos de mon anatomie quand la personne peut venir me voir en chair et en os s'il le souhaite. C'est pourquoi j'ai décidé de réinventer le concept des *nudes.*

Pour la première, il s'agissait de mon coude. Ce à quoi il a répondu : « Sexy... ».

La deuxième représentait mon genou. Sa réponse : « Trop sexy ».

Puisque ça m'a fait rire, j'ai continué avec une photo de mes pieds, lui demandant si cela l'excitait. « Putain de sexy oiuhgjdfkfljzhdj ! » a été sa réaction.

Je ne vais pas mentir, Jason me fait du bien. C'est drôle car nous n'avons même pas encore couché ensemble, pas depuis cette première fois chaotique. Et pourtant, il me fait sentir plus désirable que jamais. La preuve, même mes crises se sont calmées – de toute façon, ce n'était qu'une petite rechute, rien de grave.

Mais après cet échange, plus rien. Silence radio. Ce qui n'est pas plus mal étant donné l'angoisse dans laquelle je suis plongée depuis quelques jours.

Bryan m'a appelée. Plusieurs fois. Je n'ai répondu à aucun de ses messages, déterminée à l'éviter. Le problème, c'est que je stresse. Il ne connaît pas mon adresse, mais mon frère est tenace. S'il veut me trouver, il me trouvera.

Et je sais très bien ce qu'il veut.

Clément : Je suis avec Violette. À quelle heure on rentre, ce soir ?

Je lui réponds de revenir vers dix-neuf heures, en me garant devant le supermarché. Mardi soir, j'ai profité que Violette soit dans la douche pour piquer le numéro de Clément. Il fallait bien qu'il soit dans le coup, lui aussi. Je mentirais si je disais ne pas être curieuse de le rencontrer. Je l'avoue, j'ai surtout hâte de voir la tête de Loan en les voyant ensemble. Jason et moi avons parié. Je suis certaine qu'il menacera Clément dans l'heure qui suit son arrivée.

Jason parie sur la demi-heure qui suit.

∞

Nous sommes une cinquantaine dans l'appart', ce qui est énorme. Même Loan ne pensait pas avoir invité autant de monde. En rentrant des courses, ce midi, je l'ai aidé à décorer le salon en conséquence.

Jason est quant à lui arrivé en début de soirée, en compagnie d'Ethan et de sa petite amie Ophélie. Je prends un malin plaisir à l'éviter et il fait de même. Mon portable vibre plusieurs fois dans ma poche. Puisqu'il pourrait s'agir de Clément, j'y jette un œil.

Bryan : Da, réponds-moi. C'est important.

Bryan : Je déteste quand tu fais ça, putain !!!! Merci de me rayer totalement de ta vie, ça fait plaisir. Je te donne tout et c'est comme ça que tu me remercies. Un jour je vais me foutre en l'air et tu l'auras sur la conscience.

Clément : On arrive dans cinq minutes.

Je verrouille mon téléphone, la boule au ventre, et répète le dernier message à tout le monde. Ce faisant, je constate que Jason se tient plus près de moi. Je me tourne vers lui en lui conseillant de reculer de quelques mètres. Il sourit devant le regard scrutateur de Loan.

— Tu sais que tu es sexy quand tu fulmines ?

— Répète que je suis sexy et je te castre.

Les deux garçons froncent les sourcils en faisant la moue. Je croise les bras sur ma poitrine tandis que Jason se plaint :

— Qu'est-ce que vous avez toutes, les meufs, à vouloir vous attaquer à notre engin ? Prenez autre chose !

— Forcément, c'est le seul truc dont vous vous vantez H24. On sait que vous y tenez.

Peu après, nous entendons un bruit suspect de l'autre côté du mur. Tout le monde se tait, les yeux rivés sur la porte d'entrée. La main de Jason s'enroule à la mienne quand Violette entre enfin.

— SURPRISE !

Ma meilleure amie sursaute, les yeux ronds... puis fond en larmes. L'immense sourire de Jason disparaît et il soupire, exaspéré :

— C'est jamais une bonne idée, les fêtes surprises.

En effet. Je grimace en regardant Loan la prendre dans ses bras. Il ne manque plus qu'il se mette à pleurer à son tour. Super soirée en perspective.

Violette fait la bise à tout le monde, souriant à travers ses pleurs. Quand vient mon tour, je la serre plus longtemps que les autres. Elle me murmure un « Je t'aime aussi » que je garde près de mon cœur, puis elle fonce dans les bras puissants de Jason.

Celui-ci lui ébouriffe les cheveux en lui souhaitant un joyeux anniversaire. Au loin, j'aperçois Loan et Clément côte à côte. Je donne un coup de coude dans le flanc de Jason.

— Oh putain, rit-il, le poing contre sa bouche.

Ledit Clément est plutôt mignon ; blond et élancé, exactement comme Violette me l'a décrit. Les deux hommes parlent à voix basse, raides comme des piquets.

Loan finit par dire quelque chose, les yeux droit dans les yeux de Clément, et s'en va.

— J'ai gagné haut la main, dit Jason, hilare. Même pas dix minutes après qu'il est arrivé, pauvre gars.

— J'ai pas d'argent sur moi, bougonné-je.

Il fait danser ses sourcils, sa bouche tout près de la mienne.

— Tu pourras toujours me payer plus tard... en nature.

Je lui donne un coup dans l'épaule et il s'en va en riant.

Nous restons à l'écart l'un de l'autre une bonne partie de la soirée. Je laisse Violette profiter de ses amis d'enfance, allant m'asseoir avec Chloé et Alexandra. Il y a tellement de monde que l'on s'entend à peine. Ophélie ne tarde pas à nous rejoindre, timide.

Je discute avec elle de longues minutes. Habituellement, je suis assez méfiante à l'idée de rencontrer de nouvelles personnes. Mais Ophélie me met à l'aise tout de suite. Elle est rayonnante et incroyablement intelligente. À foutre des complexes.

— Ethan est un petit chanceux, lui dis-je en lui serrant la main. Bienvenue dans la bande, Ophélie.

— Je le lui rappellerai, plaisante-t-elle, avant d'aller le retrouver.

En la regardant partir, j'aperçois Jason en compagnie d'un groupe de filles, lequel semble raconter quelque chose d'hilarant car elles s'esclaffent toutes au même moment. Il s'amuse comme un fou. Je vois son regard se balader entre elles, appréciateur. Quand il tombe enfin sur moi, il m'offre un clin d'œil irrésistible.

Son comportement ne m'énerve pas, au contraire. Il m'amuse.

Jason : Qu'est-ce que tu fais, toute seule, sur le canapé ?
Moi : Je t'observe faire des blagues salaces aux jolies filles. C'est très enrichissant. On pourrait même en faire une étude anthropologique.
Jason : Pourquoi tu ne te joins pas à nous ?
Moi : Pourquoi je le devrais ?
Jason : On ne laisse pas Bébé dans un coin.

Je souris contre mon gré. Au moment où il s'apprête à me rejoindre, Loan l'aborde, une main sur son épaule. Il grimace dans ma direction et se rassoit aux côtés d'Ethan. J'imagine que ce sera pour une autre fois... Les trois hommes parlent entre eux tandis que je mange tout ce qui me passe sous la main.

Après deux semaines à faire attention, je n'ai fait que ça de la journée. Grignoter. C'est à cause de Bryan, je le sais. Je mange dès que je me sens minable, et cela arrive à peu près chaque fois que je lis ou entends son prénom.

Jason : RDV dans ta chambre. 5 minutes.

Je secoue la tête, l'air détaché. Je ne suis pas d'humeur à flirter. Jason ne semble pas d'accord car il soutient mon regard malgré la présence de ses amis. Jusqu'à ce que Loan lance quelque chose qui retienne son attention. Il écarquille alors les yeux et oublie ma présence. J'en profite pour jeter un œil autour de moi... Personne ne fait attention. J'aurais tout aussi bien pu être invisible.

Je ne réussis même pas à sourire quand Violette et Clément entament une danse endiablée au milieu du salon.

J'ai l'estomac lourd et le sucre collant qui saupoudre mes doigts me dégoûte. J'ai trop mangé.

— Tu danses ? retentit une voix derrière moi.

Je me retourne et tombe sur la main tendue de Loan. Celui-ci m'accorde un sourire craquant. Je suis sur le point de refuser, quand je remarque son regard sur Violette, qui danse et rit avec Clément.

— OK, concédé-je. Mais si tu m'écrases les pieds, je sais où t'habites.

Il esquisse un rictus complice avant de me faire tourner. Finalement, c'est plutôt amusant. Je suis consciente du regard de Jason rivé sur mon dos, si bien que je me force à sourire. Au bout de dix minutes, je prétexte une envie de faire pipi et réussis à m'éclipser incognito. Je m'enferme dans la salle de bain et me poste devant le miroir, laissant couler l'eau froide.

Je me fige lorsque mes yeux peinent à me reconnaître. Je réalise seulement maintenant que je ne me suis pas regardée dans un miroir depuis longtemps. La racine de mes cheveux recommence à blondir et ma peau est plus pâle que le mois dernier. Mes joues sont creusées et saillantes, tout comme mon nez. J'ai maigri. Beaucoup. Alors que pendant tout ce temps, je pensais grossir.

Je suis soudain dégoûtée de moi-même. Ma respiration s'accélère et mon pouls s'affole. Je regrette tout ce que j'ai mangé ce soir. *Je suis en train de mettre tous mes efforts à la poubelle, mais quelle idiote je fais !*

Je jette un œil au reste de la pièce, la nausée me prenant la gorge. Il ne me faut pas plus d'une seconde pour prendre ma décision et m'agenouiller devant la cuvette des toilettes. J'ai beau ne pas avoir fait ça depuis des années, les habitudes sont toujours là. Je repousse mes cheveux derrière mes oreilles et me penche vers l'avant tout en enfonçant un doigt dans le fond de ma gorge.

Rien ne vient, si ce n'est des larmes dégoulinant sur mes joues.

Je me déteste, je me déteste, je me déteste.

Mais au moins, je serai belle.

Un haut-le-cœur secoue mes épaules à plusieurs reprises, mais rien ne vient. Mes mains tremblent, mes genoux me font mal. Mon doigt s'aventure plus loin et...

— Zoé ?

Je sursaute si fort que je tombe sur le côté.

— Tout va bien ?

Merde, répété-je en boucle dans ma tête. Je me relève, tire la chasse d'eau puis me rince la bouche avant d'essuyer les larmes qui noient mon visage. Jason attend derrière la porte, me demandant de lui répondre. Quand je lui ouvre, je sais très bien de quoi j'ai l'air. Il n'y a qu'à voir l'inquiétude peinte sur ses traits.

— Qu'est-ce qui se passe ?

— On n'a plus le droit de pisser tranquille, dans cette maison ?

Il fronce les sourcils, jetant un œil à la pièce derrière mon épaule. Mon cœur manque un battement. Il a l'air confus.

— Je croyais... enfin, rien. Laisse tomber.

Sur ce, il pose les mains sur mes hanches et dépose un baiser à l'endroit où mon épaule rencontre mon cou. Je frissonne sans pouvoir m'en empêcher.

— Tu as abandonné ta horde de fans ?

— Jalouse ? sourit-il à nouveau, son nez caressant ma gorge diaphane.

— Tu rêves.

Je sens son rire se répercuter sur ma peau. Si seulement j'étais assez courageuse pour dire à voix haute que j'ai un problème... Je l'ai fait une fois, à mes dix-sept ans. Sarah m'a ouvert les yeux sur cette maladie qu'on appelle boulimie. Quand j'en ai parlé à ma mère, elle m'a répondu que je devais simplement faire un régime et aller courir le week-end.

Je me suis battue toute seule avec Sarah. Je voyais la psychologue du lycée toutes les semaines. Jusqu'à ce que, finalement, cela s'arrête. J'ai toujours eu un rapport d'attraction et de répulsion avec la nourriture, mais j'avais arrêté de me flageller pour chaque calorie ingurgitée.

Jusqu'au retour de Bryan.

— À quoi tu penses ? chuchote Jason contre ma bouche.

Je le fixe à travers mes cils. Si beau, si patient et si drôle. Et dans ma tête je lui réponds : « Je donne l'impression de savoir ce que je fais. Mais la vérité, c'est que ma vie m'échappe. »

Je m'apprête à le lui dire quand une voix ferme nous fait sursauter :

— Non mais c'est une blague !

Nous nous tournons précipitamment vers la voix en question, pris sur le fait. Ethan est planté devant nous, l'expression désapprobatrice. Je m'éloigne de Jason, les bras croisés. Il ne manquait plus que ça.

— Vous devriez avoir honte, commence notre ami, un doigt pointé sur nous. Vous bécoter dans les couloirs, comme des voleurs.

— Oh ça va, t'étais au courant, dit Jason. Et on ne se bécotait pas... encore.

— Pardon ?! m'écrié-je en frappant le bras de Jason. Tu le lui as dit ! On avait un deal.

— J'avais besoin de conseils ! se défend-il.

— Vous êtes de vrais dépravés...

— Tu viens de me casser mon coup, mec. Merci.

Jason brandit un doigt d'honneur en face d'Ethan, puis il se tourne pour m'embrasser durement. Je ne sais toujours pas comment réagir, alors je ne bouge pas.

— Cette fois, ce n'est pas ma faute.

Puis il disparaît, un sourire joueur incurvant les coins de sa bouche.

18

ZOÉ

Tous les matins, je me réveille avec les tronches de Loan et Violette sous les yeux.

En effet, ce premier lui a concocté un cadeau d'anniversaire très spécial : il a recouvert le plafond de notre chambre avec des photos d'eux. Ce qui est, en un sens, romantique. Sauf qu'il a dû oublier que je dormais là, moi aussi.

Je suis en train de peaufiner mes derniers dessins, installée dans le canapé, quand je reçois un texto.

Jason : J'ai une soirée super importante, bientôt, un truc qu'organisent mes parents impliquant collègues et amis soporifiques. J'ai besoin de conseils niveau fringues.

Moi : Tu as frappé à la bonne porte.

Il m'envoie tout de suite deux photos. Sur la première, il porte une chemise blanche dont les premiers boutons sont restés ouverts, un pantalon gris à fines rayures qui s'arrête au-dessus des chevilles ainsi qu'une paire de tennis blanches. C'est vraiment pas mal ; classe et décontracté.

Sur la deuxième, Jason est vêtu d'un costume fermé avec cravate. Plus conventionnel, mais toujours diablement sexy. Il ajoute aux photos : « Quelle tenue me rend le plus cool ? Soit on est sur du Charlie Heaton, soit sur du Colin Firth. »

Moi : Ça dépend. Qui tu veux être ?

Jason : … Je suppose que Colin est plus cool que Charlie.

Moi : Alors choisis la deuxième tenue, princesse.

À cela, il m'envoie quand même une photo de Charlie Heaton ; regard de braise, cheveux en épis et chemise ouverte rentrée dans un pantalon à carreaux. Je ricane dans ma barbe.

Moi : Tu ne seras jamais aussi sexy.

Jason : Je sais.

Alors que je pense la conversation terminée, il me demande de l'accompagner aux Galeries Lafayette pour acheter des boutons de manchette. Je lui dis qu'il peut se débrouiller seul mais il insiste, sous prétexte que c'est « très important » et que je suis la personne idéale pour ce genre de choses.

Parce que je ne fuis jamais l'appel de la mode, j'accepte. Je monte dans sa voiture trente minutes plus tard, habillée d'un jean destroy et d'un pull crop-top. Jason démarre aussitôt, me complimentant sur mon choix.

— Alors, c'est quoi, cette soirée super « importante » ?

— Rien d'intéressant, répond-il vaguement. J'aime juste être le plus beau.

— Cela va sans dire.

Mon regard suspicieux lui décroche un sourire insolent. Nous arrivons rapidement aux Galeries Lafayette. Il me tient la portière de la voiture quand je sors et entoure mes épaules de son bras tandis que nous passons les portes.

Jason sait tout de suite où aller, ce qui me fait sourire intérieurement. Étrangement, cela m'excite aussi. Un homme qui sait s'habiller, qui connaît ses goûts et ce qui lui va ou pas, c'est terriblement séduisant.

— Qu'est-ce que tu penses de celles-ci ? me demande-t-il sans me lâcher, les yeux rivés sur une paire de boutons S.T. Dupont.

Je pince les lèvres devant le prix exorbitant de la pièce. Au fond de moi, je le déteste pour être capable de dépenser deux cent quarante euros pour des boutons sans cligner des yeux.

— J'aime bien les carrés, dis-je. En noir.

— Mais ma veste l'est déjà.

— Justement. Avec le contour en argent et le remplissage sombre, ça fait classe.

Il hoche la tête en considérant la question, puis demande à les essayer. Je remarque qu'il a ramené la veste en question, posée sur son bras. Parfois, j'oublie qu'il a autant d'argent. C'est si facile. Quand on ne le connaît pas, on ne le croirait jamais. Je ne suis même pas sûre que Violette soit au courant, sinon quoi elle se serait empressée de relayer l'information.

Il essaye les boutons comme un pro, puis se tourne vers moi. Son regard est interrogateur.

— J'aime beaucoup. Très Colin Firth, confirmé-je.

Il sourit à nouveau et se tourne vers la vendeuse pour lui dire qu'il les prend. Je lui demande si c'est sa mère qui insiste pour qu'il soit impeccable.

— Non, pas vraiment. Ma mère s'en fiche, même si elle apprécie toujours les efforts fournis. C'est plutôt mon père, qui est intransigeant. Après tout, il travaille dans la mode, dit-il en m'adressant un clin d'œil.

Je n'ai pas le temps d'approfondir le sujet. Il remercie la vendeuse d'un air charmeur et m'entraîne à sa suite, son sac à la main.

— Où tu vas ?

— Tant qu'on est là, autant faire quelques essayages, s'explique-t-il en approchant la boutique Burberry.

Je comprends où il veut en venir lorsque j'aperçois les robes et autres coupes féminines. Les boutons de manchette n'étaient qu'un prétexte – ou presque. Il voulait simplement m'emmener faire du shopping.

Je reste plantée sur mes pieds et le fusille du regard.

— Je n'ai pas les moyens de « faire des essayages » dans ce genre d'endroit.

— Depuis quand essayer des fringues signifie dépenser de l'argent ?

Il n'attend pas ma réponse et part faire un tour. Je sais pertinemment que je ne suis pas obligée d'acheter quoi que ce soit. Il s'agit juste d'essayer. Et pourtant, comment puis-je prendre plaisir à essayer un vêtement que je ne peux pas m'offrir ?

Toute pensée logique s'envole au moment où mes yeux tombent sur une robe vintage en satin. Je m'approche et caresse le tissu du bout des doigts. J'imagine la robe glisser contre ma peau et j'en ai presque des frissons.

Comme prévu, je finis par me prendre au jeu.

— Rappelle-toi, me chuchote Jason. On est un couple de jeunes mariés blindés aux as. Tu es une accro au shopping et je t'offre tout ce que tu veux pour compenser mon infidélité.

Cet homme est impossible.

Lorsque je vais essayer quelques tenues en cabine, Jason m'attend sagement sur un siège qui traîne là, toujours en train de discuter avec quelqu'un – en particulier des vieilles dames riches. Il leur donne des conseils sur les dernières tendances ainsi que sur leurs maris qui les délaissent.

En essayant une combinaison en velours, je l'entends derrière le rideau raconter à l'une d'elles que nous nous sommes mariés sur une plage hawaïenne.

— Nos amis nous appellent les Zason, dit-il en prononçant le s comme un z.

Je lève les yeux au ciel et sors de la cabine.

— Personne ne nous appelle comme ça, mec.

— Pas encore, rectifie-t-il en se relevant, un tissu rouge dans la main. Bon sang, ce que tu peux être pessimiste !

Les vieilles dames me sourient avant de partir et Jason les salue : « Au revoir, Susanne. Et ne laissez pas vos petits-enfants ingrats vous plumer ! » avant de se tourner vers moi, le doigt jouant avec l'une de mes bretelles.

— J'aime beaucoup ceci, au passage.

Je baisse un œil sur la combinaison noire décolletée, tournant le dos au miroir. Je n'ai pas besoin de m'admirer pour savoir qu'elle me boudine. C'est toujours le cas avec les vêtements une pièce ; je ne sais pas pourquoi je persiste.

— Pas moi. Je suis grosse, dedans.

Ses sourcils se froncent, adoptant un air surpris et confus, puis il retrouve un air impassible.

— Grosse ?

Je soupire.

— Oublie. J'ai pas dit ça pour que tu me contredises.

— Je m'en bats les couilles, que t'aies pas dit ça pour que je te contredise, me coupe-t-il d'une voix ferme et sérieuse. J'ai bien compris que toutes les femmes étaient insatisfaites de leur corps, mais c'est la deuxième fois que je t'entends dire que tu es grosse.

Je refuse de le regarder et préfère tourner les talons. La main de Jason me rattrape, enlaçant ma taille, et me plaque contre lui. Mon nez touche le sien, son haleine est chaude contre ma bouche.

— Je suppose que c'est difficile à imaginer pour un mec qui aime ce qu'il voit dans le miroir tous les matins.

Je regrette mes paroles au moment où il se recule. Jason hausse un sourcil en croisant les bras sur sa poitrine puissante.

— Qui dit que je n'ai pas de complexes ? Les mecs n'ont pas le droit d'avoir des insécurités liées à leur physique ?

— Ce n'est pas ce que j'ai dit.

— Tant mieux. Parce que ce serait stupide.

Je lui réponds que je l'emmerde, les joues rouges d'humiliation.

— Tu as un physique parfait, voilà pourquoi j'en déduis que tu n'as pas de complexes.

— Je pourrais te dire la même chose.

Je grogne, exaspérée. D'accord, c'était nul de dire ça. Les complexes prennent racine dans la tête, même Kate Moss doit probablement en avoir. D'autant que la perfection reste subjective.

— Alors dis-moi. Tu as des complexes ? lui demandé-je, sans trop y croire.

Un silence me répond jusqu'à ce qu'il soupire en détournant les yeux. Sa réaction me surprend. Comment un mec comme lui peut-il avoir des insécurités sur son corps ? Surtout quand il crie haut et fort qu'il est le plus beau.

Oh, mais attendez. Ça me rappelle quelqu'un...

Fait chier.

— Je n'ai jamais aimé mes cuisses, avoue-t-il bon gré mal gré. Quant j'étais petit, les gens disaient que j'étais trop maigre. On aurait dit des cuisses de grenouille.

Je suis touchée par sa confidence, culpabilisant d'être une telle garce. Je suis la première à savoir que derrière l'arrogance peut se cacher une lourde souffrance.

— Je les trouve très bien, tes cuisses.

— OK.

Je déglutis, gênée. De toute évidence, il ne veut pas s'apesantir dessus. Je ne sais pas quoi ajouter, c'est pourquoi je lui offre un demi-sourire et retourne dans la cabine.

Je fuis mon reflet dans la glace et m'occupe de retirer la combinaison. Celle-ci tombe à mes pieds lorsque Jason entre sans prévenir. Je me recule, les bras dissimulant mon corps dénudé. Je ne porte qu'une fine culotte en dentelle et elle-même ne cache pas grand-chose.

— Qu'est-ce que tu fous ? lancé-je d'une voix tremblante.

Je ne suis pas prude ni pudique. J'ai l'habitude de me déshabiller devant les gens. Mais cette fois, l'obscurité n'est pas là pour m'aider. La lumière des néons pointe sur toutes mes imperfections et je n'ai aucune envie que Jason soit au premier rang.

— Je me cache des vieilles dames, avoue-t-il, en jetant un œil discret par la fente du rideau. La vendeuse m'a vu rentrer. À mon avis, elle croit qu'on va faire des cochonneries.

— Ça t'apprendra, à parler à tout le monde. Maintenant, dégage !

Il se retourne vers moi et prend un air suppliant, son regard ne quittant jamais mon visage.

— Allez, Zoé... Fais pas ta collabo. Si tu veux, je ferme les yeux, ajoute-t-il en allant s'asseoir en tailleur dans un coin de la cabine, le visage caché par ses grandes mains.

Je soupire, le menaçant de le frapper à coups de sac s'il manque à sa promesse. Mais étrangement, je le crois. Je me détends alors et ramasse la combinaison pour la replier correctement. Jason reste sage tout du long. Du moins jusqu'à ce que je tende la main vers mon soutien-gorge.

Jason se redresse, tâtonnant le sol, et s'avance vers moi sans jamais ouvrir les yeux. Je l'observe faire, immobile.

— Jason.

Il ne répond pas, se contentant de me rejoindre au centre de la cabine. Son torse est si proche que le tissu de son tee-shirt frôle douloureusement la pointe de mes seins.

— Je le pensais, ce que j'ai dit, avoue-t-il à voix basse. Tu es sublime, Zoé. Et ça me tue que tu penses le contraire. Tu sais... je crois que tout ça, ce n'est qu'une histoire d'adjectifs.

Je ne comprends pas où il veut en venir. Je m'apprête à le lui faire savoir quand il relève le menton en saisissant ma main. Ses paupières sont toujours closes et pourtant j'ai l'impression qu'il me fixe droit dans les yeux.

— Tu me fais confiance ?

Il m'a déjà posé cette question il y a deux semaines. J'avais répondu non sans l'ombre d'un doute. Cette fois, je me surprends à hocher la tête, avant de me rappeler qu'il ne me voit pas.

— Oui.

— Super. Alors tu vas prendre ma main et me montrer chaque partie de toi que tu n'aimes pas, en me disant pourquoi. Je ne regarderai pas, c'est promis.

— Et dans quel objectif ? On n'est pas dans *Belle toute nue.*

Ses lèvres frémissent dans un ricanement retenu. Finalement, Jason m'intime de me taire et de faire ce qu'il dit.

Les premières secondes, je me contente de contempler son beau visage. Est-ce vraiment une bonne idée de confier mes faiblesses à des inconnus ? C'est si facile de s'en servir contre moi, par la suite...

Oui, sauf que Jason n'est pas un inconnu. Ce premier soir au Galway, il l'était, mais plus maintenant. Plus depuis longtemps.

Je serre sa main dans la mienne et la fais lentement descendre jusqu'à mon ventre, qui n'est pas aussi plat que je l'aurais voulu. Ma respiration se bloque dans ma trachée. C'est si dur.

— Mon ventre. Parce qu'il est gros.

À ma plus grande surprise, Jason s'agenouille devant moi et sa bouche effleure la peau nue de mon ventre. Cela a le don de me faire tressaillir jusqu'au fin fond de mon être.

— Magnifique, murmure-t-il contre mon nombril.

Les papillons sont de retour, envahissant ma poitrine et mes jambes lourdes. *Comment peut-il penser que mon ventre est magnifique* ?

Puisqu'il attend la suite, je dirige sa main sur le côté et la pose sur l'une de mes hanches pleines.

— Mes poignées d'amour. Elles sont beaucoup trop larges.

Je remarque qu'il secoue imperceptiblement la tête. Puis ses deux paumes agrippent mes hanches et les caressent, tandis que son souffle balaie la dentelle bleue de ma culotte. Il remonte ses mains dans le creux de ma taille fine puis redescend, ses ongles courts plantés dans ma chair.

— Putain d'excitantes, conclut-il en s'humidifiant les lèvres.

Je comprends enfin à quoi rime tout ce manège. À chaque complexe, il associe un nouvel adjectif.

Parce que la beauté reste aléatoire. Parce qu'on ne devrait pas prendre ces adjectifs à la légère ni leur donner une connotation négative. Pourquoi « mince » serait synonyme de perfection, et « gros », le défaut ?

Ma main agit d'elle-même en l'emmenant plus bas. Je constate que ses paupières frétillent lorsque ses doigts glissent le long de mon entrejambe pour arrêter leur course à l'intérieur de mes cuisses. J'ai si honte de ma cellulite et des vergetures qui strient ma peau que je me mords la lèvre.

— Mes cuisses. Elles sont molles et répugnantes.

J'ignore son froncement de sourcils étonné face à la violence de mes propos. Ses doigts survolent la surface en question, comme s'ils cherchaient quelque chose. Mon cœur rate un battement quand ils trouvent mes vergetures.

Mais il ne se moque pas. À la place, il les caresse tendrement, les suivant du doigt tel un médium prédisant l'avenir dans les lignes de la main. Je ne peux plus respirer. Encore moins quand ses lèvres se posent dessus.

— Exquises, souffle-t-il en embrassant mes cicatrices une par une.

Putain de merde. Je ne le quitte pas des yeux, submergée par l'émotion. Il ne fuit pas. Après avoir subi une bonne partie de ma folie, il est toujours là. À genoux. En train de baiser ce que je déteste le plus chez moi.

Le front plaqué contre mon ventre, il me dit :

— Je ne vais pas te dire que tu n'es pas grosse. Pas parce que tu l'es mais parce que ce n'est même pas la question. Et si tu l'étais ? Oui, tu as des hanches, des hanches sublimes que j'ai envie d'agripper pendant que tu me chevauches ; oui, tu as de la cellulite, mais qui n'en a pas ? Oui, tu as des cicatrices, mais elles montrent que tu es toujours là. Ton corps prouve que tu es une survivante, et « grosse » n'est certainement pas un synonyme de « laide ». Tu es sublime et excitante, et bordel, j'ai besoin de te voir...

Je ne lui laisse pas le temps de finir. Je le prends par les épaules et le redresse pour plaquer ma bouche contre la sienne. Je ne sais pas d'où il sort tout ces beaux discours mais je m'en fiche. Parce que ce sont des mots que j'ai toujours eu besoin d'entendre.

Ses lèvres s'ouvrent pour répondre à mon assaut charnel, ses mains se croisant dans mon dos. Tout mon corps est pressé contre le sien.

— Tu le vois bien, chuchote-t-il sur un ton douloureux. Je t'en supplie, dis-moi que tu te rends compte de l'effet que tu me fais.

Je soupire, le corps en chaleur. Des tourbillons de délices m'assaillent tandis que je le plaque contre le mur de la cabine.

— Laisse-moi te voir, Zo...

Je ne sais pas si c'est le surnom tout nouveau sur le bout de sa langue ou autre chose, mais j'accepte. Il brise le baiser et ouvre enfin les yeux en me tenant à longueur de bras.

Ses yeux sont sur les miens, bruns, brillants et immenses. Puis, très lentement, ceux-ci dévalent ma silhouette dénudée. Ils prennent leur temps, appréciateurs. L'action fait monter le désir de manière fulgurante. Je ne me contrôle alors plus.

Je tends les mains vers son jean et le déboutonne. Jason ne réagit pas. Il me laisse faire, au début, la respiration s'accélérant, avant de m'arrêter en posant sa main sur la mienne. Le temps d'une seconde, je me demande si quelqu'un s'inquiète du temps que je passe en cabine.

— Ne bouge surtout pas, lance-t-il d'une voix rauque.

J'obtempère, l'observant baisser son pantalon et son

boxer sur ses fesses. Je retiens un puissant frisson, le cœur battant la chamade.

— Tu es parfaite.

Il ne me demande pas d'approcher, ni de le toucher. Non, Jason reste adossé au mur à me regarder dans les yeux, sa main sur son sexe. Les tendances exhibitionnistes de Jason me frappent de plein fouet et déclenchent les miennes.

Je n'aime pas particulièrement être regardée.

Regarder, en revanche...

— Regarde-moi, Zoé.

Je mets une seconde avant de comprendre qu'il ne parle pas de ses yeux. Je baisse alors les miens, le ventre douloureux et la bouche entrouverte. Sa main bouge et caresse comme s'il s'agissait de la mienne, doucement d'abord, puis ses mouvements deviennent plus saccadés.

On ne se touche pas et pourtant c'est le truc le plus érotique que j'aie jamais fait. Le regarder se masturber suscite en moi une impression de voyeurisme indécent mais excitant. Encore plus quand je relève les yeux et l'aperçois en train de contempler l'ensemble de mon corps.

Mon entrejambe palpite entre mes cuisses à mesure que Jason perd pied. Je passe innocemment les mains sur mon corps, testant ses limites. Mon cou, mes seins, mon ventre, mon sexe. Je l'amène doucement à sa perte.

Je me sens hyperpuissante. Il est à ma merci.

Si c'était pour me montrer que je l'excite, cela marche. Très vite, Jason presse les paupières et gémit en jurant. Il y a quelque chose de purement malséant et d'intime à le regarder jouir. En un sens, il m'autorise à le voir dans un moment de pure vulnérabilité.

Mes jambes sont flageolantes tandis qu'il se rhabille, la respiration haletante.

— Ne redis plus jamais que tu es trop grosse, souffle-t-il. S'il te plaît.

Je n'ai aucune réponse à cela.

— Tu viens d'éjaculer dans ton pantalon, dis-je bêtement.

— Ce ne sera pas la première fois.

Je souris. Jason s'approche et me baise l'épaule.

— Je vais essayer de trouver des toilettes. Quant à toi, enfile cette robe, m'ordonne-t-il en pointant du doigt le tissu rouge qu'il tenait à la main plus tôt. Elle va te plaire.

Ce que je fais une fois qu'il est parti. Je suis toujours secouée de ce qui vient de se passer et, même si je frémis toujours de frustration sexuelle, je suis heureuse qu'il n'ait rien fait pour me soulager.

J'en viens à aimer ce suspense constant, cette tension aussi lancinante que délicieuse. Maintenant, je ne peux qu'attendre la prochaine fois avec impatience.

— Oh, waouh.

Je me contemple dans le miroir, vêtue de ladite robe rouge. Celle-ci est en soie, les fines bretelles tombant sur mes épaules tandis qu'une coulée de sang s'effondre en mare à mes pieds. Le tissu est très moulant et une fente mystérieuse laisse découvrir une partie de ma jambe gauche.

Je l'avoue, je me trouve absolument divine. Jason est manifestement du même avis puisqu'un « Waouh » retentit en écho dans la cabine. Il est revenu, croisant mon regard dans la glace.

— J'avais raison, sourit-il. Elle est faite pour toi.

Je passe les mains sur le tissu, triste.

— Si elle avait été faite pour moi, elle coûterait trois cents euros de moins.

19

ZOÉ

« Du chaos naît une étoile », a dit Charlie Chaplin.

C'est ce que je me répète depuis des années quand la vie tourne mal. Sarah me disait toujours que les jours avaient beau être sombres, je devais continuer de briller. Après tout, c'est dans le noir qu'on voit les étoiles.

Tout comme c'est dans la difficulté qu'on reconnaît les gens bien.

— Tu as vu ? me demande Violette lorsque nous rentrons à l'appartement après les cours. Bella Hadid a été élue mannequin de l'année !

— Et dire qu'elle a notre âge...

— Je ressemble à un bébé, à côté d'elle.

Je secoue la tête, en ouvrant la boîte aux lettres. Je tends une facture à Violette et attrape une feuille pliée en deux qui gît là.

— Bientôt, tu deviendras la raison pour laquelle les filles comme elle ont du travail. Réjouis-toi.

— En parlant de ça, tu as commencé à bosser sur ton projet final ?

Je me tais en dépliant la feuille en question, le visage blême. Il n'y a que quatre mots gribouillés sous mes yeux, mais je sais qu'ils me sont destinés.

« Je t'ai trouvée ».

Violette me demande ce que c'est mais je fourre le papier dans ma poche, tentant de reprendre mes esprits.

— Euh, oui... Merci pour la dentelle perlée, au fait. Ça m'a bien servi.

Nous montons les escaliers tandis que l'angoisse m'emplit le cœur. C'est officiel, Bryan sait où j'habite. Il aurait pu me le dire par message, mais cette petite mise en scène est bien plus amusante. Bien plus cruelle.

Elle prouve qu'il ne rigole pas. Et que si je n'accepte pas de le voir bientôt, il n'hésitera pas à monter.

— J'en parlais justement avec Clément, l'autre jour, reprend Violette en cherchant ses clefs. Tu ne m'as jamais dit ce que tu comptais faire après l'ESMOD.

Elle ouvre la porte et me laisse entrer la première. Je laisse tomber mon sac sur le canapé, retirant mes talons. Je mets Bryan de l'autre côté de ma tête le temps d'un instant.

— Je n'ai pas de choix arrêté. L'objectif serait de créer ma propre marque, mais je sais que ça n'arrivera pas tout de suite.

— Sérieusement ? s'extasie-t-elle en sortant le Nutella du placard. C'est génial ! Tu l'appellerais comment ? Zoé Camara ?

Je me gratte le cou, mal à l'aise.

— Je ne sais pas encore, mens-je, avant de changer de sujet. Mais je n'y suis pas encore, de toute façon. Il faut que je me penche sur la concurrence, que je fasse une étude de marché, un business plan, et surtout que je trouve les financements.

Elle fait mine de réfléchir, la cuillère de chocolat dans la bouche.

— Tu n'as pas d'économies ?

Mon regard désabusé répond pour moi. Elle sait très bien ce qu'il en est de ce côté-là.

— OK. Dans ce cas, il faudrait lever des fonds auprès d'investisseurs, des banques...

— Oui, je me suis déjà renseignée. J'essaie aussi de trouver des subventions auprès d'organismes dédiés. Faut juste prouver la rentabilité de ma marque, et pour cela, il faut qu'elle sorte du lot.

Elle hoche la tête, hésitante. Je lui demande ce qu'il y a. C'est d'une petite voix qu'elle propose :

— Tu sais, pour les débuts, je peux toujours t'avancer un peu d'argent... Attends, écoute-moi ! s'empresse-t-elle de dire, en voyant mon expression. Tu ne veux pas de ma charité, j'ai compris. Mais ce n'est pas de l'argent donné, juste prêté. On peut tous le faire. Je suis certaine que Loan serait partant, lui aussi, il a quelques économies, tu le connais, il prévoit absolument tout, en fait je crois même que c'est le plus adulte de la bande, enfin, quoi qu'il en soit, on est là ; même si je doute que Jason lèvera un doigt pour toi, mais de toute façon je ne suis même pas sûre que cet enfant ait de l'argent de côté, alors...

Elle reprend sa respiration, les joues pivoine. Si elle savait ! Non seulement Jason a beaucoup d'argent de côté, mais je suis certaine qu'il serait prêt à lever ses dix doigts si je le lui demandais.

Ce que je ne ferai sous aucun prétexte.

— C'est gentil de votre part, dis-je posément. Mais je vais me débrouiller toute seule.

— D'accord... en tout cas, tu connais mon avis sur la question.

Je lui souris et retourne à notre chambre pour respirer un bon coup. Violette est la personne la plus généreuse que je connaisse, mais il est hors de question que je lui prenne son argent si je ne suis pas certaine de pouvoir la rembourser un jour.

Je me déshabille et prends ma douche pour détendre mes muscles. Quand je reviens à ma chambre, un message non lu m'attend. Je me crispe tout de suite, le cœur battant la chamade.

Bryan : Tu me manques. Pourquoi tu ne m'aimes plus ?

Cela fait déjà plusieurs semaines qu'il m'envoie des messages auxquels j'évite de répondre ; parfois il est aussi doux qu'un cupcake goût citron, et l'instant d'après il me reproche de les abandonner. Sauf que je ne suis plus la fille stupide que j'ai été au lycée. Je sais qu'il n'y a pas de rédemption pour mon frère. Pas tant qu'il n'arrête pas ses jeux flippants.

Je réponds vaguement : « J'ai reçu ton bout de papier. Tu me fais peur, Bryan. Je n'ai pas d'argent à te donner et ce n'est pas un mensonge, alors arrête de me harceler, s'il te plaît. »

— Zoé ?

Je sursaute, en levant les yeux vers la porte. Loan est là, un paquet à la main. Il porte encore son uniforme de pompier.

— Désolé, je ne voulais pas te faire peur. J'ai trouvé ça devant la porte. Je crois que c'est pour toi.

Je plisse le front en le remerciant, puis je prends la boîte entre mes mains avant qu'il ne disparaisse. Le paquet est mince et rectangulaire, fermé par un ruban jaune.

Il n'y a qu'un mot d'inscrit dessus – mon prénom.

Je l'ouvre sans plus de cérémonie. En découvrant ce que la boîte contient, je lâche :

— Il se fout de ma gueule.

Je vais le tuer. Je le jure. Mes yeux reconnaîtraient ce tissu entre mille. Il s'agit de la robe rouge que j'ai essayée aux Galeries Lafayette. Je ne la touche pas, à croire qu'elle pourrait me jeter un sort, et saisis la petite carte qui l'accompagne.

Avant de foncer chez moi pour me poignarder : je ne l'ai pas prise parce que j'ai de l'argent et que je veux te voir porter une robe sexy. Je suis pas Christian Grey, OK ?

Mais j'ai vu ton regard quand tu t'es contemplée dans le miroir… Je sais que tu la voulais. Alors voilà, elle est à toi. Tu me rembourseras quand tu pourras.

- Obi Wan

Je suis furieuse. Alors pourquoi suis-je en train de sourire comme une adolescente amoureuse ? Parce qu'il a raison, je la voulais terriblement. Et ça me fait plaisir qu'il ait prêté assez attention pour le comprendre.

Je relis la dernière phrase, reconnaissante. Jason se fiche que je le rembourse ou pas. Or, il sait que je déteste qu'on me paie des choses simplement parce que je n'en suis pas capable moi-même. Ce genre de relation ne fonctionne que dans un *mommy porn* sadomasochiste.

Je me mords la lèvre. Ne devrais-je pas capituler, au moins une fois dans ma vie ? Il a fait ça pour me faire plaisir. Parce que je la voulais et qu'il me trouve belle dedans.

Belle.

Je savoure le mot sur le bout de mes lèvres. C'est comme ça que je me suis sentie sous son regard.

Je sors la robe de son emballage et l'enfile avec révérence. Puis je me prends en photo afin de l'envoyer à Jason.

Moi : Merci (P.-S. : ne refais plus jamais ça).

Jason : Je ne suis pas suicidaire (P.-S. : devine ce que je fais là tout de suite. Un indice, cette photo aide beaucoup).

Moi : T'es dégueu.

JASON

Je suis au bord de la mort.

Je le sens, je le sais. Ma mère m'a toujours caractérisé de mélodramatique quand je suis malade, ce qui est faux. C'est pourquoi je suis énervé quand elle m'appelle pendant que je suis en ligne avec mon notaire pour faire changer mon testament.

— Ça va un peu mieux ? J'ai dit à Jade de venir prendre de tes nouvelles, cette semaine.

Je grogne en jetant un œil faible à la scène de crime. Je suis affalé dans mon lit, entouré de mouchoirs et de médicaments. Je ne sais même pas comment je fais pour être toujours en vie.

La seule chose que je sais, c'est que je ne le serai plus longtemps si ma sorcière de sœur vient me rendre visite.

— Jade n'a pas besoin de venir. Je n'ai plus cinq ans, je m'en sors très bien tout seul.

C'est faux. J'ai appelé Ethan cette nuit, en le suppliant de venir sous prétexte que j'étais trop jeune pour mourir.

Ce salaud m'a raccroché au nez. Même Loan me fuit parce que, d'après lui, je suis indécrottable quand je suis malade.

Voilà pourquoi je les fais retirer de mon testament, ces ingrats. Ce n'est pas qu'un simple rhume. Je me trimballe une saleté de grippe depuis trois jours, la pire qui soit. Seule ma mère se fait du souci pour moi jusqu'à présent. Malheureusement, elle est coincée à Amsterdam avec mon père. Je vais mourir jeune et seul.

— Bon… si tu le dis. Tiens-moi au courant, d'accord ? Si la fièvre dépasse les quarante degrés je prends le premier avion.

— Oui, oui. Bisous.

Je raccroche en frissonnant dans mes couvertures ; la pièce est plongée dans l'obscurité. Je n'ai rien mangé depuis plus de vingt-quatre heures, pour la simple et bonne raison que je dors la plupart du temps. Aussi parce que je ne suis pas en mesure de me traîner jusqu'à la cuisine.

J'ai même interdit la chambre aux chatons, de peur qu'ils n'attrapent quelque chose. J'imagine qu'avoir toute la maison pour eux tout seuls, c'est un peu comme passer la semaine à Europa Park.

J'allume la télévision et démarre Netflix. Depuis que je suis tombé malade, j'ai décidé de me refaire un marathon Brooklyn Nine-Nine. Ma sœur Julie a l'habitude de dire que Jake Peralta est mon alter ego.

Soudain, la sonnerie retentit à l'entrée. Je jure dans ma barbe, les yeux fermés. Est-ce que Jade retournera chez elle si elle entre et me croit mort ? Pourvu que oui.

— Hello ? T'es déjà mort, ou j'arrive à temps ?

Je me fige en entendant la voix provenir du salon. J'ouvre les yeux au moment où la silhouette de Zoé s'adosse au chambranle de la porte. Une toux interminable me prend tout à coup. J'ai honte.

— Waouh... lâche-t-elle, en m'examinant. Tu ressembles à rien.

— Merci.

— Au fait : les clefs sous le paillasson, c'est pas une bonne cachette.

Je m'écroule sur le dos, mort de froid.

— Qu'est-ce que tu fais là ? Je suis contagieux.

Elle hausse les épaules, indifférente, et vient s'asseoir près de moi en déposant son sac à main sur le matelas.

— Je m'inquiétais, tu ne *likais* plus mes photos Instagram, plaisante-t-elle, ce qui me fait sourire. Tiens, je t'ai rapporté des trucs.

Elle sort deux Tupperware et un immense thermos de son sac. Je lui demande ce que c'est.

— De la soupe à l'oignon, de la soupe au poulet et du thé miel-citron. Ma mère me faisait ça quand j'étais petite. C'est bon pour ton organisme.

Je la regarde avec stupéfaction, mais elle ne fait déjà plus attention à moi. Elle déclare, en se levant, qu'elle va mettre tout ça dans la cuisine. Le moins que l'on puisse dire, c'est que je ne m'attendais pas à ce que Zoé s'inquiète pour moi. Mieux : elle m'a cuisiné de la soupe.

Je me racle la gorge en me passant la main dans les cheveux. Je n'arrive pas à croire qu'elle soit venue.

— Tu as faim ? me crie-t-elle depuis la cuisine.

L'éventualité d'avaler quelque chose me donne la nausée, mais je réponds oui, pour ne pas la froisser. J'entends le micro-ondes de l'autre côté du mur. Plusieurs minutes après, elle réapparaît, munie d'un plateau sur lequel je peux apercevoir un bol brûlant et une cuillère.

— J'ai donné à manger aux chats. Ils me suppliaient avec leurs grands yeux tout mignons.

— Tu t'es fait avoir...

Elle fait le tour du lit et vient s'installer à côté de moi. Je remarque qu'elle a retiré ses chaussures. Zoé dépose le plateau sur mes genoux tandis que je m'adosse contre la tête de lit.

La télévision continue de tourner et Zoé y jette un œil pendant que je mange lentement. La soupe est très bonne, rien à redire.

— Merci d'être venue.

Elle acquiesce sans me regarder, les chevilles croisées devant elle.

— Ça fait bizarre de me retrouver là, avec toi...

Je souris pauvrement, la gorge sèche. Elle a raison. La dernière fois que nous avons été seuls dans cette chambre, c'était pour nous envoyer en l'air.

Elle me demande soudain pourquoi j'ai un hamac au milieu de mon salon. Je réfléchis le temps d'une seconde.

— Pourquoi pas ?

Je la laisse explorer la pièce du regard, dégustant ma soupe à l'oignon. Lorsque j'ai fini, elle rapporte le plateau dans la cuisine et je l'entends faire la vaisselle. Alors que je pensais qu'elle partirait, elle revient s'allonger près de moi et regarde la télé.

Elle reste toute la journée.

Puis elle s'endort. Alors je la laisse dormir, posant un plaid sur elle. Elle ronfle légèrement, ce qui me fait sourire. Bientôt, c'est moi qui trouve le sommeil.

Le lendemain matin, elle demande à prendre sa douche. En sortant, elle porte toujours son jean, mais je reconnais ma chemise à rayures... ainsi que la bande de mon boxer.

— Tu n'as pas cours ? lui demandé-je quand le jour se couche à nouveau et qu'elle est toujours allongée près de moi.

— C'est une semaine de master class. Violette prendra des notes pour moi.

Finalement, Zoé reste trois jours de plus. Je ne vais pas mentir, c'est bizarre. Je n'ai pas l'habitude de cohabiter avec quelqu'un. Mais Zoé est très facile à vivre. Elle reste à mon chevet la journée, étendue sur mes couvertures à dessiner.

Pour une fois dans ma vie, je reste silencieux et regarde la télévision, mes mains caressant tendrement l'arrière de ses jambes. C'est simple, paisible, agréable.

De ne pas être seul.

Le soir, elle commande à manger et nous nous endormons l'un en face de l'autre. Le deuxième soir, Zoé a demandé à utiliser mon iPod.

— Je n'arrive pas à m'endormir sans musique, tu te souviens ?

— Jamais *?*

— Jamais. Sauf quand je suis absolument morte de fatigue, comme hier.

J'en ai découvert beaucoup sur elle en l'espace de quatre jours. Elle s'endort tous les soirs avec ma musique dans les oreilles, la tête sur mon épaule, et je sais désormais qu'elle n'est pas du matin. Mais alors, pas du tout.

J'ai également failli la virer de chez moi lors d'un violent débat entre *Star Wars* et le *Seigneur des anneaux*. Ça a toutefois fini en séance de bisous.

— Au diable les mauvaises bactéries, ai-je chuchoté avant de l'embrasser passionnément.

Quand j'ai fini par aller mieux, elle est rentrée à l'appartement et je me suis de nouveau retrouvé seul.

J'aimerais ne pas l'avoir remarqué...

Mais son odeur est désormais partout sur mes draps.

20

ZOÉ

J'ai parlé de mon idée de lancer ma propre marque de vêtements à Tiago. Comme je l'avais deviné, il me soutient à cent pour cent. Il pense que j'ai assez de couilles et d'idées pour me lancer, ce que je crois aussi.

La seule chose qui me manque, c'est l'argent.

Il a lui aussi proposé d'investir, mais j'ai décliné. Pour le moment, je me satisfais de la notoriété qu'Instagram me procure. Justement, j'ai un photoshoot de prévu avec une marque de maquillage, aujourd'hui. Cela fait deux heures que je pose dans les rues de Paris, maquillée et habillée par une professionnelle.

Étrangement, je me sens à l'aise. Je me prends rapidement au jeu et joue les princesses.

— Parfait ! ne cesse de dire la photographe.

Celle-ci arbore une robe *preppy* à pois et des cheveux très courts. Elle est adorable. Elle m'a tout de suite mise à l'aise quand je suis arrivée, me complimentant sur mes vidéos YouTube.

— Tu es super photogénique, me dit-elle, lorsque nous finissons. Sérieusement, t'es géniale.

Je la remercie, en lui souriant chaleureusement. Après avoir jeté un œil aux photos, je donne mon accord et sa petite équipe commence à remballer. Je saisis mon sac pour partir, quand elle me devance :

— Dis... on va aller boire un verre à République. Tu veux venir ? C'est ma tournée.

À cet instant, elle est magnifique. Elle est belle, rousse, et clairement en train de me draguer. Mais au moment où j'ouvre la bouche pour refuser, un détail attire mon œil derrière son épaule.

Je hausse les sourcils, surprise. Jason se dirige vers nous d'une démarche cool et nonchalante, lunettes de soleil sur le nez. Il est de toute évidence guéri de sa grippe.

Il tient un sachet en papier ainsi qu'une boisson Starbucks dans une main. Sans grand étonnement, je vois son sourire monter jusqu'au ciel.

— Salut.

Le temps d'un instant, je me revois allongée près de lui pendant qu'il était malade, si proche que nos deux respirations n'en devenaient qu'une. La photographe, dont j'ai oublié le nom, lui sourit sans comprendre.

— C'est déjà fini ? J'ai tout raté ? demande Jason, en descendant légèrement ses lunettes.

Je hoche la tête, muette.

— Petit copain ? demande la photographe.

— Je suis son agent, en fait, répond Jason très naturellement. Zoé est ma pupille.

Ce type n'a aucune limite. Son mensonge ne trompe personne puisqu'elle hausse un sourcil suspicieux. Je m'excuse auprès d'elle, prétextant avoir un rendez-vous dans trente minutes.

Elle répond que ce n'est que partie remise et disparaît.

— Tiens.

J'accepte le sac en papier, qui contient un muffin à la myrtille et l'infusion à l'hibiscus. Mon estomac se réchauffe instantanément, et pas juste à cause du thé. C'est la deuxième fois qu'il vient me récupérer à l'improviste et je dois dire que cela me plaît.

Je sais que l'on n'est rien l'un pour l'autre, si ce n'est des amis. Mais je pourrais m'habituer à ce genre d'attentions...

— Merci.

— De rien. Après avoir frôlé la mort, j'ai remis ma vie en question. Je me suis promis d'être plus attentionné.

— Tu avais juste une grippe, Jason.

— J'ai failli mourir.

Je le suis à travers Montmartre, mes talons claquant sur le sol.

— Oui, parce que tu t'es étouffé avec un glaçon en buvant ta citronnade. Je t'avais bien dit de faire attention, espèce de crétin. Est-ce que t'es toujours aussi dramatique ?

— Moi, dramatique ? N'importe quoi.

— T'as cru que tu étais accro à l'ecstasy...

Jason répond que ça n'a rien à voir et je souris vaguement en contemplant son profil. Un nez lisse et droit, des longs cils et ces puits interminables qui lui servent de fossettes...

Il se tourne soudain vers moi, un sourire en coin déformant ses lèvres.

— Tu ne manges pas ton muffin ?

En dépit du ton léger qu'il emploie, son regard est suspicieux. Dieu merci, je suis sauvée par le gong. Mon téléphone sonne et je réponds. C'est Violette, qui me demande si je sors, ce soir. Je réponds que oui ; je n'ai aucune envie de me retrouver à l'appartement avec elle et Loan en ce moment.

Cela fait une semaine qu'ils sont aussi chauds que des lapins. Sans vouloir offenser Mistinguette.

Quand je raccroche, le petit doigt de Jason s'accroche au mien pour attirer mon attention.

— Devine ce que j'ai fait, hier.

— On s'est déjà mis d'accord là-dessus : personne ne veut savoir quand et comment tu te masturbes, Jason.

Il éclate de rire, faisant mine de me mordre le bout du nez. J'espère que mes joues ne rougissent pas ; elles font ça souvent, en ce moment... ces traîtresses.

— Bien que la question soit largement discutable, je ne vais pas en débattre aujourd'hui. Non, en fait, j'ai regardé ton film préféré.

Je m'arrête net, les yeux grands ouverts.

— Tu as vu *Funny Face* ? Sérieusement ? demandé-je quand il acquiesce, l'air satisfait. Mais pourquoi ? Et qu'est-ce que t'en as pensé ?

Malheureusement, mon enthousiasme se dégonfle comme un ballon de baudruche lorsqu'il répond :

— Je vais être honnête : j'ai détesté. Audrey Hepburn est incroyable, mais Fred Astaire n'est pas aussi charismatique que je le pensais.

— Oh...

— Mais c'est quand même un classique ! Et pour répondre à ta première question, je l'ai regardé parce qu'il me semble que cela figure sur ta liste.

Je me raidis en comprenant de quoi il parle. En effet, Sarah avait inscrit « Rejouer la meilleure scène de ton film favori » sur la liste.

Avant même que je ne puisse l'en empêcher, Jason s'écarte en entonnant la chanson de « Bonjour Paris ». Je lui intime d'arrêter, morte de honte, mais cela ne l'encourage qu'à chanter plus fort.

Oh, bon Dieu. Foudroyez-moi.

Certaines personnes se retournent sur notre passage, curieuses. C'est dur à croire, parce que je m'expose sur les réseaux sociaux, mais je déteste me donner en spectacle.

C'est pourquoi j'envisage de laisser Jason dans sa merde.

Avant de constater que, à aucun moment, il ne regarde les gens autour de nous. Il ne leur prête pas attention, à dire vrai, je ne sais même pas s'il les voit.

Il s'en fiche, tout simplement. Et je l'envie tellement... Tellement que quand ma partie arrive, je ne réfléchis pas plus.

I want to see the den of thinking men
Like Jean-Paul Sartre.
I must philosophise with all the guys
Around Montmartre and Montparnasse.

Je joue un rôle et dévale les marches de Montmartre en chantant – faux, de surcroît – et en dansant. Jason fait de même en surjouant, juste assez pour que je le trouve plus sexy que Fred Astaire.

À la fin de la musique, mon rire n'a aucune limite. Je me tiens à un lampadaire et tourne autour, les yeux fermés. Je me heurte alors à un torse dur et chaud que je reconnaîtrais aveuglément.

Sa bouche glisse le long de ma gorge.

— Tu es belle, quand tu souris, chuchote-t-il, envoyant une décharge électrique dans le reste de mon corps. Non, je retire ce que j'ai dit. Tu es belle tout le temps. Nue, habillée, quand tu souris, quand tu me fusilles du regard, pas maquillée...

Cette fois, je rouvre les paupières. Son regard est intense et perçant.

— D'accord, surtout nue, sourit-il avec affront.

Je le fais taire d'un baiser, des flammes imaginaires léchant l'intérieur de mes cuisses. Il me serre contre lui, approfondissant le baiser. Je suis soudain consciente de mon corps entre ses mains, ces mains qui semblent partout et nulle part à la fois, trop proches et trop loin, et je ne peux plus respirer, et j'en veux plus, et...

— Tu veux passer chez moi, ce soir ? souffle Jason, très sérieux.

Je sais ce que cela signifie. *C'est le moment.* Il a envie de moi, j'ai envie de lui ; on a assez tourné autour du pot.

— Je sors avec Tiago.

Ce qui est vrai. On a prévu d'aller danser au Barrio Latino et je me faisais une joie de pouvoir enfin essayer l'endroit. Pourtant, je sais que ce n'est pas pour cette raison que je refuse la proposition de Jason.

En vérité, j'ai peur. Et si l'on recommençait et que c'était une nouvelle catastrophe ? Et si nous ne sommes vraiment pas compatibles sur le plan sexuel ?

Cette fois, j'ai peur que notre amitié n'en prenne un coup.

Et j'en suis la première surprise, mais... je tiens à cette relation.

— D'acc, répond-il en repoussant une mèche de cheveux qui tombe sur mes lèvres. Une autre fois, alors.

∞

— Tu veux venir ? On va danser la samba comme des bombasses !

Violette grimace, assise en tailleur sur son lit. Elle ne sort plus, en ce moment, ce que je ne me suis pas gênée pour lui dire.

— Non merci. Une autre fois, décline-t-elle.

Je hausse les épaules et lui souhaite une bonne nuit avant de disparaître. Loan est dans le salon, l'air stressé.

Quand je le préviens que je risque de rentrer tard, il se contente de hocher la tête. Je me dépêche donc de sortir, confuse.

En descendant les escaliers, j'envoie un message à Tiago.

Moi : J'arrive dans 5 minutes. Ne sois pas en retard.

Sauf que.

Je m'arrête net sur le trottoir, au même titre que mon cœur. Le vent souffle dans mes cheveux tandis que l'obscurité m'engloutit tel un étau. Mes yeux cherchent les alentours, cillant frénétiquement.

Tous les pneus de ma voiture sont crevés, à plat sur le béton. Je m'approche, tremblante. L'entaille est claire : on les a tailladés intentionnellement. Je commence à prendre peur, repoussant la terrible réalité aussi loin que possible dans mon esprit.

Il ne plaisante pas, cette fois.

Je sais qu'il s'agit de Bryan, je sais que c'est un avertissement, mais je fais semblant encore quelques secondes. Après plusieurs minutes à tenter de me reprendre, essuyant les larmes silencieuses sur mes joues, je remonte à l'appartement.

Je prendrai la voiture de Loan, pour ce soir. Il ne me gâchera pas ma soirée. Quand j'ouvre la porte et cherche ses clefs, normalement sur le comptoir de la cuisine, quelque chose m'arrête.

Un bruit.

Non... un gémissement de plaisir.

Mon esprit pense d'abord à Clément. Malgré mes problèmes actuels, je réussis à me réjouir. Jusqu'à ce que mon cerveau fasse le calcul.

Impossible que Clément soit arrivé en l'espace de quinze minutes, puisque j'étais en bas. Je l'aurais vu.

— Putain, soufflé-je dans ma main.

Loan et Violette sont en train de s'envoyer en l'air. Dans notre chambre.

Sur le coup, je ne réfléchis pas et sors de l'appartement les mains vides. Je ne sais pas ce qui me prend. Je panique, c'est tout. Je pense à mes pneus crevés, à Bryan qui me manipule, à Violette et Loan enfin réunis, à mon avenir incertain. Puis à Jason.

Jason.

Mes pieds se mettent en marche d'eux-mêmes. J'envoie un message à Tiago en lui disant que je ne peux pas venir et prends le métro. En trois stations, je suis arrivée. Je ne m'arrête pas pour laisser place à l'hésitation. J'attrape la porte ouverte de son appartement et monte les étages quatre à quatre.

Une seule pensée rythme mes pas.

Pourvu qu'il soit là, pourvu qu'il soit là, pourvu qu'il soit là.

Devant sa porte, je toque sans prendre la peine de calmer ma respiration suffocante. Mon cœur frappe violemment contre ma cage thoracique, puis la porte s'ouvre.

21

ZOÉ

— Zoé ?

L'inquiétude pointe dans sa voix. Jason est debout, la main sur la porte et les sourcils froncés. Il ne porte qu'un bas de pyjama bleu qui lui tombe parfaitement sur les hanches. Dans l'une des poches se trouve un chaton – Leia, si je ne me trompe pas.

— Qu'est-ce qui se passe ? insiste-t-il, soudain très sérieux.

Je ne réponds rien et avance pour enlacer sa taille nue, ma joue contre son torse. Il semble surpris au début, puis il finit par m'étreindre en retour, le menton sur mon crâne. Son corps est brûlant.

J'espère que je n'écrase pas Leia.

Je ne réalise pas tout de suite que je pleure. Les mains de Jason me caressent le dos en cercle, tendrement, et c'est seulement quand il me prend le visage et blêmit que je m'en rends compte.

Jason a ce truc bizarre en face des gens qui pleurent.

Il paraît complètement perdu et paniqué. Il me lâche le temps de libérer son chaton, puis repousse mes cheveux vers l'arrière pour essuyer mes larmes.

— Zoé, qu'est-ce qui ne va pas ? Je ne peux pas t'aider tant que tu ne me dis rien.

Rien ne va, ai-je envie de lui dire.

Une partie de moi refuse de tout lui avouer. Une autre, bien plus grande, lui fait confiance. J'ai gardé trop de choses en moi pendant trop longtemps. Jusqu'à présent, ça ne m'a pas beaucoup aidée. Je n'ai pas envie que cela me détruise.

— On a crevé mes pneus.

Jason plisse le front, prenant l'annonce très au sérieux.

— Où ça ? Devant l'appartement ? me demande-t-il, tandis que j'opine entre ses mains rassurantes. OK. Mais toi, tu n'as rien ?

— Non, je vais bien.

— Tant mieux. Tu sais qui c'est, ou...

— Oui.

— Je vois.

Cela n'a pas l'air de l'étonner. Il referme alors la porte d'entrée et me dit de m'asseoir sur le canapé. Je m'emmitoufle dans son plaid pendant qu'il disparaît en haut de la mezzanine. C'est bête, mais je me sens tout de suite mieux.

Soutenue. En sécurité.

Jason revient avec une tasse de café brûlant. Il me la tend en s'asseyant à côté de moi. Il n'a toujours pas enfilé de tee-shirt. À en croire la manette qui gît sur la table, il jouait à la PlayStation avant que je n'arrive.

— Tu veux m'en parler ?

— Je ne sais pas.

Il se passe une main dans les cheveux, visiblement préoccupé. Il n'a aucune idée de comment gérer la situation, et tout au fond de moi, cela me fait craquer.

— OK... Écoute, je sais que je suis probablement le dernier à qui tu veux te confier. Je donne l'impression d'être un gosse, la plupart du temps. Mais je sais gérer les crises. Je peux encaisser. Zoé, je veux t'aider, ajoute-t-il doucement, entremêlant ses doigts aux miens.

Je prends une grande inspiration, hésitante. Je sais que je ne peux pas tout lui dire, sinon il m'obligerait à aller voir la police. En revanche...

— Quelqu'un me menace. Quelqu'un de mon passé.

Sa mâchoire se crispe dangereusement.

— Pourquoi ?

— Pour de l'argent. De l'argent que je n'ai pas.

Jason ne réagit pas. Je comprends qu'il fait tout pour ne pas montrer ce qu'il pense vraiment de cette histoire.

— Il ou elle est dangereux ?

Je revois Bryan me frapper le visage avec son tee-shirt.

Me cogner la tête contre le mur.

Me pousser dans les escaliers.

Et je souris faiblement en lui serrant la main.

— Non, pas vraiment. C'est juste de l'intimidation. Il ne me fera pas de mal, je le sais.

Le soulagement se peint nettement sur ses traits. Mon estomac se retourne sous la force de la culpabilité. Il me fait confiance, il me croit. Et moi, je lui mens.

À dire vrai, je ne sais même pas pourquoi je suis venue ici. Je n'aurais pas dû l'impliquer là-dedans. Mais après avoir entendu les Violan faire l'amour, je me suis sentie si... seule.

— Il a quand même crevé tes pneus. On devrait aller voir la...

— Non. Pas la police.

— Mais...

— S'il te plaît, le coupé-je d'un ton suppliant. Je suis venue te voir *toi*. Personne d'autre. Je ne te demande pas d'aller lui casser la gueule ou quoi que ce soit, je voulais juste... je sais pas. Ne pas être seule.

Je me gifle intérieurement pour avoir sorti un truc pareil. Je sais que lui et moi ne sommes pas ce genre d'amis. Je ne veux pas qu'il croie que je tombe amoureuse. J'ai compris le deal qui nous liait. Et de toute façon, mon cœur est déjà pris.

Même si la dernière fois qu'on s'est vues, Sarah m'a larguée en me brisant le cœur. J'estime qu'elle avait de bonnes raisons de le faire.

— Hé, murmure Jason en se rapprochant de moi, ses genoux touchant les miens. Je suis là, OK ? Si tu me promets que tu ne risques rien... alors je respecte ton choix.

— Je te le promets, dis-je à mi-voix, honteuse.

— Mais je te préviens, il n'aura pas un centime de ta part. S'il faut que je te colle H24 pour qu'il lâche l'affaire, je le ferai. Tu as bien fait de venir, ajoute-t-il doucement.

— Merci.

Ses doigts tracent toujours des cercles dans le bas de mon dos. À cette seconde précise, je suis heureuse d'avoir quelqu'un vers qui me tourner sans avoir peur du jugement.

Jason n'insiste pas s'il voit que je ne veux pas en parler.

Il me soutient, c'est tout.

— Je peux rester, cette nuit ?

— Comme si j'allais te laisser repartir.

Mon cœur est toujours sens dessus dessous quand Jason m'emmène dans sa chambre et me dit de fouiller dans son dressing à la recherche d'un pyjama. Dark Vador passe entre mes jambes, la queue levée, tandis que je m'empare d'un tee-shirt Star Wars et d'un long short de sport.

Je m'enferme dans la salle de bain pour me changer, passant de l'eau froide sur mon visage. Quand je sors, Jason est en train de répondre à un message près de sa table de chevet. J'en profite pour embrasser son corps du regard.

C'est plus fort que moi, d'accord ?

Quand il se tourne pour retirer sa montre, j'ai une vue imprenable sur ses omoplates. *Bordel.* Son dos est une œuvre d'art.

— Il est encore tôt. Tu veux aller te coucher, ou je nous cuisine un truc ?

Je cligne des yeux, de retour à la réalité. Ses pieds sont nus et c'est quelque chose de si intime que je frissonne en secret.

— Je préfère aller dormir.

Il hoche la tête et éteint la lumière quand je le rejoins sous la couette. Son lit est aussi moelleux que dans mon souvenir. Il y a énormément de place, aussi.

— Bonne nuit, chuchote-t-il, dans la semi-obscurité.

— Bonne nuit.

Je reste allongée sur le dos, regrettant l'absence d'étoiles au plafond. Je ne suis absolument pas fatiguée mais je n'ai pas envie de devoir manger devant lui.

Je le sens tourné vers moi. Je tente de l'ignorer le plus possible, priant pour que les battements de mon cœur ne se fassent pas entendre. Au bout de quelques minutes, je cède. Je me positionne sur le côté, la couverture glissant le long de ma taille.

Mon regard croise le sien presque automatiquement. Comment faire autrement ? Il est à peine à quelques centimètres de mon visage. Ses yeux me pénètrent, aucun sourire ne dessinant ses lèvres.

Je ferme les yeux pour ne pas avoir à supporter la force de son regard. Mon corps tout entier est en feu dans l'attente d'un contact, aussi minime soit-il. J'imagine qu'il me touche, qu'il me touche vraiment, et je tressaille sous le fin coton de son tee-shirt.

J'ai envie qu'il me fasse oublier tous mes problèmes. Est-ce mal ?

Soudain, mon pied touche innocemment le sien sous les couvertures. Une chaleur familière m'emplit la poitrine tandis que nos pieds s'apprivoisent tendrement. Ils se caressent avec hésitation, d'abord, puis avec taquinerie. Très vite, nos jambes s'emmêlent et je suis si proche de lui que nos nez se touchent.

Quand je rouvre les yeux, je remarque que les siens sont rivés sur ma bouche entrouverte. Ma respiration se bloque au fond de ma gorge.

— Tu es venue.

Sa voix n'est qu'un souffle dans le silence de la chambre. Je ne comprends pas tout de suite ce que cela signifie. Alors il bloque mes jambes avec les siennes et dépose un doux baiser dans l'antre de mon cou.

Ses mains se frayent un chemin sous mon tee-shirt, électrisant ma peau.

— Tu avais un problème, et c'est vers moi que tu t'es tournée, s'explique-t-il dans un murmure quasi inaudible.

Je ne sais pas quoi répondre à cela. Alors je me colle contre lui et laisse mes mains explorer les muscles de son dos. J'ai tellement envie de lui que le désir me déchire le ventre.

J'aimerais le lui dire, le lui faire voir. Dieu merci, le sentiment semble réciproque, car il dégage la couverture et m'allonge sur le dos. Sa bouche n'a toujours pas touché la mienne. Au lieu de ça, il la promène vers mon oreille, puis le long de mon cou jusqu'au creux de mes seins.

— J'adore *Star Wars*, dit-il d'une voix rauque, mais je préfère largement ce qu'il y a en dessous.

Sur ce, ses mains font glisser le tee-shirt au-dessus de ma tête. La chair de poule recouvre ma poitrine nue tandis qu'il poursuit son chemin de baisers, sans oublier d'embrasser chacun de mes seins.

Il les prend entre ses mains et les suce d'une façon révérencieuse qui m'excite au plus haut point. Je me cambre sur le matelas, la respiration haletante. Ses baisers se prélassent sur ma peau et descendent jusqu'à mon ventre. Quand il arrive à mon short, il le fait descendre le long de mes jambes sans aucune hésitation.

Mon corps est un temple qui lui est dédié.

Jason s'empare de mes jambes et les embrasse une à une, de mes chevilles à l'intérieur de mes cuisses. Ma colonne vertébrale est traversée de frissonnements glacés.

Ses gestes lents vont me tuer, je le jure.

— Jason...

Sa bouche me fait taire en se posant sur le centre de ma culotte. *Nom d'un chien.* Je laisse échapper un geignement de plaisir, les mains agrippées aux draps. L'image de sa tête disparaissant entre mes cuisses me fait littéralement planer.

Ma culotte finit par disparaître elle aussi et je me retrouve complètement nue devant lui. Ce n'est pas une nouveauté, et pourtant je ne peux m'empêcher d'avoir le trac. Comme s'il l'avait senti, Jason m'embrasse le nombril, les mains de part et d'autre de mes hanches.

— Tu es absolument magnifique. J'ai si hâte d'être en toi.

Sur ce, il m'attrape les fesses et me fait glisser jusqu'au bord du lit. Je meurs dans l'attente de ce qu'il va faire. Alors il s'agenouille sur le sol et place chacune de mes jambes sur ses épaules. Je ne sais pas ce qu'il fait ensuite, mais cela inclut sa langue et ses doigts.

La pression monte, toujours plus, et me comprime la poitrine au point que Jason est obligé de s'arrêter pour me dire, un sourire paresseux sur ses lèvres humides :

— Détends tes muscles, Zo. *Tous* tes muscles.

J'obtempère, les joues embrasées. À peine quelques secondes après, je jouis d'une force dont je ne me pensais pas capable. Jason remonte vers mon visage et m'embrasse d'un air affamé. Je me goûte sur sa langue et l'excitation revient au galop.

La sienne aussi, pressée contre mon ventre.

— Déshabille-toi, lui dis-je avec urgence.

Je me redresse pour l'aider à retirer son pantalon, bien qu'il n'en ait pas besoin. Son boxer suit le même chemin et il ouvre le tiroir de sa table de chevet pour en sortir un préservatif. Je le regarde l'enfiler, les pupilles dilatées, et me recule sur le lit pour lui laisser de la place. Je ne sais pas pourquoi, mais je me souviens de son précédent aveu et je ne peux m'empêcher de lui caresser les cuisses.

Il frissonne sous mes doigts, un sourire gêné déformant sa bouche.

— Je sais très bien ce que tu fais, sorcière.

— J'aime tes cuisses. Je veux les toucher, rien de plus.

Il s'apprête à dire quelque chose, avant de se retenir. À la place, il se place entre mes jambes et m'embrasse. Son érection se frotte contre moi, si bien que je gesticule avec anticipation. Quand il saisit son sexe, sa bouche toujours près de la mienne, je ne peux m'empêcher de murmurer :

— Que la force soit avec nous.

Il sourit jusqu'aux oreilles et entre en moi avec une lenteur agonisante. La sensation est exquise. Je me mords la lèvre, mes mains fourrées dans ses cheveux. Jason a quant à lui les yeux fermés, jurant des choses que je ne comprends pas.

Je suis très étroite autour de lui, mais il réussit à s'enfoncer jusqu'à la garde. Sa bouche embrasse mon épaule, sa joue contre la mienne, puis il se retire entièrement avant de me pénétrer à nouveau. Je soupire de plaisir, bougeant le bassin en rythme. Mais chaque fois, il se retire entièrement et mon excitation redescend.

— Je vais te tuer, soufflé-je, tandis qu'il rit dans mon cou.

— Je veux faire les choses bien, d'accord ? Alors arrête un peu d'être impatiente. Je sais ce que je fais.

Il frôle soudain un point très sensible et je gémis de façon incontrôlable... avant qu'il ne se retire totalement. Je grogne de frustration, tirant violemment sur ses cheveux.

— Tu vas me baiser, oui ?!

— Si l'envie te reprend de me tirer les cheveux, n'hésite surtout pas, souffle-t-il.

Mon Dieu.

Je gémis encore lorsqu'il caresse mon clitoris de son sexe, me faisant languir encore et encore. Je suis au bord du précipice, et il le sait. C'est pourquoi il finit par abréger mes souffrances et retourne en moi.

Cette fois, il fait comme je l'ai demandé.

Je noue les jambes autour de sa taille, les mains derrière son cou, pendant qu'il effectue des va-et-vient toujours plus rapides. Je le sens battre et gonfler en moi, sensation dont je ne me lasserai jamais.

— Plus vite, le supplié-je.

Il obéit, plaquant les mains sur la tête de lit. Je place les miennes sur ses fesses fermes, appréciant le mouvement qu'elles font sous mes doigts à chaque coup de reins.

La délivrance monte à vitesse grand V, tellement que je lui dis de se mettre sur le dos. Il ne pose aucune question. Pas même quand je passe mes jambes de part et d'autre de sa taille et empoigne son sexe pour le guider en moi. Ses mains m'attrapent les hanches tandis que je monte et descends sur toute sa longueur. Nos bassins se rencontrent dans une danse parfaitement orchestrée. Seul le bruit de nos corps claquant l'un contre l'autre dérange la plénitude de la nuit.

Ses grognements se joignent bientôt à mes gémissements et il plaque sa main sur ma nuque pour m'obliger à l'embrasser. Sa langue est dure et exigeante. Je lui donne absolument tout, sans gêne ni réserve. Lorsque ses doigts caressent mon clitoris, je ne tiens plus.

Mon orgasme est déflagrant. Jason m'accompagne de derniers coups puissants, puis il jouit à son tour, se reposant contre ma poitrine transpirante.

Je l'étreins, mon menton sur son épaule, et ferme les yeux pour reprendre mes esprits. Jason tremble toujours dans mes bras, le visage niché dans mon cou tel un enfant.

La seule pensée cohérente qui m'habite à l'instant, c'est :

Putain, il avait raison.

JASON

Putain, j'avais raison.

Zoé et moi sommes fantastiques au lit. Pas que cela m'étonne, même si notre première expérience en la matière m'avait laissé quelques doutes. Je peux maintenant me rassurer : c'était très probablement le meilleur coup de ma vie. Les étoiles ? Je les ai vues, bordel de merde. J'ai même cru devenir aveugle le temps d'une seconde.

Nous faisons l'amour deux fois de plus, cette nuit-là – dont une sur le sol du salon après avoir grignoté des framboises. Chaque fois, c'est sensationnel. Zoé m'achève à quatre heures du matin en me proposant de jouer à la PlayStation.

Je pourrais épouser cette fille.

Nous sommes donc assis sur le canapé du salon, chacun sur sa manette, et elle m'écrase en beauté.

— C'est la chance du débutant, me défends-je.

Elle ne porte que mon tee-shirt Star Wars et rien en dessous. Ses cheveux roses sont ébouriffés et je retire une certaine satisfaction à savoir que j'en suis la cause.

Zoé n'a jamais été aussi sexy.

— Dis-moi un truc que t'as jamais dit à personne, lance-t-elle soudain, reposant ses jambes nues sur mes genoux. Un truc dont tu as honte.

Je m'appuie sur les coussins, un bras sur le dossier du canapé. Une grimace déforme ma bouche. Je me lance :

— Il y a deux ans, j'ai ramené une fille après une soirée de débauche. Elle était sympa, mais totalement cinglée. Ça, je ne le savais pas... Pas avant qu'elle me pète le frein.

Zoé s'étouffe avec son verre d'eau, les yeux écarquillés. Je souris comme un idiot.

— T'es sérieux ?

— Je te jure. Il n'y a pas de témoin car j'avais trop honte pour le dire aux mecs, mais je m'étais pris en selfie à l'hôpital. Sur le coup, je n'ai vraiment pas ri. Ça fait un mal de chien.

Elle est désormais hilare, la tête renversée et les dents en dehors. Elle est si belle que mon cœur frémit. Peut-elle arrêter de rayonner juste quelques secondes ? Merde.

— À ton tour.

Elle s'arrête de rire, son visage se fermant à la seconde. Zoé réfléchit avant de pousser un soupir et de marmonner dans sa barbe :

— Je ne m'appelle pas vraiment Zoé.

Je me fige, pensant avoir mal entendu.

— Attends, quoi ?

— Zoé est mon deuxième prénom. J'ai dit à tout le monde de m'appeler comme ça quand j'étais au collège, parce que je déteste mon vrai prénom. Il n'y a que ma mère qui refuse de m'appeler Zoé... Voilà.

Je cille face à cette nouvelle information. Zoé ne s'appelle pas Zoé. C'est dur à avaler, mais ses joues rouges prouvent qu'elle dit la vérité. Je suppose que la bande n'en a aucune idée.

— Tu t'appelles comment ? chuchoté-je, comme si quelqu'un pouvait nous écouter.

Elle grogne et se cache le visage de ses mains. Lorsque le suspense est à son comble, elle murmure :

— Dahlia. Dahlia Camara.

Personne ne dit rien pendant un long moment. Puis je lui demande une preuve, si bien qu'elle fouille dans son sac pour me fourrer son permis sous le nez. Je suis sur le cul. Ma Zoé s'appelle en fait Dahlia. Ma Dahlia. Soudain, je réalise quelque chose. J'ouvre de grands yeux.

— Mais alors... ça change tout !

— De quoi ?

— On ne s'appelle plus les Zason... Mais les DAHSON !

Zoé m'adresse un regard blasé.

— Tu m'exaspères.

Je ris avant de la tirer par le bras, si bien qu'elle finit allongée sur moi. Je l'embrasse sensuellement avant de lui murmurer : « Dahlia. J'aime beaucoup ».

Violette et elle devraient créer une secte de fleurs. Évidemment, je garde l'idée pour moi et nous ne tardons pas à retourner au lit, cette fois pour dormir. Je n'attends pas qu'elle me le demande et lui tends mon iPod.

Nous nous faisons face, un écouteur chacun, tandis que *Neon Trees* chante « Everybody Talks » à tue-tête. Nos mains se tiennent entre nos deux corps et j'attends patiemment qu'elle s'endorme.

— Jason ?

— Hmm ?

— Et si l'on recommençait ?

Je me raidis, exténué.

— Pas tout de suite, rit-elle. Je veux dire... de temps en temps. Tu vois ?

— Comme des *sex-friends* ?

— C'est ça. On est amis, mais on couche ensemble. Juste pour le sexe. Je veux dire... on est incroyables.

Ma tête me crie non. Mon cœur me crie non. Je sais parfaitement que c'est une mauvaise idée. Un peu plus tôt, quand elle a dit qu'elle aimait mes cuisses, j'ai failli répondre : « C'est toi, que j'aime. »

Je ne sais même pas si c'est vrai. Je sais juste qu'elle m'aurait détesté si je l'avais dit. Tout comme elle me détestera si elle apprend que j'accepte de coucher avec elle en sachant pertinemment que je commence à avoir le béguin.

Un très, très gros béguin.

Mais je suis un imbécile, alors je réponds :

— OK.

22

ZOÉ

Le lendemain, je me réveille dans les bras de Jason. Je suis allongée sur le dos, mes jambes entrelacées aux siennes, tandis qu'il a la tête posée sur mon ventre et le bras enroulé autour de ma taille.

Il dort si paisiblement que je l'envie. Ses cheveux révèlent de multiples épis et sa bouche lui donne un air boudeur atrocement sexy. Mes doigts jouent avec ses mèches rebelles jusqu'à ce qu'il se réveille en douceur.

Le contraste de sa peau contre la mienne est saisissant.

— Bien dormi ? me demande-t-il sans ouvrir les yeux.

Sa tête se lève et s'abaisse sur mon ventre nu au fil de mes respirations.

— Pas beaucoup.

Il sourit avec insolence avant de m'offrir sa paume. Je lui fais un *high five*, amusée. Puisqu'il doit bientôt aller en cours, je prends une douche rapide et il me ramène en voiture. Je m'occupe de la radio, ce qui n'a pas l'air de lui plaire puisqu'il me frappe les mains en me conseillant de « toucher à mon cul ».

— Je préfère quand c'est toi, répliqué-je.

Il hausse un sourcil approbateur en s'engageant dans mon allée. Devant mon immeuble, Jason descend de la voiture pour jeter un œil à mes pneus. Je reste immobile derrière lui, les mains dans les poches de ma veste.

— Je connais quelqu'un, si tu veux, dit-il, en se redressant. Il te fera un prix.

Il s'essuie les mains sur son jean, l'air préoccupé. La première chose que j'ai envie de lui dire, c'est que je ne veux pas de sa pitié. Sauf que j'ai tout faux. Ce n'est pas de la pitié, juste de l'aide. Et il n'y a rien de mal à accepter de l'aide.

— Je veux bien. Merci.

Il hoche la tête, levant les yeux vers les fenêtres de l'appartement. Personne à l'horizon. Il s'approche alors et me vole un baiser, les mains sur mes joues. Je me laisse faire, jusqu'à ce qu'une voiture passe, nous forçant à nous reculer. C'est comme ça que mes yeux se posent sur le véhicule garé de l'autre côté de la rue.

Tout mon corps se transforme en glace. Mes yeux rencontrent ceux de mon frère dans la fenêtre et je m'écarte de Jason comme s'il m'avait brûlée.

Il est là. Mon frère est là, les yeux fixés sur Jason et moi. Son air furieux me retourne l'estomac. Je suis sur le point de supplier Jason de ne pas me laisser seule, lorsqu'il demande :

— Tu veux rentrer avec moi, cette nuit, après la soirée ?

Ah oui. J'avais oublié qu'on sortait tous, ce soir.

— OK, réponds-je, déconcertée. Maintenant, vas-y, tu vas être en retard en cours.

— Il n'y a que toi qui détestes être en retard, sourit-il.

Mais heureusement, il fait ce que je dis et me salue d'un geste de la main avant de partir. « Fais attention, OK ? » me murmure-t-il avant de démarrer, comme s'il savait.

Dès l'instant où il tourne au carrefour, je me dirige d'un pas enragé vers Bryan. Justement, il ouvre sa portière et me rejoint au milieu de la route déserte.

— T'es complètement malade ou quoi ? m'écrié-je. C'est quoi, ton problème ? Tu crois que j'ai la thune pour faire remplacer tous mes pneus ? T'es un vrai psychopathe, Bryan.

Mon frère serre les dents et hausse les épaules, l'air ironique. Ses yeux sont sombres et rouges. Il a pris quelque chose, je le devine aisément.

— À toi de me le dire. C'est toi qui te balades en Audi.

— Rien à voir, et tu le sais.

— Maman avait raison, crache-t-il. Je t'ai défendue, Dahlia. Je te défends toujours. Mais c'est vrai ; tu t'es trouvé un mec blindé qui t'entretient. Il te paye combien pour te sauter ?

Ma main part toute seule. Elle atterrit sur sa joue dans un bruit éclatant, d'une telle force que ma peau s'enflamme. Je me raidis, choquée par mon audace. Je n'ai jamais osé le frapper si directement. Pendant des années, je n'ai fait que me défendre. Je n'ai jamais attaqué.

Bryan me regarde, interdit. Aussi surprenant que cela puisse paraître, il se contient. Il ne frappe pas en retour. Peut-être parce qu'on est en public. Ou parce qu'il garde ça pour plus tard.

— Fais attention, Zoé, gronde-t-il.

— Ou sinon ? Je te préviens, Bryan, t'as pas intérêt à t'approcher de mes amis. Ça ne les regarde pas.

— Alors commence par répondre à mes putains de messages ! Je comprends pas pourquoi t'es comme ça avec moi... Je suis toujours de ton côté, putain. Toujours. Tu nous abandonnes pour t'installer sur Paris et ensuite tu nous laisses dans la merde, tu trouves ça correct, toi ? On va se faire virer de l'appartement, Da. Et ce sera ta faute. « La famille avant tout », ça te dit rien ?

Je manque de rire à cela.

— Pourquoi je ferais passer ma famille en premier quand elle me crache dessus ? rétorqué-je. Faut arrêter de se mentir. Le sang, ça ne fait pas tout. Tu peux être mon père, ma mère, mon frère, mon fils, j'en ai rien à foutre. Si tu ne me respectes pas, je ne te respecte pas.

Sur ces paroles, je tourne les talons. Mes mains tremblent. Je déteste lui tourner le dos, c'est toujours un risque à prendre. Je suis manifestement dans un bon jour car il reste où il est, en se contentant de crier :

— Cette fois je le répéterai pas, Zoé. Je sais que t'as de l'argent, t'es juste trop égoïste. Demande à ton mec.

Je n'entends pas la suite, refermant la porte de l'immeuble derrière moi. Une fois dans la sécurité de l'appartement, je me poste à la fenêtre pour m'assurer qu'il ne reste pas.

Il lui faut exactement sept minutes pour redémarrer et lever le camp.

Je n'ai plus qu'à trouver de l'argent à lui donner.

∞

Nous avons décidé de sortir en boîte avec la bande et je ne sais pas si je suis la seule à le sentir, mais le groupe vibre sous le poids du secret.

Celui que Jason et moi partageons, mais aussi celui de Violette et Loan. Je suis venue en voiture avec ce dernier, expliquant que la mienne refusait de démarrer. Je suis depuis assise sur la banquette, les oreilles agressées par de la musique commerciale, coincée entre Jason et Alexandra. Mon amie ne quitte pas Loan des yeux, ce qui me donne envie de les lui crever.

Il est pris, espèce de garce.

Oui, je la déteste.

Moi : T'es où ?! Jason me colle tellement que j'ai peur qu'il me viole sans le faire exprès.

Violette : J'arrive ! Tant qu'à faire, essaie de kiffer.

Je hausse un sourcil. Étant donné son niveau de blague, elle n'a pas dû passer une meilleure journée que moi. Je tourne la tête vers Jason, qui me colle vraiment.

— Lâche-moi, chuchoté-je entre mes dents serrées.

Alexandra se lève tout à coup pour aller s'asseoir à côté de Loan, qui arbore une petite mine. Jason en profite pour me sourire de façon éhontée. Je le fusille du regard en finissant mon troisième verre cul sec.

Je ne veux pas que les gens se doutent de quelque chose. Ce n'est pourtant pas compliqué.

— Dis, on n'a pas vraiment établi de règles pour cette histoire de *sex-friends*, dit-il tout bas, les coudes sur ses genoux.

— Pas de règles.

— Pourquoi ?

— Comme ça tu ne les briseras pas.

— C'est débile.

Je soupire en lui piquant son verre, un œil sur Alexandra.

— Très bien. Tu veux une règle ? Ne tombe pas amoureux.

— *So cliché*. Je pensais plutôt à : est-ce qu'on arrête de voir d'autres personnes ?

Je lui fais face, abasourdie. En effet, c'est une question qui mérite d'être posée. Alors pourquoi n'y ai-je pas pensé ? Je suis sur le point de répondre quelque chose quand j'aperçois Violette à travers la foule.

— Vio ! crié-je.

Elle me sourit et je l'étreins, trop heureuse qu'elle soit là.

— Désolée, je suis encore en retard.

— Tu parles ! répond Jason sur un ton séducteur. Si ton retard explique ta tenue, ça me va.

Il a raison. Violette est canon dans sa longue combinaison décolletée. Lorsqu'elle force Jason à lui laisser sa place, s'enfilant un verre cul sec au passage, je siffle.

— J'en connais une qui a passé une mauvaise journée. Ta blague sur le viol aurait dû me mettre la puce à l'oreille, plaisanté-je avant d'ajouter à voix basse : pourtant tu sembles avoir passé une merveilleuse nuit.

Elle recrache son mojito de façon peu glamour, ce qui me fait rire. Son expression choquée me fait comprendre que c'était leur première fois. Je ressens soudain un élan de joie – parce qu'il était temps, bordel –, mais aussi d'empathie.

— Je *sais.*

— Comment ça, tu sais ?

— Toi et Loan. En train de jouer au papa et à la maman. Je vous ai entendus, hier.

Je lui raconte donc ce qui s'est passé, Bryan et Jason en moins, et elle en reste bouche bée. Je comprends qu'elle soit gênée d'avoir partagé ce moment précieux avec moi, mais elle ne devrait pas. Après tout, je n'ai pas entendu grand-chose. Je souris donc.

— Je suis partie tout de suite après.

Je me penche vers elle, curieuse, et lui demande si cela signifie qu'ils se font des parties de jambes en l'air à trois. J'imagine la chose, un sourire aux lèvres. Clément et Loan sont deux beaux gosses... et Violette est canon, dans son genre.

— Aïe ! m'écrié-je quand ma meilleure amie me pince le bras.

— Par pitié, Zoé, mes oreilles saignent ! Bien sûr que non, je ne couche pas avec les deux, et encore moins en même temps.

Je hausse les épaules, résistant à l'envie de lui dire que c'est pourtant très sympa, comme expérience.

— Dommage. Et donc ?

— Donc, rien. J'ai juste demandé à Loan de me rendre ce service. Entre amis, comme tu me l'avais conseillé.

Oh. Je ne peux m'empêcher d'être un peu déçue. Allez savoir pourquoi, je pensais qu'elle avait enfin ouvert les yeux sur ses sentiments. Comment ne peut-elle pas voir que cela affecte Loan ? Le pauvre homme semble être à deux doigts de se jeter d'un pont.

Je lui demande si c'était bon. Elle répond vaguement, perdue dans ses pensées. En face, Alexandra a la main posée sur la cuisse de Loan. Quelle sangsue, cette fille.

— Je ne comprends pas pourquoi on continue à l'inviter.

— Quoi ? demande Violette, qui ne m'écoute pas.

— Je disais : pourquoi est-ce qu'on est encore amies avec Alexandra ?

Trop tard, je l'ai perdue. Violette se lève et m'abandonne pour les rejoindre. Je me réfugie dans mon prochain verre, les jambes croisées, et regarde le spectacle se dérouler sous mes yeux. Voir Violette rembarrer Alexandra, la main sur l'épaule de Loan, est absolument hilarant.

Ça l'est beaucoup moins quand cette sorcière laisse tomber et se rabat sur Jason, occupé à parler avec Ethan. Elle lui sourit, cambrant une hanche, et lui propose de danser. Je ne sais pas ce qui me rend le plus furieuse : qu'elle drague Jason, ou qu'elle le considère comme une roue de secours.

Non, je retire ce que j'ai dit.

Ce qui me rend le plus furieuse, c'est de le voir accepter.

∞

La bonne nouvelle, c'est qu'Alexandra a beau avoir dragué Jason toute la soirée, c'est avec moi qu'il rentre.

Dans tes dents.

Nous sommes actuellement sur son balcon, enroulés dans d'énormes couvertures, l'ordinateur en face de nous. Après avoir fait l'effort de regarder *Star Wars,* je l'ai obligé à visionner mes films préférés. Ce soir, on commence avec *Diamants sur canapé,* un classique. Et parce que je commence à le connaître, je lui ai préparé un quizz à la fin du film.

S'il répond correctement à la majorité des questions, je le récompense avec du sexe.

Sinon, il se la met derrière l'oreille.

Comme ça, je suis sûre qu'il écoute. Et ma foi, il semble déterminé à réussir le test parce qu'il me dit de me taire chaque fois que j'ouvre la bouche. Nous regardons donc le film à l'air frais, en sirotant du vin rouge, et c'est le meilleur *after party* que j'aie connu jusqu'à ce jour.

— Bon... je l'ai préféré à *Funny Face,* fut sa conclusion. Audrey Hepburn est une sacrée bombe.

— Totalement. Entre elle, Marylin et Grace Kelly, je ne sais plus où donner de la tête.

— Et Judy Garland. N'oublie pas Dorothée, s'il te plaît.

— Oh mon Dieu, oui !

Finalement, Jason passe le quizz avec brio. Il me porte jusqu'à la chambre sur son épaule, et après une séance de sexe intense, il est étendu à côté de moi, la respiration sifflante. Je suis sur le point de m'endormir, un écouteur dans les oreilles, quand je murmure :

— Jason.

Il grogne contre le matelas, son bras autour de ma taille.

— Ouais ?

Le silence s'étend à l'infini. Puis :

— On est exclusifs.

Après ça je ferme les yeux pour ne pas voir le sourire qui s'étend sur ses lèvres.

Et je fais un rêve qui m'est bien trop familier...

Trois ans plus tôt

ZOÉ

La vie est une énorme déception.

Mon frère met tout en œuvre pour se faire pardonner de la dernière fois, mais cela ne fonctionne plus. Je suis toujours sur mes gardes. Je m'enferme de mon propre chef la nuit. Quand je suis revenue au lycée avec un œil au beurre noir, Sarah a failli appeler les flics.

J'ai raconté aux autres que j'étais tombée dans les escaliers. C'est passé. Ça passe toujours tant que les gens ne veulent pas voir ce qui se passe sous leur nez. Sarah, quant à elle, a fait éclater une dispute sous prétexte que j'étais inconsciente de rester.

— Je comprends pas comment tu peux être aussi lâche, m'avait-elle dit, les larmes aux yeux. Faut vraiment être bête pour ne pas fuir après un truc pareil.

Ça m'avait fait plus mal que le coup de poing de Bryan. Suis-je lâche ? Peut-être. Tout le monde dit toujours que les femmes battues sont stupides. Parce qu'elles restent malgré les coups. Parce qu'elles continuent d'aimer malgré tout.

Sauf que personne ne se demande pourquoi avant de les juger.

Je suis cachée dans les toilettes du lycée quand j'entends un groupe de filles entrer.

— ... donc je lui dis que non, c'est pas ma pote. De toute façon, tout le monde sait que c'est une salope. Elle a embrassé Julien à la soirée, puis ensuite je l'ai vue partir avec Mathieu. Qui fait ça, sérieux ? Dans la même soirée !

Je m'assois précipitamment sur la cuvette et relève les pieds pour les poser à plat sur la porte, en faisant le moins de bruit possible. Je ne veux pas qu'elles me voient et se demandent ce que je fais ici pendant les heures de cours.

— Oui, enfin, c'est pas surprenant. T'as vu comment elle s'habille ? Elle cherche, aussi.

Je grince des dents, retenant de leur lancer un livre à la figure. Quelles idiotes.

— En parlant de salope, est-ce que tu sais si Sarah et Zoé ont rompu ?

Mon cœur s'arrête de battre dans ma poitrine. Je les entends se laver les mains.

— Aucune idée. Pourquoi ?

— T'as pas remarqué qu'elles ne se parlent plus ? Trop bizarre. Je suis sûre que Zoé l'a trompée avec un mec.

— Sérieux ? retentit une voix choquée.

— J'en sais rien, et honnêtement, je m'en fous.

« Alors pourquoi tu en parles, connasse ? » ai-je envie de lui répondre. Au moment où je suis sur le point de tirer la chasse d'eau et de sortir la tête haute, elles quittent les toilettes. Je reste silencieuse, méditant leurs paroles.

Est-ce que tout le monde croit qu'on a rompu ? Pire : est-ce qu'on a rompu ? Non, bien sûr que non. Sarah et moi, on s'aime. Notre couple, c'est du solide. On est juste en froid. Ça arrive à tout le monde.

Je m'assure d'être seule pour continuer ce que je faisais avant que les filles ne débarquent. Je me penche et fourre un doigt au fond de ma gorge. Le geste me dégoûte toujours autant, mais je persiste. Un haut-le-cœur me déchire la gorge.

Je suis exaspérée de ne rien voir sortir. Je sais que c'est parce que je n'ai rien avalé ce matin, mais j'avais espoir d'éliminer mon dîner d'hier.

Sarah serait si déçue de me voir faire ça. Les séances chez la psy commençaient à fonctionner avant que Bryan ne gâche tout. Il ruine tout ce qu'il y a de bien dans ma vie.

Soudain, quelqu'un toque à la porte de ma cabine. Je sursaute, figée sur place.

— Est-ce que tu veux bien sortir, s'il te plaît ?

Je presse les yeux, jurant dans ma barbe. C'est madame Lalouette, la conseillère principale d'éducation. Je n'ai pas le choix. Je tire la chasse d'eau et saisis mon sac avant de sortir, un sourire aux lèvres.

— Oui ?

Elle est là, me regardant avec inquiétude et... pitié.

— Bonjour, Dahlia.

— C'est Zoé.

— Est-ce que tout va bien ?

— Oui. Je suis juste un peu malade. Ça arrive tout le temps quand j'ai mes règles.

Elle hoche la tête sans me croire, puis pose la main sur mon bras dans un geste rassurant.

— J'aimerais te parler de quelque chose. On va dans mon bureau ?

Putain. Je suis piégée, je le sais. Je grimace en lui disant que je dois retourner en cours d'Histoire mais elle m'interrompt :

— Je te ferai un mot. Ça ne durera pas longtemps.

Je prends mon mal en patience et souris en la suivant. Nous traversons la cour côte à côte. Quelques élèves sont posés sous le soleil en attendant la fin de l'heure. Parmi eux est Sarah, assise en tailleur sur la pelouse. Elle est entourée de ses amies que je déteste. Elle rit à quelque chose avant de tourner la tête vers moi, comme si elle avait senti mon regard.

Son sourire disparaît quand elle prend conscience de la personne qui m'accompagne. Je détourne les yeux, le cœur douloureux.

Une fois que nous sommes arrivées à son bureau, la conseillère ferme la porte en m'invitant à m'asseoir. Nous restons silencieuses pendant une bonne minute. J'attends, impassible. Mon bleu à l'œil est devenu jaune avec le temps. Ses yeux s'y attardent une seconde de trop et je comprends.

Elle sait.

— Tu ne vas pas avoir de problèmes, rassure-toi. Je voulais juste prendre de tes nouvelles.

— Cool.

— Comment ça va, en ce moment ?

Bon sang, tuez-moi. Je fais semblant de ne pas comprendre son manège, priant pour qu'elle soit trop gênée et me laisse partir. C'est ce que font les gens, en général ; quand ils se sentent mal à l'aise, ils font semblant.

Comme le père de Tiago en apprenant son homosexualité. Il n'a jamais rien dit. Il sait, mais il fait semblant. Parce que c'est plus facile que de faire face à une vérité qui nous dérange.

— Ça va. Le lycée, ça craint. Mais c'est pas nouveau.

— Je vois. Rien d'autre ? Je sais qu'il est souvent intimidant de parler à des adultes, surtout à la CPE. Mais je suis là pour toi, Dahlia.

— Zoé, rectifié-je à nouveau.

— Tu peux me dire ce que tu veux.

Je reste silencieuse, haussant les épaules. Son regard intense ne quitte jamais le mien. Jusqu'à ce qu'elle en ait marre et soupire, déçue.

— Je sais très bien que tu n'es pas malade.

— Je dois y aller.

— Dahlia, attends ! s'exclame-t-elle quand je me dirige vers la porte, le cœur au bord des lèvres. Tu n'as pas à affronter ça toute seule. Je peux t'aider.

— J'y penserai. Au revoir.

Sur ce, je referme la porte et longe le couloir d'un pas pressé. Je ne me dirige pas vers ma salle de cours mais vers la sortie. Je ne me sens pas bien. Je me sens découverte, regardée, exposée, et je prie pour qu'elle n'appelle pas ma mère. Tout sauf ça.

Au moment de passer le portail, je sens une main se poser sur mon bras. Je fais un bond en arrière avant de découvrir Sarah, l'expression fermée.

— Qu'est-ce que tu fais ? m'accuse-t-elle.

Je ne peux pas lui mentir. Elle m'a prise sur le fait.

— Je rentre chez moi.

— Tu sèches, dit-elle en pinçant les lèvres. Encore. Tu ne fais plus que ça depuis des semaines. Si tu continues, tu vas rater ton bac, Zoé.

— Parce que ma vie t'intéresse, maintenant ?

Je le regrette tout de suite. En effet, mes paroles donnent l'impression de l'avoir giflée. Une partie de moi a envie de lui dire : « Chacune son tour ». Mais je me tais.

— Waouh. Alors on en est là ? murmure-t-elle, les yeux rivés sur ses pieds.

— À toi de me le dire. Tu m'ignores quand j'ai le plus besoin de toi.

— Je *suis* là pour toi. C'est pour cette raison et aucune autre que je te pousse à en parler, à te faire aider.

Tant que tu laisses ton frère faire... ce qu'il fait... tu ne t'en sortiras pas, Zoé. Tu sombres.

— Je peux pas aller voir la police, je te l'ai déjà dit.

— Alors je refuse d'être là pour voir ça.

Je m'éloigne du portail pour être sûre que personne ne nous entend. Elle me suit, les mains fermement accrochées à son sac. Je me rends compte, une fois n'est pas coutume, à quel point elle est magnifique. Je n'ai qu'une envie, c'est l'embrasser. C'est lui dire que tout ira bien, que je l'aime et que tout finira par s'arranger.

Jusqu'à ce que l'écho de sa dernière phrase trouve résonance en moi. Je la fixe sans comprendre.

— Qu'est-ce que ça veut dire, exactement ?

Elle ne répond pas. Mon cœur s'emballe et ma respiration se coupe dans ma poitrine. J'espère avoir mal compris, mais son expression ferme et résolue me donne peu d'espoir.

— Ça fait un moment que je veux te le dire... Je ne peux plus, Zoé, chuchote-t-elle. C'est trop.

Non. Non, non, non. Elle ne peut pas me faire ça. Je recule d'un pas sous le choc. J'ai toujours su que Bryan foutrait cette histoire d'amour en l'air. Qu'ai-je fait pour mériter ça ? Je ne comprends pas. Ne suis-je pas censée être la victime, dans l'histoire ?

Alors pourquoi suis-je la seule à perdre ce qui m'est le plus cher ?

— Tu me largues ?

Mon ton est amer. Ce n'était pas mon intention, mais je ne peux m'en empêcher. Je trouve sa réaction injuste. Si elle m'aimait, elle resterait.

« Dans un couple, il y en a toujours un qui aime plus. »

— Je suis désolée.

— Putain, je m'en tape, que tu sois désolée ! sifflé-je, les larmes coulant sur mes joues. Je... Je m'excuse, je...

je vais faire mieux. Je te le promets. Sarah, s'il te plaît, ne fais pas ça. Pas maintenant.

Je me déteste de pleurer, je me déteste d'être le genre de fille qui s'énerve quand on la jette. Je m'étais toujours promis de réagir avec dignité le jour où cela arriverait. Et pourtant, ma voix se brise lorsque je la supplie :

— Tu m'as dit que tu m'aimais.

— Et je le pensais, ajoute-t-elle, l'expression douloureuse. Mais... tu n'es plus la Zoé dont je suis tombée amoureuse. Regarde-toi... Tu sèches les cours, tu te bourres la gueule dès que tu peux, tu laisses ton frère te taper dessus et tu... tu pèses quoi, quarante kilos ? Tant que rien ne change, c'est plus possible. Je ne veux pas être responsable de ce que tu es en train de devenir. C'est trop pour moi. Je suis désolée... vraiment...

Je n'en crois pas mes oreilles. Abasourdie, la bouche entrouverte, je l'observe s'éloigner de moi en s'excusant. J'ai envie de lui jeter que c'est elle, la lâche.

Mais puis-je vraiment la blâmer ? Je suis trop maigre et pourtant encore trop grosse. Je suis fatiguée. J'ai l'esprit ailleurs. Je n'ai aucune idée de comment je vais avoir mon bac, et je viens de perdre la seule source de bonheur que j'avais.

Ce soir-là, dissimulée sous mes couvertures, je pleure en me promettant une chose : peu importe le temps que cela prendra, je vais redevenir la Zoé dont Sarah est tombée amoureuse.

Parce que je ne veux pas aimer quelqu'un d'autre.

23

JASON

Je me réveille au milieu de la nuit. Ce n'est pas dans mes habitudes, mais quand je cherche Zoé de la main, je comprends pourquoi. Elle n'est plus là. Sa place est vide et froide sous mes doigts. La pièce est toujours plongée dans l'obscurité, ses vêtements abandonnés par terre, près du lit.

Je me lève, seulement vêtu d'un boxer, et frotte mes yeux ensommeillés en pénétrant dans le salon. Il n'y a personne. Mes yeux tombent alors sur le comptoir de la cuisine, sur lequel sont étalés différents emballages de nourriture. Blanc de poulet, tablettes de chocolat, pain, fromage, céréales...

Je fronce les sourcils, confus. C'est quoi, ce bordel ? J'ai envie de sourire en imaginant Zoé se lever pour une fringale nocturne. Mais le cœur n'y est pas. Quelque chose cloche, je le sens dans mes tripes.

J'entends alors un bruit provenant de la salle de bain. Je m'y dirige d'un pas méfiant, en chuchotant :

— Zoé... ?

La porte de la salle de bain est entrouverte, un rayon de lumière éclairant le couloir. Je n'entre pas tout de suite, au cas où elle ne serait pas disposée à me recevoir. Et si elle était tombée malade ? Je m'apprête à l'appeler à nouveau quand je remarque involontairement son reflet dans le miroir.

Elle est penchée sur les toilettes et je pense qu'elle est effectivement malade, alors j'ouvre la porte en grand.

Et je me pétrifie sur place. Des frissons glacés se fraient un chemin le long de mon dos jusqu'à ma poitrine et je reste immobile sans savoir quoi faire. Impuissant.

— Qu'est-ce que...

Zoé est agenouillée sur le sol froid, seulement recouverte d'un tee-shirt, clairement en train de se faire vomir. Ses cheveux roses forment un rideau autour de son beau visage en pleurs et ses frêles épaules tremblent sous la violence de ce qu'elle se fait subir.

Je sais qu'elle m'a entendu entrer mais elle ne s'arrête pas pour autant, enfonçant trois doigts profondément dans sa bouche ouverte.

L'image est glaçante.

« Tu ne manges pas ton muffin ? »

« Je suis grosse dedans. »

« Oh, Zoé... je t'avais pas vue. Toujours près du frigo, à ce que je vois. »

Putain, non.

Mon cœur se brise en mille morceaux à mes pieds.

— Zoé, arrête, soufflé-je, sous le choc.

Je fais un geste vers elle mais elle me repousse brutalement, enfonçant son doigt toujours plus loin dans sa gorge.

— Dégage, Jason. Bordel, pourquoi ça ne veut plus ! rage-t-elle en pleurant de plus belle.

Je suis toujours enraciné dans le sol, trop choqué pour réagir. Qu'est-ce que je suis censé faire ? L'arrêter ? La laisser faire ? *Je n'en ai aucune foutue idée !* Zoé se retrouve secouée d'un nouveau haut-le-cœur, les restes de son dernier repas se répandant dans les toilettes.

Je la regarde sangloter en se prenant la tête entre les mains, les coudes sur la cuvette. Cette fois, c'est trop.

— Ça suffit, tranché-je sèchement. Tu te fais du mal.

— Va-t'en, je te dis !

Je l'ignore et tente de l'éloigner des toilettes. Elle se débat en m'insultant, frappant mes mains et griffant mes doigts. *On dirait un animal.* Cette simple pensée sert d'électrochoc. Je réagis enfin et la soulève de force tandis qu'elle m'ordonne de la laisser tranquille. Ses pleurs me prennent à la gorge et me tuent à petit feu.

Je fais ça pour son bien, je fais ça pour son bien, je fais ça pour son bien...

Putain, comment ai-je pu être si aveugle ?

— Je suis désolé, ne cessé-je de dire en l'éloignant de la salle de bain, ses jambes donnant des coups dans le vide. Ça va aller, je te le promets. Pardonne-moi...

Elle se débat toujours entre mes bras, sanglotant de plus belle, et je la serre contre mon cœur en lui murmurant des excuses interminables. Les yeux me piquent tandis que nous restons par terre au milieu du salon, enlacés.

Je tiens sa tête contre le creux de mon épaule, et cette fois c'est elle qui pleure en disant qu'elle est désolée.

— Je suis là, chuchoté-je contre ses cheveux comme une prière. Je ne te lâche pas... je ne te lâche plus.

Elle s'accroche à moi comme à une bouée en pleine tempête et je sais à cet instant précis que Zoé est bien plus brisée que je ne le pensais.

Sauf que maintenant, je suis là.

Et je ne compte aller nulle part.

∞

Je n'ai pas fermé l'œil de la nuit. Quand Zoé a fini par se calmer, je l'ai portée jusqu'au lit et elle n'a pas tardé à s'endormir. Depuis, je n'ai fait que la regarder, comme si elle pouvait se sauver d'un moment à l'autre.

Évidemment, la culpabilité m'enserre la gorge le reste de la nuit. Jusqu'à ce que je me raisonne : je ne suis pas la raison de son mal-être. Ce n'est pas nouveau, c'est certain. Même si mes remarques débiles n'ont pas aidé...

Quand pointe le matin, je l'abandonne et m'habille pour ranger la cuisine. *Que suis-je censé faire, maintenant ?*

Croyez-le ou non, la première chose à laquelle je pense est d'appeler ma mère pour lui demander conseil. Sauf que je n'ai pas envie de trahir le secret de Zoé...

C'est pourquoi je fais appel à mon deuxième parent : Google.

Comment aider une personne boulimique ?

Je reste assis au comptoir de la cuisine, faisant défiler les multiples résultats. Je tombe sur un site dédié aux proches de gens atteints de TCA – troubles du comportement alimentaire.

Je note les conseils donnés à l'entourage sur mon téléphone :

– parler d'autre chose que de la nourriture

– ne pas la trahir

– apporter son écoute sans jugement

– éviter tout commentaire sur la façon dont elle devrait manger ou sur son physique

– déléguer le sujet de l'alimentation à un professionnel

Si je propose à Zoé de voir un psy, elle risque de me dire d'aller me faire foutre et de partir sans se retourner.

Oui, sauf que ce n'est pas le plus important, là, dans l'immédiat. Je me retrouve donc à préparer le petit déjeuner en cherchant les bons psychologues spécialisés dans les TCA. Je ne peux pas faire autrement.

Je note quelques numéros pile au moment où je relève la tête pour apercevoir Zoé, debout dans l'embrasure de la porte. Mon cœur s'emballe, paniqué. J'ai peur de faire une connerie, alors je lui souris comme si de rien n'était.

— Salut. Bien dormi ?

Elle hoche la tête sans me regarder, les yeux éteints. Je la connais, je sais qu'elle a honte. Elle aurait préféré que je n'assiste pas à cette scène, hier. Puisque je ne veux pas la mettre mal à l'aise ou lui faire penser que je la juge, je m'approche pour lui embrasser la bouche. Mes mains sont sur ses hanches.

— Tu veux faire quoi, aujourd'hui ? lui demandé-je, en revenant à ma salade de fruits.

Je découpe les fraises tandis que Leia, Dark Vador et Han Solo embêtent Zoé. Celle-ci les caresse en répondant à voix basse :

— Je ne sais pas.

Je lui propose d'y réfléchir, puis je fais griller des tranches de pain. J'ai cuisiné un petit déjeuner équilibré pour m'assurer qu'elle mange quelque chose. Mais je commence à me dire qu'elle va l'interpréter de travers.

Zoé s'assoit à table, jetant un œil à son bol de fruits accompagné d'un verre de lait et de deux toasts grillés. Je fais semblant de regarder un message sur mon téléphone, en faisant défiler la liste de conseils à la place.

Même le jour du bac, je n'étais pas aussi nerveux.

— Je n'ai pas faim.

Je garde un ton léger malgré mon sourire crispé. « Apporter son écoute sans jugement ».

— D'accord... Comme tu veux.

Elle me fusille du regard, caressant Han Solo contre son cœur.

— Arrête de me regarder comme ça, Jason.

— Moi ? Je te regarde comment ?

— Comme si j'étais un chiot qu'on allait euthanasier. Je ne vais pas mourir, OK ? Passe à autre chose.

Bon. De toute évidence, cela ne se passe pas comme je l'avais imaginé. J'avais plutôt en tête des larmes, des baisers et des « je veux aller mieux ». Comme dans les films, quoi.

— On n'est pas obligés d'en parler si tu n'en as pas envie, dis-je, en finissant ma bouchée. Mais non, désolé, je ne vais pas passer à autre chose. Quel genre de mec je serais si je faisais semblant et te laissais dans ta merde ?

— Tu ne serais pas le premier, voilà quel genre de mec.

Je la fixe, avec sérieux cette fois, et soupire. Nous sommes donc dans le vif du sujet. À moi de jouer.

— Écoute... Je veux juste que tu saches que je ne te juge pas. Peu importe ce que tu traverses. Je n'ai aucune idée de ce que ça fait d'être dans ta peau, dans ta tête. Tout ce que je sais, c'est que tu n'es pas seule. Tu peux tout me dire. Mais surtout : tu es magnifique, Zoé. Je ne sais pas qui t'a fait croire le contraire, mais tu n'as pas besoin de maigrir. Et tu ne devrais pas te faire subir ce genre de choses sous prétexte que la société est une salope. Tu es parfaite, soufflé-je, à court de mots.

Elle ne me regarde pas, secouant la tête. Mon petit discours n'a pas l'air de l'émouvoir. Peut-être m'en veut-elle d'avoir mis le sujet sur la table. J'ai très probablement tout fait de travers. Comme d'habitude.

— C'est gentil, vraiment, mais tu ne comprends rien.

— Alors explique-moi.

— Laisse tomber, Jason, réplique-t-elle, en se relevant. Je vais rentrer chez moi, maintenant. Merci pour cette nuit.

Je laisse tomber mon petit déjeuner et la suis dans la chambre, énervé. Zoé m'ignore, retirant mon tee-shirt pour se vêtir de ses propres vêtements. Je la regarde faire, cherchant ses yeux qui me fuient.

— Qu'est-ce que je ne comprends pas ? Dis-moi ! Je veux simplement t'aider.

— Tu ne peux pas m'aider, tout simplement parce que tu prends le problème à l'envers, dit-elle en faisant volte-face. Tu dis que c'est horrible, ce que je me fais subir, juste parce que la société dit que je suis grosse, mais c'est tellement réducteur de dire ça ! C'est une maladie, Jason. D'accord ? Parfois, ça n'a rien à voir avec le poids. Si je mange jusqu'à en être malade, c'est pour remplir un vide, le vide que trop de gens ont creusé dans mon cœur, et si je me fais vomir, c'est pour me punir de n'être qu'une merde. Mon poids n'est que l'emballage du problème. Alors s'il te plaît, ne minimise pas ma maladie en disant que, si je me fais vomir, c'est parce que je ne supporte pas d'être grosse. C'est bien plus que cela.

Je n'ai pas les mots. Je me sens si con, tout à coup. Elle continue d'enfiler sa robe et ses collants tandis que je me passe la main dans les cheveux, silencieux. J'ai envie de lui demander de m'excuser, car je me suis manifestement planté en beauté, mais j'ai peur de sortir une nouvelle connerie.

Putain, je déteste me sentir impuissant.

— Excuse-moi, murmuré-je. Je n'ai jamais voulu le dire comme ça... J'essaie juste de faire les choses bien.

À ces paroles, Zoé s'arrête et me regarde enfin. Ses yeux sont remplis de larmes, mais aucune ne coule. Je ne sais pas ce qu'elle voit sur mon visage, mais elle se radoucit automatiquement.

— Je sais. Tu ne pouvais pas savoir... désolée.

— Zoé... je crois que tu as besoin d'aide.

— Non, reprend-elle, en enfilant ses chaussures. Ça va aller. J'étais malade, mais je ne le suis plus. C'est juste une rechute. Je suis plus forte que ça.

J'hésite avant d'aller m'asseoir à côté d'elle, sur le lit. Je lui demande ce qui a provoqué cette rechute et elle met quelques secondes à répondre.

— J'ai grandi avec mes parents jusqu'à mes huit ans, soupire-t-elle. Il y avait mon grand frère, aussi. À cette époque, ma mère me punissait et me récompensait avec de la nourriture. Je ne crois pas qu'elle s'en rendait compte. Par exemple, si j'avais fait une bêtise, j'étais privée de dessert. Et si je ne pleurais pas chez le dentiste, ma récompense était un gâteau à la boulangerie. Du coup, j'ai grandi avec cette idée que la nourriture dictait chacun de mes actes.

Je me tais, l'écoutant attentivement. La voir se confier sur son passé est si rare que je ne veux pas l'interrompre. Elle fixe ses ongles en parlant, le regard lointain.

— Puis mon père est parti. Il ne supportait plus ma mère, qui était devenue alcoolique. Je l'ai supplié de me prendre avec lui, mais il m'a souhaité bonne chance avant de fuir. Je l'envie tellement d'avoir pu se tirer... j'aurais dû faire la même chose quand j'en avais encore l'occasion.

— Qu'est-ce qui s'est passé ?

Elle hausse une épaule.

— Famille merdique ; typique. J'étais mince, tu sais ? Je mangeais sans me priver, mais je n'ai jamais été en surpoids. Jusqu'à mes douze ans. J'ai connu des problèmes respiratoires assez graves, ma mère se levait toutes les nuits parce que je m'étouffais et n'arrivais plus à respirer. Elle m'emmenait aux urgences, mais personne n'était en mesure de me dire ce que j'avais. Alors on m'a prescrit de la cortisone... et j'ai pris cinq kilos en deux semaines.

Elle fait une pause à ce moment précis, en se mordant la lèvre si fort qu'elle y laisse une trace blanche. C'est un réflexe, je lui saisis la main pour la pousser à continuer.

— Quand ma mère a vu ça, elle a flippé. Alors j'ai flippé avec elle. On n'avait pas de balance, du coup j'allais me peser plusieurs fois par semaine chez le pharmacien, en bas de la cité. C'était humiliant. Je grossissais et gonflais à vue d'œil. Ma mère m'a fait arrêter mon traitement aussitôt et m'a obligée à reprendre une alimentation équilibrée. Je n'étais pas grosse, à ce moment-là. Mais j'ai fini par le penser. Alors, même quand j'ai fini par arrêter la cortisone, j'ai continué de grossir. Car cette fois, je mangeais à outrance. Pas parce que j'avais faim, mais parce que je voulais combler un vide. Je pensais... que ma mère ne m'aimerait pas si j'étais grosse. Me remplir le ventre, m'arrondir, ça me permettait de mettre de la distance entre le monde et moi.

Je dessine des cercles lents sur le dos de sa main, silencieux. Zoé est tellement belle et sexy, elle paraît si sûre d'elle et consciente de son corps que jamais je n'aurais pensé à un truc pareil. C'est terrible.

— Ensuite, ça n'a fait qu'empirer. J'oscillais entre crises de fringale et régimes draconiens durant lesquels je m'affamais. J'ai commencé à me faire vomir à seize ans. Je voyais le psy de l'école, mais ce n'était pas assez. À dix-sept ans, je faisais trente-neuf kilos. Je me suis évanouie en plein cours, on a dû m'emmener à l'hôpital. Les médecins m'ont obligée à « voir quelqu'un », c'est comme ça que j'ai pu comprendre le mécanisme de ma maladie ; et c'est allé mieux. Je n'ai plus refait de crise, depuis.

— Hier était la première fois depuis le lycée ?

Elle hésite, l'air coupable.

— Oui. Mais j'ai essayé à plusieurs reprises, ces derniers mois.

— Pourquoi ?

Je ne sais pas si elle se rend compte que son visage change de couleur presque instantanément. Je sais alors qu'il s'agit d'un mensonge quand elle dit :

— Aucune idée.

— Et ce type qui te demande de l'argent... tu ne penses pas que c'est source de stress ? Zoé, tout cette histoire m'inquiète.

Je fais appel à des forces obscures pour ne pas jouer les mecs jaloux et demander qui est cet homme. Un ex-petit ami ? Pourquoi lui demande-t-il de l'argent ? Est-il vraiment dangereux ? Chaque jour qui passe, je me déteste de ne rien faire pour l'aider.

Elle se racle la gorge.

— Si, je suppose. Mais ça va aller. Je te le promets.

Un silence passe durant lequel je ne sais pas quoi dire. Finalement, je joue la carte de l'honnêteté.

— Putain, Zoé, je me sens désemparé, là. J'ai envie de te dire des millions de choses après ce que tu viens de me confier, mais j'ai peur de sortir une nouvelle connerie et que tu m'en veuilles.

— Peu importe. Dis ce que tu as à dire. Je n'aurais pas dû te crier dessus comme ça.

— J'ai envie de te dire que je suis désolé, même si je n'y suis pour rien, et que tu es aimée. Tellement. Et si ta famille ne t'a pas aimée comme elle l'aurait dû, alors qu'elle aille se faire foutre. Regarde-moi : j'ai été élevé et aimé par des gens qui n'ont aucun lien de parenté avec moi. Pourtant, ce sont mes parents. Ce sont mes sœurs. Je pourrais crever pour eux. La famille, ce n'est pas ton sang. Ce sont ceux que tu choisis : Loan, Ethan, Violette, Tiago...

— Toi ?

Je la regarde intensément.

— Moi aussi, dis-je enfin. Je suis ta famille.

Elle sourit pauvrement et se réfugie dans mes bras, dans lesquels je l'enveloppe tendrement. J'ajoute tout de même :

— Mais je suis plutôt un cousin *très très très très* éloigné. Limite cousin par alliance, tu vois ? On couche quand même ensemble, c'est moyen.

Elle rit contre ma poitrine, puis se redresse en essuyant ses larmes. Je saisis son visage entre mes mains et dépose plusieurs baisers chastes sur sa bouche, puis le long de sa mâchoire.

— Le vide, tu peux le combler autrement. Et je vais t'aider. Même si Google n'a pas été d'une très grande aide jusqu'ici...

— Google ? lance-t-elle.

Je grimace, gêné.

— Je savais pas trop comment réagir après hier, alors j'ai fait des recherches sur Internet. J'ai trouvé pas mal de sites intéressants, mine de rien ! Tu savais que la plus grosse omelette du monde pesait 4,400 tonnes ?

Zoé ne me demande pas comment j'ai pu tomber sur ce genre de résultats durant mes recherches. Elle ne rit pas non plus. Elle se contente de m'observer, me caressant le menton du bout des doigts.

— Tu as cherché sur Google comment m'aider ?

— Bah... ouais.

Cette fois, un sourire illumine son visage en larmes.

— Jamais quelqu'un n'a fait ça pour moi.

24

ZOÉ

Je suis en train de tomber amoureuse.

Je ne sais pas trop comment c'est arrivé, mais c'est bel et bien là. Ce sourire débile dès qu'il m'envoie un message. Ce besoin viscéral de le toucher lorsqu'il se trouve à proximité. Ce cœur qui s'accélère quand il me sourit.

Je m'étais interdit de tomber dans le panneau. L'amour, c'est trop compliqué. Je n'ai pas de place pour une relation dans ma vie, pas avec toute la merde que je me trimballe. C'est ce que je me répète chaque fois que Jason et moi nous voyons pour coucher ensemble.

Ce qui arrive *très souvent*.

Nous devenons littéralement inséparables. Les rares fois où l'on ne se voit pas, on s'envoie des GIFS tout au long de la journée. Cela devient compliqué de le cacher aux autres, bien qu'Ethan soit désormais au courant. Celui-ci se plaint de « devoir garder les secrets de tout le monde ». Allez comprendre.

Donc, comme je le disais, j'essaie de me raisonner. Chose assez dure à faire quand Jason m'envoie ce genre de messages :

Jason : OK, moment confession : j'adore être avec toi.

Jason : Je te jure.

Jason : Genre, tu m'excites tellement.

Jason : Mais j'ai aussi envie de te faire le petit déjeuner au lit, tu vois ?

Jason : Et de t'emmener au restaurant.

Jason : Puis de te baiser dans la voiture juste avant d'y aller parce que tu portes cette petite robe que j'aime tant.

Jason : Est-ce que je fais sens ?

Dans ces moments-là, je fais quelque chose que je n'ai pas fait depuis longtemps.

Je vagabonde sur le profil Facebook de Sarah. Je regarde les dernières photos postées, le cœur douloureux. Elle est magnifique, tout autant que dans mon souvenir. En général, cela m'aide à me ressaisir temporairement.

Peut-on aimer deux personnes à la fois ?

Avant même d'y réfléchir, je clique sur « Envoyer un message privé ». Mon cœur frappe du poing dans ma poitrine, terrifié. Mes doigts planent au-dessus du clavier, tremblants.

Tu me manques.

Je bataille intérieurement – l'envoyer, pas l'envoyer ? – quand la sonnerie de mon téléphone m'interrompt. Je sursaute et efface le message avant de décrocher.

— Allô.

— Zoé ?

Je plisse le front, ne reconnaissant pas la voix.

— C'est Julie, la sœur de Jason. On s'est vues il y a deux mois environ...

Je me raidis, étonnée. Je ne m'attendais pas à ça. Comment la sœur de Jason a-t-elle eu mon numéro ?

Un mauvais pressentiment m'étreint la poitrine et je m'empresse de demander si Jason va bien. Ce crétin pourrait s'être vraiment étouffé avec un glaçon !

— Oh oui, ne t'en fais pas ! Désolée, c'est bizarre. Je ne voulais pas te mettre mal à l'aise ou t'inquiéter. Tu n'es pas mal à l'aise, si ?

Si, terriblement.

— Non...

— Super. Ne le dis pas à Jason sinon il risque de me tuer ; il dit que je lui fais honte quand j'insiste. Mais je voulais savoir si je pouvais te faire changer d'avis pour ce soir ?

— Ce soir ?

Cette conversation devient plus gênante de minute en minute. Je vois Tiago qui avance vers moi, prêt à traverser la rue. On est censés rentrer ensemble.

— Oui. Je savais que mon frère n'oserait jamais t'inviter alors j'ai pris l'initiative, mais il m'a dit que tu avais autre chose de prévu. Je déteste passer pour la sœur collante mais ça me ferait très plaisir que tu sois là. Est-ce que... est-ce que tu es toujours occupée, ce soir ?

Je reste silencieuse, la bouche entrouverte, jusqu'à ce que je comprenne. Tiago me salue silencieusement de la main, face à moi. Je me tourne pour ne pas qu'il voie la douleur envahir mes traits.

— Ce n'est rien d'intime, pas de panique ! me rassure Julie. Il y aura des amis de la famille, des collègues de mon père... une soirée, quoi. Tu peux passer à n'importe quelle heure.

Oui, sauf que Jason ne souhaite pas m'y voir. C'est assez clair, non ? Sa sœur m'a invitée et il a répondu que j'avais quelque chose de prévu. Or, il n'a jamais évoqué cette fête si ce n'est pour me demander des conseils vestimentaires.

— J'ai une fête, ce soir, inventé-je après m'être raclé la gorge. Je suis désolée. Une autre fois, peut-être.

Jason a honte de moi. Je sais que notre relation ne prête pas aux présentations familiales, mais je pensais que nous étions au moins amis. Nous le *sommes.* Pas vrai ?

— Bon... j'aurai essayé, répond Julie. Attends, je t'envoie l'adresse par message – juste au cas où.

Je la remercie et lui souhaite bonne soirée. Quand je raccroche, Tiago me demande ce qui se passe. Choquée et déçue, je me tourne vers lui en fourrant mon téléphone au fond de mon sac.

— Ce soir, on se bourre la gueule.

∞

— Allez, cul sec ! m'encourage Tiago, en me tendant mon troisième shot.

Je ne rechigne pas et suis le mouvement en riant. Ça fait du bien de laisser couler, le temps d'une soirée... Rien qu'une soirée. Ce soir, je ne pense ni à Sarah, ni à Jason ni à Bryan. Rien qu'à moi.

Les fêtards affluent et les musiques latinos s'enchaînent. Tiago va danser pendant que je le regarde et l'encourage en criant. Un type plutôt mignon vient flirter avec lui mais il lui murmure quelque chose qui a le don de le faire déguerpir.

Mon portable vibre et je le sors avec lenteur, abrutie par les shots de tequila.

Jason : Mes boutons de manchette font fureur.
Jason : Pas que je sois surpris ;)

Connard.

Je crois l'avoir dit à voix haute car Tiago pose la main sur mon bras en signe de solidarité.

— Qu'est-ce que tu en as à foutre ? me demande-t-il. Tu as bien insisté sur le fait que c'était pas ton mec, non ?

— Ce n'est pas la question. Si tout était OK entre nous, il m'aurait invitée. Ou alors il m'en aurait parlé pour rire, genre « Ma sœur voulait que tu viennes, ha-ha-ha, n'est-ce pas hilarant ? Ha-ha-ha ».

Tiago me regarde comme si j'étais folle. Je roule des yeux. Je continue :

— Au lieu de quoi il a répondu à ma place, cet enfoiré. Et j'aimerais bien savoir pourquoi. Bon, j'ai quelques problèmes, *je l'avoue*, mais ce n'est pas une raison pour me snober. C'est un truc de riche ça – nous snober.

— Très juste, confirme Tiago en me tendant un nouveau verre. Il ne sait pas ce qu'il rate !

— Bien dit.

Il hoche la tête d'un air grave, puis nous avalons cul sec.

Quant à ce qui se passe ensuite... Disons que je perds vite le contrôle. Je danse avec Tiago de manière très suggestive, puis je me fais draguer par deux filles à jupe courte. Sauf que je ne me sens pas d'humeur à flirter.

Jusqu'à ce que le serveur mette le feu au bar, comme dans les films, et que trois filles montent dessus une fois celui-ci éteint. Tiago me pousse à faire de même, et bientôt, tout le bar m'encourage. Je ne veux pas les décevoir, alors je retire mes talons et le serveur m'aide à grimper. Deux filles dansent à côté de moi, super canons.

Je me déhanche avec sensualité, motivée par les sifflements de la foule. Il y a même un mec qui me crie de jeter ma culotte – je n'invente rien. Et parce que j'ai toujours rêvé de faire ça, je le fais. Une vraie Coyote Girl, je vous jure.

J'aimerais vous dire que je contrôle la situation, mais ce n'est pas le cas. Quand je me retrouve à escalader un des murs entourant la maison des Delaunay, je ne contrôle absolument rien.

Au compteur : + 5 shots de tequila ; – 1 culotte ; 0 dignité.

— Pourquoi on n'est pas passés par l'entrée, déjà ? me questionne Tiago, qui pousse sur mes fesses.

Je tousse, en m'étouffant avec des fougères, avant de chasser celles-ci des mains. J'ai bien l'intention de montrer à Jason qu'on ne me prend pas pour une conne.

— Très bonne question, chuchoté-je après réflexion. Pour lui faire la surprise.

— Ça me rappelle l'épisode de New Girl, quand Nick s'infiltre chez Prince. Sauf que là, t'es cuite.

Je ris en me hissant sur le rebord, la vue obstruée par les plantes. J'entends absolument tout ce qui se passe dans le jardin, bien que la musique soit largement étouffée par le bruit des conversations. Des rires, aussi. Je me demande si je peux sauter et atterrir comme si de rien n'était.

Les gens sont-ils proches du mur ? Pourquoi seraient-ils proches du mur, pour commencer ?

— J'y vais, chuchoté-je à mon meilleur ami, qui me siffle d'attendre.

Je repousse les feuilles de devant mon visage pour tenter d'apercevoir quelque chose. L'effort me déséquilibre et je tombe avant même que mon cerveau ne percute. Je laisse échapper un cri en chutant dans le vide.

Sans savoir comment, mon corps heurte la surface de l'eau et je me retrouve submergée, les fesses touchant un sol dur. Je bats des jambes et des pieds, persuadée de mourir. J'ai l'impression que la scène dure des heures.

Suis-je en train de me noyer ? *C'est quoi, ce bordel ?*

Ma tête finit par percer la surface et mes poumons s'emplissent d'air à nouveau. J'ouvre grand la bouche, trempée et stupéfaite. Il me faut quelques secondes pour repousser les cheveux collés à mes yeux, haletante.

Seule la musique continue de jouer. En ouvrant les paupières, je comprends. Une immense piscine est rattachée au mur du jardin et une cinquantaine d'invités m'a vue tomber dedans.

Oh merde.

Absolument tout le monde me reluque avec choc et confusion. Je m'apprête à leur dire que je me suis trompée de jardin quand je remarque quelqu'un me rejoindre.

Jason nage doucement jusqu'à moi, vêtu de son fameux costume, et me tend la main. Son expression est fermée. Je n'ai jamais été aussi humiliée de ma vie et je ne peux m'en prendre qu'à moi-même. *Qu'est-ce qui m'a pris ?*

— Viens, me dit-il, dans le silence pesant. Tu t'es fait mal ?

Je veux lui dire que je suis désolée, mais je réussis seulement à secouer la tête. Il semble soulagé.

— Elle n'a rien ! s'exclame-t-il tout haut, un sourire de connivence sur les lèvres. Vraiment désolé pour cette interruption. Il faut dire que chez les Delaunay, les jolies femmes tombent souvent du ciel.

L'assemblée rit avec embarras. J'accepte sa main et sors de la piscine avec toute la dignité dont je peux faire preuve dans une telle situation. Ma robe me colle à la peau, si bien que je la descends pour cacher mes jambes le plus possible.

Je jette à peine un œil au jardin, élégamment décoré de guirlandes lumineuses et de canapés blancs. Je remarque Julie et Jade, coupe de champagne à la main. La première me regarde avec stupeur tandis que la deuxième secoue la tête, les bras croisés.

Bon Dieu, ce que je la déteste.

— Qu'est-ce que tu fais là ? murmure Jason, en m'emmenant à l'intérieur.

Nous passons une baie vitrée coulissante, main dans la main, et j'ai honte de dégouliner partout.

— Je suis tellement... HIPS ! dis-je, prise d'un hoquet terrible. Désolée.

— Tu as bu ?

Nous entrons dans une salle de bain et il ferme la porte derrière nous. Il n'a pas l'air fâché, juste confus. Verrai-je un jour Jason Delaunay énervé ? Telle est la question.

— Rien qu'un peu, mens-je.

Il saisit deux serviettes, enveloppant l'une autour de mes épaules et utilisant l'autre pour me frictionner les cheveux avec douceur. Je le laisse les sécher, cherchant mes mots. Je me demande où est Tiago...

Jason me dit de m'asseoir sur le rebord de la baignoire quand quelqu'un frappe à la porte. Il leur dit que c'est occupé, s'agenouillant pour me sécher les jambes.

Il s'arrête soudain, interdit.

— Seigneur, Zoé ! Tu n'as pas de culotte !

Je soupire tandis qu'il soulève le bas de ma robe, éberlué.

— Je sais... Je l'ai perdue.

— Comment ça, tu l'as perdue ? s'indigne-t-il.

Je me mets à pleurer sans pouvoir m'arrêter, signe que la gueule de bois approche. Je lui dis que j'ai perdu ma culotte mais aussi Tiago, et que maintenant je suis toute mouillée et qu'il a honte de moi et que sa sœur m'a invitée mais qu'il a dit non et que j'ai envie de vomir parce que j'ai trop bu.

Je ne sais pas s'il comprend tout mais son visage s'adoucit. Il m'attire doucement vers lui. Je m'agenouille entre ses jambes, le mascara me piquant les yeux.

— Zoé. Si tu voulais venir, pourquoi tu l'as pas dit ?

— J'étais pas au courant !

— Tu aurais pu m'envoyer un message quand tu l'as découvert et m'engueuler. Là, je t'aurais dit de venir.

— J'ai encore ma fierté, merci. Tu as dit à ta sœur que j'avais quelque chose de prévu, par conséquent tu ne veux pas de moi ici.

Il fuit mon regard, mal à l'aise. Ses mains sont confortablement placées sur mes hanches.

— Tu dis n'importe quoi... Si j'ai dit à Julie que tu étais déjà occupée, c'est parce que j'étais sûr que tu détesterais l'idée. Zo, tu m'as bien fait comprendre que toi et moi, c'était que pour le sexe. Du coup, je ne savais pas si m'accompagner à une fête de famille et rencontrer mes parents était OK.

Encore une fois, il a raison.

— Mais je n'aurais pas dû parler à ta place. J'en suis désolé. La prochaine fois... ajoute-t-il avec un petit sourire, choisis au moins la porte d'entrée, d'accord ? J'ai cru que tu t'étais brisé le crâne.

Je grimace en me cachant le visage des mains. Je hais la tequila. Quelqu'un toque à nouveau et je me sens mal. Jason m'embrasse chastement avant de se lever pour ouvrir. Sa sœur Jade patiente dans le couloir, glaciale.

— Je peux te parler deux minutes ?

— Je reviens, me dit-il, avant de me laisser seule.

Jade me hait. Elle m'a dans le collimateur depuis notre première rencontre et je ne peux pas le lui reprocher. Les deux fois, j'ai été une sacrée garce.

Je cherche mon téléphone pour appeler Tiago avant de me souvenir de lui avoir laissé mon sac.

— C'est occupé ?

Je sursaute en me tournant. Un homme d'âge mûr se trouve à la porte et me regarde d'un air inquisiteur, le doigt pointé sur les toilettes. Je lui dis d'y aller et sors de la salle de bain, tremblante de froid. J'espère que ma robe n'est pas transparente...

— ... sérieux. J'ai honte, Jason.

Je m'immobilise au milieu du couloir. La voix de Jade me parvient de la fenêtre ouverte à quelques mètres.

— Arrête, rétorque Jason d'une voix tendue.

— Elle a voulu entrer par effraction et est tombée dans notre piscine ! Devant les collègues de papa et les amis de maman. Tu sais bien choisir tes relations, Jason, bravo.

— Oh, lâche-moi. Elle n'a rien fait de mal et les gens en rigolent. Il n'y a que toi qui as besoin de péter un coup.

Je ne veux pas en entendre plus car je sais que cela va déraper. Dois-je manifester ma présence ?

Il y a un silence froid, puis Jade ajoute fermement :

— Ne te voile pas la face. Je ne suis pas dupe, je sais que tu ne l'as pas invitée. Et pourquoi, selon toi ? Tu *savais.*

Cette simple phrase me frappe en plein cœur. J'attends que Jason aille dans son sens, les jambes flageolantes, mais sa réponse ne pourrait pas être plus claire :

— Tu as raison. Je savais que toi et ces autres trous du cul la jugeraient parce que, contrairement à vous, elle n'est pas putain de barbante. N'essaie pas de me faire culpabiliser quand ma seule motivation était de la préserver de ton mépris merdique.

Oh.

Je veux retourner dans la salle de bain pour ne pas donner l'impression d'écouter aux portes mais c'est toujours occupé. Jason réapparaît alors, la colère voilant ses yeux. Il se fige en me voyant, puis contracte la mâchoire en me prenant la main.

— On rentre.

25

JASON

Après cette soirée désastreuse, Zoé me fait promettre de l'excuser auprès de mes parents pour l'épisode de la piscine. Je la rassure en lui disant que c'était ce qu'il y avait de plus intéressant au cours de cette fête. Même ma mère a regretté notre départ précipité – une vraie *gossip girl.*

Je ne sais pas si Zoé a entendu Jade la qualifier de « cas social » et de « Marie-couche-toi-là », mais elle n'y fait pas allusion. Je l'ai ramenée chez moi pour qu'elle cuve dans mon lit. Elle m'a parlé de sa soirée et de la perte malheureuse de sa culotte, puis de sa colère quand elle a cru me faire honte.

J'aurais dû l'inviter, elle a raison. Seulement, j'avais peur que cela ne consiste à briser l'une de nos règles implicites. De ça, nous n'avons pas reparlé. J'ai déjà du mal à me faire à l'idée que je puisse vouloir « plus »... Chaque chose en son temps.

— OK, donc, je récapitule, soupiré-je, le cerveau en ébullition. Je suis une maladie...

— C'est pas tellement une maladie, plutôt une infection, me coupe Loan.

Putain, je suis nul à ce jeu. Violette, Loan, Zoé et moi sommes assis à la table du salon, faisant une partie de devine-tête. Zoé semble distante depuis le début de la soirée, bien qu'un léger sourire flotte sur ses lèvres à la vue du post-it collé sur mon front.

— D'accord, donc, une infection que j'ai attrapée, c'est bien ce que vous avez dit ?

— Ça, on n'en sait rien, me rassure Violette, en jetant un regard noir à Zoé, qui répond :

— Conneries. C'est bien son genre, d'attraper un truc pareil.

Il me faut encore quelques secondes avant de comprendre. Je me tourne vers Zoé, dont le rictus est carnassier, et l'applaudis ironiquement.

— Ha-ha, je suis mort de rire. Le sida ?

— On t'a dit que c'était une IST, pas une MST, espèce d'inculte.

Bon sang, elle est dure, ce soir.

— La syphilis ?

— Cherche encore.

— Le papillomavirus ?

Violette éclate de rire tandis que Zoé grogne d'exaspération.

— Bon Dieu, il va toutes nous les faire ?

Je lui écrase le pied sous la table, gêné, et marmonne :

— Je suis informé, *moi*. La chlamydia ?

— Mazel tov !

Je retire le post-it de mon front et le jette d'un geste agacé. Croit-elle sincèrement que j'aie pu attraper un truc du genre ? Pour sa défense, elle semble à bout de nerfs, aujourd'hui. La fin de la partie se joue entre elle et Loan. Je ne comprends pas ce qui se passe, mais leur échange de regards n'est pas anodin. Quelque chose cloche.

Quelque chose qu'on refuse manifestement de me dire.

Une fois que Loan perd, j'en profite pour sortir mon téléphone.

Moi : Qu'est-ce qui se passe ?

Nous prenons un dernier café devant une rediffusion de téléréalité, Zoé ne me prêtant aucune attention. Son regard dévie furtivement vers moi quand elle reçoit mon message. Pendant qu'elle tape une réponse, Violette et Loan commentent l'émission. Ce dernier lui caresse les jambes.

Zoé : J'ai envie de toi.

Je déglutis, une chaleur familière emplissant mon ventre. Elle ne m'aura pas de cette façon, je le jure sur la tombe de David Bowie.

Moi : Je ne parle pas de ça.

Zoé : Je parie que je peux te faire jouir en moins de cinq minutes rien qu'en utilisant ma bouche.

OK, je retire ce que j'ai dit. Je lui jette un œil, excité comme jamais, mais elle reste concentrée sur l'écran de son téléphone. Bon sang, je suis si faible.

Moi : Violette et Loan sont là.

Zoé : Ils n'entreront pas dans la chambre si je dis avoir de la compagnie. Et on n'aura qu'à être silencieux.

Moi : Si je reste ce soir, crois-moi, tu ne seras pas silencieuse.

Je la vois se mordre les lèvres à l'autre bout de la table. À ce stade, je ne suis qu'une boule de nerfs sur le point d'exploser.

Zoé : Faudra me bâillonner, alors.

Je ne tiens plus. J'attrape ma veste et me lève, laissant tomber celle-ci devant mon entrejambe.

— Bon, il se fait tard. Je vais y aller.

La bande me dit de faire attention sur la route et je claque la porte d'entrée derrière moi. J'attends dans le couloir, impatient. Mon cœur bat la chamade. Peu importe ce qu'elle me cache, elle doit sûrement avoir une bonne raison.

Je patiente une bonne demi-heure avant que la porte ne s'ouvre doucement. Zoé me fait signe de rentrer sur la pointe des pieds. Je fais de mon mieux pour la suivre jusqu'à sa chambre en silence, la main dans la sienne.

J'entends la télévision derrière la porte de Loan.

Avec un peu de chance, ils ne nous entendront pas.

Je jette un œil à la chambre de Zoé et Violette, que j'ai pourtant déjà vue auparavant. Son petit lit une place me défie de faire avec. Cependant Zoé ne me laisse pas le temps de prendre mes marques et me plaque contre la porte fermée, ses mains accrochées à mon tee-shirt.

— Dis donc, t'es bestiale, ce soir... murmuré-je, en lui prenant le visage en coupe. Je t'ai manqué tant que ça ?

Elle me fait taire d'un baiser, sa langue caressant l'intérieur de ma bouche.

— Je veux te dire quelque chose, chuchote-t-elle, sans me regarder dans les yeux. Mais tu dois me promettre de ne rien répondre. C'est important, d'accord ?

J'hésite, méfiant, avant d'accepter. Quoi qu'elle ait envie de me dire, Dieu sait que je veux l'entendre. Alors elle ferme les yeux et souffle :

— Ça me touche beaucoup que tu sois resté malgré tous mes travers. Que tu sois là pour moi. Que tu prennes ma défense. Que tu m'écoutes. Je sais avoir été une garce avec toi, mais... je tiens beaucoup à ce qu'on a. Alors merci.

Oh. J'ouvre la bouche sans savoir quoi dire, avant de me souvenir ma promesse. Elle ne veut pas que je réponde. Et pourtant, j'aimerais qu'elle sache combien ses mots me touchent.

J'aimerais qu'elle sache que je pense à elle chaque jour du matin au soir. J'aimerais lui dire que je n'ai jamais ressenti ça pour personne. Qu'elle me fait rire et me donne envie d'être meilleur ; de faire quelque chose de ma vie.

Sauf que j'ai promis de me taire. C'est pourquoi je tends la main vers son tee-shirt pour laisser parler nos corps.

— Non, m'arrête Zoé, en repoussant mes doigts, ses yeux enfin sur les miens. Ce soir, c'est moi qui donne et toi qui reçois. En guise de remerciement... et pour te montrer combien je chéris cette amitié...

Sur ce, elle retire son haut avec lenteur, sans jamais briser le contact visuel. Le tissu glisse sur sa peau et tombe par terre. Son short suit bientôt le mouvement et c'est le spectacle le plus merveilleux auquel j'aie jamais assisté.

— Tu aimes ? souffle-t-elle.

Quelle question idiote. J'avale ma salive, en priant pour ne pas baver sans m'en rendre compte. Zoé se retrouve devant moi en lingerie sexy, tournant sur elle-même. Elle est simplement vêtue d'un body pourpre en dentelle tellement fine qu'elle laisse apparaître ses seins et chaque autre détail qui se trouve en dessous.

Un véritable appel à la luxure.

L'arrière n'est pas mal non plus ; un dos-nu attaché par des lacets en soie. J'attrape distraitement le nœud entre mes doigts, en rêvant de tirer dessus.

Elle me laisse le temps d'apprécier le spectacle sous la lumière, ce qui me fait sourire de fierté ; pour une fois, elle assume totalement son corps. Je me rince l'œil sans gêne, embrassant ses courbes du regard. Je sais déjà quel chemin empruntera ma langue.

— J'adore... Mais je vais devoir te l'enlever, maintenant.

Sauf que Zoé me repousse et s'agenouille soudain devant moi, me coupant le souffle. Je baisse les yeux pour la regarder défaire ma ceinture et déboutonner mon jean.

La vue est vertigineuse.

— Pas tout de suite.

Lorsque sa bouche se pose sur moi, je me raidis par automatisme. Sa langue m'apprivoise avec une telle douceur et une telle sensualité que ma respiration s'accélère et que tous mes muscles se relaxent. J'adosse ma tête contre la porte, mon pouce caressant la mâchoire de Zoé jusqu'à ses lèvres pleines.

Les femmes pensent toujours que faire une fellation à un homme, c'est lui donner tout le pouvoir. Que c'est se rabaisser. Laissez-moi vous dire une chose : vous avez beau être à genoux, c'est notre bite que vous avez dans la bouche. Si l'un de nous a le pouvoir à cet instant très précis, c'est vous.

Et à en voir la façon dont Zoé s'y prend, elle l'a très bien compris. Mon plaisir se mue en douleur aiguë tandis qu'elle me prend plus loin dans sa bouche, sa main me caressant à la base.

— Oh mon Dieu... grogné-je. Tu es merveilleuse...

Zoé continue de me regarder en me suçant, même quand je fourre mes mains dans ses cheveux pour lui tirer la tête vers l'arrière.

Je pourrais la demander en mariage, là tout de suite.

Quand elle creuse les joues et m'enserre plus étroitement entre ses lèvres, c'en est fini de moi. Je me contracte et jouis en fermant les yeux. Je ne les ai pas encore rouverts que Zoé m'embrasse en déboutonnant ma chemise.

Mes oreilles bourdonnent mais je ne prends pas le temps de m'en remettre. Mes mains attrapent ses fesses tandis qu'elle me déshabille, sa bouche le long de mon cou. Une fois débarrassé de tout vêtement, je tire sur le nœud qui pend dans son dos et lui retire son body.

Elle a la chair de poule, ce qui me fait sourire.

— Tu sais que tu n'as pas à me dire merci, pas vrai ? murmuré-je, en lui saisissant tendrement le visage.

— T'as raison, raille-t-elle en retour. C'était juste une excuse bidon pour pouvoir te faire une pipe.

Cette fille finira par me tuer, je le jure. J'enroule alors ses cheveux courts autour de mon poing et lui mords le menton.

— Si je te dis de te taire et de te mettre à quatre pattes, tu me castres ?

— Ça dépend. Est-ce que je vais aimer ça ?

— Il y a de fortes chances, oui. Mais tu sais, avec les féministes, on ne sait jamais...

Elle sourit sournoisement à ma plaisanterie. Je n'ai pas besoin de plus ; je l'attrape par les fesses et la soulève, si bien qu'elle m'enserre la taille de ses jambes.

— Alors mets-toi à quatre pattes, princesse, plaisanté-je, après l'avoir jetée sur le lit.

Zoé se positionne comme demandé sur le lit et je m'agenouille derrière elle, mes mains sur ses hanches.

— Je veux que tu te mettes un truc dans la tête, dis-je, en lui caressant les fesses. Tu n'as pas à me remercier pour rester auprès de toi quand ça ne va pas. Jamais.

Je commence par embrasser sa colonne vertébrale, du bas de son dos jusqu'à sa nuque. Ma bouche immortalise chaque centimètre carré de peau, puis fait le chemin inverse avec la langue. Zoé gigote sous mon sourire narquois. Cette fois, je descends jusqu'à son clitoris et elle frissonne violemment.

— Tiens-toi à la tête de lit.

Elle attrape les barreaux qui se trouvent devant elle au moment où je la pénètre d'une seule poussée. Zoé laisse échapper un gémissement, la tête baissée. Je ne m'attarde pas et entame un jeu de va-et-vient brutal. C'est si bon que je pourrais en mourir.

— Plus fort, halète Zoé en ondulant du bassin.

Je lui claque violemment la fesse en poussant plus profondément en elle, puis me penche pour masser son clitoris. J'alterne entre rythme lent et rythme saccadé, ce qui la mène au bord du précipice.

— Oh, Jason, oui... s'il te plaît, me supplie-t-elle.

Ma paume entière se presse contre son sexe et je sens presque la chaleur monter en elle. Je retire alors ma main et passe le bras sur sa poitrine pour la redresser. Son dos se colle contre ma poitrine moite, son bras s'enroulant autour de ma nuque.

Je vénère son corps du début à la fin, embrassant ses épaules, sa gorge, sa bouche. Je lui chuchote des choses que je ne préfère pas répéter, mes mains malaxant ses seins, tandis qu'elle va et vient sur toute ma longueur.

Je ne me contrôle plus. Je lui donne tout ce que j'ai, bien plus que ce que je pense avoir et malheureusement bien moins que ce qu'elle mérite.

S'il te plaît, ne me quitte pas.

— Zoé, je vais venir en toi, haleté-je à la place.

Elle semble se souvenir que je n'ai pas utilisé de préservatif, la respiration sifflante. Ma partenaire hoche la tête pour me donner le feu vert, si bien que je me retire et la retourne pour pouvoir jouir en la regardant dans les yeux.

Ses jambes m'enserrent et ses orteils se crispent sur mes fesses jusqu'à l'explosion.

— Oh bordel... je... Zoé...

Elle m'agrippe violemment les cheveux et je niche ma tête entre ses seins pendant l'orgasme.

— Oh putain, je t'aime !

Son corps se raidit tandis que je me vide en elle, les yeux fermés. Je ne prends pas conscience de ce que je viens de dire avant une bonne minute. Une fois que le bourdonnement s'estompe dans mes oreilles, je percute.

Merde.

Je ne l'ai pas dit, si ? Dites-moi que je ne l'ai pas dit.

Le silence pesant qui suit cette baise phénoménale est la preuve que si, j'ai encore merdé. Je réfléchis, le visage toujours posé sur sa poitrine.

J'ai le choix : faire comme si de rien n'était, ou assumer.

Zoé contracte soudain les muscles de son vagin autour de mon sexe. Je grimace de désagrément et me retire sous la demande implicite. Je roule à son côté ; personne ne parle.

Je déteste les non-dits mais davantage encore les disputes. C'est pourquoi je me mets sur le coude pour la contempler, mon pouce caressant le contour de son oreille délicate.

— Jason...

— Oublie, d'accord ?

Je ne peux pas risquer de la faire fuir tout simplement parce que je suis complètement fou d'elle. *Pourquoi n'est-ce pas réciproque, bon sang ?*

— Je peux pas oublier un truc pareil.

Son ton est plat. Elle jauge ma réaction, attend mon explication. Et la seule chose que j'ai envie de lui dire, c'est que je ne regrette absolument rien.

Jusqu'à ce que son regard trouve le mien, terrifié. Je ne peux pas lui faire un coup pareil. Alors je lui offre un sourire distrait et réponds d'un air détaché :

— J'ai dit ça sous le coup de l'émotion, Zoé. Relax.

C'est effectivement le mot magique car elle se détend tout de suite, me croyant sur parole.

— OK, cool.

Je ravale ma culpabilité et sors du lit. Je sens son regard rivé sur moi tandis que je me rhabille. J'aimerais rester, mais après un « je t'aime » sauvage lancé pendant une levrette, on ne va pas abuser.

— Bon... Bah, à plus.

Je fais le moins de bruit possible en traversant le couloir. J'ai mal au ventre en dévalant les marches de l'immeuble, coupable et frustré à la fois. Je déteste mentir. Je ne suis pas du genre à cacher ce que je ressens ni à nier l'évidence.

Voilà pourquoi les *sex-friends*, ça ne marche qu'une fois sur trois. Quoi qu'on en dise, le sexe sans conséquence est forcément susceptible d'impliquer des sentiments. Il y a toujours un con qui n'a pas compris les règles du jeu et qui finit par vouloir *plus*.

Ici, le con, c'est moi.

Une fois rentré, je prends une douche et m'affale sur le canapé auprès de Dark Vador. Je ne tiens qu'une dizaine de minutes avant de crier à l'aide.

Moi : Je suis amoureux.

Il est minuit passé mais je sais que mon ami ne dort pas.

Ethan : Toi, t'es retourné voir les koalas au zoo.
Jason : Je suis amoureux de Zoé.
Ethan : Oh, merde.

Il m'appelle sur-le-champ, réclamant des détails. Je lui raconte alors ce qui vient de se passer, demandant conseil. Ethan réfléchit avant de lancer :

— Je ne comprends pas. Pourquoi tu ne lui as pas dit la vérité ?

— Parce qu'on avait un deal : juste du sexe.

— Oui bah la vie, elle s'en tape de votre deal. Ce qui devait arriver est arrivé. Si tu gardes ça pour toi, ça va empirer, Jason. Sérieux, faut que tu lui dises.

Je me prends la tête entre les mains, perdu et fatigué.

— Elle va me quitter.

Un silence s'ensuit. Je devine qu'Ethan est pris de court.

— Écoute, reprend-t-il doucement, ne te prends pas la tête avec ça ce soir. Pourquoi est-ce qu'on ne ferait pas un *double date*, cette semaine ? Toi, Ophélie, Zoé et moi.

Je pèse le pour et le contre, puis souris dans le vide.

— Ethan, t'es un génie.

26

ZOÉ

— Salut, toi.

— Hey.

Je fais la bise à Violette, qui se trouve devant l'ESMOD. Elle ne m'a pas attendue pour partir ce matin. Je ne m'en formalise pas, trop préoccupée par le souvenir d'hier.

Jason a dit qu'il m'aimait. Certes, pendant l'orgasme. Mais ça compte tout de même, non ? On ne dit pas « je t'aime » si on ne le pense pas un minimum, même sous le coup de l'émotion. Et j'avoue que l'espace d'un instant... je me suis vue lui rendre la pareille.

— Alors, cette nuit... dit Violette tandis que nous entrons en cours.

— Quoi, cette nuit ?

— Oh, ça va ! Tu crois être la seule qui écoute aux portes ? Chacune son tour, ma vieille !

Génial. Je roule des yeux sans pouvoir m'empêcher de sourire. Quand Jason est parti, la nuit derrière, je savais que nous avions été trop bruyants.

— Espèce de commère.

Elle s'indigne en répondant que ni moi ni Jason n'étions très discrets. Je résiste à l'envie de lui dire que si Loan lui avait fait ce que Jason m'a fait hier, elle ne l'aurait pas été non plus.

Je grimace tout de même, honteuse. *Qu'est-ce qui ne va pas, chez moi ?* Je suis tombée sous le charme de Jason alors que je m'étais juré de me tenir éloignée, comme l'une de ces cruches au cinéma. J'aimerais que ce soit simple... mais mon esprit en revient toujours à Sarah. Je ne peux pas lui faire ça.

— T'emballe pas, la gazelle, m'empressé-je de dire, quand Violette me félicite. Je ne recherche rien de sérieux, et lui non plus. Je veux dire, c'est Jason.

Elle semble déçue quelques secondes, puis se désintéresse de la conversation très vite. Le cours passe lentement, me laissant le temps de réfléchir à Jason. Dois-je rompre avec lui ? Je pensais ce que je lui ai dit : je tiens à notre amitié. Je me détesterais de tout foutre en l'air parce que je suis incapable de donner mon cœur à quelqu'un d'autre que Sarah.

Et pourtant, la rupture me semble impossible. Je commence à aimer la Zoé que je suis auprès de lui. Je ne veux pas qu'elle s'en aille. Je ne veux pas qu'*il* s'en aille.

Débat intérieur qui me semble bien fade, lorsque mon téléphone vibre à la fin du cours.

Bryan : T'as demandé à ton gars, pour l'argent ?

Ma gorge se serre. J'avais presque oublié mon frère et ses menaces. J'ai beau jouer les dures-à-cuire, je sais que sa patience a des limites. S'il n'a rien fait jusqu'ici, c'est parce qu'il me laissait une chance.

Moi : Pas encore. Il est parti quelques semaines à l'étranger, désolée.

Bryan : C'est drôle, je viens juste de le voir entrer chez toi. Tu me prends pour un con ? Pas de souci, Da. Mais fais attention… parce que je risque d'aller lui demander moi-même.

Je m'immobilise, horrifiée. Mon visage se vide de ses couleurs tandis que je relis le message, tremblante. Cette fois, il ne plaisante pas.

— Qu'est-ce qui se passe ?

Je relève les yeux vers Violette, qui a l'air inquiète.

— Rien, ne t'en fais pas.

— C'est ton frère ? chuchote-t-elle, sa main sur mon bras.

Je manque de rire. Je me rappelle lui avoir brièvement expliqué la situation un soir où nous étions bourrées ; manifestement, elle écoutait avec attention.

Moi : Tu auras ton argent.

Je soupire alors et jette le téléphone au fond de mon sac, en priant pour que Bryan n'aille pas sonner à l'appartement quand Jason et Loan y sont. Qu'est-ce que je vais bien pouvoir faire ? Je ne peux pas demander à Jason, plutôt mourir.

Mais j'ai réellement zéro argent à lui donner.

— Tu n'es pas sa mère, ni sa banquière, me rassure ma meilleure amie.

— Je sais.

Je ne développe pas, car je sais qu'elle ne pourrait pas comprendre. Au lieu de ça, je stresse tandis que nous rentrons à l'appartement pour le déjeuner. Je garde les yeux baissés en bas de l'immeuble, de peur d'y voir Bryan, et lâche un soupir de soulagement en apercevant Jason jouer à la Xbox. Sain et sauf.

Celui-ci m'offre un sourire en coin pendant que je fais réchauffer nos plats indiens.

— Du coup, ça veut dire que vous êtes ensemble ? demande Violette, en se déshabillant.

Jason répond à ma place.

— C'est que physique.

Nos amis font une grimace de dégoût tandis que Loan frappe le crâne de Jason en marmonnant :

— Je t'avais dit de ne pas la toucher.

Je souris et me pose dans le sofa pour me vernir les ongles des pieds, la bouche pleine de nouilles chinoises. Violette, quant à elle, s'allonge sur Loan pour lui faire un câlin. Je ne fais aucun commentaire, mais ce n'est pas l'envie qui me manque.

Quand Jason perd la partie, il envoie valdinguer sa manette par terre. Et après, c'est moi la mauvaise joueuse ? Il quémande un bisou mais je le repousse.

— Dégage, *loser*.

Jason m'adresse une moue triste avant de s'asseoir à côté de moi et de me prendre le vernis des mains. Je le regarde faire tandis qu'il saisit mon pied et s'applique. Il semble concentré sur sa tâche. Ma foi, un homme qui vous vernit les ongles des pieds est très sexy.

— Tu fais quoi, samedi soir ? lance-t-il.

— Je sais pas... Si Clément et le père de Violette viennent dîner ici, je vais devoir trouver refuge ailleurs.

Il ne lève pas les yeux vers moi, minutieux, mais son sourire parle pour lui.

— Ça tombe bien, je voulais t'emmener au restaurant.

Je me fige, un sourcil arqué. Une sortie au restaurant est quelque chose d'anodin, mais après sa révélation d'hier, j'ai peur d'accepter. Il semble le comprendre car il souffle sur le vernis tout frais avant de préciser :

— Il y aura Ethan et Ophélie, aussi.

— Hum. Pourquoi cette idée de dîner, tout à coup ?

Jason hausse une épaule.

— Plus on est de fous, plus on rit.

— Nom de ta *sex-tape*, dis-je du tac au tac.

Il s'esclaffe, dévoilant ses dents blanches. Il est si mignon là tout de suite que je ne me sens pas le cœur de refuser. Après tout, ce n'est qu'un dîner entre amis. Qu'est-ce qui peut arriver de mal ?

— D'accord, mais c'est moi qui paye.

Je n'ai pas d'argent, pourtant j'insiste. Jason me lance un regard en biais, hésitant, avant d'accepter. Il a beau avoir été élevé en gentleman, il sait très bien qu'il ne peut pas refuser.

Je le récompense d'un baiser sur la bouche.

∞

Le reste de la semaine passe à toute vitesse.

Je ne vois pas Jason, qui finit d'écrire son mémoire et prévoit son voyage prochain en Australie. J'ai toujours du mal à me faire à l'idée, pour la simple et bonne raison qu'il n'en parle jamais. Et pourtant, Jason a bel et bien l'intention de partir à la fin de l'été, chose qui me rend plus triste que je ne l'aurais voulu... cru ?

Il me prend tout naturellement la main lorsque nous entrons dans le restaurant, samedi soir. Ethan et Ophélie nous attendent à une table près de la fenêtre, partageant des messes basses probablement mielleuses.

Pourquoi cela semble-t-il si facile, pour eux ?

— Je rêve, ou Jason est à l'heure ? demande Ethan en guise de bonjour.

Je leur fais la bise avant de répondre qu'avec moi il a pris l'habitude. Nous nous installons, la main de Jason sur mon genou.

— Je ne savais pas que vous étiez ensemble, annonce Ophélie de but en blanc, un doux sourire sur les lèvres.

Ethan s'apprête à la contredire, échangeant un regard étrange avec Jason, mais ce dernier le devance.

— On se voit occasionnellement, c'est tout.

— Oh... pardon.

Je lui fais comprendre que ce n'est pas grave et nous ne tardons pas à commander. Je ne me sens pas très à l'aise, sans savoir pourquoi. Je n'ai pas faim. Ou plutôt si, mais je n'ai aucune envie de manger, ce soir. Si je prends une salade, les autres risquent de comprendre pourquoi j'ai fait ce choix et ce sera d'autant plus embarrassant.

Je mets dix minutes à regarder mon menu, le cerveau en surchauffe et les joues rougissantes. Lorsque le doigt de Jason fait descendre la carte et qu'il me sourit en murmurant « coucou », je soupire.

— Tu veux prendre quoi ? Personnellement, j'hésite entre une salade norvégienne et un plat de lasagnes... Je me disais qu'on pourrait prendre les deux et partager le tout. Ça te va ?

Dans des moments comme celui-ci, je perds toute pensée cohérente. Parce que je sais qu'il fait ça pour moi, et je ne peux m'empêcher de retomber amoureuse de lui.

Pense à Sarah. Tu t'es fait une promesse, Zoé.

— Ça me va, dis-je, en souriant doucement.

Lorsque nos plats arrivent, nous partageons comme prévu. Je surprends plusieurs regards entre les deux garçons mais je feins l'indifférence et discute avec Ophélie. Ethan est censé aller voir ses parents à Poitiers, bientôt, et elle a décidé de l'accompagner.

— Je culpabilise un peu quand même...

— Pourquoi ça ?

— Je devais rejoindre ma cousine dans les Alpes, mais elle m'a encouragée à changer d'avis. C'est compliqué.

— On ira quand même les voir pour un week-end, si tu veux, propose Ethan en lui prenant la main.

— Peu importe.

Face à nos expressions interrogatrices, Ophélie baisse le ton et nous explique que sa cousine est mariée à un homme violent.

Oh. Je prie pour que la douleur ne soit pas peinte partout sur mon visage.

— Pourquoi elle ne le quitte pas ? demande Jason, compatissant.

J'aimerais lui dire que ce n'est pas si simple. Au lieu de cela, je mâche énergiquement, le regard rivé sur mon assiette.

— Je suppose qu'avec les enfants, c'est difficile.

— C'est surtout qu'elle est idiote, rétorque Ophélie avec une force qui me surprend. Je ne comprends pas comment on peut rester auprès d'un homme qui nous frappe. Aujourd'hui, il y a des aides pour les femmes battues ! Si elle reste malgré tout ça, elle tend le bâton pour...

— Je t'en supplie, ne finis pas cette phrase.

Toutes les têtes se tournent vers moi. Je n'ai pas voulu l'interrompre si sèchement. Je suis juste tellement choquée par ses propos que ma bouche se rouvre avant que je ne puisse l'en empêcher :

— Je te trouve géniale, Ophélie, mais je t'interdis de dire qu'une femme battue tend le bâton pour se faire battre sous prétexte qu'elle reste. Tu crois que ta cousine le fait parce qu'elle adore se prendre des coups sur la tronche ? Tu crois que ça l'excite ? Tu crois qu'elle s'est sentie comment, en t'avouant ce qu'elle vit ? Certes, tu ne peux rien faire si elle refuse ton aide. Mais si des milliers de femmes restent, ce n'est pas parce qu'elles sont idiotes. C'est parce que, parfois, c'est trop dur. Parfois, on aime et on s'accroche à ce putain d'espoir que tout redeviendra comme avant. Parfois on se prend un poing sur l'œil puis le lendemain on est traitée comme une princesse ; alors on passe l'éponge... Tant que tu ne l'as pas vécu, tu n'as aucun droit de juger, et encore moins le droit de justifier les violences conjugales par le fait que certaines victimes restent, au même titre qu'une femme en jupe n'appelle pas au viol.

Je suis consciente d'en avoir trop dit, d'avoir haussé la voix plus que nécessaire. Je sens la chaleur envahir mes joues, le regard de Jason sur moi. Intense.

Ophélie ne sait plus où se mettre. Elle balbutie, si bien que je l'interromps :

— Laisse tomber. Je n'aurais pas dû m'emporter comme ça. Je suis triste pour ta cousine, c'est tout.

Ethan vient à notre secours et change subtilement de sujet. En relevant les yeux, je croise le visage de Jason tout près du mien. Il me dévisage avec intensité et compassion. Je peux aisément deviner ce qui se passe dans sa tête.

Il a fait le lien, il n'est pas bête. Parce que j'en ai terriblement besoin, j'accepte sa main sous la table. Il la caresse lentement le reste du dîner, faisant des blagues pour détendre l'atmosphère.

— Jason, t'as entendu ? dit Ethan lors du dessert. Zoé a dit qu'elle se taperait bien Chris Hemsworth.

Jason hausse les épaules, le bras sur le dos de ma chaise.

— Et elle aurait raison. Moi aussi, je me le taperais bien. T'as vu le corps de ce mec ?

S'ensuit un *high five* digne de ce nom.

Je finis par payer, comme prévu, et notre petit groupe part se balader sous la tour Eiffel. Jason me prend en photo pour Instagram, m'entraînant à part.

— Minute, papillon, murmure-t-il, quand je tente de rejoindre les autres. Où tu vas, comme ça ?

Je ris doucement tandis qu'il m'attire à lui. J'embrasse son menton en glissant les mains sous sa veste. Il m'entoure les épaules avec, nous enveloppant tous deux.

— Je te l'avais bien dit, que tu deviendrais accro...

— Et tu avais raison, souffle-t-il, le visage caché dans mes cheveux.

Il se recule pour pouvoir déposer un doux baiser sur le haut de ma lèvre supérieure.

— Voilà autre chose que tu peux rayer de la liste.

S'embrasser sous la tour Eiffel. Évidemment.

Je souris, étonnée qu'il l'ait apprise par cœur. Nous restons immobiles un long moment, enlacés dans la nuit parisienne. Je repense à sa réaction quand j'ai reproché ses dires à Ophélie. La souffrance, la culpabilité, l'empathie. Jason était censé n'être qu'un plan cul, et voilà qu'il connaît deux de mes plus gros secrets.

Deux de mes plus grandes faiblesses.

— Tu veux en parler ? chuchote-t-il.

Je presse les yeux. *Comment fait-il pour toujours lire dans mes pensées ?* Cela m'effraie à un point que je n'imaginais pas possible.

— Pas aujourd'hui, d'accord ?

— D'accord.

Quand je pose les lèvres à l'endroit où sa pomme d'Adam roule sous sa peau, il prend une grande inspiration.

Je le vois ensuite jeter un œil vers nos amis. Ethan fuit notre regard et emmène Ophélie plus loin. Bizarre. Je m'apprête à lui demander ce qui se passe quand Jason sort quelque chose de sa poche.

— C'est pour toi.

Je laisse échapper un rire incontrôlable en prenant l'objet. Il s'agit d'un vieux CD dans un boîtier transparent.

Dessus, Jason a écrit en noir : « Je t'aime beaucoup, mais je ne suis pas doué avec les mots ». Dessous, on peut lire : « À écouter pour s'endormir ».

Tout autour, cet idiot a dessiné des étoiles et des planètes, je peux même apercevoir une petite fusée bleue.

— Ça existe encore, ces trucs ? plaisanté-je.

— Tu peux toujours l'écouter sur ton ordi.

Je souris largement, flattée. C'est adorable de sa part.

— C'est... Merci beaucoup. Je l'écouterai.

— Ce n'est pas tout. Zo, j'ai quelque chose à te dire, ajoute-t-il d'une voix mal assurée. Mais tu dois jurer de ne pas me détester, OK ?

Je prends tout de suite peur. Pour la simple et bonne raison qu'il a ce regard que tous les hommes dans les films ont quand ils s'apprêtent à demander en mariage la femme qu'ils aiment.

Un regard idiot.

Jason fixe mes yeux, ma bouche, puis ses mains se posent soudain sur mes joues. Mon cœur bat à tout rompre. S'il me fait une déclaration, que suis-je censée répondre ? « Merci » ?

— Je sais qu'on s'était mis d'accord, et...

Ma sonnerie de téléphone l'empêche de continuer. Je fais un geste vers mon sac quand Jason murmure :

— Zoé, s'il te plaît, ne réponds pas.

— Je dois...

— Je suis en train de te dire quelque chose d'important, là, me supplie-t-il, la mine sérieuse. Ça peut attendre, non ?

Malheureusement, j'ai une idée de ce qui va suivre si jamais j'ignore cet appel. Et puisque je suis une lâche, je m'excuse en décrochant.

Jason secoue la tête, regardant ailleurs d'un air déçu.

— Allô ?

— Salut...

C'est Violette. Violette, qui est censée dîner en tête-à-tête avec son père et Clément. Je lui demande ce qu'il y a.

— Désolée de te déranger pendant ton dîner. Il... il s'est passé quelque chose, dit-elle d'une voix monocorde.

Je m'écarte de Jason, la peur imprégnant mon cœur.

— Quoi ? Comment ça, « il s'est passé quelque chose » ?

Un silence me répond. Puis :

— Bryan est passé à l'appartement.

27

ZOÉ

Le monde s'arrête autour de moi. Au téléphone, Violette me dit qu'elle va bien, que Bryan est parti, qu'il était complètement défoncé. Loan prend le téléphone et m'avoue qu'il lui a donné de l'argent pour le faire déguerpir. Qu'il ne doit pas revenir à l'appartement. Que je dois appeler la police.

La police.

Alors je lui dis que je le ferai. Que je connais son dealer.

Je mens. Comme d'habitude.

Parce que c'est tout ce que je sais faire.

— Zoé ?

Nous avons quitté Ethan et Ophélie un peu précipitamment. Je n'ai pas dit un mot depuis l'appel de Violette. Je sais que Jason a tout entendu et je n'ai aucune idée de ce que je vais lui dire.

Il abandonne le temps du trajet, en respectant mon silence. J'appelle mon frère une bonne dizaine de fois mais il reste sur messagerie. Je continue d'appeler tandis que nous entrons dans l'appartement de Jason, en vain.

— Ah ça ne veut plus répondre, là, hein, juré-je dans ma barbe. Décroche, espèce d'enculé !

Jason me regarde impassiblement, debout au milieu du salon. Sa veste en cuir est encore sur ses épaules.

— Zoé, dis-moi ce qui se passe.

Je ne réponds toujours rien, attendant une réponse de Bryan. Cette fois, il ne plaisante pas, je le sais. Il est vraiment venu à l'appartement. Il a menacé *mes amis.* Ma *famille.*

J'essuie les larmes sur mes joues d'un geste rageur avant de balancer mon téléphone contre le mur d'un cri frustré. Jason me laisse de l'espace, sans pour autant me quitter des yeux. Je fais les cent pas en tentant de me calmer, le cerveau en ébullition. Au bout de quelques minutes interminables, Jason reprend la parole.

— Bryan, c'est le nom qu'il y a sur ta liste... Je savais qu'il m'était familier, mais ça vient juste de me revenir. C'est un ex ? me demande-t-il. Il... il te frappait ?

Je presse les paupières en m'asseyant sur le canapé, le visage dans mes mains. *Qu'est-ce que je vais bien pouvoir faire ?* Pour le moment, en tout cas, il ne me reste que la vérité. Je la lui dois bien.

— C'est mon frère.

Je ne réponds pas à sa dernière question et mon silence parle de lui-même. Jason inspire, la mâchoire contractée. Il semble réfléchir, refusant toujours de s'asseoir.

— Est-ce qu'il te frappe toujours ?

Je n'hésite qu'une seconde.

— Non.

— Si c'était le cas, tu me le dirais ?

Ma tête émerge de mes mains et je souris dans le vide, car force est de constater qu'il me connaît par cœur.

— Non.

Ça n'a pas l'air de l'amuser autant que moi.

— Comment je peux te faire confiance, alors ?

— Tu ne peux pas.

Jason n'insiste pas. Il soupire, en se frottant le visage d'une main, avant de prendre place sur la table basse. Ses genoux touchent légèrement les miens.

— S'il est dangereux, on doit faire quelque chose.

— Tu veux aller lui casser la gueule ? plaisanté-je.

— Pas vraiment. Primo parce que je ne suis pas du genre bagarreur – je suis plus Robin que Batman, tu vois ? Deuzio parce que je ne vois pas ce que ça changerait, si ce n'est le mettre en colère.

Voilà pourquoi je suis amoureuse de cet homme. Contrairement à tous les garçons aux côtés desquels j'ai grandi, il ne règle pas les problèmes avec ses poings.

— Par contre, il n'a pas intérêt à te toucher à nouveau. J'ai fait un an et demi de karaté au collège – j'ai dû arrêter car un gamin m'a pété le poignet, ajoute-t-il en balayant l'anecdote d'un geste de la main. Pour ma défense, il faisait presque cent kilos. À *treize ans.*

Je souris, en lui caressant tendrement le menton.

— J'ai compris, Robin. Range ton air bagarreur.

— Tu n'aimes pas ?

Il arbore une mine belliqueuse qui ne fait qu'agrandir mon sourire.

— Je préfère le Jason qui fait des pancakes à ses chats.

— Pourquoi ? C'est sexy, un homme qui se bat.

— Dans les films, peut-être. Dans la vraie vie, crois-moi, ça n'a rien de sexy.

Jason redevient sérieux. Il me pose des questions sur mon frère, sur ma mère, et je suis tellement fatiguée que j'y réponds avec honnêteté. Cette fois je ne lui cache rien ; ou presque.

Les intimidations, les reproches, les insultes, et finalement les coups. La lâcheté de ma mère. La rupture de Sarah.

Quand j'ai fini, nous sommes tous les deux assis dans le canapé, recouverts d'un immense plaid. Jason m'écoute en traçant des cercles sur ma jambe.

— Pervers narcissique, conclut-il, le regard dans le vide. Il séduit puis dévalorise, manipule, te fait sentir coupable pour quelque chose qui n'est pas de ton fait. L'ex de ma sœur était comme ça. C'est un cercle infernal parce que, dès qu'elle s'éloignait enfin, il revenait en lui disant qu'il l'aimait, qu'elle était la femme de sa vie, qu'il était malheureux à cause d'elle. Alors Jade culpabilisait, pensait que c'était sa faute. Mais dès que ça ne va plus dans leur sens, ils deviennent agressifs.

— Ouais. Sauf que Bryan, lui, devient carrément violent.

— Ce n'est pas un jugement, me prévient-il avant de continuer, mais... pourquoi tu n'as pas prévenu quelqu'un ? Pourquoi tu n'es pas partie ?

Je baisse automatiquement le regard sur le grain de beauté qui gît au centre de ma paume droite. Bryan a exactement le même, au même endroit, sur la même main. On s'en amusait étant petits.

— Parce que c'est mon frère. Et qu'il m'aime.

— Après tout ce qu'il t'a fait subir, tu crois encore qu'il t'aime ?

— L'amour n'est pas toujours lisse, Jason, soupiré-je. Parfois il est violent, inexplicable, vicieux. Certains aiment et trompent. D'autres aiment et frappent. La plupart sont fous... mais même les fous ont un cœur.

Je ne m'attends pas à ce qu'il comprenne, même si j'aimerais. Je ne suis pas en train d'excuser son comportement ni de comparer les infidèles aux maris violents. Bryan mérite d'aller en prison, tout simplement parce qu'on ne peut pas aimer de la façon dont il m'aime.

Tout ce que je dis, c'est que même les tueurs sont capables d'amour.

— Zoé... il représente une menace, souffle Jason. Si tu te sens incapable de le dénoncer après la façon dont il te traite, ça prouve bien que tu es prise dans un engrenage impossible. Sauf que maintenant, tu n'es plus seule. Tu peux te reposer sur moi. Sur nous tous.

— Je n'ai besoin de personne.

Il rit doucement, les yeux au ciel.

— Si tu le dis. Mais je refuse de ne rien faire pendant que ce type est toujours en liberté et sait où tu habites. Tu veux bien y réfléchir ? S'il te plaît.

Je hoche la tête. Je sais que, dans un cas comme celui-ci, la seule solution est la fuite. C'est soit Bryan soit moi. Mais comment pourrais-je me regarder dans le miroir après avoir dénoncé mon frère à la police ? Et ma mère, dans tout ça ! Je ne peux pas la laisser tomber, peu importe le nombre de fois où elle a quitté le salon en fermant les yeux.

— Ou alors, tu peux toujours fuir avec moi en Australie... je dis ça, je dis rien.

Je le fais taire d'une main sur le visage et il s'esclaffe. Lorsque nous nous mettons au lit, j'écoute le CD qu'il m'a offert pour m'endormir. L'air de « To Build A Home » retentit et je ferme les yeux, le dos moulé à la forme de son torse nu.

Sa main est sur mon ventre, protectrice, et je prie pour que l'instant dure toujours.

∞

Jason a rechigné à l'idée de me laisser seule aujourd'hui. Il avait quelque chose de prévu avec les garçons mais il a essayé d'annuler pour rester ici avec moi. J'ai dû le jeter de l'appartement en lui claquant la porte au nez.

Il a menacé de me donner la fessée ce soir, en criant assez fort pour que les voisins l'entendent, puis il est parti. Hors de question qu'il me prenne pour un oiseau blessé.

Hier, Jason m'a fait promettre d'y réfléchir et j'ai effectivement pris une décision. Une décision dont je ne lui ai pas encore parlé, pour la simple et bonne raison qu'il aurait insisté pour venir avec moi.

Or, c'est quelque chose que je dois faire seule.

Et ça tombe très bien, car c'est sur ma liste.

Moi : Tu es à la maison ?

Violette : Non, je raccompagne mon père à la gare. Tu as besoin de quelque chose ?

Je la rassure et nourris les chats de Jason avant de revenir à l'appartement. Celui-ci est désert. Je prends ce dont j'ai besoin et charge tout dans le coffre de ma voiture, dont les pneus ont récemment été changés.

Je n'avais pas de vêtements de rechange, si bien que j'ai enfilé un jogging et un tee-shirt appartenant à Jason. Je ne peux pas m'arrêter d'en renifler le col en conduisant.

Lorsque j'arrive en bas de la cité, je me gare n'importe comment et décharge mon bazar. Heureusement, un homme sort au moment où je veux entrer. J'ai les mains pleines, si bien qu'il me tient la porte.

— Besoin d'aide ?

— Ça va aller, merci.

Nous sommes au premier étage mais je prends tout de même l'ascenseur, le cœur sens dessus dessous. En me réveillant ce matin, la solution était claire dans mon esprit. Je ne veux plus subir. Je refuse de me sentir aussi paniquée et impuissante qu'hier.

Et puisque je n'ai pas assez de courage pour appeler la police...

Jason : T'es où ?
Moi : Toujours chez toi.
Jason : Je viens de repasser chez moi. T'y étais pas.

Merde. Je n'ai pas le temps de répondre que mon téléphone sonne. J'ignore l'appel en sortant de l'ascenseur.

Jason : Zoé !
Jason : Ne me dis pas que t'es retournée là-bas ?!
Jason : ZOÉ !!!!!!!!!
Jason : Je te préviens, j'arrive.

Je roule des yeux en frappant à la porte. Il bluffe ; il ne sait même pas où je suis. La porte s'ouvre tout à coup, laissant place à ma mère. Ses yeux sont rouges et écarquillés.

— Dahlia ?

— Bonjour, maman.

Je n'attends pas qu'elle me propose d'entrer. Je la bouscule et débarque dans le salon, la peur m'enserrant la gorge tel un étau. Comme prévu, Bryan est assis dans le canapé en train de fumer, torse nu. Quand il me voit, son expression s'adoucit.

Moi, je vois rouge.

— Ma petite sœur qui vient me voir... Qu'est-ce qu'il ne faut pas faire pour une simple visite !

— Ta gueule.

Il hausse un sourcil en serrant les dents, puis écrase sa cigarette dans son cendrier. Le regarder me fait mal. Je me remémore nos fous rires d'enfants, nos bains communs et les soirs où il devait me raconter des histoires pour m'endormir. Je ne sais plus à quel moment il a arrêté de s'occuper de moi.

— Profite bien, parce que c'est la dernière fois que tu me vois, commencé-je d'un ton tranchant.

Je crois apercevoir une lueur de peur traverser son regard, mais je continue.

— Tu voulais de l'argent ? Tiens, dis-je en laissant tomber les sacs en plastique remplis de vêtements et de billets. Tu l'as, ta thune. Fais-en ce que tu veux, j'en ai rien à foutre.

Ma mère reste en retrait près de la porte, observant la scène. Mon frère, quant à lui, jette un œil aux offrandes que je lui fais. J'ai la gorge serrée et les yeux qui brûlent, mais je refoule tout. Si je pleure devant lui, je suis foutue. Mais comment faire autrement ? Je lui donne ma vie sur un plateau d'argent. Tous mes vêtements sans exception, tous les cadeaux reçus par des marques partenaires et qui valent une blinde. Ça et mes créations ; mes magnifiques robes aux tissus précieux censés m'assurer la validation de mon année.

Mon avenir, mon identité, tout.

Il ne me reste qu'un jean, deux pulls et une paire de talons. Sans oublier la robe que Jason m'a offerte et que je n'ai pas eu le courage de donner.

— Mais si tu veux un conseil : économise. Parce que c'est la dernière fois que je fais ça, renchéris-je en m'approchant de lui, le regard déterminé. Tu comprends ce que je te dis ? Ce n'est pas la peine de revenir. Ni à l'ESMOD, ni à l'appartement, ni nulle part. Je m'en vais loin d'ici, loin de toi. Et je ne veux plus *jamais* te revoir.

— Arrête, lâche-t-il, entre ses dents serrées.

Sauf que je suis déjà lancée.

— Tu es malade, Bryan. Je ne dis pas ça pour te blesser, je dis ça parce que c'est vrai. Il faut que tu te soignes.

Tu dis m'aimer ? Mais regarde ce que tu as fait de ma vie, putain. Tu m'as détruite, espèce de connard ! Comment veux-tu qu'on t'aime, après ça ?

Bryan s'essuie les yeux d'une main tremblante et se lève d'un bond. Il est soudain très près de moi, me dominant d'une tête.

— Tu répondais pas à mes textos, bordel ! rugit-il. Qu'est-ce que j'étais censé faire ? C'est ta faute, tout ça ! T'es jamais là pour moi, t'es jamais là pour nous.

Je secoue la tête et m'approche davantage, mon nez touchant le sien. Mon regard de feu est plongé dans le sien et mon ton est glacial quand je lâche :

— Je ne rentrerai plus dans ton jeu. Je suis juste venue te donner un avertissement : ne touche plus jamais à mes amis. *Jamais.*

— Sinon quoi ?

— Sinon j'appelle les flics.

L'air est lourd autour de nous. Ma mère tente d'intervenir, me suppliant de comprendre, d'être conciliante. Elle me dit que Bryan veut simplement me voir car je lui manque. Je ne lui jette pas un seul regard, mon frère non plus. Cela fait longtemps qu'elle ne fait plus partie de cette famille.

— Je te laisserai pas t'en aller, Da... On sait comment ça a fini la dernière fois.

— Va te faire foutre ! m'écrié-je.

Je me recule avec dégoût, le cœur au bord des lèvres, et lui tourne enfin le dos. Je marche vers la sortie d'un pas décidé, attendant de recevoir un coup à tout moment. Je sais qu'il ne me laissera pas partir sans rien faire.

Dans le couloir, je l'entends qui me suit. Je presse le pas.

— Da, attends. Hé !

— Au revoir, Bryan.

J'ouvre la porte d'entrée au moment où sa main puissante se pose sur mon bras. Je lui donne un coup de pied dans le tibia pour lui faire lâcher prise. Il laisse échapper une plainte de douleur, me libérant enfin. Je ne peux faire que quelques pas avant qu'il me rattrape.

— Tu sais quoi ? T'es qu'une ingrate ! crache-t-il en me secouant. Tu l'as toujours été. Tu fais bien de partir ! Je fais toujours tout pour arranger les choses mais toi, t'en as rien à foutre !

— C'est ça, j'en ai rien à foutre, maintenant lâche-moi.

— Si un jour on me retrouve avec une balle dans la tête, tu sauras que c'est ta faute !

— Oh, je t'en prie ! Tu me l'as déjà fait, ce coup-là.

Je tire, en tentant d'échapper à sa poigne. Puisqu'il ne me lâche pas, je décide de hurler à l'aide.

— Tais-toi ! gronde-t-il.

— Laisse-moi partir, espèce de cinglé !

— Ah, tu veux partir ? C'est ça que tu veux ? Eh bah dégage.

J'aurais dû le voir venir. C'est une erreur de débutante, vraiment.

Quand il me lâche en me poussant, ma seule réaction est de me protéger la tête. Je perds l'équilibre et dévale les escaliers en roulant.

— *Zoé* !

Je ne comprends pas tout de suite ce qui vient de se passer. J'étais en haut des escaliers, et la seconde d'après, je suis étalée quelques mètres plus bas, le corps engourdi. *Honnêtement, je ne sais pas ce que mon corps est encore prêt à subir...*

Quelqu'un se précipite vers moi. Des mains se posent sur ma tête et palpent mon corps pour s'assurer que tout va bien. Je repousse ses mains, dégoûtée, avant de me rendre compte qu'il ne s'agit pas de Bryan.

— Jason ?

Son air paniqué ne quitte pas mon visage. Ses yeux me boivent tandis qu'il m'ordonne de me redresser en douceur. Je lui demande ce qu'il fait là, la tête qui tourne, mais il me demande si j'ai mal quelque part, si j'ai envie de vomir ou de tomber dans les pommes.

— Est-ce qu'elle va bien ? s'enquiert mon frère, au milieu des escaliers. Da, tu vas bien ?

Jason ne lui accorde aucune attention. Je le rassure, encore sonnée, et me relève pour lui montrer que ça va. J'ai simplement très mal au dos et aux genoux. Peut-être une cheville foulée. Rien que je ne puisse endurer.

— On peut s'en aller, s'il te plaît ? murmuré-je.

Jason hoche la tête, la mine grave et orageuse. Je ne l'ai jamais au grand jamais vu dans un tel état.

— Dahlia ! m'interpelle mon frère derrière moi. Da, attends. Je suis désolé, putain... t'as raison, j'ai un problème. Je... je sais pas pourquoi je suis comme ça. Je t'aime. Tu es tout ce qu'il me reste. Ne me fais pas ça.

Je ferme les yeux pour m'empêcher de pleurer. Je préfère ne pas me retourner, au risque de céder. Jason n'a visiblement pas ce problème car il fait volte-face, tendu comme un arc.

— C'est toi, Bryan ?

Je pivote la tête à temps pour le voir acquiescer.

— Je suis son fr...

Le poing de Jason s'abat brutalement sur son arcade sourcilière. Je sursaute, prise de court. Bryan ne s'y attendait pas non plus car il trébuche, la main sur son œil.

— Approche-toi d'elle encore une fois et je peux te promettre que tu finiras tes jours en taule.

Bryan essuie le sang sur son visage, furibond.

— T'as aucune preuve contre moi.

— Je suis riche. Je n'ai pas besoin de preuve.

Sur ces paroles, Jason me prend la taille et m'aide à descendre les escaliers. Je sens déjà ma cheville gonfler sous mon jogging. Jason ne dit rien jusqu'à la voiture, puis m'aide à m'y installer.

Je sais qu'il est en colère contre moi, mais je n'arrive pas à me sentir coupable.

Parce que je l'ai fait. Mon plan est lancé.

J'ai donné à Bryan ce qu'il voulait, et maintenant je vais disparaître.

28

JASON

— Ta tête ?
— Ça va.
— Ta cheville ?
— Gonflée mais pas cassée, ni foulée.
— Tu as mal autre part ?
— Je ne suis pas en sucre, Jason. Je vais bien.

Je ne réponds rien, me contentant de pincer les lèvres. Je n'ai pas croisé son regard une seule fois depuis que nous avons quitté l'appartement de sa mère. Je n'y arrive pas. Pour tout avouer, je ne suis pas à l'aise avec le sentiment de colère. Je n'ai pas l'habitude. Je ne sais pas comment le gérer.

Et bordel, je suis vachement en colère, c'est rien de le dire.

Je sais que Zoé est une grande fille, qu'elle est indépendante et qu'elle peut se débrouiller toute seule. Mais elle ne peut pas me reprocher de vouloir la protéger d'un malade comme Bryan. Elle savait que j'étais inquiet, et elle a tout de même filé droit dans la gueule du loup. En me mentant de manière éhontée, de surcroît.

— On t'a poussée dans les escaliers. Je pense avoir le droit de m'en faire, non ?

Cette fois, c'est elle qui ne répond rien. Elle préfère changer de sujet tandis que je retire mon tee-shirt, prêt à prendre ma douche.

— Comment tu m'as trouvée ?

— Tu as laissé la localisation activée sur ton compte Snapchat. Quelqu'un sortait de l'immeuble au moment où je suis arrivé.

Elle fronce les sourcils en saisissant son portable, sans aucun doute pour désactiver la localisation. Je la regarde faire, les mains sur les hanches. Zoé est assise sur mon canapé, habillée de mes vêtements, un torchon rempli de glaçons posé sur sa cheville rougie.

Elle a eu de la chance. Ça aurait pu être pire.

— Je n'arrive pas à croire que tu sois partie sans prévenir. Après tout ce que tu m'as raconté hier...

— J'avais besoin de le voir, soupire-t-elle. Je suis désolée d'avoir menti, mais tu aurais voulu m'accompagner et ça n'aurait absolument rien arrangé. Au contraire.

Je secoue la tête, vibrant de la tête aux pieds. Il faut qu'on appelle la police. Il ne la laissera pas tranquille, sinon, j'en suis certain.

— Est-ce qu'il posera encore problème ?

J'attends qu'elle tourne la tête vers moi, mais elle n'en fait rien.

— Non. Je crois qu'il a compris.

Ce n'est pas assez pour que j'arrête de m'inquiéter. Sauf qu'elle refuse de faire appel aux flics, et on sait tous les deux qu'elle me détesterait si je le faisais à sa place.

— Zoé.

Cette fois, elle me rend mon regard. Je plante mes yeux dans les siens, on ne peut plus sérieux, et je lance durement :

— Ne me refais plus jamais ça.

ZOÉ

Je ne me suis jamais sentie aussi soulagée de toute ma vie. Pour une fois depuis longtemps, je n'ai plus l'ombre de mon frère planant sur moi. Je n'ai pas encore parlé de mon besoin de déménager à Violette, mais j'ai commencé à fouiller les sites de logement.

De toute façon, je n'ai que ça à faire.

Après avoir donné tout ce que j'avais à Bryan, que me reste-t-il ? Sans stage ni projet final, je ne validerai jamais mon année à l'ESMOD. Je fais semblant auprès de ma meilleure amie car je n'ai pas envie de subir ses questions, ni de la stresser.

Quant à Jason... Disons qu'il ne me lâche pas d'une semelle. C'est le prix à payer pour refuser d'enfermer mon frère. En parlant du loup, celui-ci ne m'envoie qu'un seul message au cours de la semaine suivante : « Je suis désolé ». Après avoir pleuré deux longues heures, j'ai décidé de bloquer son numéro.

Ce soir, on dîne au restaurant avec la bande. Violette n'a pas l'air dans un meilleur état que moi.

— Quoi de neuf, Ethan ? demande Loan pendant l'entrée.

Nous écoutons notre ami parler de son prochain séjour à Poitiers en compagnie d'Ophélie. À côté de moi, Jason picore mes tomates mozzarella, sa main sur ma cuisse.

— Ah et... j'ai eu une promotion, ajoute Ethan en rougissant. J'attendais que Gérard me la propose, mais j'en suis venu à la conclusion qu'il ne comptait pas le faire. Alors Ophélie m'a poussé à la demander et... c'est ce que j'ai fait. Il a dit oui.

Toute la bande crie ses félicitations, ce qui ne fait qu'accentuer son teint pivoine.

— Tu as raison, dis-je en trinquant avec lui. On n'est jamais mieux servi que par soi-même.

— Nom de ta sex-tape, raille Jason.

Je lui donne un coup de coude dans l'estomac, amusée. Quand il voit Violette et Loan parler tout doucement en face de nous, il fronce les sourcils et s'exclame :

— Vous arrêtez de faire des messes basses, ou merde ? On dirait que vous avez tué quelque chose depuis quelques semaines, c'est pénible.

Je ricane, répondant par réflexe :

— Ça, c'est depuis qu'ils ont couché ensemble.

Oh, merde. C'est comme si tout le restaurant s'arrêtait de vivre. Je m'immobilise, mortifiée, tandis que mes amis me regardent avec des yeux ronds.

— Chiottes...

Violette a l'air de vouloir disparaître. Loan, quant à lui, me fusille du regard. Je m'apprête à dire que c'est une blague quand Ethan me devance :

— Tu le savais ?

Je tourne la tête vers lui, stupéfaite. *C'est une blague ?*

— Oui ! Toi aussi ?

— Ouais, dit-il en haussant une épaule. On me l'a dit dès le lendemain matin.

J'ouvre la bouche, blessée, et me tourne vers Violette d'un air accusateur. Je n'arrive pas à croire qu'elle se soit confiée à quelqu'un d'autre avant !

— Vous l'avez dit à Ethan avant moi ?!

Violette a l'air tout aussi perdue, si bien qu'elle fait face à son meilleur ami d'une mine de reproche.

— Tu l'as avoué à Ethan ??

— Et toi à Zoé, visiblement !

— Non, je ne l'ai pas dit à Zoé ! se défend-elle. Elle nous a entendus, *nuance.*

— Quoi ?! s'étouffe Loan.

J'ai envie d'éclater de rire devant la scène qui se déroule devant mes yeux, mais j'ai peur que cela ne paraisse inapproprié. Je décide donc de calmer le jeu d'un geste désinvolte de la main.

— T'inquiète, j'ai rien vu.

À ma plus grande peine.

— Elle nous a entendus faire l'amour et tu n'as rien dit ? continue Loan.

Ethan rit dans son poing, en me lançant un regard complice. Je me mords la lèvre en attendant la réponse de Violette, qui semble à court de mots. C'est hilarant.

Sauf que...

— Et personne n'a pensé à me le dire, À MOI ?!

Nous nous tournons tous vers Jason. Celui-ci semble perdu et vexé, si bien que tout le monde s'esclaffe. J'avais oublié que Jason n'était pas au courant. Loan lui explique pourquoi il est allé voir Ethan et pas lui, chose qui paraît évidente à tout le monde.

Il aurait fait des sous-entendus lubriques H24.

La pauvre Violette n'a toujours pas émergé de ses paumes, si bien que Jason sourit en la rassurant :

— Je suis sérieux, Vio, on a tous nos travers. Nous les premiers ! Regarde, Zoé : c'était une vraie traînée, avant de tomber amoureuse de moi.

Ma main part toute seule. Je lui assène une gifle monumentale qui fait taire tout le monde autour de la table. Ma paume chauffe sous le coup.

Ethan siffle avec admiration tandis que mon sang bout dans mes tempes. Jason grimace alors, n'osant pas rencontrer mon regard.

— C'est parce que j'ai dit que tu étais une traînée ou que tu étais amoureuse de moi ?

— Connard.

Je ne sais pas s'il comprend que ce n'est pas une plaisanterie. Les autres sourient, mais pas moi.

— Je plaisante, ma belle, s'excuse-t-il, en posant un bras sur mes épaules.

Je le repousse, l'expression fermée. Il pense sûrement que je rigole car il continue sa conversation avec les garçons. Je reste silencieuse le reste du dîner. Je n'arrive pas à croire qu'il ait dit ça. En public, qui plus est.

Je ne parle pas de la mauvaise blague sur le fait que je sois une traînée. Je connais l'humour douteux de Jason, je sais qu'il n'en pense pas un mot.

Non, c'est le reste que j'ai du mal à avaler.

Trop tôt à mon goût, les autres prennent la route et nous nous retrouvons seuls sur le parking. Je marche jusqu'à sa voiture, mes talons claquant contre le béton. Cela fait cinq jours que je porte les mêmes vêtements, comme Violette me l'a fait remarquer ce matin.

— Tu peux me ramener à l'appartement, s'il te plaît ? dis-je en ouvrant la portière de l'Audi.

Jason s'arrête devant la sienne, les clefs en main.

— Tu ne rentres pas avec moi ?

— Pas ce soir.

Je ne lui laisse pas le temps de répondre et entre dans la voiture, le cœur battant la chamade. Il ne tarde pas à faire de même, le front légèrement plissé.

Le trajet est silencieux et tendu. Je le passe à regarder par la fenêtre. Lorsque nous arrivons en bas de l'appartement, je détache ma ceinture. Jason éteint le moteur et pose sa main sur la mienne au moment où je veux sortir.

— Attends deux minutes.

Je me mords la lèvre pour ne pas partir au quart de tour. Jason est adorable, je sais qu'il n'a pas cherché à me piéger en faisant ça. Mais tout de même.

— C'est ce que j'ai dit devant tout le monde, pas vrai ? C'était une blague, Zo...

— Parce que tu crois que les autres feront la différence ? réponds-je en lui refaisant face. Voilà pourquoi je ne voulais pas que les gens le sachent. Après ils se mettent à espérer qu'on devienne un joli petit couple et ça nous met la pression.

Jason fronce les sourcils en secouant la tête.

— Personnellement, je n'ai aucune pression. Ce n'est pas les autres qui vont influencer mon avis sur la question, crois-moi.

— Tout ce que je dis, c'est que quand notre relation était secrète, tout allait bien. Mais là... ça va trop vite pour moi. Après ce soir, ils vont penser qu'on est amoureux ! On nous invitera aux soirées *à deux*, on parlera de nous en disant « Jason et Zoé » comme si l'on n'était qu'une seule et même personne...

Jason me contemple, un vague sourire aux lèvres. Pourtant, il n'a pas l'air amusé. Plutôt résigné. Je l'interroge du regard, si bien qu'il murmure :

— Est-ce que ce serait si terrible ?

Mon cœur tombe comme une pierre dans mon estomac. Son regard est intense et plein d'espoir. *A-t-il fait exprès de dire cela en public pour provoquer quelque chose ?* Il attend que je réagisse, que je réponde, et moi je ne peux rien faire si ce n'est regarder.

Non, ce ne serait pas si terrible, voudrais-je dire.

— Ne fais pas ça, soufflé-je, d'un ton suppliant.

— Désolé... Mais je ne peux plus le garder pour moi. J'ai essayé, je le jure.

Je secoue la tête en sortant de la voiture, les mains tremblantes. Je l'entends jurer dans sa barbe alors qu'il fait pareil. Quand je me dirige vers la porte de l'immeuble, il se précipite pour me barrer la route.

— Pourquoi est-ce que tu fuis chaque fois que j'essaie d'avoir une conversation sérieuse avec toi ? me reproche-t-il. Tu ne veux peut-être pas l'entendre et c'est ton problème, mais moi j'ai envie de le dire.

Je recule, me cachant le visage des mains. Je ne suis pas certaine de pouvoir survivre si Jason me fait une déclaration et que je me retrouve dans l'obligation de le rejeter.

— Pourquoi tu me fais ça ?

— Tu crois que je l'ai voulu ? rit-il jaune. Crois-moi, c'était plus facile de te détester. Ça me permettait de ne pas tomber amoureux de toi.

Ma respiration se bloque dans ma trachée. Mon corps entier frissonne sous l'effet que ces mots ont sur moi. Je retire mes mains de mon visage et plante mon regard dans le sien. Il a l'air terrifié et mal à l'aise. Cet homme incroyable est en train de m'avouer qu'il m'aime aussi.

Et qu'est-ce que je fais ?

Une crise de panique.

— Je... hésite-t-il, en se tirant les cheveux à la racine. Putain, c'est dur.

— Tu te trompes, Jason. Tu l'as dit toi-même ; tu crois tomber amoureux à tous les coins de rue.

Il secoue la tête, la mâchoire contractée.

— C'est différent. Tu es différente.

— Je t'assure, je ne le suis pas.

— Arrête de vouloir me dire ce que je ressens, bordel ! s'énerve-t-il. T'en sais rien, d'accord ? Je sais que c'est différent parce que ça n'a jamais été *comme ça*. Tu me fais mal, Zoé. Tu me fais mal quand tu ne dors pas à côté de moi, tu me fais mal quand tu ris à gorge déployée, tu me fais mal *constamment*. Je ne supporte pas le moment où tu rentres chez toi le matin. Et putain, j'aimerais continuer de jouir en te disant que je t'aime, parce que c'est ce que je ressens et je ne vois pas pourquoi je devrais le taire. Je t'aime. Voilà, c'est posé. Tu en fais ce que tu veux.

Je n'arrive plus à respirer. À l'intérieur, je suffoque et meurs à petit feu. Parce que Jason est plus beau que jamais, parce qu'on ne m'a jamais fait une telle déclaration, mais surtout parce que personne ne m'a dit « je t'aime » et ne l'a pensé depuis bien longtemps.

— Je peux pas, dis-je en retenant mes larmes. Je suis désolée.

Jason sourit, les dents serrées, et détourne le regard. Il accuse le coup. *Je me déteste, je me déteste, je me déteste.* Je me déteste tellement que je veux juste rentrer chez moi et ingurgiter tout ce qui me passe sous la main.

— Non. Non, je refuse, répond Jason d'un ton sec. Si tu veux me jeter, tu vas devoir faire mieux que ça. Je mérite mieux que ça.

— Je ne suis pas faite pour la vie en couple, inventé-je.

— Oh, je t'en prie ! Conneries. Qu'est-ce que tu crois qu'on fait depuis des mois, Zoé ? On *est* en couple. On a dépassé le prétexte du plan cul à partir du moment où tu as commencé à dormir chez moi sans qu'on couche ensemble.

Oh mon Dieu. J'ouvre la bouche, abasourdie. Il a raison. On est en couple. On n'est pas mieux que les Violan, qui se voilent la face depuis plus d'un an.

J'ai rompu ma promesse. J'ai trahi Sarah.

— Je... je dois y aller.

Je tente de lui passer devant mais il m'intercepte. Ses mains saisissent mon visage en coupe et son front se pose lourdement sur le mien. Je sens son souffle sur mes lèvres et je me retiens de pleurer. C'est trop dur.

— Pourquoi tu ne m'aimes pas ? Je t'en supplie, juste, dis-moi... ne me laisse pas dans le noir complet.

— Je... ce n'est pas la question, Jason.

L'espoir fleurit à nouveau au travers de son regard. Celui-ci se pose sur mes lèvres une seconde avant que sa bouche ne le fasse. Je ferme les yeux pour savourer son goût familier et enivrant.

— Alors c'est quoi, la question ?

— Je ne suis pas comme toi, Jason. Je ne baise pas à droite à gauche parce que je cherche l'amour de ma vie, je le fais parce que je ne suis bonne qu'à ça.

Cette fois, c'est à lui de se reculer. Sa mine douloureuse et agacée me transperce en plein cœur. Je ne fais que faire souffrir les gens autour de moi. C'est pour ça qu'ils partent.

— Bordel, mais qu'est-ce qu'on t'a fait ? Hein ? Qu'est-ce qu'*elle* t'a fait ?

Je me raidis, les genoux flageolants. *Non, non, non, stop.* Il vient de dire le mot de trop. Sarah est hors-jeu. Il n'a pas le droit, il ne peut pas me faire un coup pareil.

— Arrête ça tout de suite, répliqué-je.

— Pourquoi ? C'est bien sa faute, non ? Alors dis-moi, qu'est-ce qu'elle a fait pour que tu refuses de retomber amoureuse ? Pour que tu sois aussi flippée ?

Je recule en pleurant, le suppliant d'arrêter, mais il continue. Sans aucune pitié.

— Laisse-moi deviner : elle t'a brisé le cœur en te trompant avec quelqu'un d'autre ? Elle t'a quittée du jour au lendemain ? Bah, devine quoi : je connais ! On est *tous* passés par là !

— Jason, stop...

Il ne semble pas m'entendre, une veine palpitant sur son front.

— Allez vas-y, dis-moi ! Qu'est-ce qu'elle t'a fait, Zoé ?

— *Elle est morte !*

Le silence qui suit mon aveu est assourdissant.

Jason me contemple sans rien dire, le teint livide.

Je n'entends que les sanglots qui s'échappent de ma bouche ainsi que mon cœur fou qui s'agite dans ma poitrine.

Sarah est morte. Elle est morte et je ne sais pas si je m'en remettrai un jour.

Trois ans plus tôt

ZOÉ

Oh I'm a mess right now, a dit Ed Sheeran dans l'une de ses chansons.

— Je confirme, mon frère, murmuré-je, en buvant une nouvelle gorgée de bière.

— Hein ?

Je me tourne vers Tiago, qui me regarde avec inquiétude. Il regrette d'être venu, je le vois bien. Il n'a jamais aimé les fêtes de mon frère. Trop de drogués, trop d'homophobes, trop de tout. Je ne les aime pas non plus. Je ne sais pas pourquoi je suis assise dans le canapé avec eux alors que je hais Bryan ; c'est à cause de lui que Sarah m'a quittée.

C'est à cause de lui qu'elle fait comme si je n'existais pas depuis trois semaines.

— Rien, rien.

— Zoé, on ferait mieux d'aller nous coucher.

Kevin, l'un des amis de mon frère, me tend une nouvelle bière et j'adresse un clin d'œil à Tiago.

— Arrête de faire ton coincé.

— T'es bourrée. Et défoncée.

— Faux, je n'ai pris aucun shit. Pas encore.

J'ai honte qu'il me voie dans un tel état, mais la douleur dans mon cœur surpasse ce sentiment. Je boirai et fumerai jusqu'à ce qu'elle disparaisse.

— On dirait ton frère.

Mon sourire s'évapore. Je le contemple, blessée. Il semble regretter ce qu'il vient de dire, pourtant il ne le retire pas. Je m'apprête à lui dire que je regrette, quand quelqu'un sonne à la porte. Tiago se lève et s'y précipite. Je ne comprends pas. Du moins jusqu'à ce que je *la* vois sur le seuil.

Je m'immobilise au loin, paniquée. Que va-t-elle penser de moi en me voyant comme ça ? Et si mon frère débarquait dans le salon et tombait sur elle ? Ses yeux traversent la pièce avant de tomber sur les miens.

Click.

Sarah est là, habillée du pyjama que je lui ai offert à Noël dernier sous une veste en jean. Un pyjama bleu à motifs flamants roses. J'avais trouvé ça drôle, à l'époque.

— Qu'est-ce que tu as fait ? sifflé-je à Tiago après avoir marché jusqu'à eux.

— J'ai appelé du renfort. Tu me fais peur, Zo.

— Bryan ne doit pas la voir, putain !

Je lui prends la main, si petite et chaude, si familière, et les entraîne dans ma chambre en vitesse. Personne n'a fait attention à nous.

— Moi, je dois y aller, avoue Tiago, hésitant. Mon père m'appelle depuis tout à l'heure...

— Vas-y, le rassure Sarah. Je prends le relais.

— Je suis pas un putain de gosse !

Ils ne font pas attention à moi pour autant. Tiago m'embrasse le front et disparaît, en refermant la porte derrière lui. Sarah et moi nous regardons sans savoir quoi dire. Cela fait longtemps qu'elle ne s'est pas retrouvée ici, dans ma chambre.

Son corps me manque. Tout chez elle me manque.

— Pourquoi t'es venue ? Pour jubiler ?

Elle semble blessée par mes paroles.

— Jubiler de quoi, au juste ? Je m'inquiète, c'est tout.

— Je ne vois pas pourquoi. Tu m'as très clairement fait comprendre que tu ne m'aimais plus.

À ces mots, elle baisse les yeux sur ses ongles. Je prie pour que Bryan ne débarque pas sans prévenir sous prétexte que j'ai disparu.

— Tu sais très bien que c'est faux...

Mon cœur bondit dans ma poitrine. Ai-je bien entendu ?

— Quoi ?

— Tu crois vraiment que ça fonctionne comme ça ? murmure-t-elle. Que je peux arrêter de t'aimer d'un claquement de doigts ?

L'espoir brûle dans mes veines. Je n'ose rien dire de peur qu'elle ne décide de partir à nouveau. Combien de fois ai-je espéré qu'elle revienne vers moi, disant qu'elle s'était trompée, me suppliant de la reprendre ?

— C'est ce que tu as voulu me faire croire.

— Et j'ai menti.

Bordel. Je calme ma respiration, priant pour que l'alcool disparaisse de mon organisme rapidement. Je ne veux pas être raide morte si Sarah veut qu'on se remette ensemble.

— Je ne comprends pas.

Elle soupire, en fuyant mon regard. Je ne l'ai jamais vue aussi hésitante, elle qui n'a pas la langue dans sa poche.

— Si j'ai rompu avec toi, c'est parce que j'espérais que cela agisse comme un électrochoc. Je... j'attendais une réaction de ta part. Quelque chose. Évidemment que je t'aime toujours, ajoute-t-elle, en me regardant enfin. *Je t'aime jusqu'aux étoiles,* tu te rappelles ?

Je presse les paupières, un soulagement sans nom m'envahissant. C'est comme si je respirais à nouveau après un mois passé sous l'eau.

— Bordel, ce qu'on est niaises.

Elle sourit et puisque les mots ne seront jamais assez pour expliquer ce que je ressens à cet instant, je l'embrasse à pleine bouche. Ses larmes se mêlent aux miennes tandis qu'elle me rend mon baiser, ses mains dans mes cheveux.

— Tu m'as manqué.

Elle dépose de doux baisers sur ma bouche, puis trouve refuge dans le creux de mon cou, ses mains autour de ma taille. Je l'étreins comme si je ne voulais plus jamais la lâcher.

— Zoé.

— Hmm ?

— Je t'en prie, fugue.

Elle relève la tête. Cette fois, je ne bats pas en retraite devant son regard de défi. Ce n'est pas la première fois qu'elle me propose de fuir. J'ai toujours dit non, jusqu'à présent. Premièrement parce que je n'ai pas les moyens, deuxièmement parce que j'en suis incapable.

— Et ma mère ?

— Chérie, ce que je m'apprête à dire est horrible... mais ta mère ne s'est pas souciée de toi pendant des années. Elle n'est pas ta responsabilité. N'en fais pas ton fardeau.

Je sais qu'elle a raison. Alors pourquoi est-ce si dur ? Un bruit de verre cassé se fait soudain entendre de l'autre côté du mur, suivi d'un fou rire général.

Je ne peux plus vivre dans un tel environnement.

— OK.

Sarah me regarde sans y croire.

— Sérieux ?

— Sérieux.

— Oh bordel. D'accord... Cool. Super. Euh... OK.

Je ris et elle fait de même. Très vite, je fourre l'essentiel dans un petit sac à dos – argent, carte d'identité, portable, tenue de rechange – et je saisis les clefs de ma moto légère. Sarah, Tiago et moi nous sommes cotisés pour mes dix-sept ans. Elle nous appartient à tous les trois, mais c'est moi qui m'en sers pour la semaine.

— Je n'arrive pas à croire qu'on soit en train de le faire, chuchoté-je, en ouvrant grand ma fenêtre.

Sarah me prend la main et la serre. Sa mine heureuse et fière vaut tout l'or du monde. *Bordel, je pourrais mourir pour ce visage.*

— Ça va bien se passer... Tu ne reviendras plus jamais dans ce taudis, je t'en fais la promesse.

Je l'embrasse fougueusement avant de lui dire de passer la première. Elle chevauche la fenêtre avec précaution, puis atterrit deux mètres plus bas. Je suis sur le point de suivre quand la porte de ma chambre s'ouvre sans prévenir.

— Da, tu vas jamais croire ce que...

Mon frère s'interrompt en pleine phrase, son regard se posant sur moi. Je tressaille de panique, parce que je sais de quoi ça a l'air. Au moins, il ne peut pas voir Sarah, de là où il est.

— Tu fais quoi ?

Sa voix est calme et posée, mais je le connais. Je sais que la colère vibre dans son sang. Sarah me fait des signes du coin de l'œil, mais je l'ignore.

— Je m'en vais.

Mentir n'aurait servi à rien. Il le devine toujours.

— Je crois pas, non.

— Désolée.

Je passe rapidement mes jambes de l'autre côté, sauf que Bryan m'attrape déjà les épaules pour me retenir.

— Tu ne vas nulle part ! Pas avant qu'on ait parlé !

Je me débats comme je le peux, ignorant Sarah qui me crie de sauter. Je ne suis malheureusement pas assez forte et Bryan réussit à me tirer à l'intérieur de la chambre. Je tombe sur lui avant de lui mordre la main de toutes mes forces.

Il beugle de douleur, et j'en profite pour me hisser à nouveau sur la fenêtre et sauter. J'atterris sur les genoux, ce qui m'arrache un gémissement animal. Sarah est près de moi, me demande si ça va.

— Vite, faut partir.

Je lui prends la main au moment où Bryan réapparaît à la fenêtre. Le pauvre a l'air désemparé.

— Zoé, fais pas l'idiote ! Je t'ai dit non ! Si tu ne reviens pas, je te préviens... je vais me foutre en l'air. Tu m'entends ? Zoé !

Mon esprit se ferme à ses cris pendant que nous courons tant bien que mal jusqu'à la moto. Sarah s'installe derrière moi, refusant le casque que je lui tends.

— Et toi ?

— On n'en a qu'un et je préférerais que tu le portes. S'il te plaît.

Elle soupire mais ne fait pas d'histoires. Elle l'enfile avant de se tenir à moi. Je n'ai aucun regard en arrière tandis que je quitte la cité à toute vitesse.

Je pleure, mais je ne m'en soucie pas. Je l'ai fait. Pour la première fois de ma vie, j'ai pris une décision qui m'appartient. Tout cela grâce à cette fille derrière moi, cette fille dont je suis folle. Je ris sous mes larmes, le vent soufflant dans mes cheveux.

C'est donc ça, la liberté.

— Où est-ce qu'on va ? crié-je.

— Chez moi ! Je te cacherai dans ma chambre le temps d'en parler à mes parents.

Je tourne légèrement le visage vers elle, amusée.

— Je pourrai dormir dans ton lit ?

Elle rit, se serrant davantage contre moi, et crie à mon oreille :

— Vu comme tu m'as manqué, on ne risque pas de dormir beaucoup.

Ça me va parfaitement. Je me concentre sur la route, l'euphorie refusant de quitter mes veines. Je me sens invincible. C'est peut-être dû à l'alcool, je ne sais pas, mais j'ai enfin l'impression que tout ira bien.

Que la situation va s'arranger.

La nuit nous appartient. J'ai presque envie de proposer à Sarah que nous nous enfuyions. Que nous partions loin d'ici, rien que toutes les deux, et que nous nous construisions une vie ailleurs.

— Plus vite ! s'écrie-t-elle derrière moi.

Je ris et obtempère, l'adrénaline fusant en moi. Le vent fouette mes joues et mes bras, seulement recouverts d'un pull en laine. Nous sommes seules sur la route. Dans mon rétroviseur, je vois Sarah crier de bonheur en levant les bras au ciel.

Je veux lui dire de s'accrocher à moi, quand ça arrive.

Aussi rapidement qu'un clin d'œil.

Quelque chose nous heurte de plein fouet. La moto glisse dans un bruit de ferraille qui me hantera probablement jusqu'à la fin de ma vie, puis s'effondre par terre. Ma jambe reste coincée entre elle et le sol, si bien que seule ma tête frappe contre le béton.

Trou noir.

Quand je reprends connaissance, je n'entends absolument rien. C'est comme regarder un film sans le son.

Je suis sur le sol, la moto pesant sur ma jambe engourdie, et j'ai mal. Je sens un liquide chaud couler le long de mes tempes, probablement du sang, mais je n'y prête pas attention.

Sarah.

Je suis incapable de bouger, et pourtant c'est la seule pensée qui m'habite.

Où est Sarah ? Je tourne la tête dans un effort surhumain, en la cherchant du regard. Tout ce que je vois est une voiture au capot défoncé et aux portières ouvertes.

Une femme se précipite vers moi, l'air affolé, tandis qu'une autre est agenouillée quelques mètres plus loin. Les larmes coulent sur mes joues tandis que je prends conscience de la forme inerte à ses pieds.

Et du pyjama à motifs flamants roses.

29

ZOÉ

Je revis la scène encore et encore, plus réaliste que dans mes pires cauchemars.

— Elle est morte sur le coup, pleuré-je sans pouvoir m'arrêter. Une voiture nous est rentrée dedans et elle... elle a été éjectée de la moto.

Jason ne sait pas comment réagir à mon histoire. La culpabilité se peint sur ses traits fins. Il ouvre la bouche avant de la refermer. Finalement, il s'approche pour me prendre dans ses bras. Je m'accroche à ses épaules en priant pour qu'il ne me lâche jamais.

— Ce n'est pas ta faute, mon cœur. Je suis désolé...

Il me serre en me caressant les cheveux d'un geste doux.

— J'avais bu, et j'ai quand même pris le volant. C'est ma faute, Jason.

— Tu étais jeune. Tu as fait une erreur, certes. Et certaines erreurs mènent à de lourdes conséquences, mais tu ne crois pas que l'absence de Sarah te punit déjà assez ? Tu ne peux pas t'en vouloir indéfiniment. Tu n'étais pas seule sur cette route. Sarah t'a demandé d'aller plus vite... elle ne s'est pas tenue à toi... et je ne dis pas que c'est sa faute à elle, s'empresse-t-il d'ajouter. Je dis juste que chacun a sa part de responsabilité dans cette histoire. La voiture d'en face aurait dû vous voir...

Je m'écarte pour essuyer mes larmes, le corps douloureux. Respirer me fait mal. Tenir debout me fait mal. Penser à *elle* me fait un mal de chien.

Cela a été dur de survivre dans un monde où tout me rappelait son souvenir. Un monde où j'ai dû retourner chez ma mère et subir les remarques de Bryan sur l'accident.

« C'est ta faute. »

« Tu as vu ce que tu as fait. »

« Tu aurais dû m'écouter. »

Un monde où mon corps strié de cicatrices m'empêche d'oublier la pire erreur de ma vie.

— Je ne peux pas lui faire ça, Jason, je suis désolée...

Au début, il ne semble pas comprendre de quoi je parle. Puis la compréhension se lit peu à peu sur son visage. Je ne peux pas être avec lui, tout simplement parce que je m'étais promis de n'aimer personne d'autre.

Parce que je ne peux pas la tuer et l'oublier aussi facilement, la remplacer, la jeter aux oubliettes comme si elle n'avait été qu'une passade dans ma vie.

— Zoé... murmure Jason, sans savoir comment s'y prendre. Ce qui est arrivé est terrible. Je n'ai même pas les mots... Ça me tue de savoir que tu as vécu un truc pareil, et je sais que rien ne pourra remplacer ta perte.

Sa voix se brise, tout comme son masque.

— Mais Sarah n'est plus là, mon cœur. Tu dois avancer... Tu as le droit au bonheur. Personne ne te demande de l'oublier ou de la remplacer, je sais que ça ne sera jamais possible. On aime les gens de façons différentes. Mais elle n'est plus là, répète-t-il, en me faisant pleurer de plus belle. Moi, je suis là, putain. Je suis là...

Je l'observe en silence, l'âme déchirée. Jason sourit pauvrement avant d'ajouter :

— Mais je ne le resterai pas indéfiniment. Je suis amoureux de toi, et j'en ai marre de faire semblant. Je ne veux pas continuer à coucher avec une femme que j'aime mais que je ne peux pas avoir. Je ne suis pas si masochiste. Alors s'il te plaît... fais un choix. Largue-moi, prends-moi, peu importe, mais ne me laisse pas en suspens. Il y a des limites à ce que je peux supporter... même de ta part.

Je reste plantée là comme une idiote, l'esprit vide. Jamais quelqu'un ne m'a fait une telle déclaration. Et je sais qu'il a raison, que Sarah est partie et que je ne peux pas passer ma vie à attendre un fantôme, mais c'est plus fort que moi.

Si elle me voyait, que dirait-elle ? Que je l'ai trahie, sans doute. Qu'elle est morte pour rien.

Pire : comment suis-je censée être heureuse alors que Sarah n'aura jamais l'occasion d'avoir dix-huit ans ?

— Je...

Je suis à court de mots. Jason le comprend car il prend une grande inspiration et hoche la tête en détournant le regard. Sa déception me heurte aussi brutalement qu'un mur. Et pourtant, je suis incapable de faire un geste pour l'arrêter quand il pose une main dans ma nuque et m'embrasse le front... avant de partir.

J'aimerais pouvoir lui dire la vérité. J'aimerais pouvoir lui dire qu'il me terrifie, que mon amour pour lui me terrifie, que j'ai peur de l'aimer plus que Sarah, que j'ai peur de l'aimer trop fort et de le perdre à son tour.

« Est-ce que les étoiles sont immortelles ? »

« Non. Elles meurent au bout d'un certain temps, comme nous. »

Mon regard tombe sur la constellation tatouée sur mon avant-bras. Elle me nargue avec cruauté. Sarah était mon étoile, et comme tout autre étoile, elle s'est éteinte. Cela ne l'empêche pas de continuer à vivre dans mon cœur et dans mes souvenirs.

Si les rôles étaient inversés, j'aimerais qu'elle passe à autre chose.

Pas vrai ?

Mes pensées sont interrompues par la voiture de Jason qui démarre et s'en va. Je regarde celle-ci s'éloigner, mes larmes taries. L'espace d'un instant, je m'imagine retourner à une vie sans Jason, et c'est une véritable torture.

— Quelle conne.

Je sors mon téléphone de mon sac et l'appelle, les yeux rivés sur son véhicule. Quand la troisième tonalité se fait entendre, je le vois qui s'arrête au feu rouge.

Mon cœur marque un raté. Je ne réfléchis pas une seule seconde avant de retirer mes talons et de courir. Je prie pour que le feu ne repasse pas au vert, les mollets lancinant de douleur. Je cours pieds nus sur le goudron, la respiration haletante.

On dirait ces idiotes d'actrices qui courent dans les aéroports. Un vrai cliché.

Alors que je suis à quelques mètres seulement de la voiture, le feu repasse au vert. J'accélère et réussis à frapper sa vitre au moment où il redémarre. Jason s'arrête soudain, tournant la tête vers moi.

Ses yeux s'écarquillent et il fait descendre la vitre tandis que je reprends mon souffle, les mains sur les hanches.

— Attends, je... je t'en supplie, je... je suis désolée, haleté-je.

Il me regarde avec hésitation, en sortant de la voiture. Le silence est sacré. J'ai peur, mais je fais taire la petite voix désapprobatrice en moi. J'en ai marre d'avoir peur.

— Je veux être avec toi. J'aime Sarah, je ne cesserai jamais de l'aimer... mais tu as raison. Tu es là, et j'ai envie d'être avec toi. S'il te plaît, ne pars pas, le supplié-je.

Dire tout cela me retourne le cœur, et pourtant ça ne m'a jamais semblé aussi vrai. Jason ne se fait pas prier. Il soupire en rejetant la tête en arrière, puis s'approche en jurant.

J'accueille sa bouche sur la mienne, enroulant mes bras autour de son cou. Ma poitrine éclate, libérant une ribambelle de papillons, pendant qu'il me soulève de terre. Sa bouche me dévore avec amour, chuchotant des « merci » et des « je vais prendre soin de toi » sensuels et interminables.

— Tu ne vas pas changer d'avis, hein ?

Je souris timidement avant de secouer la tête.

— Ça risque d'être un peu dur au début, pardon par avance... mais non, je ne vais pas changer d'avis.

Son sourire monte jusqu'aux étoiles. Il effleure mon cou avec tendresse.

— Je t'aime, chuchote-t-il, si bas, que je ne suis pas sûre qu'il s'en rende compte.

— Je sais.

Jason relève les yeux vers moi, aussi éberlué qu'amusé.

— Je rêve ou tu viens de citer *Star Wars* ?

Mon sourire parle pour moi.

TROISIÈME PARTIE
SUIS-MOI, JE TE SUIS

30

JASON

— On doit le laisser combien de temps ?

— Dix minutes.

— Mais ça brûle.

— C'est normal, Jason.

— Ça brûle vraiment.

Zoé me tape les mains tandis que je tente de me tripoter le visage. Elle aime me maltraiter. Qu'est-ce que vous voulez que je vous dise ? J'adore ça.

— Touche pas, je te dis ! Ça va passer.

J'obtempère, me regardant avec curiosité dans le miroir au-dessus de son épaule. Je ne sens plus ma peau, la substance picotant mes joues ainsi que la surface entre ma bouche et mon nez. Zoé a acheté des masques beauté à l'argile aujourd'hui, elle m'a demandé si je voulais essayer avec elle.

J'étais curieux, OK ?

Nous voilà donc en train d'attendre comme des cons dans la salle de bain, le visage peint d'une couleur grisâtre. *Hashtag goal couple.*

— Qu'est-ce que tu fais ?

— Je mémorise ce moment, sourit Zoé, en braquant son téléphone portable sur nous.

Je passe les bras autour de sa taille, le menton sur son épaule, et souris à pleines dents. Elle prend la photo et la poste sur Instagram, avec comme légende : « Lush x bae ». Je ne sais pas qui est Lush, mais je suppose que je suis *bae* [5].

Littéralement deux minutes plus tard, je reçois plusieurs notifications sur le groupe Facebook que je partage avec les mecs. Évidemment, ils ont vu la photo et viennent tout de suite se moquer.

Loan : J'ai screenshot.

Ethan : Un conseil, ne nous invite pas à ton mariage.

Moi : Pff. C'est bon pour la peau, OK ? Je pense à mes pores, moi. Est-ce que vous pouvez en dire autant ?

Ethan : C'est quoi, des pores ?

Je n'en ai aucune idée, mais d'après Zoé, c'est important.

Après dix minutes, je me nettoie le visage avec un gant humide et je le jure, c'est magique ! Ma peau est si douce que je ne peux pas m'empêcher de la caresser. Zoé semble amusée de ma découverte, en m'embrassant lentement le long du cou.

Depuis que nous sommes officiellement en couple, elle s'est métamorphosée. Elle est évidemment restée la même – chiante au possible –, mais je peux la sentir plus

5. « Bae » est l'acronyme de Before Anyone Else, c'est-à-dire : avant tous les autres. C'est une expression désignant une personne qu'on aime plus que tout.

naturelle, moins sur la défensive. Zoé a enfin accepté de se laisser aller et d'arrêter de me combattre.

Ma foi, je dois dire que ça nous réussit bien. Nous sommes devenus mignons à vomir – et les mecs ne se gênent pas pour me le rappeler.

— Je dois réviser, chuchoté-je, quand Zoé glisse ses mains sous l'élastique de mon boxer.

— Tu peux toujours réviser demain.

Sur ces paroles, elle me mordille la clavicule et va s'asseoir dans le canapé, le regard tentateur. Elle me défie de l'y rejoindre, seulement vêtue d'un long tee-shirt blanc. Je déglutis, en résistant à la tentation.

— Je peux pas, je travaille à la piscine, demain. C'est mon dernier jour.

— Très bien. Je ne voudrais pas te détourner du droit chemin... dit-elle en écartant les jambes et *oh mon Dieu, elle ne porte absolument rien en dessous.*

Ma respiration devient fébrile et en deux temps trois mouvements je suis sur elle. Je dois m'interrompre en pleine action car l'un des chats nous fixe depuis sa litière et cela perturbe Zoé, mais ça vaut quand même le coup.

Je sais qu'elle se sent seule et inutile depuis quelques semaines. Elle est persuadée de ne pas pouvoir valider son année à l'ESMOD et refuse catégoriquement de redoubler – de toute façon, ça coûte trop cher. Elle vit quasiment chez moi en attendant de trouver un appartement. Pas de nouvelles de son frère depuis l'incident des escaliers, ce qui est bon signe.

Incident que je n'arrive toujours pas à oublier, mais passons.

Je ne peux pas me plaindre de la situation. Zoé sort la journée, nourrit les chats chaque matin, et nous mangeons ensemble tous les soirs. Parfois, on sort en boîte. D'autres fois, on reste au lit pour regarder Netflix et faire l'amour. Je n'ai jamais été aussi heureux et paisible de toute ma vie.

Je deviens niais.

Oh, merde. Je deviens *Loan !*

Je sens soudain les lèvres de Zoé sur ma fesse, ce qui envoie une décharge électrique le long de ma colonne vertébrale. Elle adore embrasser mon tatouage ; comme pour se moquer.

— Dis... tenté-je, en me retournant sur le dos.

Zoé ne fait rien pour se couvrir, étalant ses jambes nues en travers de mes genoux. Je lui masse les pieds, le regard toujours en feu. J'adore quand elle est comme ça ; totalement consciente de son corps, et pourtant n'essayant pas de le cacher à tout prix.

— Parle-moi de Sarah.

Elle se fige automatiquement, silencieuse. Nous n'en avons pas reparlé depuis le soir où elle m'a raconté le soir de l'accident. Je sais qu'elle en a besoin pour avancer, et j'avoue être curieux... Si Zoé l'aimait si fort, je veux savoir pourquoi.

— Elle était bisexuelle, elle aussi ? commencé-je, pour lui rendre la tâche plus aisée. Est-ce que les gens savaient que vous étiez ensemble, ou c'était un amour interdit à la Roméo et Juliette ?

Zoé se détend peu à peu, le regard dans le vide. Je devine qu'elle pense à son ex, au passé qui les unit et aux souvenirs qui font mal.

— Oui, les gens savaient. Et non : Sarah était non-binaire et pansexuelle. Elle ne s'identifiait pas qu'à un seul genre. Je me rappelle encore le jour où elle m'a avoué qu'elle se sentait fille, mais aussi garçon... je crois que je ne l'ai jamais autant aimée qu'à cet instant. Je trouvais ça tellement génial qu'elle puisse se connaître si bien et s'assumer !

Je l'écoute attentivement, en repoussant une mèche derrière son oreille. Je reconnais cette fierté et cet amour sans condition qui fait osciller sa voix ; j'ai les mêmes quand je parle d'elle à Julie. Cela me fait sourire.

— Et elle aimait les vieux films. Elle a l'air grave cool.

— Oui, poursuit Zoé. Elle était totalement obsédée par le cinéma. Elle voulait changer le monde avec ses films et devenir « l'une des meilleures réalisatrices de sa génération ». J'admirais son ambition... sa volonté de porter sa voix, de parler de féminisme mais aussi de sexualité et de genre.

Une fois qu'elle est lancée, Zoé ne peut plus s'arrêter. Elle me raconte comment les deux adolescentes se sont connues, lors d'une fête organisée par Tiago, et comment s'est déroulé le reste de leur relation. Avec ses hauts et ses bas.

— Elle serait si fière de toi, chuchoté-je, quand elle ricane froidement.

— Tu crois ? Parce que, jusqu'à maintenant, je ne vois pas ce que j'ai fait pour la rendre fière. J'ai arrêté de rendre visite à ses parents car j'ai trop honte, je n'ose pas dire à mes abonnés que je suis bisexuelle, j'ai abandonné mon rêve de devenir styliste et je suis tombée sous le charme de quelqu'un d'autre. Bravo Dahlia !

Je la fais taire en lui prenant le menton, sérieux.

— Tu t'es dressée contre ton frère, tu as protégé tes amis en sacrifiant ton rêve, et tu as enfin décidé d'ouvrir ton cœur à nouveau. Moi j'appelle ça une victoire. Le reste suivra.

Elle sourit faiblement à cela. Elle sait que j'ai raison ; comme d'habitude, j'ai envie de dire. Elle est incroyable et je crois en elle. Zoé est promise à de grandes choses. Elle a simplement besoin de prendre confiance, et surtout de se pardonner.

— Je peux te demander quelque chose ? hésite-t-elle, en me regardant d'un air pensif.

— Dis-moi.

— Est-ce que t'es hétéro ? Ça fait plusieurs fois que je me pose la question...

— Pas de problème, la coupé-je, avant d'y réfléchir. Honnêtement, j'en sais rien. Je ne me suis pas trop posé la question. Je pense qu'on ne peut jamais vraiment savoir si l'on est cent pour cent hétérosexuel, si ? Pour l'instant je dirais que je le suis, seulement parce que je n'ai jamais été attiré par un mec. Mais ne jamais dire jamais, je suppose. Enfin je n'ai pas de problème avec ça, quoi. J'aime pas les étiquettes. Je suis ni gay ni hétéro ni bi ni rien. Je vis dans le moment, c'est tout.

Je m'interromps en prenant conscience du regard que Zoé porte sur moi. Elle sourit tellement qu'elle illumine toute la pièce, et putain, ça fait mal. Quand je lui demande ce qui se passe, elle secoue la tête avant de m'embrasser.

— T'es incroyable, c'est tout. Et crois-le ou non, c'est très surprenant.

— Euh... merci ?

— De rien.

— OK, changement de sujet : comment se passe ta recherche d'appartement ?

Elle arque un sourcil suspicieux.

— Pourquoi, tu en as déjà marre de moi ?

— Bah je voulais pas te le dire tout à l'heure, mais quand je suis rentré, le dîner n'était pas prêt et...

Elle me frappe le torse avec le pied, ce qui me fait rire.

— Tu sais que tu ne me déranges pas. Cet appart' est bien trop grand pour une seule personne, et j'aime trouver tes vêtements par terre en rentrant. Comme le Petit Poucet.

Elle sourit doucement, en reconnaissant qu'elle est bordélique.

— Je ne suis pas encore sûre de savoir ce que je veux faire. Tout a changé si vite que je suis perdue.

— C'est normal. Personne ne te presse.

Zoé me regarde d'un drôle d'air, à croire qu'elle me contredit.

— N'est-ce pas toi qui pars pour l'Australie, cet été ?

Ah. J'avais presque oublié ce léger détail.

L'Australie semblait être une bonne idée avant que je ne rencontre Zoé. Ça le semblait encore quand je pensais mes sentiments à sens unique. Aujourd'hui, je remets toute ma vie en question. J'aimerais lui proposer de me suivre, mais je sais qu'elle n'est pas prête.

— Ce n'est pas tout de suite...

Un silence s'installe et je ne sais pas quoi en penser. Parfois j'aimerais savoir ce qui se passe dans sa tête. S'attend-elle à ce que je reste ? Veut-elle partir avec moi ? Je n'en ai aucune idée.

Je ne sais même pas ce que *moi,* je veux.

— Tu veux en parler ?

— De quoi ?

— De moi partant pour l'Australie.

Cette fois, ses yeux s'accrochent aux miens. Deux billes d'un bleu incroyablement pur. Je penche la tête tandis qu'elle reste impassible.

— Je ne sais pas quoi te dire.

— Moi je sais, dis-je en dégageant ses pieds et en attrapant ses hanches, si bien qu'elle finit sur mes genoux. Je ne sais pas ce que je veux faire de ma vie, mais j'ai toujours su que je voulais voyager. Voir le monde. Sauf qu'entre-temps, une casse-couilles aux cheveux roses s'est pointée.

— Ça ne change rien.

— Quand même, grimacé-je. Elle est très, *très,* casse-couilles...

— Jason.

Elle soupire et niche sa tête dans le creux de mon épaule. J'ai toutefois eu le temps de reconnaître la peur peinte sur ses traits. Je sais ce qu'elle va me dire : ça va trop vite pour elle, chose que je comprends. Je ne me reconnais pas moi-même. Aller trop vite n'est pas mon genre.

Mais si Zoé était la femme de ma vie et que je foutais tout en l'air simplement pour voyager ?

— On a dit qu'on y allait doucement... Tu me l'avais promis.

— Et c'est ce qu'on fait.

— D'accord. Alors on ne parle plus de ça, OK ? Tu vas valider ton master, partir pour l'Australie, bouffer du kangourou et m'envoyer des cartes postales cochonnes.

Si ça peut lui faire plaisir. Je souris et lui saisis le visage pour l'embrasser. Nous n'en parlons plus après ça.

J'allume la télévision tandis qu'elle fait défiler Instagram sur son téléphone. Je demande à lire les commentaires sous la photo de nous deux, intrigué. Certains lui disent qu'elle est magnifique, lui demandant quel soin elle a utilisé, tandis que d'autres la harcèlent pour savoir si je suis son copain, comment je m'appelle, depuis combien de temps ça dure. La plupart retiennent le mot « bae » et la félicitent en disant que l'on forme un très beau couple.

— Ils t'adorent déjà... Qui est surpris ? ironise Zoé, un sourire flottant sur son visage.

— Personne. Tout le monde m'adore, chérie.

Mon sourire s'efface lorsque nous tombons sur un commentaire en particulier. Celui-ci a déjà été liké cent trente-deux fois, et seulement douze personnes ont répondu. Zoé serre les dents et veut passer à autre chose quand je l'arrête, en faisant défiler la conversation.

« Bisexuelle, mon cul. Comme toutes les nanas curieuses qui disent être bi, elle finit avec un mec. Typique. »

« Qui a dit qu'elle était bi ?? »

« J'ai une amie qui la connaît. Cette fille est une arnaque ; elle dit faire partie de la communauté LGBTQ+ mais surprise : on ne l'a jamais vue avec une fille ! »

« Tu ne peux pas dire ça sans la connaître. Pourquoi elle mentirait ? »

« Pour paraître cool ? Pour avoir une excuse pour se taper tout Paris ? Tu choisis. »

« Désolée je débarque mais : ELLE EST GAY ??? Putain on dirait pas ! »

Je ne peux pas lire le reste car Zoé quitte la photo et retourne sur son profil. Ce qu'elle y voit la fait rire amèrement.

— Je viens de perdre seize abonnés en l'espace de deux heures. Génial.

— C'est une blague ? grondé-je, interdit.

Ce sont des conneries. Je ne comprends pas comment on peut se montrer si méchant, et surtout si intolérant, sans connaître les gens qu'on s'évertue à critiquer avec tant de véhémence.

— Laisse tomber, tranche Zoé. Je suis crevée, je vais aller dormir. Tu viens ?

— Je vais rester pour relire mes cours... Bonne nuit ?

Elle opine, crispée, avant de me laisser seul dans le salon.

∞

Mon dernier jour à la piscine m'arrache presque une larme. Ces petits monstres vont me manquer, mine de rien. Ils m'ont même offert une carte commune avec des mots d'adieu et des remerciements. Quand je leurs dis au revoir, je suis empli d'une nostalgie inconnue.

J'ai l'impression de devoir quitter tout le monde et je ne suis pas sûr d'aimer ça.

Ma mère non plus, à en croire ses nombreux textos. J'ai déjà craqué en lui disant que Zoé était ma petite amie, ce qui a mené à des « Elle doit venir dîner à la maison ! » et des « Je veux la rencontrer, Jason, s'il te plaît. Fais ça pour ta mère » que j'ai volontairement ignorés.

Puisque je n'ai pas honte d'elle et que je veux qu'elle le sache, j'ai proposé à Zoé de rencontrer mes parents. Ce à quoi elle a écarquillé les yeux en feignant réfléchir.

Cela fait une semaine qu'elle « réfléchit ».

— Tu as fait une demande de visa ? me demande Ethan quand je rejoins les garçons pour déjeuner.

— Oui, aucun problème de ce côté-là.

— Je n'arrive pas à croire que tu vas partir, dit Loan. On ne s'est pas lâchés depuis la classe de seconde. Tu imagines ?

— Ouais, ça va faire bizarre... Qui va m'empêcher de mettre des filles enceintes et de sniffer de l'ecstasy ?

— On ne sniffe pas de l'ecstasy, crétin. Ça s'avale.

Ethan rit tandis que je roule des yeux. Les garçons me demandent comment ma famille prend la nouvelle. Je leur réponds que mes parents ne sont pas très enthousiastes et que seule Julie ne me boycotte pas après l'incident de la piscine.

Les garçons sourient au souvenir de cette soirée. Ils n'étaient pas là, mais je leur ai bien sûr tout raconté. *Pardon, Zoé.*

— Je ne comprends pas pourquoi Jade prend tout si personnellement quand il s'agit de toi. Elle a l'air jalouse.

— Elle est mal baisée, voilà pourquoi.

Loan s'étouffe avec son verre d'eau. Ethan lui tape dans le dos, amusé. J'adore ma sœur, mais elle me casse les bonbons.

— Et Zoé, elle en pense quoi, de tout ça ?

Je repense à notre petit paradis des derniers jours, à son regard doux et terrifié lorsqu'elle a avoué vouloir être près de moi. Elle n'a pas dit qu'elle m'aimait, mais je m'en accommode. C'était implicite. Elle le dira quand elle se sentira prête.

— Pas grand-chose... On y va doucement.

— Jason, vous vous voyez depuis janvier. Tu ne veux pas passer la vitesse supérieure ? L'Australie c'est loin, il faut que vous soyez d'accord sur l'avenir de cette relation.

— Pardon, tu connais Violette depuis quand, déjà ?

Il me coule un regard noir qui veut tout dire.

— Je ne comprends pas pourquoi on devrait « passer la vitesse supérieure ». Chacun fait comme il veut. Il y a encore six mois, il m'arrivait de rentrer avec une fille différente chaque soir. Je trouve que je vais déjà assez vite ! Je cours, même.

— D'accord, mais il y a urgence, renchérit Loan. Est-ce que vous allez entamer une relation longue distance ? Est-ce que vous resterez exclusifs ? Ou peut-être qu'elle te suit ?

— J'en sais rien, OK ? soupiré-je. Je veux pas la faire flipper, alors j'évite de poser la question. On verra au moment venu.

Ethan peut manifestement sentir mon agacement car il vient à mon secours.

— Loan, vous êtes complètement différents, Jason et toi. Tu as besoin de savoir où tu en es, tu as besoin que les choses soient posées, mais pas lui. C'est sa première vraie relation depuis longtemps, laisse-le un peu tranquille. Pauvre gars.

— Merci ! dis-je, en fusillant mon meilleur ami du regard, qui semble soudain coupable.

Il hausse les épaules en s'excusant.

— En plus je suis pas de bon conseil, j'ai totalement foiré ma chance avec Violette. On s'est disputés, ce qui n'arrive absolument jamais...

Je ne pose pas de question, échangeant un regard mal à l'aise avec Ethan. C'est ce dernier, comme toujours, qui trouve les mots justes. Un vrai Gandhi.

— Loan, ça va aller. Et Jason, te prends pas la tête avec ça tout de suite. On n'a qu'une vie, non ? Tu pourrais mourir demain, mec. Juste profite. Profite pendant que t'es là, et tu t'emmerderas avec tout ça plus tard. C'est ce que je fais.

Il a raison, la vie passe à toute vitesse. On a de la chance d'être en vie et en bonne santé, avec beaucoup trop d'alcool dans nos verres et de cheveux sur nos têtes.

Je ne sais pas où cette relation nous mènera, mais je ne compte pas la gâcher en pensant à tout ce qui pourrait mal tourner.

31

ZOÉ

Je passe les jours suivants à faire défiler les nouveaux commentaires sous la photo de Jason et moi. Ça ne s'arrête pas. Il y a toujours quelqu'un pour y aller de son avis. Certains me traitent de menteuse, me reprochent d'avoir honte d'être bi. D'autres m'encouragent et me défendent. À aucun moment je ne prends la parole.

J'aimerais leur faire comprendre que mon orientation sexuelle ne leur appartient pas, qu'elle est privée et que j'en fais ce que je veux.

D'un autre côté, je meurs d'envie d'en parler. De Sarah, de Jason, de ma colère contre la biphobie quotidienne que je subis sans broncher.

— N'écoute pas les jaloux et les imbéciles, dit Tiago en revenant vers moi, appareil photo en main. Ils vont bien finir par passer à autre chose.

Aujourd'hui nous passons la journée au Louvre pour prendre des photos ; j'ai procrastiné trop longtemps ces dernières semaines. Il faut dire que sans vêtements, je n'ai pas matière à poster sur les réseaux.

J'ai donc emprunté une robe et un chapeau à Violette ; ça fera l'affaire pour aujourd'hui. Je jette un œil aux photos. Je pose près des statues au milieu de la salle Richelieu, mes cheveux roses jurant avec le décor.

— C'est parfait, merci.

Nous plions bagage et sortons sous le soleil, en traversant la cour Carrée. Je ne me sens pas bien, ces derniers temps. J'ai recommencé à manger dans des quantités qui me font honte. Le pire, c'est que je commençais à aller mieux. Jason m'aide à aller mieux.

— Je n'arrive pas à croire que tu aies tout donné à cette ordure... et sans m'en parler, en plus, lance Tiago, en lorgnant ma tenue du regard.

— Tu sais pourquoi je ne l'ai pas fait.

J'ai évidemment fini par tout lui avouer. Le tenir éloigné de la vérité me brisait le cœur. Ses réactions ont été nombreuses et différentes : il m'a reproché de lui avoir caché le retour de Bryan, il m'a demandé s'il pouvait épouser Jason à ma place (j'ai dit non), puis il a insisté pour que je vienne habiter chez lui.

Ce que je vais accepter.

— Ce n'est pas grave, sourit-il en posant le bras sur mes épaules. Tu vas vite retomber sur tes pattes. Tu n'as pas l'argent pour redoubler l'ESMOD, et alors ? Regarde ton compte Instagram ; ta carrière est déjà lancée. Tu n'as qu'à faire comme Sophia Amoruso ! Elle a commencé sur eBay et aujourd'hui c'est la CEO de Nasty Gal. Tu dois faire le buzz... Marquer le coup.

Je réfléchis à son idée tout le trajet jusqu'à l'appartement. Tiago n'a pas complètement tort. J'ai déjà un pied dans le monde de la mode grâce à YouTube et Instagram. Il suffit que je sois différente et originale, que je fasse quelque chose qui marque les esprits.

Reste plus qu'à trouver quoi.

— Salut, les nuls !

Violette et Loan me répondent d'un hochement de tête respectif, refusant de parler en la présence de l'autre. Je referme la porte d'entrée, silencieuse. L'ambiance est glaciale, depuis quelque temps, si bien que j'aurais préféré rester chez Jason ; pour faire court, mes deux colocataires ne sont pas en très bons termes.

Si vous voulez mon avis, je préfère rester en dehors de ça.

Je passe donc la soirée à réfléchir à mon avenir, cherchant sur Internet les meilleures friperies de Paris ainsi que des adresses de psychologues gratuits. C'est décidé, je prends ma vie en main.

Dit-elle en finissant un paquet de chips format familial.

Avant de m'endormir, je reçois un snap de Jason. Je souris devant la photo de son torse nu et contracté. Il est allongé dans son lit devant Netflix, les chatons à ses pieds.

« Je regarde Sense8 sans toi. »

— Oh, le fils de... !

Moi : Tu avais promis d'attendre, espèce d'enfoiré !
Jason : T'avais qu'à être là ☺
Moi : Si je t'envoie une photo sexy, tu m'attends ?
Jason : ... là, on parle sérieusement.

Je roule des yeux et défais les boutons de mon haut de pyjama, laissant découvrir un soutien-gorge mauve en dentelle. Se prostituer pour Sense8, si ça ce n'est pas être une vraie fan !

Au moment où je prends la photo, un haut-le-cœur me secoue les épaules et j'ai seulement le temps de courir jusqu'à la salle de bain avant de dégobiller toutes mes chips au barbecue. Je crache le goût acide qui envahit ma bouche avant d'essuyer celle-ci, le ventre vide.

Voilà ce qui arrive quand on se goinfre jusqu'à plus faim.

Bien fait pour la grosse.

∞

— Tu sèches beaucoup les cours, en ce moment... est-ce que tout va bien ?

Le lendemain, je fuis le regard de Violette tandis que nous déjeunons sur le comptoir de la cuisine. Je n'avais pas prévu de lui en parler si tôt, surtout pour éviter de l'inquiéter, mais puisqu'elle lance le sujet...

— J'arrête l'ESMOD.

— Pardon ? dit-elle automatiquement, en arrêtant de mâcher.

Je souris tristement, décidant de rester désinvolte. Je connais ma meilleure amie ; si elle voit que ça me touche, elle fera tout pour que je valide cette année, quitte à me donner sa place.

— Comment ça, tu arrêtes l'ESMOD ? Tu me fais le même coup que Washington à Hamilton, là, je t'interdis !

Je ris avant de prendre l'air théâtral, en chantant gravement :

Let's take a break tonight
And then we'll teach them how to say goodbye
To say goodbye
You and I

— Zoé, ne mêle pas Lin-Manuel Miranda à cette histoire ! Explique-toi.

Je soupire et reprends un air sérieux. Si même la comédie musicale *Hamilton* ne réussit pas à la distraire, je n'ai pas plus le choix.

— Ça ne me plaît plus…

— Mon cul, ouais ! s'exclame-t-elle, en me faisant sursauter. Toi, Zoé Camara, « l'avenir de la mode haute couture », tu veux me faire croire que ça ne te plaît plus ? Il reste seulement un mois de cours ! Tu devrais être en train de terminer ton projet final, de trouver un stage…

— Je sais. C'est juste que… Argh ! cédé-je. Je n'ai plus les moyens de le faire, d'accord ? J'ai donné tout ce que j'avais à mon frère. Mes fringues, mes créations, mes économies. *Tout.*

Elle a totalement arrêté de manger, la mine stupéfaite. Je connais ce regard – elle réfléchit au meilleur moyen de me venir en aide, tel un petit chiot abandonné qui fait la lippe. Je déteste ce regard.

— Je ne comprends pas. Pourquoi tu as fait ça ?

— Parce qu'il me demandait de l'argent, Vio. Il est venu *ici*, putain. Chez nous. Et c'était tout ce que j'avais à lui donner…

— Qu'est-ce que ça veut dire ? Tu me fais peur.

— Je vais déménager.

Violette me fixe comme si j'avais mangé tout le pot de Nutella ; avec horreur.

— Mais… tu ne peux pas !

— Je suis désolée. Si je reste, non seulement je ne serai plus en mesure de payer le loyer, mais mon frère pourrait revenir. Il faut que je disparaisse de son radar une bonne fois pour toutes. Que je l'oublie et passe à autre chose.

— C'est injuste.

J'ai envie de lui dire que la vie est injuste. Que parfois les gens bien meurent et que les plus cruels se la coulent douce. Mais je n'ai pas envie de détruire son innocence, alors je lui prends la main.

— Je pense aller vivre chez Tiago. C'est plus petit, et en banlieue. Ça fera l'affaire.

— C'est horrible.

— Regarde-moi ça. Tu es devenue une vraie Parisienne, ris-je, tandis qu'elle se lève pour me faire un câlin.

Je la serre fort dans mes bras, les paupières closes. Elle me chuchote des mots réconfortants, disant qu'elle peut m'aider, qu'elle est toujours là pour moi, et j'acquiesce à tout. Le quotidien auprès de Violette va me manquer, mais je sais prendre la bonne décision.

Pour la première fois depuis longtemps, je vais de l'avant.

— Au fait, dit-elle quand elle se recule, en essuyant ses larmes. J'ai vu ce qui se passait sous la photo de Jason et toi... est-ce que ça va ?

— Ouais, t'inquiète. Il en faut plus pour m'atteindre.

— Les gens sont vraiment des abrutis. Vous étiez trop mignons !

Je m'adosse au comptoir, ayant déjà gobé toute mon assiette de pâtes. J'ai honte d'avoir encore faim.

— Ce serait tellement plus facile si tu pouvais placarder « Bi and not confused » sur ton front, renchérit Violette. Ou « My sexuality = my business ». Ça en ferait taire pas mal.

Elle rit de son idée tandis que je m'immobilise, la bouche grande ouverte. C'est comme une illumination divine. Je sais à la seconde précise où Violette énonce l'idée que c'est ce que je dois faire. *Évidemment !*

— Oh mon Dieu, je t'aime ! m'écrié-je, en lui sautant au cou. Rappelle-moi de t'acheter plus de chocolats, d'accord ? Tu les mérites !

— Euh... d'accord. Je le ferai, je te préviens !

Je la laisse confuse sur sa chaise et me rue dans notre chambre commune. Je ferme la porte, le cœur martelant ma poitrine, avant de sortir mon appareil photo et mon trépied.

J'ai une vidéo à filmer en urgence. Cette fois, je ne me dégonflerai pas. Je sais très précisément ce que j'ai envie de faire.

Je jette un coup d'œil à mon maquillage, en replaçant correctement l'anneau à ma narine. Derrière moi, le drapeau bisexuel – rose, violet et bleu – se démarque avec fierté. Je prends une grande inspiration, le temps de rassembler mes idées, et appuie sur « Start ».

Que le spectacle commence.

— Hello tout le monde, c'est Zoé ! Cela fait un moment que je n'ai pas posté de vidéo, désolée. Je reviens aujourd'hui avec quelque chose de très différent... quelque chose de plus personnel. Je ne vais pas tourner autour du pot : il y a quelques mois, j'ai rencontré un homme. Un homme qui m'a poussée à me questionner sur de nombreux aspects de ma vie, professionnels comme personnels. En revanche, j'ai toujours été certaine d'une chose.

Je regarde l'objectif avec détermination, le menton haut.

— Je suis *tellement* bisexuelle, les gars, avoué-je en riant. Je l'ai su quand j'avais quinze ans exactement. J'avais déjà des doutes à ce moment-là, mais je pensais que c'était simplement sexuel, car je savais que des femmes pouvaient être attirées par d'autres femmes sans pour autant être gay, et je ne voulais pas me mentir à ou faire mon *coming out* si ce n'était pas vrai. J'étais seule et désorientée. Alors je l'ai enterré très profondément. Jusqu'à ce que je rencontre une fille...

Ma gorge se serre et je respire profondément pour ne pas pleurer. Le visage de Sarah me vient en tête, incroyablement belle et drôle. Toujours un peu rebelle.

— Je ne sais pas ce qui s'est passé mais... dès que je lui parlais, j'avais des papillons dans le ventre. Je pensais constamment à elle. Et c'est là que j'ai su : j'aime les hommes, j'aime les femmes, et il n'y a aucun mal à cela. Je suis toujours *moi*. J'ai longtemps eu cette peur d'être une « mauvaise » bisexuelle, et c'est peut-être pourquoi je ne l'ai pas annoncé publiquement avant aujourd'hui. Aussi parce que ma vie privée me regarde, et que je ne voyais pas l'intérêt de préciser ma bisexualité, au même titre que tout hétéro. C'est débile.

Je fais une pause, en repensant aux derniers commentaires Instagram. Je ne pointerai personne du doigt, mais je pense qu'il est important de préciser quelque chose. C'est pourquoi j'ajoute :

— Peu importe votre âge, votre genre ou votre orientation sexuelle, je tiens à vous dire que je vous vois. Que je vous écoute et que je vous aime. N'écoutez pas les autres. Soyez fiers de qui vous êtes et si vous ne vous sentez pas assez à l'aise pour avouer au monde votre vérité, rien ne vous oblige à le faire. Si les gens disent que vous êtes un menteur ou s'ils vous forcent à faire des choses qui vous mettent mal à l'aise, ce ne sont pas vos amis.

Je pointe le drapeau derrière moi, un sourire euphorique sur le visage.

— Alors voilà, je suis bi. Oui, ça existe. Non, ce n'est pas une phase. Non, je ne couche pas avec tout le monde. Et non, je ne suis pas là pour alimenter vos fantasmes lesbiens. Je suis sortie avec de nombreuses filles, et aujourd'hui je suis en couple avec un homme, un homme merveilleux. Si ça vous dérange, ce n'est pas mon problème. Parce que ma sexualité me concerne et que je n'ai aucune obligation de la justifier, ni d'excuser mon silence à ce propos.

Je marque une pause, l'adrénaline fusant dans mes veines, avant de reprendre.

— Mais puisque je suis restée trop longtemps dans le silence, j'ai décidé de faire bouger les choses. Quand on a une voix, il faut l'utiliser non ? C'est pourquoi je vous annonce officiellement l'ouverture prochaine d'une boutique Internet, sur laquelle je vendrai des vêtements de ma création. Robes, tee-shirts, shorts ; avec la particularité d'être cent pour cent LGBT, cent pour cent féminisme. Vous pourrez la retrouver au nom de...

Merde. Je n'ai pas réfléchi à un nom. Je cherche, le cerveau en ébullition, avant de sourire.

— Dahlia Camara.

Je finis la vidéo en promettant de les tenir au courant. Quand je referme le clapet de l'appareil, je suis tellement excitée que le souffle me manque.

Je vais ouvrir ma propre e-boutique. *Oh mon Dieu.* Bon, d'accord, ce n'est pas incroyable en soi, mais c'est un très bon début ! J'ai la tête qui tourne et la nausée qui me serre la gorge. Je ne sais pas ce qui m'a pris et c'est probablement une décision précipitée, mais je le sens dans mon cœur : c'est ce que je veux faire.

Je veux parler pour les minorités. Les gens différents mais valides. Les gens comme moi. Si Sophia Amoruso a commencé avec eBay, je peux bien faire pareil.

Je m'installe devant mon ordinateur et poste la vidéo sur ma chaîne YouTube. Le temps qu'elle se télécharge, j'envoie un message à Jason pour partager mon excitation avec lui. Celle-ci est toutefois de courte durée...

Une violente nausée s'empare de moi et je cours jusqu'à la salle de bain, vomissant mes pâtes ainsi que mon petit déjeuner aux myrtilles. *Bordel, mais qu'est-ce qui m'arrive* ? Violette me demande si ça va, je la rassure en lui disant que je suis malade.

Sauf que.

— Quel jour on est, déjà ? marmonné-je en m'essuyant la bouche.

— Le 22, je crois.

Je fais le calcul dans ma tête, assise sur la cuvette des toilettes, avant de jurer dans ma barbe. J'ai cinq jours de retard sur mes règles, ce qui n'arrive absolument jamais.

Non, non, non, non. NON. Tout mais pas ça.

— Je reviens.

Violette ne me prête aucune attention tandis que je descends jusqu'à la pharmacie. Quand je retourne à l'appartement, je m'enferme dans la salle de bain. Mes mains tremblent comme jamais. Mon cœur est sur le point de lâcher, mais je tiens bon. J'ai peut-être tort.

Mon appétit, ma fatigue, mon retard, mes nausées. *Ça ne peut être que ça, n'est-ce pas ?*

Ce sont les trois minutes les plus longues de toute ma vie. Je suis au bord de la crise de nerfs, le test de grossesse dans une main, quand Jason répond à mon message :

Jason : Je viens de voir ta vidéo et… Wow. Je suis amoureux (et super fier de toi). #MaNanaLaMeilleure

Au même moment, les trois minutes sont écoulées. Je bascule le regard vers mon autre main, le cœur au bord des lèvres. Le résultat est sans appel.

Je suis enceinte.

32

ZOÉ

Quand j'avais douze ans, Bryan et moi nous disputions constamment. Il ne me frappait pas encore, mais il possédait d'autres armes. C'est cette année que j'ai découvert que les mots peuvent être aussi dévastateurs que les coups.

Je me rappellerai toujours cette phrase lancée avec indifférence : « De toute façon, t'as pas été désirée ». Ça m'a hantée pendant des années. Je ne comprenais pas pourquoi il avait dit une chose pareille si elle était fausse, et encore moins si elle était vraie.

J'en avais alors parlé à ma mère, en espérant qu'elle me rassurerait.

— Maman, Bryan dit que j'étais pas voulue...

Vous savez ce qu'elle a fait ? Elle m'a répondu d'un geste évasif de la main :

— Mais si.

J'ai compris sans difficulté qu'elle mentait... et ça m'a tuée. Parce que ça voulait dire que personne n'avait voulu que j'existe. J'étais un accident. Une faute. Une *erreur*.

Depuis, je me suis toujours juré que si un jour je tombais enceinte, ce serait voulu.

Ce qui est loin d'être le cas aujourd'hui. Ça fait une heure que je panique dans ma chambre, en me rongeant les ongles. Je suis enceinte. J'ai un bébé dans le ventre. Un tout petit bébé sans bras ni jambes, avec juste un cœur de la taille de... de quoi, au fait ? Je n'en sais rien. *Oh bordel.* Qu'est-ce que je vais faire ? Je suis trop jeune pour avoir un bébé !

Je repense à Jason le temps d'un instant, le père de ce petit fœtus imprévu. Je l'imagine m'appeler pour me demander comment nourrir l'enfant : « Tu crois qu'il veut des pépites de chocolat avec ses pancakes ? »

— Seigneur, je ne peux pas faire ça à ce pauvre gosse.

Je tente de me calmer en coinçant ma tête entre mes genoux, puis respire à pleins poumons. *Ça va aller. Tout va bien se passer.* Des tas de jeunes femmes tombent enceintes chaque jour, et elles s'en sortent.

Récapitulons :

– j'ai vingt ans

– je suis fauchée

– je suis au chômage

– le père de cet enfant était mon plan cul il y a encore quelques semaines

– celui-ci part bientôt pour l'Australie

– sa famille me déteste

... bon, bah ça aurait pu être pire !

Je me redresse et enfile ma veste avant de saisir mon sac à main. Je dois le dire à Jason. J'ai les jambes qui tremblent à la simple idée des mots sortant de ma bouche, mais je suis incapable de garder ça pour moi.

Je me dirige vers la porte à grandes enjambées, la main naturellement posée sur mon ventre.

— Je vais dormir chez Jason, ce soir, annoncé-je.

Violette est assise sur le canapé du salon pendant que Loan cuisine quelque chose. L'atmosphère est glaciale.

Je culpabilise de laisser tomber ma meilleure amie, mais je n'ai pas le choix.

— Fais attention sur la route.

Je suis son conseil et conduis prudemment malgré la pluie. Sur le trajet, je réfléchis à la manière dont je vais l'annoncer à Jason. Une culpabilité m'étreint le cœur quelques minutes, avant que je ne me raisonne : je ne suis pas la seule responsable. On a tous les deux merdé.

Et on a merdé gros.

Pour être honnête, je n'ai aucune idée de comment il réagira. J'espère simplement qu'il ne va pas m'accuser de le piéger, même si ça ne lui ressemble absolument pas.

J'ai confiance en lui.

J'ai confiance en nous.

Je t'en prie, ne me brise pas le cœur.

Le temps d'arriver devant sa porte, je suis trempée jusqu'aux os. Je prends le temps de respirer, le cœur s'affolant dans ma poitrine... puis je sonne.

Chaque seconde à attendre me rend malade. Mes oreilles bourdonnent tandis que je me passe en boucle toutes nos parties de jambes en l'air. Je suppose que ça valait le coup.

— Zo ?

Je reviens sur terre avec un peu de difficulté. Jason se trouve face à moi, vêtu d'un short de sport et d'un sweatshirt à capuche. Il retire celle-ci, un sourire coquin sur les lèvres.

— Avoue-le : tu ne peux pas rester loin de moi trop longtemps.

Il ne me donne pas l'occasion de répondre et saisit ma main pour me tirer à lui. Je me colle contre son torse, accueillant sa bouche avec habitude. Il a le goût du Coca-Cola. Je passe rêveusement la main sur sa mâchoire, où les poils commencent à repousser. Il est si beau… pourquoi est-il si beau ?

— On doit parler, chuchoté-je contre ses lèvres.

Je le dépasse sans plus attendre, saluant les chats d'une caresse, et me poste au milieu du salon. Jason semble avoir perdu de sa superbe, un léger pli ridant son front. J'ai envie de l'embrasser à cet endroit très précis où ses deux sourcils se rejoignent… Lui dire de ne pas s'inquiéter. Que tout va bien se passer.

Je l'espère.

Je m'apprête à tout lui déballer quand il m'interrompt :

— Est-ce que c'est parce que j'ai liké la dernière photo de Kendall Jenner ? Non parce qu'au début je voulais pas, puis je me suis dit « Putain, elle est quand même super canon » et je me suis laissé emporter…

— Je suis enceinte.

Cela a le don de le couper net. Mon cœur frappe tellement fort dans ma poitrine que j'ai peur de le voir éclater. Mes jambes tiennent bon, heureusement.

Aucun de nous deux ne bouge. Jason s'est transformé en véritable statue, sous le choc. Je reste patiente, malgré la nervosité qui me tord le ventre.

— Tu… quoi ? murmure-t-il.

— Je viens de faire un test de grossesse et il était positif. Je suis enceinte.

Il secoue doucement le menton, dans le déni total, avant de se prendre la tête entre les mains. Je le laisse encaisser la nouvelle tandis qu'il garde les yeux rivés au plafond, jurant des : « Putain, putain, putain » incessants.

Au moins, il ne me demande pas s'il est le père. C'est un bon début, non ?

— Jason.

— … putain, putain, putain…

— Jason !

— Cool, cool, cool, cool, cool, cool, s'exclame-t-il en faisant retomber ses bras le long de son corps. Cool. Coooooool.

Il semble réfléchir, hochant la tête dans le vide. Ses yeux n'ont toujours pas croisé les miens, si bien que je refoule mes larmes. Il me déteste, c'est sûr. Il est juste trop poli pour le dire. C'est encore pire, je crois.

— Ce n'est pas exactement ce que j'avais prévu, ricane-t-il, en se passant la main sur le visage. Mais c'est pas grave.

— Je suis désolée ?

Je m'en veux tout de suite après l'avoir dit, et pourtant c'est plus fort que moi. Je déteste cet automatisme qu'ont toutes les femmes de s'excuser après être tombée enceinte, comme si c'était leur faute.

Ça ne l'est pas !

Jason me regarde enfin, les sourcils froncés. Quand il aperçoit mon inquiétude, il s'approche et s'empare doucement de mon visage.

— Quoi ? Arrête, pourquoi tu t'excuses ? dit-il, en plaquant son front contre le mien. Hé, regarde-moi... C'est pas ta faute, d'accord ? On était deux. Et puis c'est pas la fin du monde.

Je hoche la tête, le corps entièrement bandé. Il ne m'en veut pas... Je manque de rire à cette constatation. Au fond de mon cœur, je savais que je pouvais compter sur Jason. *Je ne suis pas amoureuse de lui sans raison.*

Il s'écarte de moi après m'avoir embrassé le front, ses mains glissant sur mes épaules. Son teint est livide mais je vois dans ses yeux s'activer les rouages de son cerveau.

— Bon... Ce n'est pas grave, dit-il, en m'offrant un sourire fébrile. Ça va aller. On peut le faire. Je prendrai soin de toi, Zoé – de vous deux. Je vais accepter le job que mon père veut me refiler depuis le début, et... je ne te force pas à venir habiter là si tu n'en as pas envie, mais sache que c'est OK pour moi. On va y arriver...

Je le fixe sans broncher, abasourdie. Et pour cause : je n'ai pas compris un traître mot de ce qu'il vient de me dire. Pour le coup, je m'attendais à tout sauf à ça.

— Mais tu pars pour l'Australie.

Il plisse le front, confus.

— Qu'est-ce que j'en ai à foutre de l'Australie, tu es enceinte, murmure-t-il sur le ton de l'évidence.

Je reste silencieuse le temps de disséquer ses paroles. Plus le silence s'intensifie et mieux je comprends. Il pense que je suis venue lui demander d'assumer ses responsabilités, il croit que je cherche de l'aide quand ma venue ici n'était finalement qu'une formule de politesse.

Il veut garder le bébé.

Sauf que je n'ai jamais dit que c'était mon cas.

— Jason... soufflé-je douloureusement. Je suis désolée mais... je n'ai pas l'intention de le garder.

Quelque chose se brise sur son visage, au même titre que dans mon cœur. Je suis surprise d'être encore capable de faire souffrir les gens que j'aime – c'est un vrai don. J'ai envie de disparaître sous terre lorsque ses mains me lâchent. J'ai l'impression de l'avoir giflé.

— Je comprends pas.

Sa voix est dure mais blessée. C'est une véritable torture de m'expliquer :

— Je suis beaucoup trop jeune... *On* est beaucoup trop jeunes ! Je veux dire, regarde-nous : il y a encore un mois, j'étais juste un plan cul, pour toi. On n'est pas du tout prêts pour élever un enfant.

— Des tas de gens forment une famille à dix-sept, dix-huit ans, me contredit-il. Pourquoi pas nous ?

— Parce qu'on n'est *pas* une famille. On se connaît depuis décembre, nom de Dieu. Je t'adore, mais ça ne suffit pas. C'est un être humain dont on parle, là. On peut pas faire ça sur un coup de tête et lui foirer sa vie. Je... j'ai trop de problèmes, je n'arrive même pas à me gérer moi-même ! Ce serait une catastrophe. Hors de question que je devienne comme ma mère.

Jason s'approche à nouveau, saisissant mes mains. Il les serre entre les siennes, l'air suppliant.

— Zoé... S'il te plaît, réfléchis-y. On est deux, là-dedans. Je ne te lâcherai pas. J'assumerai tout.

Le pire, c'est que je le crois. Je sais qu'il se donnera à fond dans cette relation. Mais je ne veux pas qu'il se sente obligé de rester avec moi simplement parce qu'on a un bébé.

— Je suis désolée... dis-je, ma voix se brisant sur le dernier mot. *Je ne peux pas.* Ce n'est pas le bon moment. Je veux faire des milliers de choses avant d'être mère. Alors ouais, tu penses peut-être qu'avorter est abominable et pardonne-moi mille fois pour ça, mais je ne vois pas d'autre solution...

La panique sur son visage se mêle à la compassion. Il grimace, puis répond qu'il ne trouve pas ça abominable.

— Je suis heureux que l'avortement existe et que les femmes aient le choix. Je ne juge personne, d'accord ? Je dis juste qu'on a encore le temps d'en parler et de prendre une décision ensemble.

— C'est ça que tu ne comprends pas : j'ai déjà pris ma décision.

Le dire à voix haute me déchire les entrailles. C'est comme si je m'étais empalée avec mon propre poignard. Voir l'impact que ma révélation a sur Jason finit de m'achever. Il lâche une nouvelle fois mes mains, les traits déformés par la douleur, l'incompréhension et la colère. Le reproche.

— C'est injuste... dit-il, en secouant la tête. C'est aussi *mon* bébé.

Je pose la main sur mon ventre dans un geste protecteur, le cœur au bord des lèvres. *Notre* bébé. Un bébé que nous avons fait tous les deux – mi-Jason, mi-moi. Le temps d'un instant, je suis époustouflée par la beauté de la chose.

Est-ce qu'il aurait sa couleur de peau ? Mes yeux bleus ?

— Mais c'est *mon* corps.

Un sourire inapproprié fleurit sur son visage et il passe la main dessus pour le faire disparaître. Il est en train de se rendre compte que, effectivement, je suis la seule à pouvoir prendre cette décision à la fin. Il a son mot à dire, bien sûr, mais je suis seule juge ici.

— Alors pourquoi tu es venue, si ta décision est déjà prise ? rétorque-t-il d'une voix que la colère fait trembler. Pourquoi tu t'es embêtée à venir me le dire, hein ?

J'aperçois trop tard les larmes briller dans ses yeux. Mon cœur s'arrête de stupeur. Jason pleure. Il pleure pour un bébé pas plus gros qu'un petit pois, il se bat pour lui donner une chance. Contre *moi.*

Je n'ai plus les mots, et pourtant je continue coûte que coûte, en refusant de me laisser abattre.

— Parce que j'estime que tu as le droit de savoir.

— C'est gentil de ta part, me remercie-t-il en applaudissant. Merci, Zoé. Quelle mansuétude.

— Arrête de me juger.

— Et maintenant quoi ?

— J'en sais rien, putain ! hurlé-je alors, faisant sursauter Han Solo sur le canapé. Je suis totalement perdue, d'accord ? Je sais juste que si je garde ce bébé, on va droit dans le mur. Je te l'ai dit, Jason, je t'avais prévenu, bordel. Est-ce que tu te rends compte des efforts qu'il m'a fallu faire pour accepter *tout ça ?* dis-je en désignant l'espace qui nous sépare. Je n'avais qu'une condition, rien qu'une : y aller doucement. Tu avais promis ! Or ce n'est pas ce que j'appelle y *aller doucement.*

Il se pince les lèvres, ne faisant rien pour essuyer les larmes de frustration qui coulent sur ses joues. Je n'ai qu'une envie : le prendre dans mes bras et lui dire que je l'aime, que je suis désolée, que ça va trop vite, qu'il doit me pardonner.

— Zoé, s'il te plaît, écoute-moi, me supplie-t-il d'une voix calme mais rauque. Ma mère... ma mère n'a pas voulu de moi. OK ? Elle m'a peut-être abandonné, mais il n'y a pas une seule seconde qui passe sans que je la remercie de ne pas avoir avorté. Parce que sinon je ne serais pas là aujourd'hui. Et putain, j'ai pas envie qu'on regrette. J'ai pas envie de passer ma vie à me demander à quoi il aurait ressemblé si...

Il ne finit jamais sa phrase. Mon traître de cœur se met à imaginer un quotidien à trois dans ce même appartement, entre les nuits courtes, les pleurs et les fous rires... et l'espace d'un instant, je réussis à trouver cela apaisant.

Jusqu'à ce que le téléphone de Jason nous interrompe. C'est fini, le moment est passé. Je déglutis, fuyant son regard.

— Tu ferais mieux de répondre.

— On est en train de discuter.

— Ça pourrait être important...

Il soupire mais obtempère. J'en profite pour souffler un bon coup et me remettre de mes émotions. Je m'attendais à ce que l'entrevue se révèle difficile, mais pas à ce point. Croit-il qu'il est facile pour moi d'avorter ?

Ce sera la chose la plus dure que j'aurai jamais faite.

Mais si je le garde, peut-être que nous trois nous pourrions...

Au moment où je relève les yeux vers Jason, je comprends que quelque chose cloche. Sa mine est grave.

— C'est où ? demande-t-il à son interlocuteur. Putain... OK... Ouais. Non, il ne m'a pas encore appelé... Je suis avec Zoé.

Je le questionne du regard, inquiète, si bien qu'il actionne le haut-parleur. Je reconnais tout de suite la voix d'Ethan ainsi que le bruit d'un moteur de voiture.

— ... sur la route, là. Loan nous rejoint sur place. J'appelle juste pour prévenir. C'est partout à la télé.

Je ne comprends toujours pas, si bien que Jason m'explique : « Ils ont une intervention dangereuse. Un incendie dans la zone industrielle de Paris. » J'écarquille les yeux, en imaginant le carnage.

— Jason ?

— Ouais ?

— J'arrive pas à joindre Ophélie. Est-ce que tu peux essayer de l'appeler et lui dire que je l'aime ? S'il te plaît.

Mon corps est traversé de frissons. Je sais qu'il y a très peu de risques que lui et Loan meurent pendant l'intervention, mais c'est quand même terrible à entendre.

Jason, lui, roule des yeux.

— Cesse de jouer les Drama Queen. Tu lui diras toi-même.

— Je suis sérieux, retentit la voix d'Ethan par-dessus le bruit alentour. Tu le fais, d'accord ? Je compte sur toi, Jason. Zoé, tu m'entends ? Fais en sorte qu'il le fasse. Je te fais confiance.

Je souris, amusée malgré la situation.

— Je jure sur la tombe de David Bowie.

— Ouais, ouais, répond Jason. Allez, va sauver le monde, Zorro.

Ethan rit et lui dit d'aller se faire foutre avant de raccrocher. Je ne perds pas une seule seconde, et j'allume la télévision. Ethan a raison, la nouvelle de l'incendie est partout sur les chaînes d'informations. D'après les journalistes, c'est l'œuvre accidentelle d'un groupe de jeunes qui ont brûlé une voiture.

— Essaie d'appeler Vio, me dit Jason, en s'asseyant à côté de moi.

D'un commun accord, nous mettons de côté nos différends et gardons notre sang-froid. Violette répond à la première sonnerie, comme si elle attendait un coup de fil important.

— Violette ! Zappe sur BFM !

— Je sais, je suis dessus depuis plusieurs minutes. Loan vient de partir.

Malgré son ton calme, je devine qu'elle est dans tous ses états. J'espère qu'il n'arrivera rien à Loan, elle ne s'en remettrait jamais...

— Bordel, juré-je, en contemplant les images qui défilent sur l'écran de télé. Ça a l'air d'être un gros truc.

Et en effet, ça l'est. Jason et moi restons en ligne pour tenir compagnie à Violette, qui se retrouve seule à l'appartement. Je lui propose de rentrer mais elle refuse, dissimulant sa peur. Même Jason demeure silencieux à mon côté. Il intervient seulement pour rassurer ma meilleure amie, qui finit par craquer.

Quand elle avoue être amoureuse de Loan, Jason et moi échangeons un regard.

— Ça va aller, lui dit-il. Je connais ce papi depuis le lycée, et crois-moi, il est invincible. Il rentrera sain et sauf, comme toujours.

Jason est soudain interrompu par le bruit d'une énorme explosion. Je sursaute en même temps que lui, le visage blanc comme un linge. À la télévision, les flammes tueuses sont partout. Elles enlacent, embrassent et étouffent. Elles tuent.

— Oh putain...

La journaliste, qui s'était baissée au moment de la déflagration, reprend énergiquement :

— Ce que vous venez d'entendre est apparemment la conséquence d'une cuve d'essence qui aurait explosé.

Cette fois, je prends conscience de ce qui se passe sous nos yeux. Ce n'est pas une intervention comme les autres... Ethan n'était pas en train de jouer les Drama Queen.

Au bout du fil, Violette est muette. Je ne tourne pas la tête pour regarder Jason qui, j'en suis sûre, a lui aussi compris la gravité de la situation.

Lorsque la journaliste annonce que des pompiers se trouvaient à l'intérieur lors de l'explosion, la main de Jason trouve tout de suite la mienne. Je l'accepte et la serre de toutes mes forces, enterrant ma peur au plus profond de mon être.

Sois forte, Zoé. Sois forte pour lui.

Je me rassure en me disant que tout ira bien. J'ai déjà vécu mon deuil. Dieu ne me fera pas le coup une seconde fois, pas si tôt.

— Il semblerait qu'il y ait des victimes à déplorer, annonce-t-on aux infos.

Je n'ai jamais eu aussi peur que ce soir. Je n'aime pas dire cela, car vivre le décès de Sarah a sans aucun doute été l'épreuve la plus traumatique de ma vie. Mais je n'ai pas eu peur. Je n'en ai pas eu le temps ; quand j'ai repris connaissance, Sarah nous avait déjà quittés.

— J'ai besoin d'être seule, bredouille Violette, avant de me raccrocher au nez.

Je dépose alors le téléphone sur la table, les yeux braqués sur la télévision. Jason se tait mais c'est comme si nous ne partagions qu'un seul cœur. Je ressens absolument tout ce qui le transperce ; l'angoisse, la peur, la culpabilité. L'espoir, aussi.

C'est alors que l'horreur commence... celle de l'attente.

33

JASON

La nouvelle tombe au milieu de la nuit.

Comme toutes les mauvaises nouvelles.

Après avoir passé quatre heures silencieuses à tenir la main de Zoé, le cœur paniqué et les émotions en pagaille, j'entends le téléphone sonner. Zoé et moi nous regardons sans faire un geste.

Je sais tout de suite qu'il est mort.

Je n'ai pas besoin de regarder de qui il s'agit, je sais que c'est Violette. Loan est rentré il y a une heure, mais nous sommes toujours sans nouvelles d'Ethan. Ethan, qui a été promu il y a peu. Ethan, qui avait prévu de rendre visite à ses parents cet été. Ethan... dont les derniers mots à mon attention furent « Va te faire foutre ».

Je sais.

Pourtant, je ne réagis pas. Au fond de moi, peut-être, j'espère qu'il s'agit d'un mauvais numéro. L'espoir tue à petit feu, dit-on.

Je secoue la tête d'un geste catégorique, refusant de prendre l'appel. Zoé tend le bras mais je m'accroche à sa main comme à une bouée en pleine mer. Mon cœur s'emballe et se compresse dans ma poitrine.

Parce que *je sais.*

— Allô ? murmure Zoé, d'un ton morne et fatigué.

Puis un silence terrifiant. J'en profite pour la fixer du regard, pétrifié. J'attends. Je suis calme. Cela ne dure que trois secondes.

1

2

3

Son visage s'affaisse et ses yeux magnifiques se posent sur les miens, brillants de larmes.

Mon cœur fait un saut dans le vide lorsque je comprends.

Je secoue la tête encore et encore, la mâchoire toujours serrée, encore et encore, et les larmes dévalent le long de mes joues et bientôt elles brouillent ma vue, encore et encore, et...

— D'accord... merci...

Zoé raccroche au moment où je craque, nichant ma tête contre son ventre. Elle m'entoure de ses bras et se repose sur mon dos tandis que je m'effondre.

Je sanglote comme un enfant, mon cœur hurlant sa douleur à la lune. Je veux lui dire que ça fait mal, que putain je pensais pas que ça ferait si mal, que je ne vais pas pouvoir m'en remettre, que ça fait tellement mal que je vais sûrement crever, mais je suis incapable d'ouvrir la bouche.

— Je suis désolée, mon cœur... je suis tellement désolée... chuchote-t-elle dans mon dos.

Je ferme les yeux en espérant disparaître. Je prie pour que tout cela soit un mauvais rêve. Je prie pour que Zoé veuille de ce bébé qui germe sous son nombril, je prie pour que mes deux meilleurs amis rentrent sains et saufs, je prie pour que tout me sourie comme tout m'a toujours souri.

Sauf que ça ne fonctionne pas comme ça. Mon ami est mort ce soir, et je vais devoir apprendre à vivre avec.

Parce que, apparemment, c'est ce que les gens font.

34

ZOÉ

C'est dans ces moments-là qu'on se rend compte combien l'être humain est fort. On a le cœur brisé une fois et l'on croit qu'il ne servira plus jamais. Pourtant, il continue de nous surprendre. Il continue de se briser, jour après jour.

Après le décès d'Ethan, Jason devient une véritable épave. J'ai perdu un ami moi aussi, mais en aucun cas je ne mesure ma peine à la sienne. Les jours qui suivent la tragédie, je ne cesse de venir le voir. Au début, il est dans le déni total, tout en sourires et en petites attentions, me proposant des activités auxquelles il n'aurait jamais pensé habituellement.

— Tu sais ce que j'ai toujours rêvé de faire ? Du saut en parachute. Ça te dit ? Je peux prendre rendez-vous pour demain !

— Je pense qu'on devrait plutôt parler...

— Un jour on avait voulu le faire avec Ethan, rit-il, en se servant son troisième verre de la matinée. Cet enculé a eu les pétoches au dernier moment.

J'ai finalement réussi à le faire changer d'avis, en proposant un restaurant à la place. Le lendemain, il me parle de saut à l'élastique et je comprends ce qui se passe. Jason n'a jamais affronté la mort de près, il ne sait absolument pas comment la gérer. Alors il fait tout pour se sentir en vie, refoulant des émotions qui pourraient lui faire peur.

Je ne le juge pas car je comprends. Chacun réagit différemment. Quand Sarah est morte, j'étais en colère. Contre moi, contre mon frère, contre le monde entier. Je me suis réfugiée dans la solitude et l'auto-flagellation. J'avais envie de tout brûler. Tiago était là, c'est lui qui m'a aidée à m'en sortir. Il m'a fait comprendre qu'on ne pouvait pas s'effondrer chaque fois qu'un proche nous quittait.

Au bout du deuxième jour, je suis réveillée au beau milieu de la nuit par une araignée marchant sur mon ventre. En rouvrant les yeux, je réalise qu'il s'agit en fait de Jason. Celui-ci caresse mon ventre du bout des doigts, encore vêtu de son jean et de ses chaussures.

Je devine tout de suite qu'il a bu avant de venir se coucher. Ça devient une habitude...

— Jason, qu'est-ce que tu fais ?

— Pourquoi tu veux pas de ce bébé ? chuchote-t-il. C'est mignon, un bébé. Ça prend pas beaucoup de place.

En effet, il est complètement ivre. Nous avons mis notre dernière discussion sur pause à la suite des récents événements. Je ne sais pas si nous sommes toujours en couple, mais il est clair qu'il a besoin de moi pour affronter cette épreuve. C'est pour cette raison que je reste chez lui.

— On en reparlera demain matin, OK ? T'es pas en état.

Son regard est captivé par la surface de mon ventre. Je ne sais pas ce qu'il y voit, mais ça le met dans un état léthargique complet.

— J'en ai marre que les gens meurent. T'en as pas marre, toi, que les gens meurent ?

Je ne réponds rien, faisant semblant de m'être rendormie.

Si, Jason. Plus que tu ne le crois.

∞

Après le déni vient la dépression. Il se braque complètement. Il refuse de m'ouvrir la porte de l'appartement et reste affalé dans son canapé comme un zombie. Tous les jours sans exception.

Il snobe même les appels de Loan. Celui-ci encaisse la nouvelle avec plus de dignité, se réfugiant dans le silence plutôt que dans la beuverie. Quand il me demande comment Jason tient le coup, je me surprends à mentir.

— Ça va. Il a besoin de temps, c'est tout.

— Je comprends... Mais il vient à l'enterrement, hein ?

— Oui, bien sûr.

La vérité, c'est que Jason s'effondre sur lui-même.

L'alcool devient son meilleur ami, sans grande surprise.

Je ne le reconnais pas. Il regarde la télé, se plaint et boit comme un trou. Il devient méchant, aussi... me reprochant de ne pas l'aimer assez. L'autre jour, j'ai passé la soirée à nettoyer son vomi dans la salle de bain.

Le lendemain, il s'est excusé à profusion. Ça ne l'a pas empêché de recommencer le soir même. Je supporte absolument tout sans rien dire, parce que je l'aime et que je comprends sa peine.

Mais arrive un jour où j'en ai marre. La veille de l'enterrement, je toque à sa porte. Quand il ne répond toujours pas à la cinquième sonnerie, j'ouvre avec la clef cachée sous le paillasson.

Comme prévu, Jason est allongé dans le hamac qui se balance au milieu du salon. Une bouteille d'alcool est posée sur ses genoux, ce qui me fait grincer des dents. Il écoute manifestement la musique.

— Salut.

— Je t'ai pas dit d'entrer.

— Toujours aussi aimable...

Je pose mes courses sur le comptoir de la cuisine, agacée. Jason semble le voir car un voile de culpabilité se peint sur son visage. Il ne s'est pas rasé depuis six jours, si bien qu'une barbe mange sa mâchoire anguleuse.

— Désolé. Je préfère être seul.

Je l'ignore et m'occupe de faire un peu de rangement. Au moins, il continue de nourrir ses chats. Les pauvres se précipitent vers moi, en manque de caresses. Je les leur donne avec plaisir, à genoux sur le sol.

Après un long silence, sans le regarder, je dis :

— Elle ne disparaîtra jamais, tu sais... Mais elle s'atténuera un peu plus chaque jour. Tellement qu'un matin tu ne la sentiras quasi plus. Parce qu'elle fera partie de toi.

J'ai beau ne pas le voir, je sens ses yeux rivés sur mon dos.

— De quoi ?

— La douleur.

Il ne répond pas. Je veux lui faire comprendre que je compatis à sa peine, plus qu'il ne le pense. Ça a un jour été la mienne. Mais après des années, elle nous est tellement familière qu'on ne la remarque presque plus. Il suffit juste de passer les premiers jours... La première année est la plus dure.

Mais on finit par guérir.

— Jason, je sais que tu es en deuil, dis-je, en me relevant. Mais il va falloir me parler. Je m'inquiète pour toi. Tu ne peux pas t'enfoncer comme ça...

— Pourquoi pas ? répond-il avec un sourire cruel qui ne lui ressemble pas. Je suis en vie, moi, au moins.

Cette dernière phrase me gifle en pleine face. Jason gère très mal le deuil, ça c'est clair. Sauf que j'ai essayé d'être là pour lui, et ça ne fonctionne pas. C'est pourquoi je décide de changer de méthode.

Certains ont besoin d'être bousculés.

Je marche jusqu'à lui, le regard noir, et lui arrache la bouteille des mains. Il fronce les sourcils, prêt à s'indigner, quand je réplique durement :

— Ouais, bah justement. T'es en vie. Alors arrête de jouer au connard ingrat et dis merci. Il y en a qui n'ont pas cette chance.

Sur ces paroles, je jette la bouteille à la poubelle et saisis ma veste, quittant l'appartement comme une tornade.

∞

Il y a foule devant l'église. Pas que ça me surprenne.

Ethan n'est pas le seul à avoir perdu la vie en héros, cette nuit-là. Deux corbillards sont garés à quelques pas, vue qui me fait frissonner. Je reconnais Ophélie au loin, toute vêtue de noir. Je me demande comment elle fait pour ne pas fondre en larmes.

Je n'ai pas été capable de sortir pendant deux semaines, après la mort de Sarah.

— On va aller s'asseoir, annonce Jason à Loan, censé porter le cercueil avec les autres. Bonne chance.

Il me prend la main, m'entraînant à l'intérieur de l'édifice. Violette ne tarde pas à nous suivre, silencieuse. Je contemple furtivement Jason tandis que nous prenons place parmi les autres invités. Il est apparu à l'appartement, ce matin, sobre et rasé de près.

Lorsqu'il m'a souri d'un air triste, j'ai su que la manière forte avait marché.

— Je suis contente que tu sois là.

Il me sourit pour toute réponse, serrant les dents à s'en faire éclater la mâchoire. Son regard se balade parmi la foule, puis il se penche vers moi.

— J'ai vu quelqu'un que je connais. Je vais dire bonjour et je reviens.

J'acquiesce et le laisse partir, me retrouvant seule aux côtés de Violette. Celle-ci n'ouvre pas une seule fois la bouche, ce qui ne lui ressemble pas. Une fois que tout le monde est installé, la cérémonie commence. Je me mets sur la pointe des pieds, à la recherche de Jason, mais il n'est nulle part.

Loan et les autres s'avancent dans l'allée, le cercueil sur l'épaule, et c'est la chose la plus triste que j'aie jamais vue. Je pense d'abord que Jason n'a pas pu revenir sans se faire remarquer, mais en le cherchant du regard, je me rends compte qu'il a complètement disparu.

La fin de la cérémonie est très belle. Les mots de ses proches sont les plus durs à entendre, en particulier celui de sa mère. Ophélie vient vite à sa rescousse. Je me souviens alors de ce qu'Ethan nous a fait promettre, ce soir-là.

« Est-ce que tu peux essayer de l'appeler et lui dire que je l'aime ? »

« Zoé, tu m'entends ? Fais en sorte qu'il le fasse. Je te fais confiance. »

Il a rencontré Ophélie il y a quelques mois seulement, et pourtant il était persuadé que c'était la femme de sa vie. Après notre *double date,* il m'avait envoyé un message à propos des paroles déplacées qu'avait eues Ophélie : « Je ne sais pas ce que tu as vécu et je ne vais pas te le demander. Je veux juste que tu saches un truc : t'es exceptionnelle. Ne prête pas attention à ceux qui veulent t'empêcher de briller. »

Des mots que je n'ai pas su oublier.

Après le dernier au revoir, je sors à la recherche de Jason. Je déambule entre les différents invités, inquiète. J'ai peur qu'il ne soit quelque part en train de boire, même si je m'efforce d'avoir foi en lui. *Il va s'en sortir, je le sais.*

Au bout de quelques minutes, je le trouve derrière l'église en compagnie d'un autre homme. Les deux rient en fumant – je vois tout de suite qu'il ne s'agit pas d'une cigarette.

— Jason.

Celui-ci se tourne vers moi, pris en flagrant délit. Ses yeux sont rouges, signe qu'il a pleuré, et son sourire disparaît comme neige au soleil. En me voyant, il rend le joint à son nouvel ami. Je fusille ce dernier du regard, lequel finit par nous laisser seuls.

Le silence s'épaissit tandis que nous nous défions du regard. Je n'ai pas besoin qu'il m'explique, je sais qu'il n'a pas assisté à la cérémonie. Il m'a menti pour pouvoir sortir et se défoncer.

Devant mon silence, Jason finit par craquer. Il rit jaune, la respiration tremblante.

— C'était trop dur.

J'opine en silence, compatissante.

— Je suis désolé... J'ai pas pu rester. Putain, je fais n'importe quoi, dit-il en se cachant le visage des mains. Je suis tellement désolé.

— C'est pas grave.

— J'arrive pas à gérer ça, Zo. Je sais pas comment les gens font, et bordel je me sens si égoïste ! Comme si je n'étais pas légitime, tu vois ? Ce sont ses parents qui devraient s'effondrer, pas moi. Je ne suis personne. Sauf que... Il me manque.

— Jason, tu viens de perdre un ami. Ce n'est pas égoïste de ressentir de la tristesse. Que tu ne saches pas la gérer, c'est compréhensible. Personne ne t'en veut.

— C'est pas toi qui m'as dit d'arrêter de jouer au « connard ingrat » ? plaisante-t-il en s'approchant.

Ma bouche s'incurve et je lui prends la main. Je le retrouve enfin, le Jason dont je suis tombée amoureuse.

— Je voulais te bousculer un peu. Promets-moi juste d'arrêter de boire, OK ? Si tu t'embarques là-dedans, t'es mort.

Je n'ai qu'à regarder ma mère.

Jason promet et me remercie, m'embrassant la joue. Quand je lui demande s'il est prêt, il hoche la tête et je l'entraîne à ma suite. Nous réussissons tant bien que mal à atteindre Ophélie. Quand elle nous voit enfin, je la prends automatiquement dans mes bras.

De la part d'Ethan.

Elle me sourit et étreint Jason comme s'il s'agissait d'un enfant à réconforter.

— On voulait juste te dire... commence-t-il. Ethan t'aimait profondément. Voilà.

Les traits d'Ophélie se déforment, trahissant son émotion, mais elle finit par baisser les yeux pour dissimuler ses larmes.

— Merci... Je le savais, mais ça fait du bien de l'entendre.

— N'hésite pas à appeler si tu as besoin de quoi que ce soit.

Nous finissons par la laisser tranquille et nous rejoignons la voiture. Jason et moi n'échangeons aucune parole. J'aimerais lui demander où en est notre situation, à lui et à moi, j'aimerais lui dire que j'ai rendez-vous chez le médecin lundi et que j'ai peur... mais ça ne semble jamais être le bon moment. Alors je prétends que tout va bien.

Parce que c'est plus facile.

35

ZOÉ

— Regarde celui-là.

— Non, Tiago, arrête, bon sang ! Me montrer des photos de bébés obèses ne va pas me faire changer d'avis.

Il me fusille du regard, éloignant son téléphone portable. J'y jette un œil, hésitante, avant de céder.

— Bon, allez, fais voir.

— Ha ! m'accuse-t-il, le doigt pointé vers moi. Personne ne peut résister à l'appel des bébés obèses.

Je lève les yeux au ciel. En effet, le petit garçon qu'il me montre est adorable. J'ai soudain envie de croquer ses petites joues joufflues, envie dérangeante qui me fait grimacer.

— Rappelle-moi à quoi sert ce rendez-vous, au juste.

— Rien de spécial. C'est juste une formalité, histoire de confirmer la grossesse et de parler des... différentes possibilités.

Tiago opine sans rien dire, ma main prisonnière de la sienne. Nous avons décidé d'y aller à pied, en profitant du soleil parisien.

— Et pourquoi est-ce que tu n'as pas demandé au papa de t'accompagner, plutôt que moi ?

— Je ne veux pas qu'il se fasse de fausses idées... et puis il a d'autres choses en tête, en ce moment. Il n'a pas besoin que j'en rajoute.

Bien qu'il me manque atrocement. Sérieusement, je suis atteinte. Je sais être en deuil, mais c'est plus fort que moi. Je pense à Jason du matin au soir. Puisqu'il se reprend en main, je n'ai plus d'excuses pour lui rendre visite, même si nous faisons semblant que tout va bien devant les Violan.

J'ai honte de le dire, mais après l'horreur de ce jour noir, les bonnes nouvelles se sont succédé pour moi. J'ai tout mis sur pause pendant plus d'une semaine, ce que mes abonnés ont compris. J'ai tout de même pu voir que mon *coming out* en vidéo avait fait le buzz.

Tellement que des comptes LGBT l'ont repris et partagé.

Tout ça me semble déjà si loin...

— Oh, regarde !

Je suis la direction que prend le doigt de Tiago, en plissant les yeux face au soleil. Je me raidis en reconnaissant la devanture d'une boutique pour bébés.

— Viens, on va regarder.

— Alors là, tu rêves. Je sais ce que tu es en train de faire, et c'est mal ! Tu devrais avoir honte. Mon bébé et moi, on te pointe du doigt.

Tiago a sauté de joie quand je lui ai annoncé ma grossesse. Il a choisi son camp, et ce n'est définitivement pas le mien.

— Allez, rien qu'une minute.

Je soupire et le laisse m'entraîner jusqu'au magasin. La vérité, c'est que j'ai peur de craquer. Parce que c'est ce qui va arriver, je le sais. Je vais finir par garder ce bébé et devenir jeune maman.

Moi, Zoé Camara.

On dirait que le monde tourne à l'envers.

— C'est trop mignon ! s'extasie Tiago, en me montrant une robe jaune minuscule.

Comme prévu, je me prends vite au jeu. Je décide de ne toucher à rien, tout en vagabondant dans les rayons. Partout, les produits sont microscopiques. Cela relève du mystère, pour moi, qu'un être humain puisse être aussi petit et à la fois si gros dans mon ventre.

— Oh mon Dieu.

Le monde est contre moi, je le jure. Je secoue la tête d'un air résigné, avant de saisir l'un des body taille naissance qui me font face. C'est une collection spéciale *Star Wars*.

Sur le body est dessinée la tête de Dark Vador, la même que celle qui est tatouée sur les fesses de Jason, avec écrit en dessous : « Moi, j'aime mon papa ». Une tendresse infinie et inattendue s'empare de moi. Un bébé moitié Jason moitié moi... est-ce que ce serait vraiment si terrible ?

À voir l'expression victorieuse de Tiago, son plan machiavélique est en train de fonctionner. Je lui lance un regard noir en prenant le body en photo. Je finis par l'acheter, seulement parce qu'il est trop mignon et qu'il faut soutenir les petits commerces...

— Je t'interdis de dire quoi que ce soit, déclaré-je, d'un ton menaçant.

Tiago lève les mains au ciel, un grand sourire aux lèvres. Sur le chemin jusqu'à l'hôpital, j'envoie la photo à Jason. Je n'ai aucune réponse pendant de longues minutes. C'est seulement quand je m'assois dans la salle d'attente, la peur au ventre, que mon téléphone vibre.

Jason : #Zason

Je souris, les larmes aux yeux.

Zason.

∞

Tiago m'écrase les doigts.

Je le lui signale, si bien qu'il s'excuse sans pour autant desserrer sa prise. Le médecin s'installe à côté de nous, en me souriant chaleureusement.

— Vous êtes le papa ?

— Ah non, moi je suis super gay.

Elle hausse un sourcil en nous regardant tour à tour.

— Il n'a pas pu venir, réponds-je alors.

— Aucun problème. Attention, c'est froid.

Trop tard. Je contracte le ventre par réflexe. Le gel est glacial contre ma peau, mais je ne me plains pas. Je suis trop excitée pour cela. Trop angoissée, aussi. Est-ce que ma mère a ressenti la même chose, à ma place ?

— Bon, alors, aujourd'hui, c'est la première échographie, m'explique le médecin. On ne verra pas grand-chose car il est encore tôt, mais elle est nécessaire pour déclarer la grossesse. Il faudra signer quelques papiers après, d'accord ?

J'acquiesce sagement, le regard rivé sur son petit écran. Lorsqu'elle pose l'appareil sur mon ventre, elle précise :

— On veut surtout savoir s'il n'y en a qu'un, là-dedans. Normalement je pourrai déterminer la date de fécondation et d'accouchement. Alors, bonhomme... où te caches-tu... ?

Je me demande s'ils peuvent entendre mon cœur frapper contre ma cage thoracique. C'est à mon tour d'écrabouiller la main de Tiago, en regrettant l'absence de Jason. Malgré nos différends, c'est avec lui que j'aurais aimé vivre ce moment. J'attends que le verdict tombe, quand le médecin fronce les sourcils.

— Quand avez-vous fait ce test de grossesse, vous m'avez dit ?

Je me fige.

— La semaine dernière...

— Est-ce qu'il y avait écrit de combien vous étiez enceinte ?

— Euh... non. Qu'est-ce qui se passe ?

Elle déglutit avant de grimacer. Je panique pendant qu'elle retire son engin et nettoie le gel sur mon ventre. Il y a quelque chose qui ne va pas avec mon bébé. J'ai fait quelque chose de mal, je le sais, je le sens.

Tiago répète ma question. Le médecin me regarde alors droit dans les yeux, de toute évidence mal à l'aise.

— Vous n'êtes pas enceinte, ma belle. Je suis désolée.

Silence. La main de mon meilleur ami se pose sur mon épaule, réconfortante. Quant à moi, je ne comprends pas. Comment ça, je ne suis pas enceinte ? Et mon bébé métisse au body Star Wars ?

— Est-ce que... est-ce que je l'ai perdu ? J'ai fait quelque chose de mal ?

— Non, ne vous inquiétez pas. Vous n'avez juste jamais été enceinte. Ce sont des choses qui arrivent, plus souvent qu'on ne le croit.

— Mais... c'est impossible ! rétorqué-je, butée. J'ai fait un test de grossesse. C'était positif.

— Et comme les capotes, les tests de grossesse ne sont pas fiables à cent pour cent. C'est pour ça qu'il faut toujours en faire plusieurs. Vous avez fait une grossesse fantôme, Zoé, me dit-elle tristement.

Je n'ai aucune idée de comment je suis censée réagir. Je devrais être heureuse et soulagée. C'était une fausse alerte, tout va bien. Je peux reprendre le cours de ma vie.

Sauf que je refuse d'y croire.

— C'est impossible, répété-je. J'ai eu des nausées, je... j'ai vomi deux fois en deux jours, et j'ai même un retard sur mes règles !

— Avez-vous été soumise à un haut niveau de stress, dernièrement ?

J'ai presque envie de lui rire au nez. *Moi, stressée ? Non, pas du tout.* Elle sourit en voyant mon expression.

— Ça arrive chez les femmes qui ont peur de tomber enceinte, ou tout simplement quand on est trop sujet au stress. Ça peut causer certains symptômes propres à la grossesse, sans pour autant qu'il y ait d'embryon. C'est psychologique, c'est tout.

Alors tout ça, c'était dans ma tête depuis le début. Il n'y a jamais eu de bébé dans mon ventre. Mon cerveau l'a inventé de toutes pièces.

— Zoé... ça va ?

— Oui, génial, réponds-je en souriant. Je vais me rhabiller. Tu m'attends dehors ?

Tiago m'embrasse le front et me laisse seule dans la salle. Je me nettoie correctement le ventre, les gestes brusques, et enfile mon jean et ma chemise. Quand c'est fait, je dois me rasseoir quelques secondes pour reprendre mon souffle.

Je sens la crise de panique arriver, c'est pourquoi je tente de me calmer. Mes mains tremblent mais je les coince sous mes jambes.

Pas de bébé. Il n'y a rien dans ce corps. Juste du vide et de la nourriture. *Comme c'est surprenant.*

Je souffle doucement, décidée à ne pas craquer, et saisis de nouveau mon téléphone portable.

Moi : RDV médecin. Fausse alerte. Pas de bébé.

Je fixe l'écran de longues secondes, en attendant une réponse. Quand aucune ne vient, le masque tombe et je n'arrive plus à faire semblant.

Je fonds en larmes.

36

JASON

Ce sont les deux semaines les plus longues de toute ma vie.

Je me remets doucement de la mort d'Ethan, ce qui se révèle plus compliqué qu'on ne le croit. La bonne nouvelle, c'est que j'ai arrêté de me bourrer la gueule. J'ai honte de la façon dont j'ai traité Zoé au début. Malgré tout ce qui s'est passé entre nous, elle est restée auprès de moi...

Une vraie sainte.

J'aurais aimé l'épauler à mon tour quand elle a appris qu'elle n'était pas enceinte. Je dois avouer que la nouvelle m'a foutu un coup. Je l'ai appelée une bonne dizaine de fois avant qu'elle ne me réponde : « Tout va bien ☺ ».

Depuis, c'est silence radio. Je ne sais même pas si nous sommes toujours ensemble.

Et bordel, ce qu'elle me manque. Atrocement.

Je me couche tous les soirs avec l'esprit accaparé par son sourire, et je me réveille tous les matins avec le souvenir de son odeur imprégnant mes draps. Même les chats commencent à la réclamer.

— Zoé n'est pas là ? demandé-je en entrant chez les Violan, pizzas en main.

En voilà une autre, de nouveauté. Loan et Violette sont enfin en couple – *alléluia !* Je suis heureux pour eux, bien évidemment. Même si je ne peux m'empêcher d'être un peu jaloux. J'ai tout fait foirer.

— Non, elle a emménagé chez Tiago, hier.

Oh. Je fais semblant d'avoir oublié, ne voulant pas admettre que Zoé ne me parle plus. Même si je suis déçu qu'elle ne m'en ait pas fait part, le soulagement est plus grand. Au moins, son frère ne la retrouvera pas.

Je pose les pizzas sur la table basse et m'assois sur le fauteuil solitaire. Je n'ai pas beaucoup de temps pour manger, je dois aller chercher Mathis à quatorze heures.

— En parlant de ça, j'ai une surprise ! s'écrie Violette, en suçant ses doigts pleins de graisse.

Elle se lève et se précipite dans le couloir. J'interroge Loan des yeux mais il ne me voit pas, trop occupé à la suivre du regard. Je me retiens de lever les yeux au ciel ; depuis qu'ils sont ensemble, ils passent leur temps à s'embrasser et à se toucher.

Le pire, c'est qu'ils ne s'en rendent pas compte. *Erk.*

— Regardez, c'est arrivé hier ! Le tout premier produit signé Dahlia Camara.

Je jette un œil à ce que nous montre Violette, curieux. Il s'agit d'un tee-shirt blanc uni sur lequel est inscrit en rouge : « ALWAYS A SLUT FOR EQUAL RIGHTS ».

— Déjà ? C'est allé super vite, commente Loan.

— On a fait plusieurs prototypes sur l'ordinateur, mais elle voulait voir ce que ça donnait avant de se lancer. Et ça donne ça ! Cousu à la main. C'est beau, pas vrai ?

Je me penche pour toucher le tissu. C'est tout doux.

Bien que Zoé ne m'en parle pas, je suis l'évolution de sa e-boutique via Instagram. Elle vient juste de la créer, en la laissant fermée à la vente pour le moment. J'ai déjà prévu de passer commande.

— T'aurais pas les prototypes sous la main, par hasard ?

— Si, attends.

Elle attrape son ordinateur et s'installe à mon côté, surexcitée. Je la regarde faire tandis qu'elle ouvre un fichier et me montre ce que Zoé a dessiné.

Waouh. Il s'agit majoritairement de tee-shirts, et il y en a de toutes les couleurs. Ils sont unis, avec chacun une inscription différente, rouge, noire ou blanche :

« No, I'M bisexual. YOU'RE confused »

« My sexuality = my business »

« I hope she likes girls »

« Sick of your heteronormative bullshit »

« Marriage is about love, not gender »

Du Zoé tout craché.

— C'est génial. Je suis bluffé.

— Je sais, répond fièrement Violette. Les gens sont très enthousiastes. Ça va marcher du tonnerre, je le sens.

Après ça, je reste silencieux. Je les écoute parler et plaisanter tout au long du repas, l'esprit ailleurs. Arrive un moment où ils s'enferment dans une bulle invisible que je suis incapable de pénétrer. Violette monologue et Loan la regarde en souriant, l'interrompant seulement pour l'embrasser dans le cou.

Quand elle répond à son baiser en riant, je baisse les yeux et saisis mon portable.

Moi : Violette vient de me montrer tes prototypes. C'est génial, Zo… Bravo.

Elle ne me répond pas tout de suite, ce que je comprends. J'espère tout de même qu'elle le fera.

— Bon, je dois y aller. On se voit samedi ? Histoire de fêter mon départ comme il se doit.

— On sera là.

Je leur souris et prends la route. Pourquoi tout semble facile pour eux ? La mort d'Ethan, leur couple, leur vie... J'ai l'impression que tout s'effondre autour de moi. Je perds l'un de mes meilleurs amis, un bébé qui n'a jamais existé, la seule fille que j'aie jamais aimée, et voilà que je pars à l'autre bout du monde dans deux semaines.

Mon téléphone portable vibre lorsque je me gare devant la maison de Julie.

Zoé : Tu me manques.

Mon cœur s'arrête.

Moi : Tu me manques aussi.
Zoé : Alors pourquoi est-ce qu'on ne se voit pas ?
Moi : J'en sais rien…

ZOÉ

Vivre avec Tiago est une bonne affaire. Il n'est presque jamais à l'appartement et je dois avouer qu'il est très propre. Il cuisine, aussi.

Par contre, lui, il n'a pas gagné le gros lot en m'accueillant. Ce n'est pas moi qui le dis, c'est lui. Contrairement à Jason, il n'est pas fan des vêtements qui traînent par terre.

— Je ne rentre pas ce soir, m'annonce-t-il, tandis que je poste une nouvelle vidéo YouTube, les pieds sur la table basse. Tu pourras faire la vaisselle ?

— Oui, maman.

— Ciao.

Je me sers un verre de soda en mettant la musique. Le CD que Jason m'avait offert me nargue, et je tiens bon quelques secondes seulement avant de craquer. Je lance la compilation en bossant sur mes nouvelles créations, le cœur lourd.

Plus les musiques défilent et moins je suis concentrée. Boney M, Ed Sheeran, ABBA, Charlie Puth, Hayley Kiyoko, G-Eazy... Tout est parfait. Je résiste à l'envie de lui envoyer un message, plus par fierté qu'autre chose.

Cela fait une éternité qu'on ne s'est pas vus et je n'arrive pas à comprendre pourquoi. *Est-ce qu'on a rompu ?* Il est très probable que je ne m'en sois pas rendu compte.

Nostalgique, je fouille mon sac et ressors la liste qu'il m'avait piquée au début de notre relation.

La source de tout.

• Faire un plan à trois
• Prendre des cours de cuisine
• Apprendre le norvégien
• Dire « oui » à tout le temps d'une journée
• Avouer à Bryan ses quatre vérités
• Se faire tatouer
• Faire quelque chose d'illégal
• Rejouer la scène de son film préféré
○ Faire l'amour dans un endroit insolite
• Embrasser quelqu'un sous la tour Eiffel
• Danser sous la pluie
○ Faire un road trip en Europe (Florence, Venise, Berlin, Amsterdam)
○ Acheter une robe Elie Saab
• Tomber amoureuse
○ S'aimer !!!!!!!!

Mine de rien, Jason m'a aidée à presque tout cocher. Je la lis et la relis, le sourire aux lèvres. Je passe le pouce dessus pour faire disparaître les marques de feutre qui ont bavé, sans succès. Je plisse le front en comprenant que ça vient de derrière.

Je la retourne alors, intriguée.

Qu'est-ce que... ?

Une tout autre liste me fait face, écrite au crayon à papier. Je reconnais tout de suite l'écriture de Jason.

◦ Sauter en parachute
◦ Avouer à Zoé la vérité de notre rencontre
◦ Voir les aurores boréales d'Islande
◦ Avoir des jumeaux pour pouvoir les habiller pareil
◦ Faire le tour du monde
• Tomber amoureux
◦ Matcher Jade sur Tinder
◦ Rencontrer Carrie Fisher

Je reste figée devant la feuille de papier, n'en croyant pas mes yeux. Jason a fait sa propre liste derrière la mienne. Comme les deux faces d'une même pièce. *Quand a-t-il fait ça ?*

Il m'a rendu ce papier il y a des mois... et pourtant, il avait déjà coché la case « Tomber amoureux ». Mon corps tout entier se recouvre de chair de poule à la lumière de cette révélation.

Je saisis mon portable sans plus attendre, tapant à toute vitesse.

Moi : Un ciné, ça te dit ?

Deux semaines à ne pas se parler, trois à s'éviter, et tout ça pour quelle raison ? Aucune. On se sabote parce qu'on est flippés. Sauf que j'en ai assez, d'avoir peur.

Je veux vivre.
Sa réponse est immédiate.

Jason : Quand ?
Moi : Là tout de suite.
Jason : Lequel ?
Moi : Tu sais lequel.
Jason : Je suis déjà parti.

37

ZOÉ

Quand j'arrive au cinéma, je me rends compte que je n'ai pas proposé de film particulier. *Star Wars* ne passe plus depuis longtemps, Dieu merci. Je m'avance vers la caisse sans savoir quoi faire. *Dois-je l'attendre ici ?*

— Bonjour. Euh, une place pour...

J'hésite, en passant en boucle la liste de films à l'affiche. L'homme en face de moi m'interrompt en se penchant sur son comptoir, la face rougeaude.

— Vous êtes Dahlia ?

Je baisse les yeux vers lui, surprise. Je ne suis pas habituée à ce qu'on m'appelle comme ça.

— Oui... pourquoi ?

— Je me disais aussi, sourit-il en pointant mes cheveux. C'était pas difficile à deviner. Tenez, votre gus, il a dit qu'il vous attendait dans la salle 2.

Je prends le ticket qu'il me tend et le remercie, avançant vers la salle en question. J'ai la liste cachée dans le creux de ma main, qui me donne du courage.

J'entre dans la salle de cinéma obscure avec la boule au ventre. Le film a déjà commencé. Il n'y a pas foule, mais je sais déjà où Jason a choisi de s'installer – comme la dernière fois. Le cœur battant à cent à l'heure, je vais m'asseoir sur la dernière rangée de sièges.

Il ne tourne pas la tête quand je le frôle avec mon bras, concentré sur le film. J'ai le trac. Bizarre, non ? J'en profite pour le regarder en catimini. Jason est habillé d'un jean sombre et d'un tee-shirt Deadpool qui le rend sexy en diable. Comme s'il avait senti mes yeux sur lui, Jason croise mon regard et sourit doucement.

— Apparemment, t'es mon gus, chuchoté-je.

Haussement de sourcil. Je lui fais comprendre de laisser tomber, amusée, et il se tourne à nouveau sur l'écran. Je suis le mouvement, la poitrine se levant et s'abaissant au rythme de ma respiration. Il n'a pas l'air de...

Oh.

Ses doigts touchent délicatement les miens sur mes cuisses. Ils semblent demander la permission. Je lui prends donc la main et la porte à ma bouche pour embrasser ses phalanges. Je ne sais pas quand ni comment nous en arrivons là, mais bientôt, j'ai la tête posée sur son épaule et il tourne le menton vers moi pour cueillir mes lèvres.

Tout en simplicité.

C'est un baiser des retrouvailles, un baiser de la réconciliation, un baiser du pardon.

— Je suis désolée, dis-je, au moment même où il chuchote : Excuse-moi.

Il sourit à pleines dents tandis que je roule des yeux.

— Bon sang, on est devenus si niais. Je déteste ça.

Il m'entoure d'un bras et me serre contre lui. Son parfum n'a pas changé. Je le hume discrètement, heureuse de le retrouver. Je ne sais pas si c'est le décès d'Ethan qui a rendu tous nos problèmes futiles, mais je n'arrive plus à me rappeler le pourquoi de notre dispute.

— Je m'en veux, ajoute-t-il tout bas. De cette engueulade à propos du bébé, puis de la façon dont j'ai agi après la mort d'Ethan... J'ai été un vrai connard.

— C'est pas vrai. C'était simplement compliqué pour tout le monde.

— Peu importe. J'aurais dû revenir vers toi. J'avais juste peur que tu confirmes la rupture... je ne veux pas te perdre, Zoé.

Il finit sa phrase en nichant son visage dans mon cou. Je lui caresse les cheveux d'un geste affectueux, puis je lui tends la liste. Il la prend sans comprendre, si bien que je lui dis de la retourner.

Jason grimace en découvrant son écriture, la bouche entrouverte.

— Tu m'expliques ceci ? soufflé-je en pointant le deuxième point du doigt.

Il s'humidifie les lèvres, l'air embarrassé. De toute évidence, ce n'est pas quelque chose qu'il avait l'intention de me dire. Du moins, pas si tôt.

Alors que je pense qu'il ne l'avouera jamais, il plonge son regard dans le mien et me murmure à l'oreille :

— La vérité, c'est que je t'ai remarquée dès que t'es entrée dans le bar. Comme la plupart des autres mecs dans la salle, ce soir-là. T'étais sublime, et t'avais un rire communicatif qu'on entendait depuis le premier étage. J'attendais le bon moment pour venir te parler... mais tout semblait ringard. Alors quand j'ai vu que tu faisais la queue pour les toilettes, je me suis rapproché et j'ai tapé la discut' à un inconnu. Je n'écoutais pas un traître mot de ce qu'il disait... jusqu'à ce que je m'aperçoive que tu me regardais. *Moi.*

Je ne suis plus sûre de savoir comment respirer. Je le regarde sans ciller, abasourdie. Je suis soudain très consciente de son corps chaud contre le mien, de ses lèvres frôlant mon lobe, de son souffle contre ma joue.

— Après seulement deux mots échangés, je savais que je voulais rentrer avec toi. Tu étais belle, féministe et drôle, tu ne faisais pas attention au regard des autres. Tu ne les voyais même pas. Sauf que tu m'as recalé bien comme il faut... ricane-t-il, en se frictionnant les cheveux. Alors j'ai changé de tactique : j'ai pris Tiago à part en lui disant que tu m'intéressais. Tu sais ce qu'il m'a répondu ?

Je secoue la tête, de plus en plus sous le choc. *C'est un complot, ma parole !*

— « Elle n'a pas besoin d'un don Juan dans ton genre. Je tiens à cette nana, alors le prochain sur la liste a plutôt intérêt à tomber amoureux. »

Cette fois, Jason se recule pour me regarder. Je suis trop stupéfaite pour répondre. Je me contente donc d'attendre la suite, le corps traversé de frissons délicieux.

Jason m'offre un sourire en coin irrésistible.

— Devine ce que j'ai fait, crétin que je suis.

Je ne réponds rien, les larmes aux yeux. Je le laisse me prendre le visage entre ses grandes mains, en caressant son nez tout contre le mien.

— Je t'aime, murmure-t-il. C'est pas niais, c'est la vérité.

Je lève la tête pour lui répondre mais il me devance :

— Bon, je t'avoue que ce soir-là j'avais surtout envie de te sauter.

L'aveu me fait éclater de rire. Je plaque ma main contre ma bouche, espérant que personne ne m'ait entendue. Jason patiente, m'observant sous ses longs cils. C'est alors que je secoue la tête, résignée.

— *Jeg elsker deg.*

— À tes souhaits ?

— Ça veut dire « je t'aime » en norvégien, abruti.

Il rit à son tour, ce qui lui vaut des « chut ! » provenant des premiers rangs. S'il croyait que je prenais cette idée de liste à la légère, il s'est trompé.

Dieu merci, Jason m'embrasse à nouveau. Mes lèvres s'entrouvrent sous l'assaut des siennes et sa langue se mêle à la mienne. Son goût est si réconfortant et si familier que je me colle contre lui pour en avoir davantage. Sa main descend le long de mon dos tandis que l'autre se niche dans ma nuque.

Bordel, ce qu'il m'a manqué. Un feu embrase mes os et bientôt chaque carré de ma peau brûle sous ses doigts. C'est automatique.

— Pars avec moi, me supplie-t-il entre deux baisers.

Oui, oui, oui, oui !

— Ne fais pas ça... Ne me demande pas de choisir.

— Pourquoi ?

Je lui mordille la lèvre avant de dévaler la courbe de son menton, avide de lui. Ma bouche se pose sur sa pomme d'Adam, ce qui le fait tressaillir.

— J'ai cru que j'étais *enceinte,* Jason... Je suis folle de toi, mais ça va beaucoup trop vite. Et puis, j'ai encore beaucoup de choses à accomplir ici. Je vais pas tout laisser tomber pour un mec super canon, si ? plaisanté-je.

Il sourit pauvrement, son doigt caressant ma tempe puis l'arrondi de mon oreille. La distance n'a fait que décupler tous mes sens. Je crois que je pourrais jouir rien qu'en me frottant contre lui.

— Non, en effet. Et tes tee-shirts vont être incroyables.

— Ce n'est que le début.

Il acquiesce d'une mine fière qui me fait fondre.

— Je comprends... alors qu'est-ce qu'on fait ? demande-t-il. Je pourrais rester.

— Hors de question. Tu dois partir. Aucun de nous n'abandonne son rêve pour l'autre, OK ? On n'a qu'à...

profiter jusqu'à ton départ. On verra la suite au moment venu.

Il semble y réfléchir quelques secondes avant de hocher la tête.

— L'Australie, c'est loin...

— Si ça doit se faire, ça se fera. Aie confiance.

— J'ai toujours eu confiance. Depuis le tout début.

Je n'ai pas le temps de réagir qu'il m'embrasse à pleine bouche. Son baiser est différent du premier. Il devient dur et insistant, affamé d'une proximité qu'on lui a refusée trop longtemps. Je passe la langue sur le contour de ses lèvres, nos deux corps se chargeant d'électricité. Mes mains étudient son corps sous son tee-shirt et nous sommes bientôt hors de contrôle.

Je sais que nous sommes dans un cinéma, je sais que nous ne sommes pas seuls, mais je n'ai pas le cœur à l'arrêter quand il empoigne mes cuisses et m'aide à m'asseoir sur ses genoux. Il me fait signe de ne pas faire de bruit, la respiration entrecoupée par l'excitation.

Je ne sais pas si c'est parce que je n'ai pas fait l'amour depuis longtemps ou parce que nous sommes clairement en train de nous exhiber, mais le désir m'étouffe et afflue dans mes veines. Pire qu'une drogue.

Je me penche vers lui dans l'obscurité qui nous enveloppe, les dialogues du film berçant mes baisers le long de son cou. Il me laisse faire, ses mains sur mes fesses, et soulève ma robe pour baisser ma culotte. Je me fais violence pour ne pas lui arracher ses vêtements, en prenant le temps de déboutonner son jean.

Je n'ai jamais fait l'amour avec quelqu'un totalement habillé. Je dois dire que c'est étrangement très excitant. Encore plus quand il prend mes seins dans sa bouche par-dessus le fin tissu.

Je fais taire ma conscience morale et m'accroche au dossier du siège tandis qu'il me pénètre enfin. *Nom d'un chien, ce que c'est bon.* Je devine tout de suite que ça ne va pas durer longtemps. Mes émotions s'éparpillent un peu partout, des « je t'aime » bondissant sur sa poitrine et des « ne m'abandonne pas » heurtant sa bouche.

Je monte et redescends sur lui dans une lenteur agonisante, frissonnant sous ses mains expertes. Celles-ci sont plantées dans mes fesses, ma robe les dissimulant au public alentour. Si quelqu'un nous voyait, il pourrait penser qu'on s'étreint amoureusement.

Je lui embrasse la tempe tandis qu'il va et vient plus vite, forçant mon bassin à le rencontrer à mi-chemin. Bientôt, je tremble de toute part et explose en mordant son épaule. Il se contracte en étouffant son orgasme, ses derniers baisers se prélassant sur ma clavicule.

— Jason ? soufflé-je.

— Mmh ?

C'est le moment ou jamais de le lui avouer.

— Je déteste ta sœur.

Un sourire fatigué s'étire sur sa bouche indécente.

— Tout le monde la déteste, mon cœur.

ÉPILOGUE

Un an plus tard

ZOÉ

J'attends comme une idiote sur le trottoir, ma valise en main. Celle-ci est jaune et minuscule, parfaite pour le week-end. C'est la première fois que je viens à New York et c'est précisément ce que j'ai dit à Jason hier soir. J'ai vu le film *Taken* une bonne centaine de fois, assez pour qu'il me rende paranoïaque.

Je fusille du regard chaque mec qui s'approche d'un peu trop près, mon téléphone en main.

Qu'est-ce qu'il fout, bon sang ?

Jason était censé venir me chercher il y a dix minutes déjà. Les taxis et les voitures de luxe se succèdent tandis que je poireaute, vérifiant ma tenue toutes les cinq secondes. Cela fait onze mois que je n'ai pas vu mon petit copain – FaceTime ne compte pas –, j'ai envie de paraître jolie.

C'est pourquoi je porte une robe de ma création, dont la soie rouge sang arbore un décolleté en V et des manches tombantes.

Moi : Si t'es pas là dans 5 minutes, je me trouve un autre Chuck Bass et je lui fais des bébés.

Sa réponse ne tarde pas.

Jason : Je suis là depuis dix minutes déjà, comme prévu.

Je relève la tête à temps pour le voir sortir de sa voiture sur le trottoir d'en face. Mon cœur s'arrête tandis que son regard de braise rencontre le mien. *Oh, Seigneur.* Il est encore plus beau que dans mon souvenir. Sa peau mate a considérablement bronzé sous le soleil australien, faisant pétiller ses yeux couleur chocolat. Il n'a pas totalement rasé sa barbe, si bien qu'un léger voile recouvre sa mâchoire saillante.

Je ne sens plus mes jambes. *Est-ce que j'ai fondu, ça y est ?*

Jason m'offre un petit sourire, mi-excité mi-timide, et il ne m'en faut pas plus pour me précipiter vers lui. Au diable ma dignité de fille rebelle ! Jason m'attrape au vol, mes jambes encerclant sa taille, tandis que ma bouche se plaque sur la sienne. J'ai attendu ce moment près d'un an, je mérite bien un baiser hollywoodien.

Il m'enlace la taille et m'embrasse avec voracité. Cette fois je fonds vraiment entre ses bras ; c'est si bon que je pourrais en pleurer.

Je ne pensais pas que ce serait si dur, un an loin de l'autre.

— Putain, ce que tu m'as manqué.

— Demain matin, je te séquestre dans la chambre d'hôtel, dit-il. Tu ne vas plus nulle part sans moi.

Je remarque trop tard que les gens nous regardent. Jason me fait redescendre sur Terre et me recouvre le visage de baisers.

— Je peux savoir pourquoi tu m'as fait attendre, si t'étais là depuis le début ?

— J'attendais de voir si un proxénète albanais voulait de toi. Je suis un peu ric-rac, en ce moment...

— Enfoiré, va. Ce film m'a traumatisée.

Il s'esclaffe avant de poser les mains sur mes hanches.

— Je te regardais, voilà ce que je faisais. Et je flippais comme un gosse, aussi. Tu étais sacrément remontée !

— Je déteste les gens en retard, bougonné-je.

— Je le sais.

Il m'adresse un clin d'œil et me prend la main pour m'entraîner jusqu'à la voiture. Je charge ma valise dans le coffre avant de monter sur le siège passager. Le revoir est à la fois bizarre et familier. On a pris l'habitude de s'appeler aussi souvent que possible, lui pour me raconter ses journées, moi pour lui parler de mon petit business, mais se voir en vrai est totalement différent. On peut enfin se toucher.

Et ça, ça change tout.

— Alors dis-moi, soupire Jason en prenant le volant. Comment se portent mes bébés ?

Je souris, amusée. Avant de partir, il a pris le soin de me laisser ses trois chatons. Si j'étais sceptique au début, je me suis très vite habituée à les avoir chez moi.

— Comme un charme. Ils ont bien grandi... Ce ne sont plus des chatons. Je les ai donnés à Julie pour le week-end, Mathis était aux anges.

— Merci, bébé.

Je lui donne des nouvelles de tout le monde, en commençant par les Violan. Ces derniers filent le parfait amour, c'en est presque écœurant. Dieu merci je ne vis plus avec eux, ni avec Tiago, d'ailleurs. En économisant, j'ai pu me prendre un petit appartement à Asnières. Les chats et moi y sommes très bien.

Jason, lui, s'est trouvé un job de prof de surf auprès des enfants. Il vit dans une toute petite baraque sur la plage. Chaque fois qu'il me la montre en vidéo, j'ai envie de l'y rejoindre.

— Et comment se passe le boulot ? me demande-t-il.

— Très bien ! Les ventes de la deuxième collection marchent du tonnerre. Une marque américaine m'a proposé de vendre mes tee-shirts sur son site Internet. Ça va me permettre d'avoir plus de visibilité.

— Putain, c'est génial ! Je suis trop fier de toi, félicitations.

— Merci, souris-je, en lui serrant la main.

Ma petite e-boutique a effectivement fait du chemin... Mes abonnés ont tout simplement adoré le concept. On en a vendu assez pour attirer l'attention des Allemands et des Italiens, puis maintenant des Américains. Cela m'a permis d'économiser, mais aussi de me sentir indépendante. Je n'ai pas pu valider l'ESMOD, mais ce n'est pas grave. Je n'abandonne pas mon rêve de devenir styliste.

Et grâce à Jason ici présent, je vais toucher ce rêve de plus près, ce soir...

— J'arrive pas à croire qu'on soit ensemble, murmure-t-il, en se garant. C'est que deux jours, mais quand même.

Quand Jason est parti à l'autre bout du monde, l'année dernière, on s'est promis de vivre au jour le jour. L'idée était de voir où cette relation nous mènerait, et c'est ce qu'on a fait. Un an plus tard, après des millions de textos et je ne sais combien de parties de jambes en l'air via Skype, nous sommes toujours ensemble.

Avouez-le, vous ne vous y attendiez pas.

Ouais, je sais. Moi non plus.

Et puisque Jason n'a pas pu honorer sa promesse de m'emmener au défilé Elie Saab l'été dernier, il le fait aujourd'hui. Je vais officiellement assister à l'avant-première de leur collection Automne-Hiver 2017-2018 et je ne tiens pas en place ! Violette m'a envoyé un message ce matin pour me dire qu'elle me détestait de tout son être.

Je la comprends.

— On est en avance, m'apprend Jason quand nous sortons de la voiture. Ça te dit que je te fasse visiter, en attendant ? Si on monte dans notre chambre tout de suite, là, on n'en ressortira pas.

Tu m'étonnes.

— Ça marche.

Il décharge ma valise et la tend au portier devant l'hôtel, en lui murmurant des choses que je n'entends pas. Celui-ci hoche la tête et s'empare de mes bagages tandis que Jason me porte sur son dos.

Nous marchons dans New York en discutant de tout et de rien ; tout cela semble irréel. Il y a encore un an, je pensais avoir raté ma vie. Depuis, j'ai compris que ce n'est jamais la fin tant qu'on ne l'a pas décidé. Je me suis détachée d'une famille toxique, j'ai fait le deuil d'un premier amour que je n'oublierai jamais, et j'ai commencé une thérapie.

Je vais beaucoup mieux, et je sais que ce n'est pas entièrement grâce à Jason, mais il y a fortement contribué. J'ai toujours notre liste rangée dans mon portefeuille. Il ne reste plus que trois points à accomplir.

- Faire un road trip en Europe (Florence, Venise, Berlin, Amsterdam)
- Acheter une robe Elie Saab
- S'aimer !!!!!!!!!

Je sais que je ne serai probablement jamais capable de m'acheter une robe Elie Saab car c'est le prix d'une voiture, mais les deux derniers sont faisables.

Je m'aime de plus en plus chaque jour. Quant au road trip... disons que ça va dépendre de l'issue de ce week-end.

Après être passés devant l'Empire State Building, Central Park et le Metropolitan Museum of Art, nous nous arrêtons à une petite boutique de cupcakes. Je prends des photos pour Instagram quand la serveuse vient prendre nos commandes. Elle nous demande ce qu'on veut et je l'observe tandis que Jason commande des cupcakes à la myrtille.

Je ne vais pas mentir, cette fille est magnifique. Très mince, avec des yeux bleus et des cheveux roux qui semblent prendre feu sur sa tête. Contrairement à sa collègue, elle est habillée d'un short troué, d'un crop-top minuscule et d'une paire de baskets.

De toute évidence, elle n'a pas envie d'être là.

— *We'll have this, then.*

— *Nothing to drink ?* demande-t-elle d'un ton ennuyé.

Jason m'interroge du regard, si bien que je demande un Coca.

— *Azalea !* s'*écrie l*'autre serveuse, ce qui la fait rouler des yeux. *Come back here, please.*

La rousse tourne les talons sans un mot de plus, retournant derrière le comptoir. Jason la regarde partir en souriant, amusé.

— Tiens, tiens... Une autre fleur.

— Ta gueule.

Nous passons une bonne heure à parler et manger. Je lui fais part de mon excitation à l'idée d'assister au défilé et il me complimente sur ma tenue. Il en vient à parler de la fameuse liste, en se félicitant lui-même.

À l'entendre, il a eu l'idée du siècle en proposant ce deal.

— Et le road trip, c'est pour quand ?

— Bah... ça va dépendre, murmuré-je, en le défiant du regard.

Il semble soudain sur ses gardes.

— De quoi ?

— De ce que tu fais après-demain.

Je savoure l'effet que mon annonce a sur lui. Il garde le silence, en fronçant les sourcils. Je lui offre un sourire carnassier, fière de ma petite surprise.

— Eh bien, après-demain je compte me remettre de la baise monumentale de ce soir... Et toi ?

— Moi aussi. Mais sois sérieux deux minutes, tu veux ? murmuré-je, mon visage à quelques centimètres du sien. Je suis en train de te dire que je ne retourne pas à Paris.

Jason semble enfin comprendre, ce qui me fait sourire davantage. Cela fait un long moment que j'y pense. Une année loin de l'autre nous a prouvé que c'était du sérieux. Je ne veux pas passer douze mois de plus séparée de lui.

Je suis prête.

— C'est sérieux ? Mais... et nos chats ! Ton appartement, ton boulot.

— Les chats sont très bien avec Mathis. J'ai fait louer mon appartement, et mon boulot, je peux le faire n'importe où. Violette s'occupera du reste sur place. J'ai besoin d'un break loin de tout en compagnie de mon mec...

Il ne me laisse pas finir et m'embrasse brutalement la bouche. Je ris contre ses lèvres, heureuse de sa réaction. Je suppose que l'idée lui plaît.

— Tu veux entendre un truc drôle ? demande-t-il, en sortant quelque chose de sa veste. Je comptais rentrer avec toi à la fin du week-end. J'adore l'Australie, mais j'en ai marre de dormir seul.

En effet, mes yeux se posent sur deux billets d'avion direction Paris. Il faut croire qu'on se complète vraiment.

Cette fois, on ne se quitte plus.

— Je ne veux pas retourner à Paris. Je veux voir le monde, moi aussi.

— Alors on n'a qu'à choisir une autre destination, propose-t-il, en me présentant son trousseau de clefs.

Je souris devant le porte-clefs en forme de globe terrestre. Jason le fait tourner à toute vitesse, haussant un sourcil tentateur dans ma direction.

— *À toi de jouer, mon cœur.*

Je regarde le globe tourner, le cœur battant... avant de l'arrêter du doigt.

FIN

NOTE D'AUTEURE

Ça se sent peut-être, « Aime-moi, je te fuis » est un roman qui s'est révélé bien plus profond et personnel que je ne l'avais imaginé. C'est peut-être pour cela qu'il a été dur à écrire. Contrairement à « Viens, on s'aime », je voulais prendre la parole et parler de ce qui me tient à cœur. De ce qui me touche et m'indigne, en tant que femme et en tant que personne.

Je me suis donc servie de choses vues, vécues et entendues. Pour autant, j'aimerais rappeler que chaque situation est différente. Celle de Zoé, que ce soit à l'égard des relations toxiques, de l'homosexualité ou des troubles du comportement alimentaire, ne s'applique pas à tout le monde.

Elle n'en est pas moins véridique.

Alors, si vous combattez des démons similaires, sachez que vous n'êtes pas seuls. Que vous êtes forts, incroyables, et que vous méritez absolument tout ce à quoi vous aspirez. Il n'y a aucune faiblesse à demander de l'aide.

Et il y aura toujours quelqu'un pour vous tendre la main.

Mention spéciale à tous ceux qui se sentent mal dans leur peau, ceux qui sont harcelés, persécutés, rejetés, jugés pour leur couleur de peau, leur religion, leur poids, leur identité et/ou leur orientation sexuelle : vous êtes des super-héros. Ne laissez pas le monde vous atteindre sous prétexte que vous n'entrez pas dans une case. Ne laissez personne vous censurer. Soyez vous-mêmes, aimez qui vous voulez, et ne vous excusez jamais pour cela.

C'est le plus beau cadeau que vous puissiez vous faire.

REMERCIEMENTS

Pour commencer, je me remercie moi-même.
Pour être si géniale.
Ensuite… ah bah non, c'est tout.

On m'a mise au défi de laisser ça comme ça, mais il faut croire que j'ai *vraiment* des gens à remercier. Vous allez donc devoir endurer ma plus belle imitation de Marion Cotillard aux Oscars – vous êtes prévenus.

L'écriture de ce roman a été très fastidieuse – c'est ce qui arrive quand on est une perfectionniste et éternelle insatisfaite. Et pourtant, nous voici ! J'aimerais donc dire merci à toutes ces personnes qui m'ont aidée, soutenue, et supportée tout au long de ce processus.

Cela commence avec ma mère, parce que sans elle, on n'en serait pas là. Je t'aime et je ne te serai jamais assez reconnaissante pour ce que tu as fait de moi.

Je ne suis pas très douée pour me faire des amis, mais le peu que j'ai sont de vrais anges. Merci à Marie, ma parabatai, et Johan ; pour m'avoir lue et supportée durant mes crises de panique, et pour m'avoir poussée quand je pensais ne jamais y parvenir. Vous êtes les meilleurs.

Mais j'ai aussi d'autres amis, telles que Agathe (mon âme-sœur), Doriane, Clara, Andréa, Em, Lucie, Lydia, Roxanne, Audrey, Amale, et bien sûr Noah (qui s'appelle en fait Vincent, mais ça on s'en fiche). Merci à vous d'ensoleiller mes journées et de croire en moi quand j'en suis incapable.

Je remercie évidemment mon éditrice, Sylvie, qui a su comprendre mes personnages et les amener là où ils sont aujourd'hui. #TeamMecsParfaits

Avec elle, un grand merci à ma copine Mélusine, qui se donne du mal à promouvoir tous les beaux livres de Hugo sur les réseaux sociaux. Et bien sûr, merci à la team de l'ombre, qui agit en backstage – parmi eux la graphiste de cette couverture incroyablement belle.

Je ne pouvais pas écrire ces remerciements sans mentionner Starbucks – merci d'avoir sponsorisé (ou pas) mes très nombreuses sessions d'écriture. #RIP à tous les « Refresha citron vert supplément framboise » morts au combat durant l'écriture de ce livre. Ils sont nombreux.

Parce que cette très belle aventure ne serait pas la même sans vous, je remercie lecteurs et blogueurs. Votre soutien, vos messages, vos avis, vos photos : vous avez contribué au succès des Violan et je sais que vous en ferez autant pour mes Zason. Je vous aime tous jusqu'aux étoiles. Alors s'il vous plaît, continuez de partager sur les réseaux sociaux, d'en parler à vos amis, d'écrire des chroniques sur les sites de ventes... c'est de cette manière qu'on ira loin. *Merci, merci, merci !*

Mention spéciale à mes copines Wattpad du tonnerre, parmi elles, ma marraine la fée Emma L, Élodie, Shirley, Emma P, Clara V, Nadège... et plus encore.

Pour finir en beauté, j'aimerais remercier Hugues de Saint Vincent. À défaut d'avoir pu le faire de vive voix, je le fais ici : merci d'avoir cru en moi, de m'avoir donné ma chance et d'avoir été un patron si compétent et attentionné.

FESTIVAL *New* ROMANCE®

kobo by fnac

LIVRES

PARIS ♥ CITÉ DE LA MODE ET DU DESIGN

19-21 OCTOBRE 2018

DÉDICACES

L'événement dédié à la New Romance® en France

AUTEURS

UN WEEK-END INOUBLIABLE
POUR TOUTES LES FANS DE NEW ROMANCE

Pour sa 3e édition, le Festival New Romance se déroulera dans la plus « romance » des villes, Paris :

♥ Un lieu tendance pour accueillir encore plus d'auteures stars.

♥ Un Salon du livre pour rencontrer vos auteures préférées, participer à des masterclasses et découvrir en avant-première les nouveautés New Romance.

SOIRÉE

♥ Un dîner et une grande soirée de remise des prix avec vue sur la Seine et en compagnie de vos auteures préférées.

Et de nouvelles animations au cœur du Salon pour vous éclater entre filles tout au long du week-end !

ALORS, TENTÉEES ? RÉSERVEZ VOS PASS SUR :
www.festivalnewromance.com ♥

ANIMATIONS

AWARDS

EN PARTENARIAT AVEC COSMOPOLITAN

Chérie 25 · CNEWS · Book·Node · Voici · Babelio · Chérie